Für einen guten Freund:

Pádraig ó Méalóid

Kurze Vorbemerkung

»Es gibt dreiundzwanzig wirklich wunderbare Dinge auf dieser Welt. Der Schlußteil dieser abenteuerlichen Geschichte mag sich durchaus als eines davon erweisen.«

So endet der phantastische Roman JÄGER DES VERLORENEN PARKPLATZES, der wie alle anderen Bücher von Robert Rankin mit dem renomierten ROBERT-RANKIN-AWARD für den BESTEN ROMAN ALLER ZEITEN ausgezeichnet wurde.

Ereignisse von geradezu kosmischen Konsequenzen zwingen uns jedoch, die Geschichte von Cornelius Murphy und Hugo Rune für den Augenblick ruhen zu lassen. Denn es gilt, dieWelt zu retten (was auch sonst). Ein Buch aus der Zukunft mit hochbrisantem Stoff hat uns erreicht und verlangt danach, veröffentlicht zu werden. Nicht nur, weil es ALLERLETZTE WAHRHEITEN über Thermoskannen und das Weltall und die Erde selbst enthält. Warum sich der Lektor der Veröffentlichung des Buches nicht verschließen konnte, obwohl auf diese Art vier- oder gar fünfbändige Trilogien entstehen (deren Einzelbände noch nicht einmal etwas miteinander zu tun haben! Oder vielleicht doch?), wird jeder geneigte Leser verstehen, der sich auch die letzte Seite dieses Jahrhundertwerkes nicht entgehen läßt. Es lohnt sich, denn dort erfährt er unter anderem endlich, wer oder was sich hinter dem seltsamen Akronym B.A.S.T.E.I verbirgt. Und ehrlich, wer interessiert sich nicht brennend dafür?

(P.S. Wie es mit Hugo Rune weitergeht, erfährt der geneigte Leser in dem Roman: DER WUNDERSAMSTE MANN, DER JEMALS LEBTE, der demnächst bei BASTEI-LÜBBE, dem wundersamsten Verlag, der jemals existierte, erscheinen wird.)

1.
KAPITEL

Wie Raymond dazu kam, den fliegenden
Seestern vom Uranus kennenzulernen.
Und wie dieser fliegende Seestern ihn lehrte,
was das Wort ›Schmuck‹ bedeutet.

Wenn du aus der Richtung in das Dorf kommst, wo die Allmende liegt, dann mußt du am Minikreisverkehr, über den alle einfach geradeaus hinwegfahren, links abbiegen. Dann nimmst du die erste Abzweigung rechts neben dem großen Haus, das immer geschmückt ist, und du befindest dich in der *König-Neptun-Straße*.

Fahr eine halbe Alte Meile weit die Straße hinunter. Fahr an dem überwucherten Feld vorbei, an dem Jugendclub, wo sie Montags immer laute Musik spielen, und beim *Fröhlichen Gärtner,* wo Musik strikt verboten ist. Dann über die Straße hinweg, wo Simon wohnt, und an der großen Wellblechwerkstatt vorbei, die Vinny dem Bauunternehmer gehört.

Die *Gasse-deren-Namen-man-nicht-auszusprechen-wagt* zweigt direkt auf der Kuppel des Hügels zur linken Seite ab.

Du wirst die Gasse sehr vorsichtig hinunterfahren müssen, weil sie von Schlaglöchern übersät ist, für die niemand sich verantwortlich fühlt. Aber wenn du sicher unten angekommen bist, wirst du einige Häuser entdecken, die sich dem neugierigen Blick von oben entziehen.

Dort steht der scheußliche Neubau mit der Satellitenschüssel und den drei bösen Hunden, dann das stolze, mit roten Ziegeln gedeckte Haus an der Ecke, in dem der alte Major lebt, und schließlich, direkt oben an der Böschung, das kleine viktorianische Cottage mit dem schmiedeeisernen Tor.

Das ist Raymonds Haus.

Wenn du aus der anderen Richtung in das Dorf kommst,

dann wird es allerdings wirklich kompliziert. Das beste unter diesen Umständen wäre, anzuhalten und im Postamt nachzufragen. Aber wenn du schon im Postamt nachfragen mußt, dann frag entweder die alte Dame mit den blondgefärbten Haaren oder die Assistentin, die mit den schönen blauen Augen. Frag auf keinen Fall den Postmeister selbst, der so eine Art »lustiger Gesell« ist, oder das Urgroßmütterchen, das in der Ecke sitzt und strickt. Die beiden hassen Raymond nämlich, und deshalb werden sie dich aller Wahrscheinlichkeit nach in die falsche Richtung schicken.

Ach ja, und wenn du an einem warmen Frühlingsabend nach sechs Uhr abends eintreffen solltest, dann wirst du Raymond sowieso nicht in seinem Haus finden. Um diese Zeit ist er bei der Arbeit in seinem Schrebergarten. Und wie du zu diesem Schrebergarten gelangst, das weiß nur Gott allein.

Natürlich kannte auch Raymond den Weg zu seinem Schrebergarten. Er kannte ihn sogar ziemlich gut. Er kannte sogar die Abkürzung. Aber er kannte sich sowieso hervorragend aus im Dorf. Er hatte sein ganzes bisheriges Leben dort verbracht, und folglich kannte er alle Plätze, die man so kennen mußte.

Er wußte zum Beispiel, wohin man Montags ging, wenn man laute Musik hören wollte. Und wo man den Rest der Woche trinken konnte, wenn man keine Musik mochte. Er wußte, daß er besser nicht noch einmal versuchen würde, einen Tennisball aus dem Garten des häßlichen Neubaus mit der Satellitenschüssel zurückzuholen. Und er wußte, daß er keine Verantwortung trug für die Schlaglöcher in der *Gasse-deren-Namen-man-nicht-auszusprechen-wagt*.

Raymond zählte dreiundzwanzig Lenze. Seine Augen waren blau, seine Haare braun. Seine Größe war etwas unter sechs Fuß. Seine Füße waren etwas über Größe neun. Er arbeitete für Vinny den Bauunternehmer in dem großen Haus, das immer so schön herausgeputzt war. Und wenn er

Robert Rankin

DIE GRÖSSTE SHOW JENSEITS DER WELT

Roman

Ins Deutsche übertragen
von Axel Merz

BASTEI LÜBBE

BASTEI-LÜBBE-TASCHENBUCH
Band 24 210

Erste Auflage:
März 1996

Deutsche Lizenzausgabe 1996
Bastei-Verlag
Gustav H. Lübbe GmbH & Co.,
Bergisch Gladbach
Originaltitel:
The Greatest Show Off Earth
Lektorat: Stefan Bauer
Titelbild: Ian Murray

Umschlaggestaltung:
Quadro Grafik, Bensberg
Satz: Fotosatz Schell, Hagen a.T.W.
Druck und Verarbeitung:
Brodard & Taupin,
La Flèche, Frankreich
Printed in France

ISBN 3-404-24210-6

Der Preis dieses Bandes
versteht sich einschließlich der
gesetzlichen Mehrwertsteuer.

nicht arbeitete oder keine laute Musik hörte oder leise trank, wenn er gerade nicht die Verantwortung für gewisse Schlaglöcher von sich wies und wenn es darüber hinaus nach sechs Uhr an einem warmen Frühlingsabend war (wie heute), dann konnte man ihn in seinem Schrebergarten beim Graben finden.

Meist grub Raymond nur. Die wirklich wichtigen Aspekte des Pflanzens und Aufziehens und Erntens, auf die es im Leben eines Schrebergärtners ankommt, waren für ihn *terra incognita*. Noch. Er *hatte* eine postalische Bestellung aufgegeben und ein Handbuch zu diesem Thema angefordert, aber es war nicht innerhalb der versprochenen dreiundzwanzig Tage angekommen. Raymond hatte den Verlag angerufen, und dort *hatte* man ihm versichert, daß das Buch abgesandt worden *sei*. Später hatte er dem Postmeister Vorwürfe gemacht, der Stein und Bein schwor, daß er das Buch ausgeliefert *hatte*. Die Unterhaltung war stetig lauter geworden, und schließlich hatte man Beleidigungen ausgetauscht. Und Raymond *war* vor die Tür des Postamtes gesetzt worden.

Das Handbuch *war* tatsächlich ausgeliefert worden.

Aber fälschlicherweise an das häßliche neue Haus mit der Satellitenschüssel. Und der Mann, der in diesem Haus lebte, haßte Raymond, weil Raymond eines Tages einen Tennisball durch das Dach seines Treibhauses geschlagen und dann, nach dem Versuch, den Tennisball zu bergen, auf der Flucht vor den drei großen Hunden viele kostbare Blumen niedergetrampelt hatte.

Also hatte der Mann in dem häßlichen Neubau mit der Satellitenschüssel sich entschlossen, Raymonds Handbuch zu behalten und die kahlen Flecken Erde, wo Blumen niedergetrampelt worden waren, mit ein wenig Gemüse zu bepflanzen.

Und deshalb war Graben immer noch die einzige Beschäftigung, der Raymond in seinem Schrebergarten nachging. Oft im Unterhemd und häufig laut pfeifend. Angewohnheiten, die seine Schrebergartennachbarn recht schnell die Nasen rümpfen ließen. Und an diesem besonderen, warmen Frühlingsabend war er ganz allein.

Seine Schrebergärtnerkollegen waren sein Pfeifen schon früh leid gewesen (ebenso wie den Blick auf seine Achselhöhlen) und hatten sich in den *Fröhlichen Gärtner* zurückgezogen, wo Pfeifen verboten und Unterhemden geächtet waren.

Raymond brachte ein Loch in Paßform, in welches er einen Apfelbaum zu pflanzen gedachte. *Granny Smiths.* Oder vielleicht auch *Cox Orange Pippins.* Er hatte noch jede Menge Zeit, sich deswegen Gedanken zu machen, denn Apfelbäume pflanzt man am besten im November.

Sein Spaten stieß gegen einen hellbraunen Stein, und Raymond bückte sich, um ihn aufzuheben. Er war gerade dabei, den Stein zu untersuchen, als sein bester Freund Simon vorbeischaute.

Simon war ein wenig älter als Raymond, aber nicht weiser. Er fand Gefallen in den Augen des örtlichen Weibervolks, und er hatte, seit er von der Schule abgegangen war, für Mr. Hilsavie den Gärtner gearbeitet, von dem viele sagten, er stecke mit dem Teufel im Bunde. Simon besaß schwarzes Haar und dunkle Augen und teure Dentalarbeiten im Mund, für die er lange gespart hatte.

»'n Abend, Ray«, sagte Simon mit blitzendem Lächeln. »Gräbst'n Loch?« Raymond blickte auf. »'n Abend, Simon«, sagte er. »'n neuer Hut?«

Simon, der niemals einen Hut trug, selbst im Winter nicht, schüttelte seinen hutlosen Kopf. »Ich hab' daran gedacht, mir 'nen Bart wachsen zu lassen. Aber 's ist nur so 'ne Idee. Bis jetzt jedenfalls. Was haste 'n in der Hand?«

Raymond fuhr mit einem spuckefeuchten Finger über seinen Fund. »Entweder 'n Stein, der zu 'ner Kartoffel wird, oder 'ne Kartoffel, die 'ne sehr erfolgreiche Transformation in 'n Stein durchlaufen hat.«

»Vielleicht 'ne versteinerte Kartoffel?«

»Oder nur 'ne Imitation.«

»Kann schon sein.« Simon machte sich in Gedanken eine Notiz, das Wort in einem Lexikon nachzuschlagen, wenn er wieder zu Hause war. »Haste neulich die Sache in der Zeitung gelesen?« fragte er.

»Nein«, erwiderte Raymond. »Du mußt mich mit wem anderem verwechseln.«

»Scheint so«, sagte Simon, »als hätten die Russen dieses Loch gebuddelt.«

»Nein!« Raymond schüttelte den Kopf. »*Ich* habe dieses Loch gegraben.«

»Nein.« Simon schüttelte ebenfalls den Kopf. »Nicht das Loch, von dem ich rede. Das ist ein ganz andres Loch. In Sibirien. Russische Wissenschaftler haben es gebohrt, um die Bewegung der *tektonischen Platten* zu studieren.« Simon machte eine Pause, in der Hoffnung, Raymond würde jetzt fragen, was genau *tektonische Platten* sind. Aber er fragte nicht, und Simon fuhr fort. »Dreiundzwanzig Meilen tief haben sie gebohrt. Durch massiven Fels hindurch. Und dann ist der Bohrer plötzlich durch das Dach von etwas wie 'ner riesigen Höhle gestoßen. Sie haben ihn wieder hochgezogen und dieses Spezialmikrophon hinuntergelassen. An einem gewaltig langen Kabel. Und du kommst nie drauf, was sie gehört haben!«

Raymond stützte sich auf den Griff seines Spatens, der seit dem Eintreffen Simons sowieso nicht mehr gegraben hatte. »War es das Geräusch von Millionen verlorener Seelen, die in ewiger Agonie schrien?« erkundigte er sich.

»Das haben die Zeitungen geschrieben.«

»Ich verstehe,« Raymond schob seine Kartoffel/seinen Stein in die Tasche, kletterte aus dem Loch und begann, es zuzuschütten. »Hast du Lust auf 'ne Tasse Kaffe?« fragte er Simon.

»O ja, bitte.«

»Ich auch. Aber ich hab' nur Tee.«

Im Innern seiner Schrebergärtnerhütte entkorkte Raymond seine Thermoskanne und schenkte zwei kochendheiße Tassen Tee aus. Eine mit Zucker, die andere ohne. »Ich wünschte, es wäre Kaffe«, sagte er betrübt. »Ich hab' mir nie was aus Tee gemacht.«

»Vielleicht solltest du deine Mama bitten, dir Kaffe statt Tee zu kochen.«

»Wenn's nur so einfach wäre«, seufzte Raymond. »Aber ich mach' mir meine Kanne immer selbst.«

Simon nippte an seiner Tasse. »Die Thermoskanne verblüfft mich«, sagte er zwischen zwei Schlucken.

»Wie kommt's?«

»Nun, du tust was Heißes hinein – es bleibt heiß, und du tust was Kaltes hinein – es bleibt kalt.«

Raymond nickte nachdenklich.

»Woher *weiß* sie das?«

Raymond grinste das Grinsen, das er auf der Akademie gelernt hatte, und gab sein Bestes, den Sachverhalt zu erklären. »Sie weiß es eigentlich gar nicht. Sieh mal, eine Thermoskanne besteht eigentlich aus zwei Flaschen. Eine ist innen, die andere außen. Und zwischen den beiden Flaschen befindet sich ein Viertelzoll Vakuum. Und Hitze kann sich nicht durch Vakuum hindurch ausbreiten.«

»Hör auf!« sagte Simon. »Hitze kann nicht durch ein Vakuum hindurch?«

»Du hast es kapiert!«

Simon kratzte sich an seinem schönen schwarzhaarigen Kopf. »Dann verrat mir eins: Wenn Hitze nicht durch einen Viertelzoll Vakuum hindurch kann, wie kann dann die Hitze der Sonne durch vierundneunzig Millionen Kilometer Vakuum hindurch die Erde erreichen?«

Raymond schielte in den dampfenden Glasschlund seiner Thermoskanne. »Vielleicht weiß sie es doch?« murmelte er mit neu erwachter Ehrfurcht in der Stimme.

»Bringt einen ganz schön zum Nachdenken, was?« fragte Simon. »Übrigens, was ist 'n das für 'n gräßlicher Gestank?«

Raymond schnüffelte. »Vermutlich biste wieder in 'nen Hundehaufen getreten.«

»Nein. Das riecht anders.«

Raymond schnüffelte erneut. »Riecht wie Fisch. Biste in 'nen toten Fisch getreten?«

»Sei kein *Schmuck*«, sagte Simon, der in seinem Wörterbuch über den Ausdruck gestolpert war, als er den Begriff ›Tektonik‹ nachgeschlagen hatte, und seitdem auf eine Gelegenheit wartete, ihn anzuwenden.

Raymond wollte gerade nach der Bedeutung des Wortes *Schmuck* fragen, als ihn das Geräusch einer furchtbaren Detonation ganz in der Nähe veranlaßte, die Thermoskanne fallenzulassen und in Deckung zu gehen.

»Was zur Hölle war das?« fragte Simon, der in Bodenhöhe zu Raymond gestoßen war. »Haben wir Krieg?«

»Nein, wir sind noch immer Freunde«, entgegnete Raymond. Er rollte sich auf den Rücken und steckte den Kopf unter einen halben Sack erstarrten Zements. »Geh raus und sieh nach, was passiert ist.«

Simon betastete seine teuren Zähne. »Würdest *du* das an meiner Stelle tun?«

Eine zweite Detonation. Noch lauter, noch näher als die erste.

»Lauf!« brüllte Raymond und sprang auf die Beine. Es gab ein ziemlich würdeloses Gedränge und Geschubse, als die beiden jungen Männer gleichzeitig versuchten, durch die enge Tür nach draußen zu gelangen.

Als die beiden endlich schnaufend und keuchend nach draußen in den warmen Frühlingsabend entkommen waren, wurde ihnen eines sofort klar, und zwar, daß sich nichts, aber auch gar nichts in den umliegenden Schrebergärten verändert hatte.

»Ich kann keine Granatlöcher sehen«, sagte Simon, während er sein Haar glättete und den Staub von den männlichen Jeans klopfte. »Eigentlich kann ich überhaupt keine Löcher sehen, um genau zu sein.«

»In meiner Straße gibt's 'ne Menge«, entgegnete Raymond. »Aber nicht, daß du meinst, ich wär' dafür verantwortlich. Nebenbei, ich frag' mich, wo das laute Knallen herkam.«

»Haste schon mal was von den *Kanonen von Barisal* gehört?«

Raymond schüttelte den Kopf, und ein Schauer von Zementstaub verteilte sich auf seinen Schultern. »Ich nehm' an, ich werd' jetzt von ihnen hören?«

»Kann sein, daß sie für die Situation relevant sind.«

»Relevant?«

»Relevant.« Simon hakte seine Daumen in die Gürtelschlaufen seiner Jeans und begann damit, auf und ab zu schreiten. »Ich hab' in 'nem Buch über unerklärliche Phänomene darüber gelesen, das ich mir per Post hab' kommen lassen.«

»Ich hab' mir auch mal 'n Buch bestellt«, entgegnete Raymond melancholisch. »Aber meines ist nie bei mir angekommen.«

»Schande. Nun, jedenfalls gibt's in meinem Buch einen Bericht über die *Kanonen von Barisal*. 's geht um Geräusche, die an Artilleriefeuer erinnern und die man häufig in der Umgebung dieses kleinen Dorfes hört. Sein Name ist rein zufällig Barisal, und es liegt, glaub' ich, irgendwo am Ganges. Aber es gibt dort überhaupt keine Kanonen, und niemand weiß, wer den Krach verursacht. Man vermutet, es hat etwas mit atmosphärischen Störungen zu tun und *autsch!* Meine Nase!«

»Das kann sich nur um 'nen Druckfehler in deinem Buch handeln.«

»Nein, ich habe *autsch* gesagt! Meine Nase!« Simon taumelte umher und hatte die Hände vor's Gesicht geschlagen.

»Ich glaub' nicht, daß ich dir folgen kann«, sagte Raymond.

»Ich hab' mir gerade die verdammte Nase gestoßen«, jammerte Simon in nasalem Ton.

»Wo denn?«

»Ich weiß nicht. An *irgendwas*. Irgendwo da vorn.« Simon deutete in die allgemeine Richtung, wo sich der nasenstoßende Zwischenfall angeblich zugetragen hatte. Raymond stapfte hinüber, um zu sehen, ob etwas zu sehen war.

Aber es war nichts zu sehen.

Obwohl etwas zu fühlen war.

»Heilige Scheiße!« heulte Raymond auf. »Ich hab' mir auch die Nase gestoßen. Und außerdem den Zeh!« Er streckte eine tastende Hand vor und fand sie von einer kalten, harten und ziemlich unsichtbaren Wand blockiert. »'s ist Glas«, sagte er.

»Glas?« Simon schlurfte herbei und rieb sich die Nase. »Wie sieht mein Profil aus?« erkundigte er sich. »Zeig mir dieses Glas.«

»Hier.« Raymonds Knöchel klopften dagegen.

Taptaptap.

Simon streckte seine Hand vor und klopfte mit.

Taptap.

»Ist 'n sehr klares Glas«, sagte er. »Man kann's überhaupt nich' sehen. Und 's ist auch 'n sehr kaltes Glas. Und ...« er zog seine Hand zurück und hielt sie unter seine Nase. »Es riecht stark nach Fisch.«

Raymond schnüffelte an seiner eigenen Hand. »Vielleicht recyceltes Glas?« sinnierte er. »Aber wer hat es hergeschafft, und wie groß ist es eigentlich?« Er klopfte in großem Bogen an die unsichtbare Fläche.

»Komm, wir finden es heraus. Du gehst da rüber und ich hier lang.«

Die beiden marschierten in entgegengesetzte Richtungen los, tastend, fühlend, klopfend und mit den Händen die kreisende Bewegung vollführend, die Pantomimen niemals müde werden, ihrem sich langweilenden Publikum zu zeigen. Bald fanden sie sich wieder vereint. Auf der entgegengesetzten Seite von Raymonds Schrebergartenlaube.

»Ah«, sagte der Schrebergärtner.

»Ah«, sagte der Schrebergartenbesucher. »Scheint, daß wir eingekreist sind. Das ist nicht gut, oder?«

Raymond kratzte sich am Kopf. Simon tat es ihm nach.

»Würdest du freundlicherweise aufhören, meinen Kopf zu kratzen?« fragte Raymond. »Hilf mir lieber, einen Weg nach draußen zu brechen.«

»Gute Idee«, sagte Simon. Er nahm Raymonds Spaten, und Raymond suchte nach seiner Spitzhacke, die ihm vor einiger Zeit ein Mann mit einem Ring im Ohr im Eisenwarenladen in der Hauptstraße angedreht hatte.

Sie holten aus und schmetterten. Sie stampften und stießen. Sie schlugen und kratzten, hämmerten, meißelten, klopften und bumsten. Gewaltige unchristliche Flüche wurden geflucht. Reichlich Knöchel wurden abgeschürft.

Es nutzte nichts.
Die unsichtbare Mauer gab nicht nach.
Kein Riß, keine Ecke, keine Scharte.
Sie hielt.
Schließlich flog das Vorderteil von Raymonds Spitzhacke ab und hätte ihm beinahe das Auge ausgeschlagen. Er warf den Stiel zur Seite und sank auf die Knie in den Staub. Simon ließ sich neben ihm nieder.
»Wie gut bist du im Hilfeschreien?« fragte Raymond, als er wieder zu Atem gekommen war.
»*Hilfe!*« schrie Simon.
»Nicht schlecht«, sagte Raymond. »*Hiiiiillllffeeeeee!!!!*«

Die Sonne versank allmählich hinter den schönen alten Weidenbäumen, die die Schrebergärten umrandeten, und die Heiserkeit hatte begonnen, ihren Tribut von den beiden Hilfe-Schreiern zu verlangen, als Simon einen Einfall hatte.
»Wir könnten 'n Feuer anzünden«, sagte er mit der Stimme Louis Armstrongs. »Das Zeug an der unsichtbaren Wand aufstapeln und in Flammen setzen. Uns den Weg nach draußen freischmelzen.«
»Meinst du, das funktioniert?«
»Haste schon mal was von Euklids Fünftem Satz gehört?«
»Nein«, erwiderte Raymond. »Und ich will im Augenblick auch nichts davon hören.«
»Wir könnten den Schaft der ollen Spitzhacke verbrennen. Was haste 'n sonst noch?«
Raymond warf einen unruhigen Blick auf seine schöne hölzerne Schrebergartenlaube.

Sie brachten ein ziemlich anständiges Feuer in Gang. Sie standen ein wenig zurück und bewunderten es. Sie wärmten ihre Hände daran und stocherten mit Stöcken darin herum. Sie warfen Dinge hinein und verhielten sich überhaupt genauso kindisch und unverantwortlich wie es Männer nun einmal tun, die ein großes Feuer abbrennen.

»Meinst du, es hat schon zu schmelzen angefangen?« fragte Raymond schließlich.

»Ganz bestimmt.« Simon fächerte sich Luft ins Gesicht und hustete. »Es ist verdammt viel Rauch hier«, beobachtete er.

»Verdammt viel.« Raymond leistete ihm beim Husten Gesellschaft. »Sieh mal nach oben!«

»Wo oben?«

»Einfach oben.« Raymond deutete nach oben. Der Rauch sammelte sich schnell in nicht allzu großer Höhe.

»Ich glaub', ich fang' langsam an zu ersticken«, sagte Simon.

»Mach das Feuer aus!« krächzte Raymond.

Der Rauch hing gefangen in der großen, transparenten und allem Anschein nach undurchdringlichen Kuppel, die den größten Teil von Raymonds Schrebergartenparzelle umschloß. Raymond saß auf einem halben Sack hart gewordenen Zements inmitten eines Rechtecks aus Beton, auf dem bis vor ganz kurzer Zeit seine schöne Holzhütte gestanden hatte. Simon saß neben ihm, aber auf dem Beton. Beide waren zunehmend kurzatmig.

»Ich will kein Panikmacher sein«, sagte Raymond. »Aber wenn nicht bald Hilfe kommt, dann werden wir meiner Meinung nach hier sterben.«

Simon starrte auf den Betonfußboden. »Das ist alles deine Schuld. Ich hätte heute abend erst gar nicht herkommen sollen.

»Meine Schuld? Das hab' ich gern! Ich habe still an meinem Loch gegraben und mich um meinen eigenen Kram gekümmert, bis du aufgetaucht bist. Du hast dieses Ding über uns gebracht. Ich möchte wetten, daß du mit Mr. Hilsavie Streit hast, von dem alle glauben, er steht mit dem Teufel im Bund.«

»Nein, hab' ich nicht.« Simon wischte sich über die Nase, die zu laufen begonnen hatte. »Ich will nicht sterben«, beschwerte er sich. »Ich bin jung und gutaussehend und habe ein Vermögen für diese Zähne ausgegeben!«

»Du und deine verdammten Zähne!« sagte Raymond.

»Dentalhygiene ist wichtig!« sagte Simon. »Du hast sonst nur noch Zahnfleisch, wenn du dreißig bist.«

»Wenn wir nicht bald hier rauskommen, werd' ich nicht mal vierundzwanzig. Ich vermute, daß du nicht genug siehst, um uns den Weg freizubeißen, oder?«

»*Du Schmuck!*« Simon erhob sich taumelnd, um Raymond einen Schwinger zu versetzen, aber dann verlor er das Bewußtsein.

Raymond saß da und hatte die Arme um seine Knie geschlungen. Das war wirklich ein schlimmes Erlebnis. Der Abend, der für ihn so wunderschön begonnen hatte, war zu einem Alptraum geworden. Alles sah danach aus, als würde er wirklich sterben müssen.

Raymond hatte nie auch nur einen Gedanken an den Tod verschwendet. Allmählich dämmerte ihm, daß das wohl eine Art Versäumnis gewesen war. Welche himmlischen Reichtümer hatte er denn schon gesammelt? Würde Gott der Herr freundlich auf ihn herabblicken? War er ein ›guter‹ Mensch gewesen? Er war sicher, daß er nie wirklich böse gehandelt hatte, aber – war das genug? Würde er in den himmlischen Chören mitsingen, oder würde man ihn zu den schreienden Sündern unterhalb von Sibirien schicken? Wenn, dann würde er die Augen nach jedem noch so kleinen Anzeichen eines herabbaumelnden Mikrophons aufhalten.

In Raymonds Kopf begann sich alles zu drehen, und seine Gedanken gerieten durcheinander. Unsicher kletterte er auf die Beine. Er griff sich an den Hals und schnappte krächzend nach Luft. Dann stolperte er über seinen Spaten und schlug der Länge nach auf das Gesicht.

Und dann, in diesem letzten, verzweifelten Augenblick, hatte er eine Idee.

Die Sonne war beinahe hinter den schönen alten Weidenbäumen versunken, und der Mond kletterte allmählich an ihren Platz, um sie abzulösen. Die Vögel, die in den Schrebergärten wohnten, zwitscherten sich *Gute Nacht* zu, während sie sich in mißtrauischen Kreisen über die große, mit grauem Rauch gefüllte Kuppel schwangen, die so sehr nach Fisch stank. Und als die Stille mit der Dunkelheit zunahm und die Sterne zu leuchten begannen, war unten neben der Kuppel eine Bewegung zu erkennen. Vielleicht ein Maulwurf?

Kaum einen Fuß vom Rand der großen, mit grauem Rauch gefüllten Kuppel entfernt, hob sich ein Stück Scholle und fiel zur Seite. Und das glänzende Blatt von Raymonds Spaten brach an die Oberfläche.

Dann folgte ein Scharren und Kämpfen, eine Hand, ein Arm, eine Schulter und ein Kopf. Raymond atmete in tiefen Zügen die reine, frische Luft und zog sich aus dem Loch hinauf in Sicherheit. Sein Körper kam mit einem Geräusch aus dem Tunnel, das nicht unähnlich einem Korken klang, den man aus einer Flasche zog. Die nächtliche Luft stürzte sich in das Loch und flutete in die schreckliche Kuppel. Raymond verschwendete keine Zeit.

Minuten später lagen er und Simon nach Luft schnappend nebeneinander und starrten in den Himmel der Freiheit. Nun, eigentlich starrte nur Raymond hinauf. Simon litt noch immer unter einem Blackout.

»*Puuuh!*« sagte Raymond. »Wirklich *puuuh!*« Er rüttelte Simon unsanft an der Schulter. »*Heh! Puuuh!*«

Simon regte sich unruhig. »Lassen Sie mich gehen, Mr. Hilsavie«, murmelte er. »Es ist nicht so, wie Sie denken. Ich kenne Ihre Tochter kaum.«

»Schuft!« sagte Raymond und boxte seinen Kumpel in die Rippen.

»Aua! Aaaah ... oh!« Simon wurde endlich wach. »Ich glaube, ich bin krank«, sagte er.

»Du bist in Sicherheit«, erklärte ihm Raymond. »Was hältst du davon?«

Simon kotzte.

»Ja. Weiter so. Dankeschön«, sagte Raymond.

Und dann: »*Glückwunsch, Erdenmensch*«, ertönte eine Stimme von oben. »*Du hast den Test bestanden.*«

Raymond hob seine Augen einmal mehr in Richtung Firmament und erkannte – zu seinem nicht ungelinden Schrecken! –, daß ein großer Teil des Himmels von etwas *Beunruhigendem* ausgefüllt wurde. Von einem riesigen, sternförmigen *Etwas*. Einem bauchigen, aufgedunsenen Etwas. Winzige bunte Kugeln glitzerten über fünf gewaltigen Auswüchsen. Licht pulsierte aus einer unappetitlich aussehenden Mittelsektion, die ganz Fleisch und kauender Mund war, und ein fischiger Mief, der auch den erfahrensten Hochseefischer aus Grimsby auf eine harte Probe gestellt hätte, hüllte die Luft in den Schrebergärten in ihr Miasma.

Simon nutzte die Gelegenheit, um erneut zu kotzen.

Raymond schlug die Hände vors Gesicht und machte Übungen in Flachatmen.

»Ich bin Abdullah«, gab sich das sternförmige Etwas zu erkennen. »Ich repräsentiere *Das Göttliche Konzil des Kosmischen Supervolks*. Und ich bin erfreut, euch mitteilen zu können, daß ihr den Eingangstest seiner Magnifizenz, des Sultans vom Uranus, bestanden habt.«

»Ich hab' mich von oben bis unten vollgekotzt!« sagte Simon und zupfte an seinem Hemd. »Dieser Gestank! Diese Stimme! Was soll das alles?«

»Weltraumwesen«, erwiderte Raymond. »Vom Uranus.«

»Uranus? Was soll'n die Scheiße?« Simon sprang mit einer beeindruckenden Agilität (jedenfalls wenn man seinen traurigen Zustand betrachtete) auf die Füße, nahm die Beine in die Hand und floh aus den Schrebergärten.

Traurig sah Raymond zu, wie sein Freund in der Dunkelheit verschwand.

»Dankeschön«, sagte er, schon zum zweiten Mal an einem einzigen Abend.

Abdullah, der fliegende Seestern, winkte mit seinen Armen. »Schöne Zähne, die dein Freund da hat. Aber keinen Schneid.«

»Häh?«

»Nicht wie du.« Der unappetitlich aussehende Mittelteil pulsierte und wabbelte. »Du bist ein Held.«

»Danke.« Raymond kämpfte sich auf die Beine, während er seinen Zinken weiter fest umklammert hielt.

»So«, sagte Abdullah. »Da du den Aufnahmetest bestanden hast, bist du berechtigt, einen Sitz im Großen Interplanetarischen Konvent einzunehmen. Er findet auf der Venus statt.«

»Venus?«

»Venus. Also? Wie sieht's aus?«

Raymond hatte keine Ahnung, was er darauf antworten sollte. Es kam alles so ... nun, überraschend. »Könnte ich vielleicht ein paar Minuten darüber nachdenken?« fragte er.

»Nein«, erwiderte Abdullah. »Kannst du nicht.«

»Oh? Nun, dann lautet meine Antwort: Ja. Vermutlich. Glaube ich wenigstens. In Ordnung.«

»Guter Mann.« Abdullahs abstoßend häßliche Mittelsektion beulte sich alarmierend aus und entblößte ein obszön aussehendes Tentakel mit einem großen pinkfarbenen Saugnapf an seinem Ende. Der Saugnapf schloß sich um Raymonds Kopf. Verschiedene Chemikalien wurden abgesondert und traten in Raymonds Kopf über.

Raymond nahm ein poppendes Geräusch in den Ohren wahr, und metallischer Geschmack breitete sich in seinem Mund aus. Seine Augen verdrehten sich, sein Schließmuskel verkrampfte, und er verlor das Bewußtsein.

Als er wieder zu sich kam, stellte er fest, daß er sich nicht länger in der Schrebergartensiedlung befand. Nach und nach, als sein Kopf klarer wurde und seine Sinne zurückkehrten, bemerkte er, daß er sich überhaupt nicht mehr auf dem Planeten seiner Geburt aufhielt. Die Aussicht schien völlig verkehrt, und der Himmel war von einem schmutzigen Grün. Und außerdem war es kalt. Raymond rieb fröstelnd seine Arme. Dann blickte er erstaunt an sich herab. Auf die Arme. Die Beine.

Er trug keine Kleidung. Er war nackt.

Er versuchte, sich zu erheben, aber er stieß mit dem Kopf gegen etwas und fiel wieder in den Sitz zurück. Er war schon wieder eingesperrt, aber diesmal in einer hohlen Kugel. Er hatte nur einen niedrigen Stuhl, auf den er sich setzen konnte. Und was war das da?

Raymond drehte ein Schild um, das an einem Band um seinen Hals hing. Laut las er die Worte, die darauf gedruckt standen.

GROSSE INTERPLANETARISCHE
WOHLTAETIGKEITSVERANSTALTUNG
AUKTION
STUECK NO. 23: EXEMPLAR IRDISCHEN LEBENS. MAENNLICH.

»Aha«, sagte Raymond. »Das ist also die Bedeutung des Wortes ›Schmuck‹.«

2.
KAPITEL

Simon lag eine ganze Weile im hohen Gras unter den schönen alten Weidenbäumen, die die Schrebergärten eingrenzten. Er hatte die Geschichte aus sicherer Entfernung verfolgt. Er hatte die Unterhaltung zwischen Raymond und Abdullah belauscht und verwundert zugesehen, wie sein Kumpan in die Eingeweide des fliegenden Seesterns gesaugt wurde. Anschließend waren beide in Richtung Weltraum abgezischt.

Und jetzt lag er hier, mutterseelenallein, und überlegte, was er als nächstes unternehmen sollte.

Er hatte eigentlich nicht Hals über Kopf abhauen wollen. Jedenfalls nicht, ohne sich vorher bei Raymond dafür zu bedanken, daß er ihm das Leben gerettet hatte und so. Aber er hatte in dieser Sache keinen eigenen Willen gehabt.

Simon hatte einmal in einer Zeitung über diese spezielle Chemikalie gelesen, die im Gehirn vorkommt. Und wie diese Chemikalie in Zeiten schwerwiegender persönlicher

Krisen, wie beispielsweise drohender physischer Gefahr, die Pros und Kontras blitzschnell gegeneinander abwog und entschied, ob man stehenblieb und sich zur Wehr setzte oder ob man die Hinterbacken zusammenkniff und was haste, was kannste um sein Leben rannte. In Simons Fall hatte die spezielle Chemikalie sich ganz eindeutig für die letztere der beiden möglichen Handlungsweisen entschieden.

Nicht, daß er ein Feigling oder etwas in der Richtung gewesen wäre. O nein. Nicht Simon! Es war allein die Schuld dieser speziellen Chemikalie. Simon war sicher, daß Raymond es ihm nicht übelnehmen würde, wenn er einst ruhmbeladen von der Venus zurückkehrte.

»Ich hoffe nur, er bringt mir 'n Geschenk mit« sagte Simon zu sich selbst. »Ich frage mich, was sie auf der Venus so trinken.«

Die Überlegung, was sie auf der Venus so trinken mochten, führte Simon dazu, sich daran zu erinnern, was man auf der Erde so trank. Und daran, daß er, wenn er sich sputete, noch ein oder zwei Krüge davon im *Fröhlichen Gärtner* erwischen konnte, bevor der schloß.

»*Boom Shanka!*« sagte der Bursche mit den schönen Zähnen, erhob sich aus seinem Grasnest und winkte grüßend in den Nachthimmel. »Nicht schlecht, Raymond. Ich hoffe, wir sehn uns bald wieder.«

Und mit diesen Worten wandte sich Simon um und rannte nach Hause, um sein Hemd zu wechseln, bevor er in die Kneipe ging.

Nun gibt es in jedem Dorf, genauso wie in jeder Stadt auch, Kneipen und *Kneipen*. Das Spektrum erstreckt sich zwischen der Salonbar mit Spucknapf und sägespanbedecktem Boden auf der einen und dem Schickimickiladen auf der anderen Seite.

Am unteren, infraroten Ende des Spektrums findet man die großen, bierbäuchigen Schankwirte, die die turbulente Szene ihrer Trinkhöllen dominieren, in denen Anhänger verschiedener Sportbekleidungsmarken mit Billardstöcken aufeinander losgehen, während die Musikbox *Faith No More* spielt.

Weit oben, im ultravioletten Bereich, findet man die vornehmen ›Wir-sind-eigentlich-mehr-ein-Gasthaus-als-eine-Kneipe-mein-verehrter-Herr‹-Etablissements. Hier trifft man kleine, gepflegte Damen mittleren Alters hinter der Theke, mit hochgesteckten Haaren und glanzlackbemalten Lippen, die ihre Zeit zwischen Fitneßstudios und dem kunstvollen Drapieren von Bierdeckeln verteilen. Sie halten von hohen Barhockern herab Hof, und ihre Ehemänner tragen Namen wie Keith oder Trevor und ziehen die jugendlichen Kellnerinnen mit ihren Blicken aus, die ununterbrochen Aschenbecher entleeren und sich mit tief ausgeschnittenen Kleidern nach vorn beugen, um Tische abzuräumen und zu wischen. Aus versteckten Lautsprechern ertönt ein Band mit nervtötender ›Hintergrundmusik‹, das die Gastwirtin aus ihrem Urlaub in Benidorm mitgebracht hat.

Der *Fröhliche Gärtner* bewegte sich irgendwo in der Mitte zwischen diesen grellen Extremen. Andy, der Wirt, servierte ein kühles Bier in reichlich gefüllten Krügen zu einem vernünftigen Preis, lächelte mit all seinen Gästen und sagte: »Ausgezeichnet!«, wann immer es ihm angemessen erschien. Seine Stimme tönte mit leiser Autorität, und sie hatte ihm den Respekt seiner Stammgäste eingebracht. Tatsächlich hatte er einen derartigen Geist von Kameradschaft unter seinen Gästen zum Leben erweckt, daß in den wenigen Fällen, wo tatsächlich Gewalt auszubrechen drohte, der Übeltäter an den entsetzten Blicken der anderen ringsum sofort bemerkte, welch gewaltigen *faux pas* er begangen hatte und aus der Kneipe schlich, ohne je wiederzukehren.

Unter Andys wohlwollender Hand hatte der *Fröhliche Gärtner* schließlich sogar zu florieren begonnen. Zum ersten Mal in seiner langen, bunten Geschichte warf der Laden tatsächlich Profit ab.

Der Vorgänger Andys war in einer klaren Nacht verschwunden. Nach dem, was die Einheimischen erzählten, war er der letzte einer langen Reihe von Brunnenvergiftern gewesen. Sie erzählten außerdem, daß er einen traurigen Unfall mit einem Sack Zement in tiefem Wasser gehabt habe.

Die Brauerei hatte Vertrauen in Andy.

Er hatte nicht vor, sie zu enttäuschen.

An dieser Stelle soll nicht verschwiegen werden, daß der *Fröhliche Gärtner*, trotz aller Brillanz des derzeitigen Managements, als Gebäude nicht gerade ein schöner Anblick, geschweige denn makellos war.

O nein. Nein, nein, nein!

Denen, die an der überholten Ansicht festhielten, daß manche Dinge besser waren als andere, und denen, die imstande waren, den Unterschied festzustellen, mußte es vorkommen, als wäre das goldene Zeitalter des Gaststättendesigns zusammen mit Königin Viktoria gestorben.

Unter den vielen Büchern, die niemals zum Druck gelangen werden, gibt es auch eines mit dem Namen *Große Gasthäuser des Zwanzigsten Jahrhunderts*. Es wurde von einem Mann geschrieben, der auf Pseudotudorstil abgefahren ist.

Pseudotudor!

Es war ganz definitiv der Tod von Königin Viktoria, der Pseudotutor auslöste.

Die Geschichte zeigt, daß überforderte Architekten, wann immer sie sich einer unsicheren Gegenwart ausgesetzt sahen, unausweichlich Zuflucht in einem Wunschtraum der Vergangenheit gesucht haben. Die Architekten, die von den Brauereien der Ära König Edwards beschäftigt worden waren, hingen diesem Hirngespinst jedenfalls ganz sicher nach.

Pseudotudor!

Der *Fröhliche Gärtner* war eine Pseudotudorkneipe. Kurz nach dem Ersten Weltkrieg war der Laden modernisiert worden. Die Modernisierung hatte darin bestanden, alles Mahagoni und die Bleiverglasungen herauszureißen und das Lokal ringsherum und oben und unten mit geteerten Eisenbahnschwellen zu verzieren. Eine Zeitlang wollte man den Laden sogar in *Dick Turpin* umbenennen.

Aber das war jetzt alles schon lange her. Nur wenige Leute lebten noch, die sich an das frühere Aussehen des *Fröhlichen Gärtners* erinnern konnten. Die Stammgäste akzeptierten das Lokal so, wie es war. Ein Hafen, in dem es gutes Bier, nette Bekanntschaften, gute Unterhaltungen und keinerlei Musik gab.

Das war ja auch wirklich genug.

Sie gaben einen Scheiß auf Dinge wie *Ästhetik*.

Simon war einer der Stammgäste des *Fröhlichen Gärtners*. Simon gab ganz sicher einen Scheiß auf Ästhetik. Er kam aus der Allee, die zwischen den Schrebergärten und seinem Haus verlief, überquerte die König-Neptun-Straße und näherte sich der erwähnten Lokalität.

Geteerte Eisenbahnschwellen, Stuck, von dem die Farbe abblätterte, verwitternde alte Kutschenlampen und ein Gasthausschild, das nur noch an einem Scharnier hing.

»Willkommen Zuhause«, sagte Simon.

Er trat durch die Schwingtür, zog den Kopf ein und schlenderte lässig unter dem *Balken-an-dem-Fremde-sich-die-Nuß-anstoßen* hindurch zur Bar.

Andere Stammgäste, in angeregte Unterhaltungen vertieft, unterbrachen sich für einen Augenblick, um Simons lässiges Schlendern zu begutachten. Nachdem sie fertig waren und sich ein Urteil gebildet hatten, wandten sie sich wieder ihren Diskursen zu und bemerkten, daß er zwar schöne Zähne besaß, aber sein Gang einen verschlagenen Eindruck machte. Ein so lässiges Schlendern bei jemandem, der noch so jung war, das war – ganz ehrlich! – nichts, das ihnen sonderlich behagte.

Simon beendete sein lässiges Schlendern und ließ sich auf seinem Lieblingsbarhocker nieder. Andy lächelte Simon zu, und der Bursche lächelte zurück.

Andy war mittelgroß, was immer der Leser auch darunter

verstehen mag. Schicke Klamotten; gebügeltes Hemd, Bügelfalten in den Hosen. Der Kopf eines alten griechischen Gottes auf dem Rumpf eines jungen britischen Geschäftsmannes. Eine Menge unbeantworteter Fragen. Und ein Bart.

»'n Abend Simon«, sagte Andy. »'n neuer Hut?«

»Nein Danke. Nur 'nen Krug vom Üblichen.«

»'n Krug vom Üblichen. Gute Idee.« Andy starrte auf die Reihe von Zapfhähnen. »Vom Üblichen, ja?«

»Ja.«

»Äh, damit ich klar sehe – meinst du das Übliche, das du üblicherweise bestellst, wenn du gerade hereinkommst? Das etwas teurere Übliche, das du bestellst, wenn jemand eine Runde gibt? Oder das billige *Tod-durch-Fusel*-Übliche, das du am Ende des Abends nimmst, wenn dein Geld wie üblich dem Ende zugeht?«

»Das Übliche, das ich üblicherweise bestelle, wenn ich gerade reinkomm'.«

»Aber du kommst üblicherweise nicht so spät!«

Simon strich über sein männliches Kinn. »Ich versteh', was du meinst. Ich sag dir was. Ich glaub', ich nehm' das teurere Übliche, das ich üblicherweise bestelle, wenn jemand anderes 'ne Runde gibt.«

»Ganz sicher?« fragte Andy und hob eine Augenbraue.

»Ganz sicher«, entgegnete Simon.

»Ich fürchte, das ist alle.«

»Dann das billige *Tod-durch-Fusel*-Übliche, bitte.«

»Das ist auch alle.«

»Und wie steht's mit dem, das ich üblicherweise bestelle, wenn ich grad reingekommen bin?«

»Das ist noch am Hahn.«

»Dann 'nen Krug davon, bitte.«

»Ausgezeichnet!« Andy hielt ein Glas unter den Zapfhahn und zog ein volles Maß ab. »Hast du Raymond heut' abend schon gesehen?« fragte er Simon.

»Nein, nicht heut nacht.« Bei der Lüge spähte er auf sein Ebenbild im großen Spiegel hinter der Bar, um sich zu überzeugen, ob seine Zähne sich nicht verschoben hatten.

Sie saßen noch.
»Pech«, sagte Andy und schob Simon das Übliche hin. »'s ist nur, daß heute morgen aus Versehen ein Paket für ihn bei mir angekommen ist. Ich frag' mich, ob du es weitergeben kannst?«
»Na klar.« Simon zog eine Fünf-Pfund-Note aus der Tasche.
Andy pflückte sie aus seinen Fingern. »Guter Mann. Weißt du, meine Frau hat die Lieferung angenommen, und das Paket war nicht freigemacht. Sie mußte den Postboten bezahlen. Ich zieh' dir die Gebühren hiervon ab, und du kannst dir das Geld wiederholen, wenn du Raymond das Paket gibst. Na dann, Prost.«
»Ja, Prost«, erwiderte Simon und nippte an seinem Krug. »Das ist aber nicht das, das ich üblicherweise trinke«, murmelte er.
Andy kam von der Registrierkasse zurück und fragte: »Stimmt was nicht?«
»Doch, doch. Alles in Ordnung.«
»Ausgezeichnet!« Andy tauchte hinter der Theke unter.
»'n Abend, Simon.« Das Geräusch entstammte den Lippen Dick Godolphins am anderen Ende der Theke. »Haste 'nen neuen Hut?«
»Ich verweise auf das, was ich bereits einige Minuten zuvor gesagt habe«, erwiderte Simon im Ton des britischen Premierministers.
Andy tauchte wieder auf und hielt ein großes Paket in den Händen. Er stellte es auf der Theke neben Simons Bierkrug ab. »Das ist's«, sagte er.
»Na dann, Prost«, sagte Simon.
»Ich hab' mich oft gewundert«, begann Andy, »warum die Angehörigen der Oppositionspartei immer die Hälfte der Fragezeit an den Premierminister damit verbringen, ihn nach seinen Verabredungen für den Tag zu fragen.«
»Ah«, sagte Simon und brachte seine Zähne ins Spiel. »Ich hab' mir auch schon Gedanken deswegen gemacht. Ich schätze, sie meinen, wenn sie ihn immer und immer wieder

das gleiche fragen, dann verplappert er sich eines Tages und sagt so etwas wie: ›Heute morgen hatte ich ein Treffen mit den Kabinettsmitgliedern, und zum Mittagessen hat sich eine nackte Philippinin in einer Hollywoodschaukel auf mein ehrenwertes Mitglied gesetzt – o verdammt, was sage ich da? Hiermit trete ich zurück.‹«

»Du meinst, das is' der Grund?«

»Definitiv.« Simon leerte sein Bier.

»Noch eins?« fragte Andy.

»Scheint, daß ich blank bin«, erwiderte Simon. »Hat Raymond eigentlich noch immer Kredit hier?«

»Sicher. Alles bezahlt bis einschließlich letzte Nacht. Volle fünfundzwanzig Pfund Kredit. Das hier ist der einzige Laden in der Gegend, der ihm dieses Privileg gewährt. Und er ist nicht so dumm, es zu mißbrauchen.«

»Nein, das würde er niemals tun. In Ordnung, dann werd' ich eins auf seine Rechnung nehmen.«

»Wirst du nicht.« Der Gastwirt schüttelte mit Bestimmtheit seinen langen grauen Bart. »Die Tür zum Vertrauen schwingt in beide Richtungen, weißt du?«

»Klar, weiß ich.« Simon ließ sich in gespielter Mutlosigkeit zurücksinken. »Aber bin ich nicht Raymonds bester und engster Freund?«

»Du bist sein einziger Freund, glaub' ich.«

»Und hab' ich nicht gerade die Postgebühren für sein Paket bezahlt? Würde das jemand anders als sein bester Freund tun?«

Der graue Bart bewegte sich hin und her.

»Dann versuch gefälligst nicht, einen Keil zwischen alte Freunde zu treiben! Leg einen Deckel in deine Kasse auf meinen Namen und bring mir noch mal das gleiche, Herr Wirt, bitte schön!«

»Ausgezeichnet!«, sagte Andy und nahm Simons Glas. »Ach so, was haste denn eben getrunken?«

»Ich nehme *Tod-durch-Fusel*!« meldete sich Dick Godolphin, der plötzlich neben Simon stand. »Mein guter Kumpel Simon hier bezahlt.«

»Ich wünscht', ich könnt'«, erwiderte der Zecher mit dem neu erworbenen Fünfundzwanzig-Pfund-Kredit. »Aber ich könnt' wetten, selbst wenn ich könnt', würd' ich nicht.«

Godolphin murmelte Flüche gegen den römischen Glauben und zückte seine Geldbörse, um sein Bier selbst zu zahlen.

Dick war Bramfields Alibi-Zigeuner und Wildschütz. Jedes Dorf leistete sich einen. Es war eine Tradition, ein altes Privileg, ein überkommenes Klischee. Oder so was in der Richtung. Dick war kurz und dunkel und bot einen furchteinflößenden Anblick. Er trug eine gewachste Mütze und eine Tweedjacke, und seine Augen waren so schwarz wie – um es mit den Worten von D. H. Lawrence von Arabien zu sagen – ›Löcher, die jemand in den Schnee gepißt hatte‹.

Dick besaß eine Frau, die ewig schwanger war, und einen Spürhund, der ewig versuchte, einem ins Bein zu ficken.

Er lebte in der Welt der Vampire zwischen Polizeistunde und Morgendämmerung, und während dieser unheiligen Zeitspanne brach er regelmäßig auf (den Köter an seinem Bein), um entsetzliche Ernte unter den Kaninchenvölkern zu halten.

Ungeachtet von Jahreszeit oder Wetter oder Schildern mit der Aufschrift ›Betreten verboten‹ schlich Dick landein, landaus, verschreckte Schafherden und brachte den Leuten Gottesfurcht bei, die im Morgengrauen Kornkreise in den Feldern anlegten. In einer guten Nacht zog er mindestens vier Kaninchen das Fell über die Ohren, und jedes brachte beim örtlichen Schlachter ein ganzes Pfund.

Dem durchschnittlichen Stadtmenschen mag dies als ein extrem schwieriger Weg erscheinen, seinen Lebensunterhalt zu verdienen – aber was wissen Stadtheinis schon über das Landleben?

Nicht viel. Eigentlich gar nichts.

Dick war der letzte einer aussterbenden Art. Oder zumindest einer der letzten. Und er empfand es als seine heilige Pflicht, das Landleben fortzuführen, das ohne Leute wie ihn für immer verschwinden würde, genau wie die handgezogenen Pflüge, die kleinen Hütten der Farmarbeiter und das Recht des Gutsherren, eine der Jungfrauen des Dorfes zu sich zu nehmen, wann immer in einem Monatsnamen der Buchstabe ›r‹, ›i‹ oder ›u‹ vorkam.

Und so verdiente er sich mühsam seinen bescheidenen Lebensunterhalt mit wenig mehr als einem Pfund pro Kaninchen, den Sozialhilfezahlungen der Gemeinde und einem wirklich großzügigen Stipendium der Gesellschaft für die Erhaltung des ländlichen Handwerks.

Gott schütze dich, Dick Godolphin!

»Verpiß dich, Dick«, sagte Simon. »Und nimm deinen Köter von meinem Bein.«

»Platz, Lurcher«, brummte Godolphin. »Komm bei Fuß!«

»Hier, bitte«, sagte Andy und reichte Simon ein weiteres Bier. »Unterschreibst du bitte hier auf dem Deckel?«

»Ich werd' für die gesamten fünfundzwanzig Pfund unterschreiben. Du willst dir doch nich' deine Kasse mit Bierdeckeln vollpflastern, oder?«

»Ausgezeichnet!« sagte Andy. »Noch mal das gleiche, Dick, oder?«

»Jau!« entgegnete Dick.

Simon schlürfte seinen zweiten Krug und ließ den Blick schweifen. Die meisten Stammgäste waren anwesend und hatten sich in ihren Lieblingsecken auf den Pseudotudorstühlen oder den niedrigen Hockern mit den Königin-Anne-Beinen versammelt. Andere lümmelten sich an der Bar und schwafelten über dies und jenes. Sex und Skandale. Krieg und Gerüchte über Krieg. Alles und nichts. Wie das halt in Kneipen so ist.

Simon beobachtete sie dabei. Der Lange Bob, von Beruf Hühnerbauer, scheinbar ohne Kopf hinter dem *Balken-an-dem-Fremde-sich-immer-die-Rübe-anstoßen-wenn-sie-vom-Klo-kommen*, lachte sich inmitten der Mitglieder der Dorfrockband *Roman Candles** (nicht das Feuerwerk, sondern die Fallschirmspringergruppe) beinahe tot. Military Dave (ölver-

* deutsch: Goldregen (Anm d. Übers.)

schmiert und über einem dreistöckigen Wodka von Brookland träumend), der ›Schreiber‹ (der sich seinen Lebensunterhalt offensichtlich durch Schreiben verdiente, obwohl noch nie jemand ein Buch von ihm in einem Laden gefunden hatte), und zwei dufte Kassiererinnen aus dem Supermarkt in der Hauptstraße. Und so weiter und so fort.

Simon kannte sie alle, die meisten bereits aus der Schulzeit. Immer die gleichen Gesichter. Die gleichen alten Witze. Die gleichen alten Runden von Drinks (wenn Andy mitspielte).

Aber hier saß er. Und er war nicht mehr länger der gleiche. Er hatte zugesehen, wie sein bester Freund von einem fliegenden Seestern aufgesaugt wurde, der ihn zur Venus bringen wollte. Wie konnte er da noch der gleiche sein wie zuvor?

Und so saß er hier, und seine Gedanken wanderten umher auf der Suche nach einer Möglichkeit, wie er am besten Kapital aus diesem Wissen schlagen konnte, das nur er alleine besaß. Es war ein so wertvolles Wissen, daß man es mit Vorsicht würde behandeln müssen. Wenn es ihm gelang, eine Sonntagszeitung von seiner Geschichte zu überzeugen, dann war vielleicht eine Menge Geld damit zu verdienen. Aber es bestand die viel größere Wahrscheinlichkeit, daß man ihn als ›nicht ganz dicht‹ brandmarken würde.

Simon begann sich ernsthaft Gedanken zu machen.

Und fing sich eine Ohrfeige ein.

»*Autsch!*« rief er und fiel vom Hocker.

Die Stille, die sich nach dieser fürchterlichen Verletzung der Etikette plötzlich ausbreitete, verging beinahe ebenso schnell, als der Grund für den *faux pas* offensichtlich wurde.

Der Grund war Lisa.

Lisa war Simons langjährige, geduldige Freundin, und da sie ihren Kerl auf einer mehr oder weniger regelmäßigen Basis zu Boden schlug, kniff sogar Andy ein griechisches Auge zu. Allerdings duldete er nicht, daß sie mit den Füßen zutrat.

»Neun Uhr!« brüllte Lisa ihren Simon an, als die Stammgäste sich wieder ihrer fröhlichen Unterhaltung zugewandt hatten. »Du hast gesagt, du wolltest gegen neun Uhr vorbeikommen!«

Eine Saite klingelte in Simons Kopf, der auf dem Fußboden lag, und er dachte an Sex. Anscheinend dachte Dicks immergeiler Hund dasselbe und wandte sich Simons Gesicht zu. Simon war einen Augenblick lang zu beschäftigt, um Lisa eine beredte Entschuldigung vorzutragen.

Sie sagte: »Ich hab' eine Stunde in diesem Rohrstuhl gesessen und gewartet! Mein Hintern sieht aus wie ein gegrillter Beefburger!«

Simon prustete: »Nimm den verdammten Köter aus meinem Gesicht, Dick!«

Der Wildtöter brummte: »Hoch mit dir, alter Junge. Komm bei Fuß!«

Simon kämpfte sich auf die Beine, und ein schwaches Lächeln spielte um seinen Mund. »Ich dachte, wir hätten uns hier verabredet, Lisa! Ich hab' mir schon Gedanken gemacht, weil du nicht aufgetaucht bist. Ich wollte eben los und bei dir vorbeisehn.«

»Du lügst ...!« Lisa versuchte, ihn zu treten. »Nimm deinen verdammten Hund von meinem Bein, Dick!«

»Lisa, so hör doch zu!« Simon spuckte ein paar Hundeschamhaare aus. »Irgend etwas Unerwartetes ist dazwischengekommen. Es tut mir wirklich leid!«

»Wirklich?« Lisas Nasenflügel bebten. Schöne junge Nasenflügel. Sie waren genau so, wie Nasenflügel sein mußten. Am Ende einer hübschen Nase in einem hübschen Gesicht, das von einer verschwenderischen Fülle jungen, schönen, rotbraunen Haares eingerahmt wurde. »Was ist das für ein Geruch?« fragte Lisa.

»Geruch? Was für ein Geruch?« Simon fächelte sich Luft in das Gesicht.

»Geruch«, sagte Lisa.

Entlang der Bar fingen die Stammgäste an zu schnüffeln. Obwohl die Tracht Prügel, die Simon bezogen hatte, an sich nichts Besonderes war, hatte die Erwähnung des gegrillten

Hinterns doch einiges an Interesse geweckt. Die unerwartete Wende des Gesprächs sorgte dafür, daß die Interessenten nun im Netz der aufmerksamen Spannung zappelten.

Wie ein Fisch.

»Fisch!« sagte Lisa. »Es ist Fisch! Du stinkst nach Fisch, mein Lieber!«

»Fisch?« erwiderte Simon. »Nein. Das kann nicht sein. Ich rieche nicht nach Fisch.«

»Doch. 's ist Fisch«, mischte sich Andy ein. »Ist mir gleich aufgefallen, als du zur Tür reingekommen bist, aber ich bin natürlich viel zu gut erzogen, um was zu sagen.«

Schnüff, schnüff, schnüff, machten die Stammgäste.

»*Fisch, Fisch, Fisch!*« sagten sie.

»Das bin nicht ich«, maulte Simon. »Das ist der Köter von Dick!«

»Das bist verdammt noch mal du!« Der Wildtöter beugte sich ganz dicht zu Simon und schnüffelte an seiner Backe. »Du stinkst wie ein Seehund.«

»Nasser Fisch, kein gefrorener«, sagte der Wirt.

»Du dreckiger Perverser!« kreischte Lisa und trat nach Simons Schienbein. Sie besaß auch einen hübschen jungen Fuß. Er steckte genau dort, wo ein schlanker junger Fuß stekken sollte. In einem weißen Pumps mit steifer Spitze und Drei-Zoll-Pfennigabsatz. Simon begann herumzuhüpfen und laut zu brüllen.

»Vielleicht ist es ein Teil von Simons Nummer?« sinnierte der Lange Bob, der Hühnerbauer. Er zog seinen Kopf ein und grinste die Bar entlang.

»Nummer?« Das Wort wurde zusammen mit zuckenden Schultern weitergereicht.

»Nummer?« übertönte Lisa die anderen. »Was für eine Nummer soll das sein?«

»Die, die ich ihn vorhin mit Raymond zusammen habe üben sehen, als ich an den Schrebergärten vorbeigekommen bin. Ihr wißt schon, womit uns diese Pantomimen unermüdlich langweilen.« Der lange Bob begann, die fragliche Pantomime nachzuahmen.

»Heh, nicht schlecht«, sagte einer der *Roman Candles.* »Kannst du auch den, bei dem man scheinbar marschiert, aber auf der Stelle stehen bleibt?«

»O ja! Das kann ich!« meldete sich ein anderer. »Das ist ganz einfach.«

»Ich kann mit drei toten Kaninchen jonglieren«, verriet Dick an Lisa gewandt. »Während ich einen Krug Bier auf meinem Willy balanc ...«

»Simon!« schrie Lisa auf. »SIMON!!!«

Aber Simon war plötzlich nirgendwo mehr zu sehen. Die besondere Chemikalie in seinem Gehirn hatte eine weitere ihrer blitzschnellen Entscheidungen getroffen.

Raymonds Paket war von der Theke verschwunden, und nur ein halb leerer Krug, ein unterschriebener Bierdeckel und eine verärgerte Freundin mit einem Jagdhund, der einmal mehr an ihrem Bein hing, verrieten, daß Simon je dagewesen war. Und ein halbes Dutzend erwachsener Männer, die aus imaginären Telephonzellen zu klettern versuchten.

Und ein erdrückender Fischgeruch.

Was, wenn man es richtig bedenkt, eigentlich eine ganze Menge war.

3. KAPITEL

Raymond war ein trauriger, enttäuschter Schmuck.

Er saß mit angezogenen Beinen in seiner scheußlichen kleinen Blase und starrte haßerfüllt auf die Venus. Er konnte nicht viel von ihr erkennen, aber was er sehen konnte, das haßte er.

Seine Blase stand auf einem robusten dreibeinigen Gestell im Zentrum einer bleichen, grauen Plaza, die von niedrigen, stumpfsinnigen und genauso grauen Gebäuden industrieller Machart gesäumt war. Indem er mit seinem kleinen Sitz herumschwenkte, konnte Raymond eine ganze Schar weiterer Blasen ausmachen, die der seinen sehr ähnlich sahen. Sie kamen in allen Größen vor, winzigklein bis riesiggroß, und sie beherbergten ein ganzes Sortiment der erstaunlichsten ›Dinger‹; ein anderes Wort fiel Raymond nicht ein für das, was er sah. Einige dieser ›Dinger‹ wirbelten und tobten in ihren transparenten Gefängnissen, während andere ein Verhalten an den Tag legten, das von einer ähnlichen Verzweiflung wie der Raymonds herzurühren schien.

Von Aliens gekidnappt! Das war das Schlimmste, was einem passieren konnte! Es hätte völlig gereicht, von Verrückten aus dem Mittleren Osten als Geisel genommen zu werden. Auf der Erde gab es wenigstens die Spur einer Hoffnung, daß Hilfe kam.

Simon hatte eine Theorie dazu gehabt. Nach seiner Meinung traten die Geiselnehmer aus dem Mittleren Osten immer in Verhandlungen mit einem Londoner Verlagshaus ein, um sich auf diese Weise einen Anteil an den Tantiemen zu sichern, die ihre Geiseln nach der Freilassung durch den Bestseller verdienten, den sie durch Niederschreiben ihrer Memoiren schufen. Simon behauptete sogar, er hätte ein diesbezügliches offizielles Papier zu Gesicht bekommen. Und daß die meisten Entführungen im Schnitt eigentlich nicht länger als einen Monat dauern sollten und die Dinge nur wegen der Agenten aufgehalten würden, die so lange brauchten, um die Verträge niederzuschreiben.

Raymond betrachtete die Sache weit weniger zynisch als sein Freund – obwohl er sich hin und wieder wunderte, daß immer Journalisten gekidnappt wurden, die gut schreiben konnten.

Aber das hier war nicht der Mittlere Osten.

Das hier war die Venus.

O Mannomann!

Raymond schniefte. Außer den Blasen war der Platz völlig leer. Wo steckten die Auktionsteilnehmer? Und wie mochten sie wohl aussehen? Ein weiteres Mal untersuchte er das Schild, das an der Schnur um seinen Hals baumelte. Er konnte es lesen. Also sprachen die Venusianer sicherlich seine Sprache. Und er atmete! Also schienen sie auch Luft zu atmen. Aber wer oder was waren sie? Zweifelsohne irgendeine überlegene Rasse. Wahrscheinlich würde er als eine Art Haustier versteigert werden. Die Möglichkeiten dafür standen nicht schlecht. Vielleicht wollten sie ihn sogar für Zuchtzwecke?

Raymonds Magen gab knurrende Geräusche von sich. Er zitterte, und ihm war kalt. Sie hätten ihm wenigstens seine Unterwäsche lassen können. In seinem Adamskostüm in aller Öffentlichkeit ausgestellt zu werden! So eine Schande! So eine verdammte Schande! *Es muß was mit ›Zucht‹ zu tun haben,* sagte sich Raymond. Deswegen auch ohne Unterhosen. Man stelle sich vor! Und das bei der Kälte und so!

Und überhaupt.

Und sowieso.

O Mannomann!

Plötzlich umklammerte sich Raymond in schamloser Weise und rammte die freie Hand in seinen Mund. Er mußte mal. Es war ganz langsam gekommen, aber plötzlich hatte er es verdammt eilig.

Wie peinlich!

Vielleicht war ein Nachttopf in den kleinen Hocker eingebaut? Raymond zog und zerrte mit der freien Hand, aber der Hocker gab nicht nach.

Was mache ich nur? Was mache ich nur?

Ich muß ein Loch finden! Ja. Das schien eine vernünftige Idee. Schließlich mußte die Luft auch irgendwie in die Blase kommen. Raymonds Hände tasteten die Innenwände der Blase ab.

»Halt aus, halt aus!« lamentierte er vor sich hin. »Nur noch eine oder zwei Sekunden! O Gott! O Mannomann! O du lieber Gott!«

Ein tastender Finger fand sich plötzlich in der Außenwelt wieder. Ein kleines Loch direkt neben dem Sitz. Raymond nahm sorgfältig Maß.

»O Gott! Jaaaaaaaaa!«

Er hatte sich auf dem Hocker niedergelassen. Ein armer nackter Schmuck mit einem warmen nassen Fuß und einem wirklich ausgesprochen dümmlichen Grinsen im Gesicht.

»Es reicht, Nummer dreiundzwanzig!« Die Stimme erklang mit erschreckender Plötzlichkeit.

»Aaaaaah!« sagte Raymond. »Toilettenpapier, bitte.«

»Nun beruhigen Sie sich aber.«

Raymond kauerte sich zusammen und spähte in die Runde, und was er sah, das beeindruckte ihn mächtig. Ein wunderschönes Wesen lächelte auf ihn herab. Es war ein Mensch, aber es war gleichzeitig auch keiner. Es war etwas Besseres als ein Mensch. Eine Art idealisierte Version dessen, was Menschen eigentlich sein sollten. Das Wesen war gut sechs Fuß groß und mit einer bodenlangen Toga bekleidet. Es hatte eine beruhigende Hand gehoben.

Es war ganz aus Silber.

Mit Ausnahme der Augen. Goldener Augen. Sie blickten aus einem Gesicht, das Weisheit, Ruhe und Mitgefühl ausdrückte.

Ein Engel? Ein Engel mit einem Notizbuch?

»Geht es dir jetzt besser?« fragte die Vision.

Raymond versuchte, sein Mundwerk in Gang zu setzen, aber die Worte wollten ihm nicht über die Lippen kommen.

»Hast du etwas dagegen, wenn ich dir ein paar Fragen stelle?«

Raymond schüttelte den Kopf.

»Du mußt nur nicken oder den Kopf schütteln. Oh, du hast es schon getan, oder? Hervorragend. Exemplar irdischen Lebens. Männlich. Ist das korrekt?«

Raymond brachte ein heiseres »Ja« zustande.

»Hervorragend. Und ein ausgesprochen feines Exemplar, wenn ich das so sagen darf.«

»Oh«, entgegnete Raymond.

»Name?« fragte das Wesen.

»Raymond«, entgegnete Raymond.

»George«, erwiderte das Wesen.

»Hallo, George«, sagte Raymond und winkte mit der Hand.

»Nicht ich George. Du George«, sagte das Wesen.

»Ich Raymond«, sagte Raymond. »Ich meine, ich bin Raymond. Mein Name ist Raymond.«

»Nun, wenn jemand fragt, dann sag bitte, du seist George. Es macht die Sache bedeutend einfacher.«

»Aber ich bin Raymond.«

Das Wesen konsultierte seine Kladde. »Ich fürchte, du bist bei mir als George eingetragen.«

»Das ist ein Fehler«, entgegnete Raymond. Seine Miene hellte sich auf. Ein Fehler! Das mußte es sein!

»Ein Fehler?« fragte das Wesen in freundlichem Ton.

»Ja.« Raymond hüpfte auf und ab. »Sieh mal, ich war in meinem Schrebergarten, und dann tauchte dieser fliegende Seestern namens Abdullah auf. Und ich habe seinen Eingangstest bestanden, den der Sultan vom Uranus für das *Erhabene Konzil des Kosmischen Supervolks* festgesetzt hat.«

»Hast du ein Zertifikat erhalten?«

»Nein«, erwiderte Raymond. »Ich habe kein Zertifikat.«

»Typisch.« Das Wesen blätterte durch seine Kladde. »Da hat mal wieder jemand richtigen Mist gebaut.«

»Dann ist es also ein Fehler?« Raymond rang die Hände in erbarmungswürdigem Flehen.

»Ich sag' dir was«, lächelte das Wesen Raymond auf eine Weise an, daß es ihm augenblicklich von Kopf bis Fuß warm wurde. »Vertraust du mir, daß ich die Dinge für dich erledige?«

»Ja, natürlich«, entgegnete Raymond. Sein Kopf bewegte sich heftig auf und ab.

»Nun, dann leg dich jetzt einfach hin und ruh dich aus. Schlaf ein wenig, und ich erledige die Dinge in Null Komma nichts. Was sagst du dazu?« Die goldenen Augen versenkten sich tief in die von Raymond. »Schlaf einfach, und alles wird gut.«

»Schlafen. Ja. Vielen Dank.« Der junge Mann in der Blase lächelte seinem Wohltäter dankbar zu. Seine Augenlider wurden schwer, und sein Kopf begann nach vorn zu sinken. Alles würde in Ordnung kommen.

»Schlaf gut.«

Raymond wäre mit Sicherheit in einen sanften, silbernen Schlummer gefallen, wenn er sich nicht so dumm angestellt und seinen dicken Zeh in das kleine Luftloch neben seinem Hocker geklemmt hätte.

»Autsch!« rief er und sprang hoch, um seinen Zeh zu befreien.

»Autsch!« rief er, als sein Kopf oben gegen die Innenseite der Blase knallte.

»Auaaaaaaaaahhhh!« rief er, als plötzliche Agonie ihn darüber informierte, daß er sich soeben auf zwei kugelförmige Bestandteile seiner Anatomie gesetzt hatte, auf die man sich niemals setzen sollte.

In paroxysmischem Schmerz verkrümmt und mit aus den Höhlen quellenden Augen, suchte Raymond Hilfe von dem silbernen Wesen. Doch das schlenderte davon.

Und es hörte sowieso nicht zu. Es lachte. Es lachte sogar sehr laut. Und zwischen den Lachanfällen schnappte Raymond immer wieder zwei Worte auf. Das eine war ›Zertifikat‹, und das andere ›Schmuck‹.

»Du dreckiger verrotteter Bastard ...« Raymond ballte die Fäuste, aber dann öffnete er die Hände und starrte in stummem Unglauben auf das, was sich vor ihm abspielte.

Das lachend davonschlendernde silberne Wesen schien zu verschwimmen und verwandelte sich mitten im Schritt, ohne seinen Gang zu unterbrechen, in etwas höchst Erstaunliches. Es war nicht länger der strahlende Supermann, sondern bestand nur noch aus zotteligen Stacheln und filzigem Flechtwerk, das es hinter sich her schleppte.

Raymond rieb seine Augen. Sein Schmerz war vergessen. Er hatte es gesehen, oder nicht? Das Wesen hatte gerade den saubersten Verwandlungstrick von ... von wo eigentlich? *Hier* offensichtlich. Mit doppelter Ehrfurcht beobachtete Raymond das weitere Geschehen.

Das Wesen hielt in seiner neuen Gestalt neben einer anderen Blase. Und er sah, wie es sich noch zweimal veränderte, bevor es außer Sicht kam.

»Jetzt brat mir einer 'nen Storch!« sagte Raymond. Das war ein hinterhältiger Trick, ohne Frage. Erscheine vor deinem Gefangenen in einer idealisierten Gestalt seiner selbst, sprich ein paar honigsüße Worte, um ihn zu beruhigen, und dann was? Ach ja, hypnotisiere ihn in den Schlaf, das war es.

Raymond rieb seine schmerzenden Stellen. Wenn er sich nicht den Zeh eingeklemmt hätte, wäre er genau wie die anderen eingeschlafen.

»Ich frage mich, wie dieser Knabe ohne all die Spezialeffekte aussehen mag?« fragte sich Raymond. »Und ich frage mich, was ich jetzt am besten unternehmen soll. Ich schätze, ich stelle mich tot und sehe, was dann geschieht.«

Und so kam es, daß Raymond sich totstellte.

Sein Magen knurrte sehr hohl. Ihm war kalt, und er hatte Hunger und Schmerzen. Seine Mitgefangenen ringsum schliefen alle. Vielleicht war ihnen ebenfalls kalt. Vielleicht hatten sie ebenfalls Hunger. Wahrscheinlich sogar. Hätte Raymond seine Situation mit einem gewissen Abstand analysieren können, dann hätte er vielleicht sogar ein wenig Bewunderung für die Genialität des venusianischen Gestaltwandlers aufbringen können. Vollkommen unnötig, Geld für Futter auszugeben, bevor die Ware verkauft war. Und kein Geschrei aus den Blasen, das die Käufer abschrecken konnte. Es war wirklich alles sehr schlau eingefädelt.

Aber Raymond war weit davon entfernt, die Dinge mit etwas Ähnlichem wie einem gewissen Abstand zu betrachten, und so saß er nur da und zitterte und blickte mürrisch drein.

Bald ertönte in der Ferne eine Sirene, und eine Reihe von Wagen näherte sich langsam. Sie waren groß und bauchig, aber sie sahen kaum wie der Wagen aus, in dem *Dan Dare* über die Titelseite des *Eagles* fuhr. Diese hier hatten ein rein zweckmäßiges Aussehen. Diese Wagen sagten: »Wir wurden nicht gebaut, um schön, sondern um zweckmäßig zu sein. Wir wurden für Leute konstruiert, die geringen Benzinverbrauch einem ästhetischen Aussehen vorziehen.«

Das waren phantasielose Fahrzeuge für phantasielose Leute.

Raymond spielte den Toten und beobachtete durch seine Finger hindurch, wie die Wagen langsam vor ihm anschwollen.

Die Wagen kamen heran und parkten schließlich in geordneten Reihen.

Dann stiegen die Insassen aus.

»O Mann!« sagte Raymond zu sich. »So sehen sie also wirklich aus.«

Sie boten keinen schönen Anblick. Sie bewegten sich auf zwei Beinen mit zwei Füßen und hatten zwei Arme und zwei Hände. Aber der Rest! Ihre Körper besaßen ungefähr Eierform. Die Köpfe wuchsen ansatzlos aus dem Körper, ohne Hals, ohne Kinn. Die breiten Gesichter waren von glänzend metallischer Farbe.

Sie erinnerten Raymond an die Kartoffelfiguren, die er als Kind in seinem Nikolausteller gefunden und mit denen er immer nur ein paarmal gespielt hatte, bevor seine Mutter sie leise und heimlich in den Mülleimer warf.

Und diese Kartoffelfiguren waren noch nicht einmal gutaussehend. Im Gegenteil, sie sahen richtig böse aus. Raymond haßte sie bereits vom Sehen. Die Intensität seines Hasses verblüffte ihn, und er fand keinen offensichtlichen Grund dafür – mit Ausnahme ihres Aussehens.

Raymond war kein Rassist.

Als Kind hatte ihn Rassenhaß immer sehr verwirrt, und einmal hatte er das Thema bei seinem Vater zu Sprache gebracht, der zwischen zwei Sitzungen beim Buchmacher für eine kurze Weile zu Hause gewesen war.

Der alte Knabe hatte seine Sportzeitung zur Seite gelegt und kurz überlegt. Dann hatte er gesagt: »Sohn, bei allen Rassen gibt es gute und böse Menschen.«

Erfreut über die einfache Reinheit der Dinge war jung Raymond nach draußen spielen gegangen.

»Aber was mich wirklich interessiert«, hatte sein Vater ihm hinterhergerufen, »warum müssen all die verdammten Bösewichter in unserer Straße leben?«

Der junge Raymond hatte die Bemerkung allerdings nicht

mehr gehört, und von diesem Tag an hatte er die feste Überzeugung, daß sein bigotter Idiot von Vater ein wahrer Humanist gewesen war.

Was ihm jetzt nicht weiterhalf.

Raymond beobachtete noch immer verstohlen zwischen seinen Fingern hindurch die Szene. »Ich hasse diese Bastarde wirklich«, murmelte er lautlos.

Die Kartoffelköpfe schlurften zwischen den Blasen umher, konsultierten ihre Auktionslisten, deuteten mit ihren Fingern und quasselten. Raymond hörte ihnen zu. Er verstand jedes Wort. Eine Gruppe von ihnen näherte sich seinem Gefängnis. Nach dem, wie sie aussahen, waren sie eine typische Familie. Mutter, Vater und ein paar Kinder, Mädchen und Junge. Otto Normalverbraucher.

»Was ist das hier für eins?« fragte die kleinste aus der häßlichen Brut, die Tochter.

Vater Kartoffel stierte mit schwarzen Knopfaugen auf seine Auktionsliste. »Stück Nummer dreiundzwanzig. Exemplar irdischen Lebens. Männlich.«

»Bäh!« sagte die Tochter. »Ist es nicht häßlich?«

Häßlich? Raymond kaute auf seiner Unterlippe, aber er rührte sich nicht.

»Können wir es nicht aufwecken?« Die andere kleine Kartoffel fing an, gegen Raymonds Blase zu hämmern.

»Ich würde es lieber sehen, wenn du das lassen könntest. Wenn es dir nichts ausmacht.« Raymond erkannte die Stimme sofort, obwohl er den Sprecher nicht sehen konnte. Es war die Stimme von Mr. Chamäleon, dem Silberimitat mit der Kladde. »Ein prächtiges Exemplar, meinen Sie nicht, Sir?«

Die Kartoffelköpfe nickten von den dicken Bäuchen an aufwärts. »Sehr schön«, stimmte Vater Kartoffel zu.

»Hat es einen Namen?« fragte das liebreizende Kartoffeltöchterchen.

»Ja. Sein Name ist George.«

Raymond biß die Zähne zusammen.

»Alle männlichen Erdenbewohner heißen George«, fuhr Mr. Chamäleon fort.

»Ist es eine Tradition oder ein alter Brauch oder so was?« fragte Vater Kartoffel.

»Nein. Es ist nur, weil sie so dumm sind.«

Raymond biß die Zähne noch fester zusammen.

»Also, wenn alle irdischen Männchen George heißen«, fragte Frau Kartoffel, »wie heißen dann die Weibchen?«

»Mildred.«

»Mama, ich will George!« sagte die liebliche Tochter.

»Nein, mein Liebling. Wir sind heute hier, um einen Klingonen zu kaufen.«

»Aber ich will George. Ich will keinen Klingonen! Ich *will* George!« Raymond beobachtete, wie das Gesicht des Balgs sich verzerrte und die kleinen Füße auf den Boden stampften.

»Was sagten Sie, was Sie für George haben wollen?« fragte Vater Kartoffel.

»Warten Sie, da muß ich nachsehen.« Und plötzlich, als es in seine Sichtlinie trat, konnte Raymond auch das Chamäleon sehen. Und was soll man sagen! Auch das Chamäleon war ein Kartoffelkopf, wenn auch ein ziemlich kleiner.

Es blätterte mit einem kleinen Stummelfinger durch seine Kladde und sagte schließlich: »Fünf Pfund. Das ist das Mindestgebot.«

»Fünf Pfund?« Vater Kartoffel schüttelte sich. Seine Tochter lief purpurrot an und wiederholte ununterbrochen die Worte: »Ich *muß* George haben. Ich *muß* George haben!« Ihre Stimme schwang sich in immer höhere Tonlagen.

»Natürlich, mein Liebes. Bitte beruhige dich.«

»Dann kriege ich George?«

»Nun ...«

»Sehen Sie nur die feine, junge Physiognomie, Sir«, sagte Mr. Chamäleon. »Dieses Exemplar ist in ausgezeichneter körperlicher Verfassung. Es wird Ihnen gute Dienste leisten.«

Dienste? Raymond wunderte sich über die Wortwahl. Dienste wie Arbeiten? Sklaverei? Oder eine andere Art von Diensten? Dienste wie beim Zeugen von Nachwuchs? Als

Zuchthengst? Nun ja. Er war bereit, es als Zuchthengst zu versuchen.

»Haben die Georges immer so eine ungesunde blaue Hautfarbe?« fragte Frau Kartoffel.

»O nein, Madame! Nicht, wenn Sie sie aufwärmen. Dann werden sie hübsch rosig.«

»Das ist hübsch. Rosig. Ich mag Rosa. Wie wärmt man sie denn am besten auf?«

»Langsam über Holzkohle grillen«, sagte Mr. Chamäleon. »Am besten gart man sie selbstverständlich lebendig. Man klebt ihnen den Mund zu und schiebt ihnen eine Pfefferschote in den Hintern. Das gibt ein angenehmes Aroma.«

Raymond biß die Zähne so fest zusammen, daß eine Plombe zerbrach.

Während der Auktion saß er weiterhin reglos da. Die Auktion verriet Raymond nicht viel über den venusianischen *Way Of Life*. Sie war genau wie jede beliebige Auktion auf der Erde auch. Beispielsweise eine Viehauktion, wo man Mastschweine kaufte, um aus ihnen Schinken zu machen.

Mr. Chamäleon betonte die Vorzüge eines jeden Exemplars, den Geruch, die Zartheit der einzelnen Stücke. Raymond erstarrte das Blut in den Adern. Er erfuhr, daß eine Million Pennys ein venusianisches Pfund ergaben, aber er blieb weiterhin im dunkeln über den Wert eines Pennys. Und eigentlich war es ihm auch egal.

Es gab nur eins, worum er sich Gedanken machte: wie er diesem düsteren Planeten heil entkommen konnte. Und vorzugsweise noch bevor die Pfefferschote eingeführt wurde.

»... und zum Dritten!« Raymond spähte erneut zwischen den Fingern hindurch. Die Auktion war vorüber, und Familie Otto Normalverbraucher hatte ihn zum Sommerschlußverkaufspreis von lächerlichen 4 £ 999.990 p ersteigert.

»Ein Hausdiener wird den Kugelbehälter zu Ihrem Fahrzeug bringen.« Mr. Chamäleon war ein einziges strahlendes Lächeln. »Behandeln Sie ihn vorsichtig. Wie Sie wissen, sind die Behälter nur von innen unzerstörbar. Ein heftiger Schlag auf die Außenseite, und sie zerspringen. Ziehen Sie sicherheitshalber Handschuhe an. Wir wollen doch nicht, daß Sie sich verletzen.«

»Darf ich Georges Eier abschneiden?« fragte die liebliche Kartoffeltochter.

»Aber natürlich, mein Liebling«, antwortete die in sie vernarrte Vaterkartoffel. »Aber leg sie schön auf den Rost, damit sie zusammen mit George gar werden. Roh schmecken sie überhaupt nicht.«

»Ich hasse diese Bastarde wirklich«, murmelte Raymond. »Und jetzt weiß ich auch wenigstens, warum.«

4. KAPITEL

Simon erwachte zeitig und nahm eine weitere Dusche. Er hatte am Vorabend bereits zweimal geduscht, aber er war sicher, daß der Gestank dieses fliegenden Seesterns an ihm haftete wie ein verschimmelter Bodystocking.

Auf eine gewisse Weise fand er den eigenartigen Fischgestank beinahe tröstlich. Ohne den Geruch, da war Simon sicher, wäre er schnell davon überzeugt gewesen, daß alles, was Raymond zugestoßen war, nicht mehr als ein Produkt seiner überbordenden Phantasie gewesen war.

Simon erinnerte sich an einen Bericht, den er vor einiger Zeit im Wartezimmer seines Zahnarztes gelesen hatte. Es war ein handgeschriebenes Flugblatt gewesen, für das eine Organisation mit dem rätselhaften Akronym B.A.S.T.E.I. verantwortlich gezeichnet hatte, und darin war beschrieben worden, wie das menschliche Gehirn die Dinge aus dem Bewußtsein filterte, die nicht in seinen Alltag paßten.

Beispielsweise, wenn man einen Geist gesehen hat. Man sieht das Ding, während man stocknüchtern ist, und man ist sich vollkommen sicher, daß man es wirklich gesehen hat.

Aber schon am nächsten Tag beginnt die Erinnerung zu verblassen, und in Null Komma nichts ist man davon überzeugt, sich alles nur eingebildet und den Geist niemals gesehen zu haben.

Der Artikel enthielt dunkle Hinweise auf Einflüsse, die dem Gehirn verborgen blieben. Die möglicherweise vom Geist selbst ausgingen. Oder einem UFO. Oder was auch immer. Es war alles Teil einer geheimnisvollen Nebelwand, die ein schreckliches Geheimnis vor der Menschheit verborgen hielt.

Simon war von dem Bericht ziemlich fasziniert gewesen, aber er hatte leider nicht genügend Zeit gehabt, ihn zu Ende zu lesen. Er war in das Behandlungszimmer gerufen worden, wo man ihm seine neuen Kronen eingesetzt hatte. Und als er das nächste Mal zu seinem Zahnarzt gegangen war, da war das Flugblatt nicht mehr dagewesen.

Vielleicht hatte er sich alles auch nur eingebildet …

Aber er war sicher, daß er sich Abdullah, den fliegenden Seestern, nicht eingebildet hatte.

Während er sich zum zigsten Mal an diesem Morgen die Zähne schrubbte, überlegte er, was Raymond wohl im Augenblick machte. »Bestimmt diniert er im Palast eines venusianischen Monarchen«, sagte Simon durch den Schaum der Zahnpasta. »Der Glückspilz.«

Seine Morgenwäsche war beendet und Rasierwasser buchstäblich über alle intimen Körperteile verteilt. Simon machte sich auf, um dem neuen Tag ins Gesicht zu blicken.

Nun war Simon eben Simon, und so hatte der vergangene Abend nicht als vollkommenes Desaster für ihn geendet. Wie der Zufall es wollte, war er mit der Wirtin des *Bärenwappens* zusammengestoßen, nachdem er aus dem *Fröhlichen Gärtner* geflüchtet war. Die Wirtin versuchte, ihre verstopften Nebenhöhlen mit einem abendlichen Dauerlauf freizubekommen. Ihr Mann Keith (oder Trevor?) befand sich auf einem Kongreß über Gaststättennahrung in Penge. Simon war zu einem Gutenachttrunk eingeladen worden, einem Campari-Soda, und die Einladung führte, genau wie Simon es erhofft hatte, zu einigen Stunden rasanter sexueller Aktivität, die in einem mündlichen Vertrag gipfelten, daß er den ganzen Sommer lang die Pflanztröge auf den Balkonen pflegen sollte.

Es erscheint an dieser Stelle angebracht, festzuhalten, daß die Wirtin, als sie ihre Nebenhöhlen endlich frei hatte, einen höchst intensiven Geruch nach Fisch bemerkte, der sich aus der Bar über die Treppe bis in die Schlafgemächer des Wirtspaares zog und den auch ihr Gatte Trevor (oder Keith?) bemerkte, als er von seinem Kongreß zurückkehrte.

Simon hatte die ganze Woche nichts anderes zu tun, als Rasen zu mähen. Mr. Hilsavie hatte in vielen Jahren schwerer Arbeit, während derer eine konkurrierende Gärtnerei nach der anderen ebenso willkommener- wie unerklärlicherweise aufgegeben hatte, einen großen Kundenkreis aufgebaut, und Simon, Hilsavies einziger Angestellter, war aus diesem Grund nie ohne Arbeit.

Heute war Simon mit der großen Allen-Sense ausgezogen, um die Wiese unterhalb der Hühnerfarm vom Langen Bob zu mähen.

Simon arbeitete gerne mit der Allen-Sense. Sie war ein kolossales Stück Farmtechnologie aus den Fünfzigern, grünglänzend lackiert, mit massiven Rädern und altmodischen 1950er Rennwagenreifen. Und vorne war eine Art riesiger Haarschneidemaschine angebaut.

Die Allen-Sense ging mit einem Affenzahn zur Sache, wenn sie erstmal gestartet und warmgelaufen war, und mit Ausnahme von Betonpfosten konnte nur wenig der Allen trotzen.

Simon wendete den Transit-Pritschenwagen vor dem Gatter zur Wiese und schaltete die Maschine ab. Er schwang das Tor auf, klappte die Ladewand herunter, legte zwei Bohlen zurecht und ließ die Allen vorsichtig über die Bohlen vom Wagen rollen.

Der Tag roch süß. Die Sonne schien kräftig, Vögel tauschten den neuesten Tratsch, Nackedeis streckten die Köpfe hoch, und die Karnickel, die in der vergangenen Nacht der Aufmerksamkeit Dicks und seines Hundes entgangen waren, hüpften umher, wie nur Karnickel umherhüpfen können.

Es war der Himmel auf Erden.

Simon beschäftigte sich eben mit der Kunst des Vergasertippens, bevor er sich daran machte, die Starterleine zu ziehen, als das Geräusch ferner Trommeln an sein Ohr drang.

»Nanu?« sagte Simon, wie jemand ›Nanu?‹ sagen würde, der eben Trommeln in der Ferne gehört hatte. »Was mag das sein?« Die *Roman Candles* (nicht das Feuerwerk, sondern die Fallschirmspringergruppe) übten in der Scheune des Langen Bob. Aber das war nicht das übliche *Rasen gegen die Maschine*. Das klang mehr nach militärischem Getrommel. Von der Sorte, zu der das gemeine ländliche Kanonenfutter in den Rachen des Todes marschierte. Es schien absolut nicht zu einem Tag wie diesem zu passen.

Simons Augen wanderten nach rechts und links. Er wischte seine Finger an einem Lappen ab, den er eigens zu diesem Zweck mitgebracht hatte, und dann duckte er sich in die Büsche. Vorsichtig schlich er zur Böschung, die sanft zur Hühnerfarm des Langen Bob hin anstieg, und schielte durch das hohe Gras, das zu mähen er hergekommen war, auf die Szenerie vor sich. Und wunderte sich über das, was er dort sah.

Der Lange Bob stand in der Mitte seines Hofes. Es war ein schöner, traditioneller Hof, übersät mit all den Dingen, die einen schönen Hof zu einem schönen, traditionellen Hof machten: einem Traktor ohne Räder, zwei Autowracks unbestimmbaren Alters, vielen Eisenblechen, von denen hauptsächlich noch Rost übriggeblieben war, und vielen, vielen leeren Plastiksäcken, in denen einmal Kunstdünger gewesen war.

Und Hühnern. Natürlich.

Der Lange Bob stand inmitten seiner Hühner, genau wie man es von einem Hühnerbauern erwarten sollte. Das war es also nicht, was Simon verwunderte. Es war vielmehr das eigenartige Benehmen, das der Lange Bob an den Tag legte.

Er steckte in einem dieser Militäroveralls: einteilig, mit

großem Frontreißverschluß, mit selbstgebastelten Rangabzeichen aus goldenen Milchflaschendeckeln und Christbaumlametta. Und auf dem Schädel saß ein alter Stahlhelm.

An den Helm waren zwei Hühnerflügel geklebt.

Der schlaksige Bursche trommelte auf einer kleinen Blechtrommel.

Simon beobachtete ihn dabei. Wenn das eigenartige Aussehen des Bauern bereits ausreichte, Simon in Staunen zu versetzen, was mochte man da erst zum Verhalten seiner Hühner sagen?

Ja, was eigentlich?

Es war nicht so, daß Simon keine Ahnung von Hühnern hatte. Man kann schwerlich auf dem Land leben und keine Ahnung von Hühnern haben. Hühner und das Verhalten von Hühnern waren Dinge, die das Landvolk bestens kannte.

Das normale Verhalten von Hühnern erstreckt sich schließlich bloß auf das Picken von Körnern, das Sitzen auf Eiern, das Gefressenwerden von Füchsen in der Nacht und – gelegentlich – das kopflose Herumrennen auf dem Hof, nachdem der Farmer mit dem Beil zugeschlagen hat.

Aber hier war etwas Ungewöhnliches im Gange.

Die Hühner des Langen Bob verhielten sich nicht wie normale Hühner. Sie standen reglos an Ort und Stelle und starrten schweigend auf den Langen Bob. Der Farmer spielte einen weiteren Wirbel auf seiner Trommel. »*Aaaaach … tunggg!*« sagte er.

Die Hühner rührten sich nicht.

»*Aaaaach … tunggg!* Los, bewegt euch! Ich weiß, daß ihr es könnt!«

Wenn die Hühner es konnten, dann wollten sie jedenfalls nicht.

»Los jetzt! *Aaaaach … tunggg!*«

Die Hühner starrten ihn nur an. Und dann hörten erst eins, dann zwei und dann vier damit auf, zu dem Langen Bob hinzustarren. Ihre Hühnerköpfe begannen auf und ab zu rucken, als ihre Schnäbel wieder nach Körnern pickten.

Und bald waren alle Hühnerköpfe mit Rucken beschäftigt, weil alle Schnäbel mit Picken beschäftigt waren.

»Fickt euch doch ins Knie!« Der Lange Bob riß seine Trommel vom Leib und schleuderte sie zu Boden. Er schrie noch mehr, aber seine Worte wurden vom gluckenden Lärm der Hühner verschluckt. Was vielleicht auch besser war. Simon beobachtete, wie der Lange Bob in Richtung seines Farmhauses davonstapfte und wütend alles zur Seite trat, was an Unrat in seinem Weg lag.

Welch ein kurioser Anblick!

Simon ließ sich aus seinem Versteck nach unten gleiten und kehrte zu der Allen-Sense zurück. Er schüttelte schweigend den Kopf und klickte mit seiner teuren Dentalarbeit. Der Lange Bob hatte ganz offensichtlich einen Sprung in der Schüssel. Und diese Hühner erst! Es sah aus, als hätten sie ihm wirklich zugehört!

Was hatte das alles zu bedeuten?

Simon schüttelte ein letztes Mal den Kopf. Er würde es noch früh genug herausfinden, da war er sich ganz sicher. Und wenn er es erst herausgefunden hätte, dann würde er davon profitieren.

Da war er sich ebenfalls ganz sicher.

»*Boom Shanka!*« sagte der Bursche. »*Boom Shanka Boom!*«

Gegen Mittag war er mit der Wiese fertig. Er zog die große Allen-Sense zurück auf die Pritsche des Transit, lud die Bohlen ein, schloß die hintere Ladeklappe, zog ein frisches weißes Leinentaschentuch aus der Tasche und wischte damit den Schweiß ehrlicher Arbeit aus seinem Gesicht.

Der Himmel war blau.

Die Sonne stand hoch.

Die Kneipe rief laut seinen Namen.

Aber nicht der *Fröhliche Gärtner*.

Und auch nicht das *Bärenwappen*.

Simon fuhr mit dem Transit zurück in das Dorf und stellte den Wagen auf dem Kundenparkplatz hinter dem Supermarkt ab. Heute würde er das *Wappen von Bramfield*, ein *Farmersburschen-Menü* und einen Krug *Naturtrüb* riskieren.

Er war bereits halb über den Zebrastreifen bei der Apotheke, als ein glänzender grauer Lieferwagen unerwartet aus einer Parklücke ausscherte und ihn beinahe über den Haufen gefahren hätte. Simon sprang um sein Leben.

Er rollte in die Straßenrinne, wo verschiedene Damen des Dorfes (eine von ihnen hieß rein zufällig Mildred) ihm auf die Beine halfen und einen großen Wirbel veranstalteten. Sie sprachen voller gerechtem Zorn über die Notwendigkeit einer Umgehungsstraße und verkehrsberuhigender Straßenschwellen, während sie ihn von oben bis unten nach gebrochenen Knochen abtasteten.

Simon bedankte sich für ihre Fürsorglichkeit und versicherte ihnen, daß er unverletzt geblieben war. Er stemmte die Hand einer Lady von sich, die er kürzlich erkannt hatte (im biblischen Sinne*), lehnte das Angebot einer gemütlichen Tasse Tee oder auch von etwas ›Stärkerem‹ ab, das seine Nerven beruhigen sollte, und entkam schließlich in das *Wappen von Bramfield*.

Vom sonnendurchfluteten hellen Bürgersteig in die Dunkelheit einer Bar mag es für einen Mann nur ein Schritt sein, aber für den unvorsichtigen Fremden ist es ein riesiger Satz mitten ins Unbekannte.

Das *Wappen von Bramfield* gab dem Reisenden kein warmes, freundliches Willkommen. Kein heimeliges Feuer brannte im Kamin. Keine apfelwängige Dorfschönheit warf einem Mann verzehrende Blicke über die Theke hinweg zu, während sie den selbstgemachten Apfelwein zapfte und ein Stück Apfelkuchen schnitt. O nein. Wirklich nicht. Leider.

Hier wälzte sich der bierbäuchige Schurke Black Jack Wooler, Herr der Unterwelt, in einem rötlichen, von den Spielautomaten stammenden Wetterleuchten blitzender

* Adam erkannte Eva, seine Frau;
sie wurde schwanger und gebar Kain …
Kain erkannte seine Frau,
sie wurde schwanger und gebar Henoch …; u.s.w.;
Genesis 4,1 u. 4,17

Unterwasserbomben hinter seiner Theke wie ein dicker, aufgedunsener Hecht hin und her.

Und die Luft hatte in der Tat eine sehr flüssige Qualität. Man versank in der Salonbar, wenn man sie betrat. Es war schrecklich!

Im Billardzimmer am anderen Ende des Ladens erklang die Musik von *Faith No More* aus einer Jukebox, und jugendliche Anhänger unterschiedlicher Sportbekleidungshersteller kämpften mit Billardstöcken gegeneinander. Aber der Lärm ihres Zeitvertreibs erreichte kaum den Schankraum. Er ging vorher unter und verschwanden in den dunklen, eisigen Tiefen.

Bäh!

Mit Ausnahme von Simon befand sich kein Gast im Schankraum. Genau wie es Black Jack zur Mittagszeit mochte. Simon blinzelte und schielte durch die Dunkelheit in Richtung des Kneipenbesitzers.

Black Jack musterte Simon mit Fischaugen und begann ubellaunig zu sprechen. »Herunter mit dem neuen Hut in meinem Laden!« sagte er.

Der Gärtnerlehrling ließ seine Perlweißen blitzen und erleuchtete mit ihnen einen kleinen Fleck der düsteren Theke. Dann kratzte er seinen hutlosen Kopf. »Ich wünsche einen guten Tag, Herr Wirt! Schöner Laden, das hier.«

Black Jacks geschwärzte Zahnstummel verschlangen das Licht von Simons Dentalarbeiten wieder. Der Wirt zog einen froschgroßen Schleimklumpen hoch und spuckte ihn in eine Ecke. Der Klumpen landete mit dumpf platschendem Geräusch irgendwo in der Dunkelheit. Simon machte in Gedanken eine Notiz, sich seinen Sitzplatz nicht in dieser Ecke des Ladens zu suchen.

Er näherte sich federnden Schrittes der Theke, obwohl er innerlich schlich. »Ich hätte gern einen Krug *Naturtrüb* und ein *Farmersburschen-Menü*, wenn Sie so nett wären.«

Black Jack blickte finster drein. Er setzte einen Krug unter den Zapfhahn und füllte ihn mit Ale. »Bezahl jetzt im voraus, und ich bring' dir den Futterbeutel, sobald ich Lust dazu habe.«

»Sehr nett von Ihnen, vielen Dank.« Simon bezahlte jetzt im voraus und nahm seinen Krug. Er schlurfte über den von Zigarettenkippen verbrannten Linoleumboden in Richtung eines Fensterplatzes.

»Und paß gut auf mein Mobiliar auf«, stauchte der Wirt ihn zusammen. »Es war sehr kostspielig.«

»Ich werd' damit umgehen, als wär's mein eigenes«, erwiderte Simon.

»Das wirst du verdammt schön bleiben lassen! Das hier ist eine Kneipe und kein Puff!«

»Ja, richtig.« Simon ließ sich auf einer Couch nieder, die man eher bei einer Sperrmüllsammlung vermutet hätte, und versuchte, auf der anderen Seite des Fensters eine Bewegung zu erkennen. Der Schmutz einer Dekade machte ihm einen Strich durch den törichten Gedanken, und Simon war gezwungen, Spucke auf seine Finger und seine Finger auf die Scheibe zu bringen, wo er nicht ohne Mühe ein kleines Guckloch freiwischte.

Das Sonnenlicht fiel herein, und der Bursche spähte hinaus.

Die Welt, die Bramfield war, kam und ging, wie sie es immer getan hatte. Das übliche mittägliche Treiben. Simon nippte an seinem Bier und taxierte die weiblichen Passantinnen, von denen ihm manch eine nicht schlecht gefiel. Simon war immer einer der ersten, der den schwellenden Hintern der Ehefrau eines anderen bewunderte. Selbst in einem so kleinen Dorf wie diesem gab es keinen Mangel an Abwechslung. Jeder schien es mit jedem zu treiben, außer mit dem, mit dem er es eigentlich tun sollte. Die verschlungenen Pfade der Liebe, die außerehelichen Aktivitäten, die Seitensprünge, sie kamen und gingen und gingen und kamen und hörten niemals auf, Simon langweilig zu werden. Immerhin war er hier aufgewachsen, und so war das Leben nun einmal.

Oder etwa nicht?

Doch, so war es.

Überall das gleiche, unausweichlich.

Plötzlich tauchte Black Jack aus der Dunkelheit auf und warf ein Stück Schweinepastete auf Simons Tisch.

»Da hast du es, Drecksack«, brummte der Wirt.

»Aber das ist kein *Farmersburschen-Menü*!« widersprach Simon.

»Es ist ein verdammtes *Farmersburschen-Menü*, jedenfalls wenn ein Farmersbursche herkommt und hier ißt.« Black Jack setzte einen sehr drohenden Gesichtsausdruck auf.

»Hm, lecker-lecker«, sagte Simon.

»Und nimm deine Stinkfinger von meinem Fenster. Du läßt die Ozonschicht rein.«

»'tschuldigung«, sagte Simon. Er stocherte in seiner Pastete. Sie war irgendwie unnachgiebig. Sie schien zu sagen: »Wag es nicht!«

Der bierbäuchige Schankwirt kräuselte mächtige Hängebacken und trieb davon, um wieder hinter seiner Theke zu verschwinden.

Simon nahm einen neuen Schluck aus seinem Krug. Was hatte ihn nur geritten, hierher zu kommen und etwas zu essen zu bestellen? Todessehnsucht?

Simon seufzte und legte sein Auge erneut an das Guckloch in der Scheibe. Seine Aussicht war blockiert. Ein glänzender grauer Lieferwagen parkte draußen, halb auf dem Gehweg.

Simon betrachtete den Wagen. Irgendwie kam er ihm bekannt vor. Er kannte ihn wirklich. Es war der gleiche Wagen, der ihn auf dem Zebrastreifen beinahe über den Haufen gefahren hätte.

Ein paar Typen stiegen aus. Stumpfsinnige Kerle mit verkniffenen Gesichtern in langweiligen, grauen Anzügen. Gutsitzenden Anzügen. Dazu passende Sonnenbrillen mit grauen Gestellen. Selbst die Gläser waren grau. Wie die Hemden und die Krawatten und die Schuhe. Sogar die Sokken waren grau. Drei Kerle in Grau. Ganz in Grau. Tripelgrau.

Wie es aussah, würden sie in die Kneipe kommen.

Simon setzte sein Bier ab, und Black Jack unterbrach sein

Nasenbohren und blickte hoch, als Sonnenlicht aufblitzte und die drei Männer in Grau eintraten.

Simon machte es sich auf seiner verrottenden Couch gemütlich. Die spezielle Chemikalie in seinem Gehirn war nicht nötig, um seine Vorsicht zu wecken. Diese Knaben mochten vielleicht schwach und unscheinbar aussehen, aber sie waren noch immer zu dritt.

Und er war allein.

Er plante nicht, die Tatsache zur Sprache zu bringen, daß sie ihn beinahe getötet hätten. Aber er würde mit Sicherheit die Schrecken genießen, die Black Jack für sie bereit hielt. Black Jack haßte nämlich Fremde. Ganz besonders Fremde, die Anzüge trugen. Er hatte einmal den Vertreter einer Kartoffelchipfirma bis auf die andere Seite des Zebrastreifens geworfen, nur weil der mit seinem Anzug gegen die Dartscheibe gekommen war. Und das, obwohl das *Wappen von Bramfield* nicht einmal eine Dartscheibe besaß.

»Mach ihnen die Hölle heiß, du verdammter aufgequollener Halunke«, murmelte Simon in sein Bier.

Die drei Männer schlenderten zur Theke. Hände in den Taschen. »Wirt!« rief einer, und Simon zuckte zusammen.

»Guten Tag, die Herren«, sagte Black Jack und entblößte grinsend seine Zahnstummel. Er wischte die fetten Hände an einer Schürze ab und fuhr fort: »Und womit kann ich Ihnen dienen?«

»Häh?« machte Simon. »Ich hab mich wohl verhört!«

»Drei Krüge von deinem Besten!« sagte ein Mann in Grau.

»Selbstverständlich, mein Herr«, erwiderte der Wirt. »Wenn Sie und Ihre Begleiter sich setzen möchten? Ich werde Ihnen Ihre Getränke unverzüglich servieren.«

Simon kratzte sich den Kopf, auf dem noch nie ein Hut gesessen hatte. Black Jack bereitete offensichtlich etwas ganz Besonderes für die drei Männer vor. Vielleicht eine dreifache Bierdusche?

Die drei Männer in Grau nahmen an einem Tisch in Simons Nähe Platz. Sie trugen noch immer ihre Sonnenbrillen, und Simon fragte sich, wie sie überhaupt sehen konnten, wohin sie traten.

Black Jack zapfte drei Bier.

Dann brachte er sie an ihren Tisch.

Auf einem Tablett!

»Darf es sonst noch etwas sein, die Herrschaften?« erkundigte er sich mit einer Stimme voller seidenem Zuvorkommen.

»Was zu Essen«, sagte ein Mann.

»Etwas Gutes zu essen«, sagte ein zweiter.

»Und beeil dich gefälligst«, sagte der dritte.

Simons Mund öffnete sich in sprachlosem Erstaunen. *Und beeil dich gefälligst?* Mein lieber Junge, das würde ihnen leid tun. O Mannomannomann! Er nahm seinen Bierkrug vom Tisch und setzte ihn an einem sicheren Platz ab. Unter der verrottenden Couch. Er wollte nicht, daß das Bier in seinen Schoß kippte, wenn einer oder mehrere der grauen Männer in seine Richtung geflogen kamen.

»Ich werde mich beeilen, so sehr ich kann. Genießen Sie in der Zwischenzeit Ihr Bier.«

Der Schankwirt verbeugte sich höflich und eilte (*eilte!*) davon.

Simon packte seine Schweinepastete ein. Jetzt war es an der Zeit, daß er verschwand. Es schien ihm mehr als wahrscheinlich, daß Black Jack bei seiner Rückkehr entweder in Begleitung seiner abgesägten Schrotflinte oder seines Pitbullterriers auftauchen würde. Es wäre weit besser, im Lokalteil der Tageszeitung über das Massaker zu lesen, als es aus erster Hand zu erleben.

Weit besser!

»Hallo, du da!« Einer der grauen Männer wandte sich plötzlich in Simons Richtung.

»Wer, ich?« Simon deutete auf seine Brust, wie man es manchmal eben macht.

»Ja, du Dummkopf mit dem neuen Hut. Kommst du aus dieser Gegend?«

»Ich?« Simon schüttelte einen Kopf, der überhaupt nicht dumm war und noch immer keinen Hut trug. »Äh, nein. Ich bin nur ein Tourist. Warum?«

»Dann ist's egal. Schlaf weiter.« Der graue Mann wandte sich wieder seinen Begleitern zu, und sie lachten zusammen wie über einen Scherz.

Wenn ich mir die Sache genau überlege, dachte Simon, der sich die Sache genau überlegte, *dann glaube ich, ich sollte wohl hierbleiben und mir das Blutbad ansehen. Und vielleicht auch zutreten, wenn sie auf dem Boden liegen.*

Er suchte nach seinem Bier, aber jetzt waren Spinnweben im Krug. Also lehnte er sich einfach nur zurück und lauschte dem Gespräch der drei grauen Männer.

»Ich hasse diese Aufträge hier draußen in der Pampa«, sagte der erste graue Mann und nahm einen großen Schluck aus seinem Krug. »Es gibt immer ein paar Kleinigkeiten, die man übersieht.«

»Wie viele Standorte haben wir diese Woche noch aufzuräumen?« fragte der zweite graue Mann.

»Nur den einen hier und dann noch einen in Billington, etwa fünf Meilen von hier.«

Der dritte graue Mann rieb seine Hände aneinander. »Dann mach' ich nächste Woche frei. Ich brauche ein wenig Urlaub.«

»Du wirst keinen bekommen, bei all den Zusatzaufträgen, die hereinkommen«, sagte der graue Mann Nummer eins.

»Doch. Mein Paß ist überprüft worden. Meine Papiere sind alle einwandfrei. Ich werde einen ganzen Monat nach oben gehen.«

»Du? Nach oben gehen?« Der erste Mann lachte. »Der einzige Weg, wie du nach oben kommst, ist als Pökelfleisch.«

»Oder in Dosen«, ergänzte der graue Mann Nummer zwei und schloß sich dem Scherz an, der Simon vollkommen entging.

»Oder in einer Blase«, fuhr der erste Mann ausgelassen kichernd fort.

»Ich gehe nach oben! Ich habe alles gebucht! Vielleicht bewerbe ich mich sogar um einen Posten dort oben! Ist bestimmt schön, die Sterne wiederzusehen.«

Simon kämmte sich die Haare. Was zur Hölle redeten diese Trottel da? Gepökelt, in Dosen, in einer Blase? Offensichtlich Vertreter. Die Sterne wiedersehen? Urlaub in Hollywood?

Waren diese Männer vielleicht sogar Yuppies? Simon hatte sich immer gefragt, wie Yuppies aussehen mochten. Und dann waren die achtziger Jahre zu Ende gewesen, und es gab keine Yuppies mehr. Das mußte es sein! Sie waren Yuppies! Deswegen waren sie auch so ungehobelt. Und jetzt war er hier und wurde Zeuge, wie die Yuppie-Rasse endgültig ausgerottet wurde!

Die Tür hinter der Theke flog mit einem gewaltigen Krachen auf. »Essen kommt!« rief der Wirt, während er durch die Düsternis des Gastraums watete.

Essen kommt? Simon sperrte den Mund auf und machte sich auf seiner Couch ganz klein. War das irgendeine verhüllende Umschreibung für Gewehrschrot?

»Unser bestes Essen.« Der Schankwirt hatte eine Kochmütze aufgesetzt und trug ein silbernes Tablett. »Salzkartoffeln, Rosenkohl, Frühlingsbohnen, Lammkoteletts und Soße. Ich hoffe, es ist alles nach Ihrem Geschmack, meine Herren!«

Simons Mund blieb offen. Er fand nicht die Kraft, ihn zu schließen.

Die Frau von Black Jack betrat die Wirtschaft niemals.

Normalerweise jedenfalls.

Jetzt brachte sie eine frischgewaschene weiße Tischdecke. Schmutz, der Sohn der beiden, legte poliertes Silberbesteck und silberne Essig- und Ölfläschchen vor. Die Tochter, Riesenpummelchen Wooler, klammerte einen Eiskühler an ihren ausladenden Busen. Eine Champagnerflasche streckte ihren golden Hals daraus hervor.

Innerhalb von Sekunden war der Tisch der grauen Männer gedeckt. Köstliche Gerüche verbreiteten sich durch das Lokal. Simons Mund klappte zu.

Aber schon bald fiel seine Kinnlade erneut herab.

»Falls Sie noch etwas brauchen, zögern Sie bitte nicht zu

fragen«, sagte Black Jack mit einer tiefen Verbeugung, und sein Hut fiel ihm vom Kopf. Er griff danach und stopfte den Hut in seine Schürzentasche.

»Noch drei Bier!« sagte der graue Mann Nummer eins.

»Und Paprikasoße!« sagte der graue Mann Nummer zwei.

»Und beeil dich gefälligst!« sagte der graue Mann Nummer drei.

Und Black Jack flitzte davon, seine Familie im Schlepptau.

Simon schüttelte ungläubig den Kopf. Keine Yuppies? Vielleicht Polizisten? Oder die Mafia? Der Mob? Wer konnte das sein? Black Jack behandelte sie, als wären sie Mitglieder des Königshauses! Also die königliche Familie?

Simon nahm seinen spinnwebverschmutzten Krug und ging zur Theke. Black Jack war am Zapfhahn beschäftigt. Während Simon hinsah, zapfte der Wirt ein phantastisches Bier.

»Diese Burschen, sind das vielleicht Freunde von Ihnen?« fragte er.

»Keine Freunde.« Der Wirt schüttelte seinen großen kahlen Kopf, und eine Schweißperle tropfte von seiner Nase und fiel in das Bier, das er gerade zapfte. Simon grinste. Immerhin etwas, wenn auch nur wenig.

Der Wirt starrte voller Entsetzen auf das Bier. Dann nahm er den Krug und goß ihn direkt in den Ausguß. Mit einer Hand, die ganz deutlich sichtbar zitterte, nahm er einen neuen Glaskrug auf. Simon war vollkommen verblüfft. Soweit er wußte, fürchtete sich Black Jack vor niemandem auf der Welt, mit Ausnahme von Mr. Hilsavie, von dem viele behaupteten, er stehe mit dem Teufel im Bunde.

»Was geht hier vor?« fragte Simon. »Wer sind diese schrecklichen Rindviecher?«

»Nicht so laut! Und verschwinde! Verschwinde einfach!«

»Heh! Wo bleibt unser Bier?« erklang die Stimme des grauen Mannes Nummer eins.

»Ich komme schon, mein Herr! Bin sofort da!«

Simon stützte die Ellbogen auf die Theke und beobachtete, wie Black Jack sich mit den Getränken abmühte. Hier stimmte etwas nicht. Der Wirt war ein schlimmer Finger, das wußte jeder. »Eine Seele so schwarz, daß sie die Dunkelheit der Hölle verdeckt«, das waren Andys Worte zu diesem Thema. Und dann die Art und Weise, wie er vor diesen Typen buckelte und sich anbiederte. Da stimmte etwas nicht. Überhaupt nicht. Das mußte aufhören. Sofort!

»Beeil dich ein wenig, Dickerchen«, krähte der graue Mann Nummer eins.

Simons rechte Hand kroch unauffällig über die Theke zu der Stelle, wo Black Jack seinen dicken Prügel aufbewahrte.

»Wir haben nicht den ganzen Tag Zeit,« schnarrte der graue Mann Nummer zwei. »Setz deinen fetten Arsch in Bewegung!«

Simons Hand schloß sich um den Griff des Prügels. *Schlag zu,* nickte er dem Wirt zu. *Ich bin dabei und helf' dir. Ich versprech's dir.*

Nun sollte man niemals Versprechungen machen, die man nicht halten kann, aber Simon war sicher, daß er dieses eine Versprechen wirklich würde einhalten können. Er spürte eine eigenartige Verbundenheit mit Black Jack. Beinahe, als stünden er und der dicke Wirt gemeinsam gegen einen Feind – was zwar auch stimmte, aber nicht so, wie Simon es im Augenblick noch dachte.

»Los, los.« Der dritte Mann hob eine Hand und winkte unheilverkündend. »Oder sollen wir dem großen Abdullah erzählen, daß du uns aufgehalten hast? Sollen wir?«

»Nein, mein Herr. Nein.« Der Wirt setzte die Biere ab. »Nicht dem großen Abdullah, nein.«

Der große Abdullah? Simons Hand ließ den dicken Prügel los und hielt sich dafür an der Theke fest. *Der große Abdullah?* Simons Gehirn machte *klick klick.* Was hatten sie erzählt? Über Kleinigkeiten und aufräumen? Und Zusatzaufträge? Und 'nach oben gehen'? Gepökelt, in Dosen oder Blasen? Und die Sterne wiedersehen? *Großer Abdullah!*

Simons Gehirn machte *klick klick klick.* Und eine spezielle Chemikalie verteilte sich rasend schnell.

Simon verließ das *Wappen von Bramfield* und taumelte in

Sonnenlicht und Verkehrslärm und kinderwagenschiebende Mütter. Die Frau mit den schönen blauen Augen aus dem Postamt lächelte ihm zu. Simon stolperte die Hauptstraße entlang. Drei Männer in Grau, die hinter dem Großen Abdullah herräumten. Männer in Grau? Wie in *Männer in Schwarz*?

Er hatte alles über die *Männer in Schwarz* gelesen. Sie hatten aufgeräumt, nachdem die UFOs in den Fünfzigern und Sechzigern gelandet waren. Also waren das hier die Neunziger Modelle. Und Black Jack wußte, wer und was sie waren!

Wer wußte noch davon?

Simon blickte sich verstohlen um, während er weiterstolperte. Wer sonst im Ort mochte davon wissen? Einige von ihnen? Oder vielleicht etwa alle?

Die bekannten Gesichter erschienen ihm plötzlich fremd.

Wie die von Aliens.

Ich muß hier weg! Simon setzte sich in Richtung des Transit in Bewegung. *Ich muß aus diesem Dorf verschwinden und die Dinge durchdenken.*

Nein. Nicht das. Noch nicht. Simon hielt an. Er hatte genügend alte Science-Fiction-Filme gesehen, um zu wissen, wie es lief. Wenn er jetzt versuchte, zu entkommen, dann würde aus dem Science-Fiction-Film ein Jagdfilm werden, und er wäre der Gejagte. Er mußte schlauer sein. Die Männer in Grau wußten nicht, daß er wußte. Niemand wußte, daß er wußte. Mit Ausnahme von Raymond. Und wo war Raymond jetzt? Nach oben gegangen.

Gepökelt, in Dosen oder in einer Blase?

»In Ordnung«, murmelte Simon. »Was mache ich als nächstes?« Ihnen folgen. Das war immerhin etwas. Besser der Verfolger als der Verfolgte. Sie waren gekommen, um aufzuräumen. Also waren sie auf dem Weg zu den Schrebergärten. Also würde er ihnen dorthin folgen. Und nachsehen, was sie unter Aufräumen verstanden.

Oder noch besser: zuerst dort sein. Sich auf die Lauer legen. Das war noch weitaus besser!

Simon trabte los. Er joggte zu dem Kundenparkplatz hinter dem Supermarkt.

Dann blieb er unvermittelt stehen.

Und glotzte.

Sein Mund stand ein weiteres Mal sperrangelweit offen.

Der Transit stand nicht mehr so auf dem Parkplatz, wie er ihn verlassen hatte.

Die Ladeklappe war herabgelassen, und die Bohlen lagen auf dem Asphalt. Jemand hatte die Motorsense gestohlen. Die Allen war weg.

Und als wäre das alleine nicht schon genug ...

Als würde das nicht reichen ...

Man hatte den Transit mit einer Parkkralle versehen!

»O Mann!« stöhnte Simon. »O Mannomannomann!«

»Heh, du da!« rief eine Stimme. Simon wandte sich um. Ein Mann in Grau kam herangetrabt. »Ja, du! Ich will mit dir reden!«

»O nein!« Simons Blick schweifte über die leere Ladefläche des Wagens, zu der Parkkralle am Vorderrad und dem Mann im grauen Anzug mit der grauen Sonnenbrille.

Und die Chemikalie verteilte sich wieder in seinem Gehirn.

5. KAPITEL

Auf der Venus liefen die Dinge überhaupt nicht gut für Raymond. Die Kartoffelköpfe besaßen einen Pritschenwagen. Und der Wagen besaß tatsächlich eine gewisse Ähnlichkeit mit jenem Pritschenwagen, der zur gleichen Zeit mit einer Parkkralle am Vorderrad auf dem Kundenparkplatz hinter dem Supermarkt in Bramfield stand. Er war niedriger und breiter, und seine Türen waren größer. Aber ansonsten war es die gleiche Art von Wagen.

Raymond befand sich auf der Pritsche. Er stand auf dem Kopf und war noch immer in seiner Blase gefangen. Ihm war nicht danach, sich an der vorüberziehenden Landschaft zu erfreuen. Nicht, daß die vorüberziehende Landschaft erfreulich gewesen wäre.

Sie fuhren durch ausgedehnte Vororte. Jedenfalls sah es aus wie ausgedehnte Vororte. Und wie auf der Erde. Wohnsiedlungen. Ein wenig flacher und breiter und mit protzigeren Eingängen, aber sonst wie auf der Erde. Sie hatten sogar Satellitenschüsseln. Und Gartenzwerge.

»Ich hasse diese Bastarde«, murmelte Raymond.

Der Pritschenwagen kam an einer hohen, solide wirkenden Ziegelsteinmauer entlang, die von einem riesigen Bretterzaun gekrönt wurde. Auf dem Zaun verkündete ein beeindruckendes Hologramm, daß der Zirkus in der Stadt gastierte.

Raymond blieb ungerührt.

Die Stimme der Tochterkartoffel drang aus dem Wageninnern an sein Ohr. »Können wir in den Zirkus gehn, Papi?«

»Nein, mein Liebling. Ich glaube nicht.« Papa Kartoffel bog links ab, und der Transporter begann einen langgezogenen, steilen Hügel emporzuklettern.

»Warum nicht, Papi?«

»Weil«, erklärte Mama Kartoffel anstelle von Papa Kartoffel, »der Zirkus für das gewöhnliche Volk ist. Nicht für wohlerzogene junge Damen wie dich.«

»Aber ich *will* in den Zirkus! Ich *muß* in den Zirkus!«

Raymond konnte das Balg nicht sehen, aber er konnte sich sein Gesicht gut vorstellen.

»Ich möchte auch«, meldete sich Kartoffel junior.

»Bitte gebt Ruhe und laßt euren Vater sich auf die Straße konzentrieren. Das ist ein sehr gefährlicher Hügel.«

»Ich *muß* unbedingt in den Zirkus!« kreischte die liebliche Tochter. »Ich *muß*! Ich *muß*! Ich *muß*!«

»Schhhhhhhtttt!« sagte Mama K. »Wenn ihr ganz artig seid, bis wir zu Hause angekommen sind, dann erlaube ich euch ein besonderes Vergnügen.«

»Was für ein Vergnügen?« fragten die beiden kleinen Mistviecher.

»Nun.« Frau Kartoffel überlegte. »Ihr dürft mit George spielen.«

»Dürfen wir George *herausnehmen* und mit ihm spielen?«

»In Ordnung. Aber wir werden seine Knöchel mit einem Hammer zerschlagen müssen. Wir wollen doch nicht, daß er davonläuft, oder?«

»Darf ich Georges Knöchel mit dem Hammer zerschlagen?« fragte die liebreizende Tochter. »O bitte, Mami, bitte bitte!«

»Schöne Scheiße«, murmelte Raymond in seiner Blase und versuchte sich aufzurichten. »Ich muß sehen, daß ich sofort von hier verschwinde.«

Aber wie genau sollte er das anstellen, das war die Frage.

Dann erinnerte er sich an die Bemerkung, die Mr. Chamäleon gegenüber seinen Klienten hatte fallen lassen:

»Wie Sie wissen, sind die Behälter nur von innen unzerstörbar. Ein heftiger Schlag auf die Außenseite, und sie zerspringen.«

Wenn ich es irgendwie schaffe, daß diese Blase vom Transporter fällt, dachte Raymond, *dann wird sie sicher zerbrechen, wenn sie auf die Straße knallt, und ich bin frei.*

Jedenfalls, wenn die Bedeutung des Wortes frei, so wie sie in den Wörterbüchern zu finden ist, auch ›nackt auf einem weit von zu Hause entfernten Planeten herumspringen‹ mit einschloß. Aber da war Raymond sich gar nicht mehr so sicher.

Aus der scheußlichen Blase zu entkommen war zumindest ein Weg in die richtige Richtung.

Also, wollte er jetzt oder nicht?

Raymond starrte nachdenklich den Hügel hinab. Die große Bretterwand mit dem holographischen Zirkus leuchtete ihm entgegen.

Und Raymond hatte eine Idee.

Es war nicht wirklich seine eigene Idee. Vielmehr hatte ihm Simon einmal von etwas Ähnlichem erzählt, wie ihm jetzt einfiel. Tatsächlich war es erst vor ein paar Tagen gewesen, obwohl Raymond die Zeit wie eine Ewigkeit erschien.

Simon hatte dieses Buch über Zirkusse gelesen und war von einem viktorianischen Künstler namens LaRoche beeindruckt gewesen. Dieser LaRoche hatte eine unglaubliche Nummer erfunden: Er versetzte sich in eine Metallkugel mit nicht mehr als zwei Fuß Durchmesser und manipulierte diese eine spiralförmige Rampe hinauf, die mehr als vierundzwanzig Fuß hoch war.

So. Also, wenn ein französischer Viktorianer eine Nummer wie diese abziehen konnte, dann …

Raymond pulte mit seinem Finger in dem kleinen Luftloch, das sich jetzt direkt über seinem Kopf befand, und suchte nach einem sicheren Halt. Dann begann er, sein Gewicht von einer Seite zur anderen zu werfen. Es dauerte eine Weile, bis die Blase zu schaukeln anfing, und es war gar nicht einfach, einen stetigen Rhythmus einzuhalten, aber Raymond ging es an, wie er alles anging.

Mit viel gutem Willen.

Raymond warf sich mit voller Wucht hin und her, und seine Schultern wurden grün und blau, sein nackter Hintern beinahe gefühllos, und die ekelhafte Blase bewegte sich. Hin und zurück. Hin und zurück.

Raymond verstärkte seine Anstrengungen noch. Schweiß strömte aus allen Poren, und sein Finger verklemmte sich im Luftloch. Bald ging ihm die Luft aus.

Mit einer einzigen wagemutigen, übermächtigen Anstrengung von der Art, über die man sonst nur in Büchern liest, warf Raymond sich nach vorn.

Die Blase holperte von der Ladefläche des Wagens und schlug auf die Straße.

Und mit einem Schlag war unser Held …

O nein! Die Blase war nicht gebrochen! Sie war auf die Straße geprallt, aber sie war nicht zerbrochen.

Sie drehte sich um ihre Achse und rollte noch ein paar Yards den Hügel hinauf, aber sie zerbrach nicht!

Verwirrung machte sich im Transporter der Kartoffelköpfe breit. Papi hatte im Rückspiegel Raymonds Aufbruch gesehen. Er trat heftig in die Bremsen, und der Wagen schleuderte an den Straßenrand und warf die Familie aus ihren Sitzen. Raymonds Blase rollte nur Millimeter an der Stoßstange vorbei. Dann blieb sie liegen.

Raymond schlug die Hände über seinem Kopf zusammen. Ihm drehte sich alles. »Ich bin noch immer nicht frei«, beobachtete er ganz richtig. Und dann: »Oje! Hilfe!«

Die Kartoffelköpfe kletterten aus ihrem Transporter, begierig, ihre Neuerwerbung wieder in Besitz zu nehmen. Sie zockelten herbei und versammelten sich um Raymond.

»Laßt mich hier raus!« kreischte Raymond. »Ich will nicht sterben! Laßt mich frei!«

»Du ungezogener George!« Das Gesicht der lieblichen Tochter blickte ihn verdrießlich an. Zum ersten Mal konnte Raymond erkennen, wie scharf und spitz ihre kleinen Zähne waren.

»Wir müssen George aus dem Weg rollen, bevor ein anderer Wagen gegen ihn fährt. Los, helft mir. Oh ...?«

»Oh?« schloß sich Mama Kartoffel an, genau wie die beiden Kartoffelkinder auch: »Oh?«

Weil nämlich die Blase nicht länger ruhig dalag, sondern einem Gesetz folgte, das auf der Venus anscheinend genauso galt wie auf der Erde und Gravitationsgesetz hieß. Und dem Gravitationsgesetz folgend, hatte Raymonds Blase nun begonnen, den Hügel hinunterzurollen.

»Halt!« schrie Papi. »Halt sage ich!« Er griff nach der schimmernden Sphäre, aber sie war zu glatt. Und während Raymond Hals über Kopf den Hügel hinabzurollen begann, spürte er ein heftiges Glücksgefühl, als er sah, daß die Familie Kartoffel wie von einer Bowlingkugel getroffene Kegel umfielen.

»Hahahahaha«, lachte Raymond. »Reingelegt, ihr Bastarde. O nein!«

Vater Kartoffels Bemerkung, Raymond von der Straße zu schaffen, bevor ein anderer Wagen ihn rammen konnte, war keine leere Warnung gewesen. Es herrschte ziemlich viel Verkehr in der Gegend. Hügelabwärts. Und auch hügelaufwärts. Ganz besonders hügelaufwärts.

Raymond rollte geradewegs hinab und auf die Fahrbahn, die hügelaufwärts führte.

»Paßt auf dort untennnnnn ...«

Kartoffelgesichter erstarrten über sich drehenden Rädern. Transporter schleuderten zur Seite, als sie versuchten, der auf sie zu rasenden Blase auszuweichen.

»Ich *muß* George wiederhaben!« schrie eine hohe, piepsende Stimme ein Stück höher den Hügel hinauf.

Aber Raymond hörte es nicht.

Ein sehr großer Laster hing ganz am Rand der Straße unter dem holographischen Zirkusbretterzaun und rumpelte den Hügel hinauf. Es war wirklich ein sehr großer Laster. Und am Steuer dieses gewaltigen Lasters saß niemand anderes als Mr. Chamäleon persönlich.

Sein Auktionshaus hatte schon immer einen speziellen Lieferservice für all die vornehmen venusianischen Gourmets geboten, die gleich im Dutzend einkauften. Und heute war Mr. Chamäleons wirklich außerordentlich großer Wagen mit nicht weniger als fünfzig Blasen auf der Ladefläche unterwegs. Die Bewohner dieser Blasen dämmerten in ihrem hypnotisch erzeugten Schlaf in seliger Unwissenheit vor sich hin. Sie hatten keine Ahnung, welches Schicksal ihnen bevorstand.

Mr. Chamäleon pfiff vor sich hin. Es war ein äußerst erfolgreicher Tag gewesen. Ein Tag, der mit der Präzision eines Uhrwerks abgelaufen war. Einer Präzision, die das Auktionshaus seiner Familie in fünf Generationen zum berühmtesten auf der gesamten Venus gemacht hatte.

Der Auktionator schaltete hoch, und der sehr große Lastwagen gewann an Geschwindigkeit und ratterte den Hügel hinauf. Und dann verstummte das glückliche Pfeifen des Auktionators ganz unvermittelt, und auf seinem großen, breiten Gesicht breitete sich ein Ausdruck entsetzlicher, furchtbarer Verwirrung aus. Vor ihm schleuderten die anderen Wagen über die Straße.

Und was war das?

Irgend etwas kam den Hügel hinunter auf ihn zu! Etwas, das mit einer stattlichen Anzahl venusianischer Stundenkilometer beschleunigte!

Und dieses Etwas war ...

»George!« kreischte der Auktionator, riß das Steuer herum und trat auf die Bremse.

Raymond sah den gewaltig großen Lastwagen nicht. Raymond rollte viel zu schnell den Hügel hinab.

Er sah auch nicht den entsetzten Ausdruck auf dem Gesicht von Mr. Chamäleon. Was eigentlich sehr schade war. Er hätte es sicher genossen.

Und er sah nicht den dramatischen Augenblick, in dem der große Laster sich quer stellte und umkippte und seine gesamte Ladung verlor.

Er verpaßte auch den Anblick der fünfzig Blasen, die auf den Boden prallten und zerbrachen. Genauso, wie er die Schreie und das Gebrüll der fünfzig unsanft aufgeweckten Wesen verpaßte, die in den Blasen gefangen gewesen waren.

Raymond rollte einfach weiter.

Sein Kopf wirbelte herum, und sein Gehirn wirbelte mit, und Raymond erinnerte sich an etwas, das Simon ihm kürzlich erzählt hatte. Es ging um ein Experiment, das einmal von einem Franzosen (nicht Monsieur LaRoche) durchgeführt worden war. Dieser Franzose hatte einen Penny (vielleicht war es auch ein Franc gewesen) vom Eiffelturm hinuntergeworfen, und die Münze hatte sich volle zwei Zoll (oder vielleicht auch vier Zentimeter) in das Pflaster (oder den Asphalt) des darunterliegenden Boulevards (oder der Allee) eingegraben.

Aber was, wo und wie genau auch immer, die wesentliche Lehre war, daß ein Ding, je weiter es fiel, um so mehr an Masse gewann. Und je mehr Masse es gewonnen hatte, desto größer der Schlag, wenn es schließlich auf einen festen Gegenstand prallte.

Und nun entstand in Raymonds schwindligem Gehirn ein sehr deutliches Bild von einer hohen, ziemlich solide aussehenden Ziegelmauer am Fuß des Hügels. Die, die unter dem holographischen Zirkusbretterzaun stand. Und jetzt fragte sich Raymond, auf eine ungemütlich drehende und rukkelnde Art, ob es wirklich so schlau gewesen war, die Blase aus dem Gleichgewicht zu bringen und von der Ladepritsche der Kartoffelköpfe hüpfen zu lassen, während der Wagen einen so steilen Hügel hinauffuhr.

Er kam zu dem Schluß, daß er das besser hätte bleiben lassen sollen.

»Hiiiiillll**FFFFFFEEEEE**!!!!« brüllte Raymond und lieferte eine praktische, wenngleich auch unverlangte Demonstration des Dopplereffekts für all diejenigen, die dazu neigten, Gefallen an einer praktischen, wenngleich auch unverlangten Demonstration Gefallen zu finden.

Aber offensichtlich neigte niemand dazu, Gefallen daran zu finden. Offensichtlich hatte jedermann andere Dinge in seinem Kopf. Zum Beispiel, wie er den unwillkommenen Aufmerksamkeiten der heulenden, schreienden Flut hungriger Auktionsstücke entgehen konnte, die bereits kräftig Randale machten.

Eingeklemmt in das Wrack seines Lasters starrte, Mr. Chamäleon voller Entsetzen auf die furchterregende Kreatur aus zotteligen Stacheln und filzigem Flechtwerk, die durch die zerschmetterte Windschutzscheibe geklettert kam. Sie sah sehr ärgerlich aus.

Und sehr hungrig.

Und Raymond rollte weiter.

»Hiiiiillll**FFFFFFEEEEE**!!!!« brüllte er aus Leibeskräften. »O Hiiiiillll**FFFFFFEEEEE**!!!!«, während weitere Laster und andere Wagen zur Seite auswichen und ineinanderkrachten. »HiiiiillllFFFFFFEEEEE!!!!«

Die große, massive Ziegelsteinmauer schien (auf irgendeine merkwürdig relativistische, beinahe Einsteinsche Weise) aus dem Nichts vor Raymond aufzutauchen. In seiner wild den Hügel hinunterzischenden Blase versuchte der arme, nackte Schmuck sein Bestes, um sich zu bekreuzigen und sich seinem Schöpfer zu empfehlen, während er gleichzeitig bemüht war, sich innerlich auf die entsetzliche, endgültige Kollision vorzubereiten, die unweigerlich kommen würde.

Und sie kam.

Allerdings nicht auf die Art und Weise, auf die Raymond sich vorzubereiten bemüht hatte.

Denn obwohl Raymond im Vorbeifahren die Ziegelsteinmauer bemerkt hatte, war ihm die Höhe des Bordsteins nicht aufgefallen. (Warum hätte er auch darauf achten sollen? Nein, dazu hatte er keinen Grund gehabt.) Und wie jeder, der sein gesamtes Leben mit dem Studium von Bordsteinen verbracht hat*, ganz ohne Zweifel bestätigen wird, sind diese Steine unausweichlich am Fuß steiler Hügel höher konstruiert. Weil sie normalerweise auch Sturzbäche auffangen müssen. Und Raymonds Blase hielt genau auf einen dieser erhöhten Bordsteine zu.

Welch ein unerträgliches Geräusch es gab, als die Blase einschlug!

»Oooooooooooooh ...«, rief Raymond, der von seinem eigenen Schwung weiter vorangerissen wurde, obwohl seine Richtung jetzt nicht mehr nur vorwärts, sondern auch schräg nach oben zeigte. Inmitten der Scherben der zerschmetterten Blase, die ihn umkreisten, überflog er die Oberkante des erhöhten Bordsteins um wenige Zoll – und die Krone der massiven Ziegelsteinmauer um wenige Millimeter.

Aber das holographische Zirkusschild überflog er nicht.

Das holographische Zirkusschild traf er mit Wucht.

Zum großen Vergnügen aller Kartoffelköpfe, die Raymonds kostenlose Demonstration des Dopplereffekts versäumt hatten und nun emsig damit beschäftigt waren, ent-

* Dr. Herkules Rinnstein von der Universität Harlech gilt als der Welt führender Experte, was Bordsteine betrifft. Sein dreiundzwanzigbändiges Werk ›Der Bordstein aus der Sicht eines Erdarbeiters: Sozio-Ökologische Implikationen aus der Ermordung J.F. Kennedys und dem traurigen Niedergang der *Doo-Wop*-Musik‹ ist mittlerweile leider nicht mehr lieferbar.

weder aus den Trümmern ihrer Fahrzeuge zu klettern oder der *Rache der entflohenen Kreaturen* zu entkommen, zu deren großem Vergnügen also würde die spektakuläre Explosion, die der fliegende Schmuck auslöste, als er durch das komplizierte, die holographische Zirkusreklame erzeugende Gespinst des elektronischen Hokuspokus' krachte, zu deren großem Vergnügen also würde die spektakuläre Explosion noch viele zukünftige Grillabende lang reichlich bewegten Gesprächsstoff liefern (fast so lang wie dieser Bandwurmsatz).

Raymond verschwand als wirbelndes Etwas in der Reklame. Er kam auf der anderen Seite wieder hervor, noch immer wirbelnd, aber von etwas dunklerer Hautfärbung. Und er zog einen Rauchschweif hinter sich her.

Es gibt viele exotische Vergnügen, die nudistisches Fallschirmspringen angeblich bereitet, aber Raymond spürte keines davon.

Schreiend fiel er aus dem Himmel.

Und schlug in das Dach des Zirkuszeltes ein.

Und fiel weiter nach unten, in die Manege, noch immer schreiend.

Und an dieser Stelle müssen wir Raymond – zu unserem großen Bedauern – leider verlassen. Mitten in der Luft, als hätte jemand einen himmlischen Pausenknopf gedrückt. Kaum eine Art und Weise, auf die die Dinge nach geläufiger Meinung zu erledigen sind. Aber in diesem besonderen Fall ist es notwendig, sich wieder der Erde und Simons Fortschritten zuzuwenden.

Warum?

Weil Simon im Begriff steht, eine Entdeckung zu machen. Und nicht eben eine unbedeutende dazu. Die Entdeckung, die Simon zu entdecken im Begriff steht, ist eine Entdekkung von beträchtlicher Bedeutung.

Nicht nur bezüglich Raymond und seines Sturzes durch das Zirkuszelt.

Sondern auch, wie dieses Ereignis zu weiteren Ereignissen führt, welche schließlich darin kulminieren, daß Raymond der Menschheit einen großen Dienst erweist.

Indem er sie vor der Vernichtung bewahrt.

Und überhaupt.

Simon warf seine Haustür zu, schob die Riegel vor und hängte die Sicherheitskette ein. Dann sank er zu Boden und schnappte heftig nach Luft.

Er steckte in Schwierigkeiten, und er wußte es. Und das hier waren nicht seine alltäglichen Probleme mit betrogenen Ehemännern, die nach Rache dürsteten. Das hier war eine ganz andere Art von Schwierigkeiten. Und was das Schlimmste daran war – es war nicht einmal seine Schuld.

Es war allein Raymonds Schuld.

So wie Simon es sah, wäre Abdullah wahrscheinlich zu einem anderen Dorf weitergeflogen und hätte einen anderen Schmuck geschnappt, wenn Raymond nicht damit einverstanden gewesen wäre, mit dem fliegenden Seestern mitzugehen. Und dann wären die grauen Männer niemals nach Bramfield gekommen, und sie würden Simon nicht jagen, um *aufzuräumen*.

Es war ganz definitiv allein Raymonds Schuld. Nicht Simons.

»Blöder Kerl«, sagte Simon.

Auf Händen und Knien kroch er durch seine Diele in das Vorderzimmer und hinüber zum Fenster. Er hob eine Ecke der Netzgardine und spähte hinaus auf die Straße.

Keine grauen Männer.

Er war ihnen entkommen.

Simon nahm sich nicht die Zeit zu einem erleichterten Seufzer. Er war noch nicht in Sicherheit. Black Jack wußte, wo er wohnte. Es war zweifelhaft, daß er den grauen Männern die Information vorenthalten würde.

»Ich glaube, es ist Zeit, in Urlaub zu fahren«, murmelte Simon vor sich hin. »Neuseeland klingt nicht schlecht. Oder vielleicht *Tierra del Fuego.*« Er trat vom Fenster zurück und hastete die Treppen hinauf.

Nun gibt es immer eine ganze Menge Dinge zu bedenken, wenn man im Begriff steht, in Urlaub zu fahren; das wichtigste von allen ist vielleicht die Frage, was man einpacken soll.

Packen ist eine Kunst für sich.

Wie eigentlich alles andere auch.

Welche Klamotten. Welcher Sonnenschutzfaktor. Die große Luftmatratze? Oder nur die kleine? Die Schwimmflossen vom letzten Jahr, oder neue kaufen?

Und natürlich: Welche sexuellen Praktiken sind im Augenblick in der Gegend in Mode, die man zu besuchen im Begriff steht? Welche Hilfsmittel sollte man demzufolge sterilisieren? Schließlich macht es keinen Sinn, mit einem Koffer voller Spielsachen anzutanzen, nur um festzustellen, daß dieses Jahr Eierbecher und Lippenringe nicht gefragt sind, statt dessen aber Brustklammern und Steigbügelhanteln. Und die hat man alle zu Hause im Kühlschrank gelassen. So etwas versaut einem ein andernfalls wirklich dezentes Wochenende weitab von Lourdes.

Haben wir alles schon gehabt.

Es ist eine Kunst für sich. Wie gesagt.

Man muß sorgfältig und präzise sein. Es hat keinen Sinn, halbfertig loszuziehen. Es ist immer die paar Extrastunden wert, den Job sauber zu erledigen.

»Reisepaß«, sagte Simon. »Scheckbuch. Kreditkarten. Zahnbürste. Alles eingepackt.«

Alles?

»Alles? Alles, wenn ich meinen verdammten Paß finden könnte. Da fällt mir ein, ich hab' ihn an einen sicheren Platz gelegt, als ich von diesem unglaublichen Wochenende weitab von Lourdes zurückgekommen bin. Ach ja, obere linke Schublade der Kommode. Zusammen mit dem Rintintin-Vibrator und den arabischen Strapsen.«

Auf der Kommode lag Raymonds Paket.

Simon war bisher noch nicht dazu gekommen, es zu öffnen. Jetzt starrte er in einer Weise auf das Paket, die kein

Paket verdient, es sei denn, eine Bombe oder der Körper einer jungen Frau steckten darin. Er schnappte es von der Anrichte und warf es auf den Teppich, wo das Paket platzte und seinen Inhalt verstreute.

Simon durchwühlte die obere linke Schublade der Kommode.

Kein Paß kam zum Vorschein.

»Scheiße«, sagte Simon und begann, die rechte Schublade zu durchwühlen.

Kein Paß kam zum Vorschein.

Simon verfluchte die Kommode, riß beide Schubladen heraus und warf sie auf den Teppich. Dann wandte er sich den verbliebenen Schubladen zu.

Noch immer kein Paß.

»Scheiße, Scheiße, Scheiße!« fluchte Simon. Er stapfte im Schlafzimmer umher und riß Schränke auf, verteilte ihren Inhalt auf dem Teppich, trampelte mit den Füßen darauf herum und fluchte ununterbrochen vor sich hin.

Dann stolperte er über den Inhalt von Raymonds Paket und schlug lang hin.

»Autsch!« sagte er, und dann: »Heh, was haben wir denn da?«

Es war ein Buch. Eine glänzende Hardcoverausgabe von einem Buch. Eine gewaltig große, mächtig glänzende Hardcoverausgabe von einem Buch.

Simon starrte auf den Buchdeckel.

Raymonds Gesicht starrte vom Buchdeckel zurück.

Simon las den Titel. Dort stand:

DIE GRÖSSTE SHOW JENSEITS DER WELT
Die inoffizielle Biographie von
Raymond
Retter der Menschheit

»Retter der Menschheit?« Simon drehte das Buch zwischen den Fingern. Kein Autor wurde erwähnt. Nur der Verlag. B.A.S.T.E.I. Irgendwie klingelte es bei Simon. Ach ja.

Das Flugblatt im Wartezimmer von Simons Zahnarzt. Das war ebenfalls von B.A.S.T.E.I. publiziert worden.

»*Retter der Menschheit?*« Simon schlug das Buch auf. Das mußte ein ausgefeilter Schwindel sein. Raymond spielte ihm einen Streich, und Andy steckte möglicherweise mit drin. Ein selbstgemachter Umschlag um ein Buch aus der Bücherei oder so was.

Simon untersuchte das Titelblatt. *Die größte Show jenseits der Welt*. Das gleiche. Ein *sehr* ausgefeilter Streich.

Simon überflog das erste Kapitel. Es war ein ausführlicher Bericht dessen, was er und Raymond in der letzten Nacht in den Schrebergärten erlebt hatten.

»Wie zur Hölle ...?« Simon blätterte ein paar Kapitel weiter und las laut vor sich hin:

> *Man hatte den Transit mit einer Parkkralle versehen!*
> *»O Mann!« stöhnte Simon. »O Mannomannomann!«*
> *»Heh, du da!« rief eine Stimme. Simon wandte sich um. Ein Mann in Grau kam herangetrabt. »Ja, du! Ich will mit dir reden!«*

»Heilige Schande!« Simon starrte ungläubig auf die Seite. »Das ist erst vor 'n paar Minuten passiert! Aber ... ich trag' das Paket seit gestern abend mit mir rum! Das ist unmöglich! Außer ...« Ein überwältigender Gedanke machte sich in seinem Kopf breit. Das konnte einfach nicht sein. Oder doch?

Er blätterte zurück zum Anfang und starrte auf das Druckdatum. Es war heute in einem Jahr. Dieses Buch war in der Zukunft geschrieben worden!

In der Zukunft!

Simon blätterte weiter. Und ja, hier war er. Genau hier und jetzt, auf der Suche nach seinem Paß, auf der Flucht nach *Tierra del Fuego*.

Simon überflog die Seite. Da stand nichts davon, daß er dieses Buch gefunden hatte. Und das bedeutete ...

Was bedeutete es? Simons Gedanken verwirrten sich zusehends. Was zur Hölle bedeutete das? Daß der Autor des

Buches nie erfahren hatte, daß Simon es gefunden und gelesen hatte. Das mußte es sein. Er hatte es gefunden und gelesen, bevor es geschrieben worden war. Bevor die Dinge, die darin beschrieben wurden, tatsächlich geschehen waren. Das war vielleicht ein Hammer!

Simon fuhr sich mit den Fingern durch das schöne schwarze Haar. Das war nicht nur ein Hammer, das war ein phantastischer Hammer. Mit diesem Buch in den Fingern wäre er den grauen Männern immer einen Schritt voraus. Er wäre jedermann einen Schritt voraus. Die Möglichkeiten waren endlos.

Die finanziellen Möglichkeiten.

Die sexuellen Möglichkeiten.

»*Boom Shanka!*« jubelte der Bursche.

Klopf klopf klopf machte es an seiner Haustür.

Entsetzt blickte Simon auf. Und dann blickte er in das aufgeschlagene Buch:

> *Klopf klopf klopf machte es an seiner Haustür.*
> *Aber zu Simons Glück war es nur der Postbote.*

»Gott sei Dank dafür!« Simon legte das Buch vorsichtig auf sein Bett und tätschelte den Einband liebevoll. »Entschuldige mich bitte für einen Augenblick«, sagte er zu dem Buch. »Ich muß nur eben nachsehen, was der Briefträger für mich hat.«

Mit nicht unbeträchtlichem Elan in den Schritten und einer Unmenge in seinem Kopf herumschwirrender Gedanken zog Simon die Riegel zur Seite, klipste die Sicherheitskette los und riß die Haustür auf.

Auf der Schwelle stand ein Mann in Grau.

Er war ganz eindeutig kein Postbote.

»Ich habe nach dir gesucht, Simon«, sagte der Mann.

6. KAPITEL

Ein allmächtiger Finger ließ den himmlischen Pausenknopf los, und Raymond setzte seinen Flug in Richtung des Zirkusrunds fort.

Er hatte eben noch Zeit für ein weiteres kurzes »*Aaarrrghh!*«, bevor er mit grauenhaftem, knochenbrechendem Knall auf dem sägespanbedeckten Boden aufschlug.

Und mit einem Aufschrei erwachte.

Raymond schreckte hoch und rieb sich die Augen. Wo war er? Wo?

Schockiert, entsetzt, voller kaltem Schweiß musterte er mißtrauisch seine nächste Umgebung.

Und dann blinzelte er, rieb sich erneut die Augen und sagte: »Oh!«

Und dann begann er zu lächeln.

Von einem Ohr bis zum andern. Als würde sein Gesicht zerteilt.

»Ich bin zu Hause!« seufzte er. »Ich bin zu Hause in meinem Bett!«

Er tastete nach gebrochenen Knochen. Es gab keine. Blaue Flecken? Nein. Schrammen? Ebenfalls nicht. Nichts. Und er trug seinen Schlafanzug.

»Ich hab' nur geträumt! Ich hab' alles nur geträumt!« Raymond wischte sich mit einem Ärmel über das Gesicht und streckte die Faust in die Luft. »Es war ein Traum! Nur ein Traum! Ein Alptraum!«

Raymond erschauderte. »Was hab' ich gestern abend bloß getrunken?« Er kratzte sich nachdenklich an der Stirn. Er hatte nicht wenig Kopfschmerzen. Es mußte also der verdammte *Tod-durch-Fusel* gewesen sein. Er würde damit aufhören müssen. Alpträume über menschenfressende Kartoffeln waren wirklich nicht das, was er brauchte.

Man stelle sich vor! Raymond machte ein selbstbewußtes Gesicht. Eine ziemlich gute Geschichte, wenn er sie aufschreiben würde. Reichlich Spannung. Ein etwas drückebergerisches Ende vielleicht, wenn der Held durch das Dach eines Zirkuszeltes fiel und dann in seinem eigenen Bett aufwachte. Vielleicht, wenn er sich noch ein paar Stunden hinlegte, könnte er den Rest träumen.

»Nein danke!« Raymond schlug das Laken zurück und schwang seine nackten Füße aus dem Bett. Er erhob sich, streckte sich, furzte, gähnte. Tappte hinüber zum Spiegel auf der Schubladenkommode. Starrte in den Spiegel und grinste erneut. Abstoßend. Er war wie alle Männer ziemlich abstoßend, so früh am Morgen.

Warum nur? fragte sich Raymond. Und warum sehen Frauen immer so schön aus? So zerzaust und warm und nach Geborgenheit riechend? Außer dem ganz Offensichtlichen hatte er absolut keine Idee.

Raymond warf einen Blick auf den Wecker neben seinem Bett. Halb acht. Er würde heute nicht einmal zu spät zur Arbeit kommen. Ein paar Aspirin und eine Tasse Tee, und er wäre bereit zum Rock 'n' Roll.

Raymond schlurfte zum Fenster und zog den Vorhang zur Seite.

Draußen füllte der Saturn drei Viertel eines sternenübersäten Himmels aus.

Raymond gähnte tüchtig, zog seine Schlafanzughose aus und trat sie in eine Ecke. Dann zog er die Schublade mit der Unterwäsche auf.

Was sollte es heute sein, hm? Die rote Lycra ›Adonis‹ mit der gepolsterten Tasche für ›das vollkommene Profil‹? Oder vielleicht die schwarze hautenge Spandex mit den Velcro-Schnellverschlüssen an den Seiten, ›für den Mann, der es in gewissen Augenblicken eilig hat‹? Was mochte seine Mutter bloß geritten haben, ihm diese Unterhosen zu kaufen? Und warum, wenn schon, konnte sie sie nicht einfach in seine Schublade legen? Raymond fand sie immer unter dem Bett seiner Mutter oder im Wäschekorb. Üblicherweise, wenn er von einem Angelausflug zurückkam, der die ganze Nacht gedauert hatte. Und warum konnte Mutter sich Raymonds

Größe nur nicht merken? Ein paar dieser Hosen waren ihm viel zu weit.

Raymond schüttelte den Kopf. »Ich glaub', ich nehm' einfach die Gingham Boxershorts.« Er zog die Unterhose hervor und stieg hinein.

»Und wie steht es mit einem sauberen Hemd?« Raymond kratzte sich an seinem stoppeligen Kinn. »Und wenn schon ein Hemd, dann mit langen oder mit kurzen Ärmeln? Und überhaupt, *was macht eigentlich der Saturn vor meinem Fenster?*«

»Aaaaaarrrrrrggggghhhhh!!!!!« fuhr er fort.

»Es tut mir schrecklich leid, Raymond.« Eine Frauenstimme. Und was für eine Stimme! Sie sandte Schauder durch seine Glieder.

»Wer spricht da?« fragte Raymond und blickte zu seinem Bett zurück. Es war noch immer leer. »Ist da wer? Hallo?«

»Ich bin's. Es tut mir so leid wegen dem Saturn. Du bist aufgewacht, bevor ich fertig war.«

»Wo versteckst du dich?«

»Hier. Hier bin ich.« Die Stimme ertönte aus der Schubladenkommode.

»Du versteckst dich in meiner Schubladenkommode?«

»Ich *bin* deine Schubladenkommode.«

Raymond rammte sich einen Fingerknöchel in den Mund und begann, am ganzen Leib zu zittern. Es war soweit! Er war verrückt geworden! (O Mann!)

»Es ist soweit. Ich bin verrückt geworden!« murmelte er vor sich hin. »O Mann, ich spinne!«

»Nein Mann, du spinnst nicht.« Die Stimme klang so süß. So sympathisch. Überhaupt nicht so, wie man sich die Stimme einer Schubladenkommode vorstellte. »Der Professor hat gemeint, du würdest dich wohler fühlen, wenn du in deiner gewohnten Umgebung aufwachst, nach allem, was du durchgemacht hast. Also habe ich dieses Zimmer nach den Erinnerungen in deinem Unterbewußtsein errichtet. Dafür bin ich da, weißt du? Das ist meine Nummer. Und ich wollte soeben mit der Aussicht aus deinem Fenster beginnen, als du wach geworden bist. Und dann konnte ich nicht mehr an deine Erinnerungen heran. Du siehst also, es findet sich eine ganz einfache Erklärung für alles. Ach, übrigens – trägst du wirklich die 'Adonis'? Sie muß doch schrecklich drücken, wenn du dich bückst, um die Schuhe zuzubinden, oder?«

»Reiß dich zusammen, Raymond!« Der junge Bursche begann auf den Absätzen zu schaukeln. »In Ordnung, du hörst Stimmen. Aber das bedeutet nicht, daß du verrückt bist, nur weil du Stimmen hörst. Es könnte immerhin eine vollkommen logische Erklärung dafür geben. O mein Gott!«

Raymond fiel vor der Schubladenkommode auf die Knie und bekreuzigte sich immer und immer wieder. »Bist du die heilige Jungfrau Maria?« fragte er.

»Die heilige was? Oh, es tut mir außerordentlich leid, ich habe vergessen, mich vorzustellen. Ich bin Zephir. Würdest du bitte in die Luft springen?«

»Was?«

»Ich kann das Zimmer nicht länger halten. Nur ein kleiner Sprung.«

»Was?«

»Tut mir leid, ich kann's nicht mehr halten.«

Und plötzlich kniete Raymond nicht mehr, sondern saß auf seinem Hintern. Der Teppich rutschte unter ihm weg, und als er zur Decke starrte, verschwand auch sie. Genau wie die Wände, das Fenster, sein Bett, die ganze eingebildete Illusion.

Das Zimmer faltete sich in sich selbst zusammen, schrumpfte und zog sich in die Schublade mit den Unterhosen zurück, wobei die Kommode ein unappetitliches Gurgeln von sich gab.

Raymond blieb mit nichts als seiner Schubladenkommode zurück.

Ganz allein. Aber wo?

Raymond blickte sich um und um und um. Er stand auf dem Deck eines Schiffs. So, wie es aussah, an Deck eines feinen, schönen, großen Schiffs. Wenn auch vielleicht ein wenig antik. Das Deck war vom Salz ganz gebleicht, zernarbt, verkratzt; Rost breitete sich rings um die Kabinentüren aus, die Baumwollpersennings auf den Rettungsbooten waren verblaßt. Die Farbe auf den Liegesitzreihen blätterte ab. Das Boot hatte mehr von einem Trockendockmuseumsstück an sich als von einem seetüchtigen Schiff. Auf einem Rettungsring in der Nähe stand der Name des Schiffs: *SS Salamander.* Irgendwo läutete eine Schiffsglocke.

Es war kalt an Deck. Ganz entschieden kalt. Ganz besonders, wenn man wie Raymond nur mit Schlafanzughemd und Gingham Boxershorts bekleidet war. Und dann war da auch noch der Saturn, der drei Viertel des nachtschwarzen, sternenübersäten Himmels ausfüllte.

»*Aaarrrggghhh!*« machte Raymond. »Wir befinden uns im freien Weltraum! Ich werde sterben! Ich werde ersticken! Meine Augäpfel werden herausspringen! *Aaarrrggghhh!*«

»O Mann! Es tut mir so leid. Vermutlich ist das alles etwas zuviel für dich.«

»Luftschleuse!« murmelte Raymond und legte die Hände über sein Gesicht.

»Du wirst nicht ersticken. Es gibt massenweise Luft hier draußen.«

»Mmmmp. Ummmph?«

»Natürlich gibt's hier Luft. Vertrau mir.«

»Mmmmph um mmmmphhhummmpph mmmph mmm mmph?«

»Nein, ich bin keine sprechende Schubladenkommode. Ich bin Zephir. Nimm endlich die Hände vom Gesicht.«

»Mmm.«

»Nun mach schon.«

»Mmm! Mmmm mmmphing mmm mphh.«

»Nein, du hältst deinen Atem nicht an! Ich sehe, wie sich dein Brustkorb hebt und senkt.«

»Mmm mmm!«

»Nein, wirst du nicht!«

Raymond nahm die Hände vom Gesicht. »Oh! In Ordnung.« Er atmete tatsächlich. Es gab tatsächlich Luft. »Ich atme tatsächlich«, sagte er. »Es gibt tatsächlich Luft!«

»Hab' ich doch gesagt.«

»Ja, schon, aber wie kann denn im Weltall Luft sein?«

»Die Natur verabscheut das Vakuum«, antwortete die Schubladenkommode. »Und außerdem, wenn das All nicht voller Luft wäre, wie sollte dann die Wärme von der Sonne die Planeten erreichen? Kannst du mir das vielleicht verraten?«

»Nun«, begann Raymond. »Ich vermute ... Moment mal. Warte mal.«

»Was ist denn jetzt schon wieder?«

»Ich kapier's. All das.« Raymond machte umfassende Armbewegungen. »Du spielst mir keinen Streich!«

»Nein?«

»Nein. All das hier. Ich träume noch immer, nicht wahr? Ich schlafe noch.«

»Was läßt dich auf diese Idee kommen?«

»Kleinigkeiten.« Raymond machte eine kleine Armbewegung. Das heißt, eigentlich bewegte er nur Daumen und Zeigefinger. »Zum Beispiel, daß ich mich im Augenblick mit einer Schubladenkommode unterhalte. An Bord eines Ozeandampfers. Im Orbit um den Planeten Saturn.«

»Und daß du Luft atmest,« sagte die Schubladenkommode hilfreich. »Vergiß das mit dem Luftatmen nicht.«

»Und daß ich Luft atme, ja. Danke.« Raymond zeigte ein selbstgefälliges Grinsen. »Sieh mal. Was passiert sein muß, ist folgendes: Ich bin aufgewacht, aber ich bin nicht wirklich aufgestanden. Ich habe mich wahrscheinlich nur auf die andere Seite gedreht und bin wieder eingeschlafen. Also ist es wohl das beste, wenn ich jetzt wieder aufwache. Sonst komm' ich noch zu spät zur Arbeit.« Raymond schloß seine Augen.

»Was genau machst du da eigentlich?« fragte die Schubladenkommode.

»Ich wecke mich auf.«

»Indem du die Augen *zumachst*?«

»Ich weiß genau, was ich tue. Ich träume mit offenen Augen. Also werde ich aufwachen, sobald ich sie schließe.«

»Was bist du doch für eine eigenartige Person.«

»Ich? Eigenartig? An mir ist nichts Eigenartiges.«

»Ich kenne eine ganze Schublade voller Second-Hand-Unterhosen, die da ganz anderer Meinung sind.«

»Second-Hand?« Raymond öffnete beinahe die Augen. »Ich werd' nicht mehr mit dir sprechen. Du bist nicht mehr als ein Traum.«

»Du träumst wohl ziemlich oft so ein Zeug, was?«

»Nein. Meistens träum' ich von Zügen.«

»Ach, hör schon auf, Raymond! Öffne die Augen!«

»Nein.« Raymond verschränkte die Arme vor der Brust.

»Es lohnt sich. Glaub mir. Ich versprech's dir.«

»Nein. Laß mich jetzt in Frieden. Ich wecke mich selbst auf.«

»Du wirst deine Augen öffnen müssen, wenn du wach werden willst. Ganz sicher.«

Raymond dachte nach. »In Ordnung. Ich werde jetzt meine Augen öffnen, und dann wache ich zu Hause in meinem Bett auf. Richtig. Warte ... und ... jetzt!!!«

Raymond öffnete die Augen.

Er war nicht zu Hause. Er war nicht in seinem Bett. Er war noch immer an Deck der *SS Salamander*. Die *SS Salamander* war noch immer im Orbit um den Saturn. Aber es hatte dennoch ein, zwei kleine Veränderungen gegeben.

Zum ersten steckte Raymond nicht mehr in seiner Schlafanzugjacke und den Gingham Boxershorts.

Jetzt steckte er in einem wirklich todschicken hellseidenen Giorgio Armani Anzug: weißes Leinenhemd, Krawatte aus Crêpe de Chine, noble Socken aus Schurwolle, Budapester von *Hobbs/Picadilly Square*. Das gleiche Outfit, das Clapton damals trug, als er im *Brigthon Centre* spielte. Raymond hatte immer von einer Garderobe wie dieser geträumt.

»Mensch!« sagte Raymond. »Äh, ich meine, ich wollte nur sagen ...«

Und noch etwas.

Die Schubladenkommode war verschwunden. Und dort, wo sie gestanden hatte, befand sich nun ...

»Hallo Raymond! Ich bin Zephir. Zephir die Wunderbare.«

Raymonds Kiefer klappten auseinander, und die Weltraumluft zwängte sich in seine Lungen. Vor ihm stand die wunderbarste Frau, die er je in seinem Leben gesehen hatte. Und sie lächelte ihn an.

Nun gibt es unter den Leuten, die in dieser Hinsicht gewöhnlich der gleichen Meinung sind, keinen Zweifel darüber, daß weibliche Schönheit die Summe des Zusammenspiels ihrer Bestandteile ist. Zumindest in der westlichen Gesellschaft. Und zumindest in der westlichen Gesellschaft gilt auch, daß diese Teile teilweise schöner sind, wenn sie in ihrer Größe kleiner, und teilweise, wenn sie in ihrer Kürze länger sind. Oder umgekehrt. Die Gesetze, die festlegen, welche Teile groß und welche klein zu sein haben, sind sehr rigide. Große Augen und winzige Nasen zum Beispiel finden starken Anklang, umgekehrt nicht. Lange Beine werden gegenüber kurzen bevorzugt. Ein schlanker Leib gegenüber einem fetten. Hintern und Brüste kommen und gehen mit der Mode, aber Münder bleiben immer breit.

Das ist alles ziemlich sexistisch, sicher, und die gesetzten Standards scheinen ganz ohne Zweifel von Männern gesetzt zu sein. Aber sollte es nicht auch so sein?

Auf der Suche nach dem vollkommenen Wesen, dem er seine unsterbliche Liebe anbieten könnte, hatte Raymond seinen bewundernden Blick schon über viele Frauen schweifen lassen. Und tatsächlich, dieses Wesen existierte im Dorf. Aber nur in Form von Einzelteilen. Ein paar lange Beine hier, ein breiter Mund dort. Die Ohren der einen und die Fingernägel der nächsten Frau.

Das Problem schien zu sein, all diese Merkmale auf einer einzigen Frau zu vereinigen.

Es schien allerdings kein Problem zu sein, das Simon mit ihm teilte.

Aber Raymond war nicht Simon. Raymond war ein Romantiker, und wenn er Frau Alle-Teile-an-der-richtigen-Stelle-und-je-nach-seinen-Vorlieben-vergrößert- oder -verkleinert treffen würde – er würde sie für immer lieben.

Die schiere Unverschämtheit dieser Forderung schien Raymond vollkommen zu entgehen: daß eines Tages diese atemberaubende Schönheit vorbeikommen könnte, die all seine wildesten Vorstellungen vom Aussehen einer Frau erfüllte; daß sie sich auf der Stelle in ihn verlieben würde; und daß er mit ihr glücklich wäre bis an das Ende seiner Tage.

Aber träumen durfte man ja wohl, oder?

Raymond hoffte allerdings, daß *das hier* kein Traum war.

Zephir stand vor ihm. Und *sie* war Zephir. *Sie* war alles. *Sie* hatte alles, was er je von einer Frau erträumt hatte.

Sie hatte die Fesseln von Angela, der Kassiererin. Sie hatte die Beine der Frau, die im Aerobic-Center unterrichtete. Sie hatte den Torso der Barfrau aus dem *Bärenwappen*. Sie hatte die feinen Gesichtszüge von Sue, der Rechtsanwaltsgehilfin. Und so weiter und so fort. Sie besaß sogar die wunderschönen blauen Augen der Frau im Postamt.

Sie hatte alles.

Und selbstverständlich hatte sie das *kleine Schwarze* an.

»Ich liebe dich«, sagte Raymond und fiel ihr zu Füßen.

Zephir lächelte ihn mit ihrem breiten Mund an.

Raymond zuckte alarmiert zurück.

Sie hatte Simons Zähne.

»'tschuldigung«, sagte sie und schloß schnell den Mund, bevor sie erneut zu lächeln begann. Diesmal zeigte sie das Gebiß der Rektorin der Grundschule von Bramfield. Raymond blickte an ihr nach unten. Sie trug auch die Schuhe der Direktorin. Raymond sprang auf.

»Es ist alles nur ein Trick!« schrie er. »Nur ein weiterer billiger Trick.« Seine Liebe wich dahin. »Du siehst in Wirklichkeit ganz anders aus, gib's zu!«

»Es tut mir leid. Ich wollte dich nur aufmuntern.«

Raymond starrte nach draußen in das All. »Ich bin wirklich hier, was? Ich träume nicht.«

Zephir schüttelte ihren wunderschönen Kopf. Sie schüttelte ihn genauso, wie es die Bibliothekarin zu tun pflegte, Miss Conan. Raymond stellte ihr immer eine Menge Fragen, wenn er in der Bücherei war. Er liebte es, wie sich ihr Hals bewegte, wenn sie den Kopf schüttelte.

»Hör auf damit!« sagte Raymond. »Das ist nicht fair.«

»'tschuldigung«, erwiderte Zephir. »Ich konnte nicht anders.«

»Was ist mit diesem Anzug?« fragte Raymond und umklammerte den Armani. Liebeskummer war schon schlimm genug. Nicht auch noch der Anzug!

»Er gehört dir. Du kannst ihn behalten. Er steht dir wirklich ganz ausgezeichnet.«

Raymond betastete den Stoff. Er fühlte sich vollkommen an. Genau so, wie er sich vorgestellt hatte, daß er sich anfühlen müßte. Aber wie lange würde er das noch tun?

»Wie lange kann ich ihn behalten?«

»So lange du willst. So lange er dich glücklich macht.«

»Danke sehr. Vielen Dank. Wie siehst du denn in Wirklichkeit aus, Zephir?«

Zephir warf ihr Haar zurück. Es war füllig und kastanienbraun. Ein schöner junger Haarschopf. Es war der schöne kastanienbraune Schopf von Simons Freundin Lisa. Raymond war noch nie zuvor aufgefallen, wie sehr er Lisas Haar mochte. »Kommst du jetzt mit zum Professor?« fragte Zephir.

»Wer ist der Professor?« fragte Raymond.

»Professor Merlin. Das hier ist sein Schiff, mehr oder weniger jedenfalls. Du bist durch das Dach seines Zeltes gefallen. Nachdem du die wirklich sehr kostspielige holographische Reklamewand zerstört hast.«

»Ach die. Das habe ich alles getan?«

»Ich fürchte ja. Aber du kannst den Schaden wiedergutmachen, da bin ich mir ganz sicher. Der Professor möchte dich zum Abendessen haben.«

»Zum Abendessen?« Raymonds Knie begannen in den gutsitzenden Jekylls zu schlottern. »Nicht schon wieder! Nicht zum Abendessen!«

Raymond suchte nach einem Fluchtweg. Wenn das hier alles real war und nicht bloß ein schlechter Traum, dann war

Zephir wahrscheinlich die Zwillingsschwester von Mr. Chamäleon, dem Auktionator.

»Bleib ja weg von mir!« Raymond hob die Fäuste. »Niemand wird mich zum Abendessen haben!«

»Oh, es tut mit so leid!« Zephir hob beschwichtigend die Hände. Es waren die Hände von Pat, dem Zeitungsmädchen. »Ich meinte nicht *als* Abendessen, sondern *zum* Abendessen. Niemand wird dich aufessen, Raymond. Du bist hier vollkommen sicher.«

»Dann bist du keine verkleidete Venusianerin?«

»Eine Venusianerin? Ganz sicher nicht!«

»Und du frißt auch keine Menschen?«

»Raymond, wenn wir dich wirklich fressen wollten – glaubst du, wir hätten uns all die Mühe gemacht, dich wieder zusammenzuflicken, nachdem du durch das Dach gekracht bist? Oder ein Duplikat deines Zimmers zu erschaffen, damit du dich beim Aufwachen besser fühlst?«

»Ich schätze nein, aber ...«

»Kein Aber, Raymond. Wir hätten nicht! Aber du bist jetzt sicher ziemlich hungrig. Also warum kommst du nicht einfach mit und triffst dich mit dem Professor zum Abendessen? Er wird dir alle Fragen beantworten.«

»Nun ...«, Raymond schwankte unentschlossen, dann zuckte er die Schultern und nickte. Er konnte sowieso nirgendwo hinlaufen. Und obwohl er wußte, daß Zephirs Erscheinung bloß eine wunderbare, irgendwie aus Teilen, die sein Unterbewußtsein gespeichert hatte, zusammengesetzte Imitation war, machte es sie kein Stück weniger attraktiv. Und außerdem bestand die Chance, daß sich ihr Hintern beim Gehen bewegte wie der von Sheila, die im Farmzubehörladen arbeitete.

Also folgte er Zephir ins Innere des Schiffes.

»Ach so, noch eine Sache«, sagte Raymond. »Dieser Professor Merlin. Er ist auch ganz sicher nicht von der Venus, oder?«

Zephir warf einmal mehr ihr Haar zurück und blickte Raymond grinsend an. »Natürlich ist er kein Venusianer. Professor Merlin kommt von der Erde.«

7. KAPITEL

Simon starrte auf den Mann in Grau vor seiner Haustür.

Der Mann in Grau starrte durch seine graugetönte Sonnenbrille auf Simon in seiner Haustür.

Es entstand eine Pause, die gemeinhin als bedeutungsschwanger interpretiert wird.

Simon kaute auf seiner Lippe. *Das* hätte eigentlich nicht geschehen dürfen! Nicht hier und jetzt jedenfalls! »Kann ich Ihnen behilflich sein?« fragte er und bemühte sich, seiner Stimme einen sicheren Klang zu verleihen.

Der Mann in Grau lächelte ein schiefes Lächeln. »Das wird sich noch herausstellen.«

»Sind Sie Zeuge Jehovahs? Ich habe Ihnen einmal einen Wachturm abgekauft, glaube ich.«

»Ich bin kein Zeuge Jehovahs.« Das schiefe Lächeln des Mannes in Grau wurde zu einem bösartigen Grinsen. »Ich bin eher Jehovas Strafgericht, wenn man es so sehen will.«

»Ich habe schon gespendet, glaub' ich«, sagte Simon und wollte die Tür schließen. Der Mann in Grau stellte seinen Fuß dazwischen.

»Sie haben Ihren Fuß in meiner Tür, glaub' ich.«

»Ich habe meinen Fuß in deiner Tür, glaubst du?« Der Mann in Grau versetzte der Tür einen so gewaltigen Stoß, daß sie beinahe aus ihren Angeln gerissen worden wäre. Simon taumelte rückwärts und fand erst am Fuß der Treppe Halt (wie die meisten Leute aus dem Norden, wenn sie an der Tür überrascht werden).

Der Mann in Grau machte zwei rasche Schritte in die Diele und schlug die Tür hinter sich zu.

Simon kämpfte sich auf die Füße. »Also hören Sie mal«, sagte er.

»Nein, Freundchen. Du hörst mal. Ich bin dir den ganzen Weg vom *Wappen von Bramfield* bis hierher gefolgt. Du bist ziemlich eilig aufgebrochen, oder nicht? Kann es sein, daß du was gehört hast, das nicht für deine Ohren bestimmt war? Oder daß du was weißt, das du vielleicht besser nicht wissen solltest?«

»Ich hab' keine Ahnung, wovon Sie reden. Ich hab' einen Termin bei meinem Zahnarzt, glaub' ich.«

»Ich glaub', ich glaub'! Kannst du nicht einen einzigen Satz ohne dieses dämliche ›ich glaub'‹ beenden?« Der Mann in Grau machte einen weiteren Schritt auf Simon zu. Simon blieb wie angewurzelt stehen.

»Ich hab' einen Brief hier, glaub' ich.«

»Einen Brief? Wovon redest du?«

»In meiner Brieftasche, glaub' ich.« Simon fischte das Ding aus seiner Hosentasche. »Ich hab' ein medizinisches Leiden.«

»Ach ja?« Der Mann in Grau starrte ihm in die Augen. Simon konnte seinen Atem riechen. Er roch nicht gut.

»Ich kann's Ihnen zeigen.« Der Gärtnerlehrling reichte dem anderen einen zerknitterten Umschlag. Der Mann in Grau riß ihm den Umschlag aus den Fingern, schnüffelte mißtrauisch daran und faltete ein knittriges Blatt Papier auseinander.

»Was ist das?« wollte er wissen.

»Lesen Sie. Sie werden's verstehen, glaub' ich.«

Der Mann in Grau las: »Hiermit wird bestätigt, daß Simon ...« Er unterbrach sich und blickte auf. »Ist das wirklich dein Nachname?«

Simon nickte bedrückt. »Ich versuch', nicht dran zu denken.«

»Kann ich gut verstehen. Also, ›... wird bestätigt, daß Simon, Nachname wie erwähnt, seit zehn Jahren Patient in meiner Praxis ist und an spontanem Gedächtnisverlust leidet. Er ist deshalb vom Sport befreit und muß im Winter immer dicht bei der Heizung sitzen‹. Was soll das?«

»'s ist 'n Attest von meinem Arzt. Sehen Sie, ich vergess' so vieles. Andauernd. Sie haben zum Beispiel gesagt, ich wär' im *Wappen von Bramfield* gewesen. Kann sein. Ich erinnere mich nicht.«

Der Mann in Grau hob eine Augenbraue (in der gleichen Farbe).

»'s ist nicht meine Schuld. Ich kann nichts dafür.«

»Also erinnerst du dich nicht daran, wo du, sagen wir ... gestern abend gewesen bist? Als Beispiel.«

»Gestern abend?« Simon schürzte die Lippen. »Lassen Sie mich überlegen. Es fällt mir bestimmt bald ein.«

»Wie lange brauchst du denn dazu?«

»Der Doktor hat gesagt, etwa fünfzehn Jahre.«

»O ja? Und wann hat er das zu dir gesagt?«

»Vor etwa fünfzehn Jahren, als er das Attest geschrieben hat, glaub' ich.«

Der Mann in Grau musterte Simon von Kopf bis Fuß. »Du bist ein Trottel, glaub' *ich*.«

Simon nickte hoffnungslos. »Ich vermute, Sie haben recht. Weshalb waren Sie gleich hergekommen? Wollten Sie den Zähler ablesen?«

»Ja, den Zähler. Ich wollte den Zähler ablesen. Und ich bin schon fertig damit.« Der Mann in Grau stapfte zurück zur Haustür und riß sie heftig auf, wobei er den Schloßbügel aus der Verankerung brach. »Auf Wiedersehen«, sagte er.

»Äh, Entschuldigung ...?«

Der Mann in Grau wandte sich um.

»Könnt' ich bitte mein Attest zurückhaben?«

Der Mann in Grau knüllte das Attest zusammen und warf es in Simons Richtung. »Trottel«, sagte er und verschwand auf die Straße.

Simon blieb einen Augenblick stehen, bevor er zum Vorderzimmer eilte und erneut die Ecke des Vorhangs hob.

Der glänzende graue Wagen stand an der Straßenecke. Die Begleiter des Mannes in Grau lehnten dagegen. Simons ungebetener Besucher schlenderte zu ihnen, und sie wechselten einige Worte. Der unwillkommene Besucher deutete mehrmals mit dem Finger an die Stirn und gestikulierte in Richtung von Simons Haus. Gelächter erklang. Dann stiegen die drei grauen Männer in den grauen Wagen und fuhren in Richtung der Schrebergartenkolonie davon.

Simon kehrte in den Hausflur zurück. Schlug die Haustür hinter sich zu. Setzte die Sicherheitskette wieder ein. Hob sein 'ärztliches Attest' vom Boden auf und glättete die neuesten Falten. Schob es zurück in den Briefumschlag. Schob den Umschlag zurück in seine Brieftasche. Schob die Brieftasche zurück in seine Hosentasche.

Und klopfte darauf.

Lächelnd.

Dieses alte ›Attest‹. Es hatte ihm schon so viele gute Dienste geleistet. Ihm aus vielen Schwierigkeiten heraus- und in mindestens ebenso viele Betten hineingeholfen. Es war schon bemerkenswert, wie schnell die Nachricht von dem netten jungen Mann sich im Dorf verbreitet hatte, bei dem eine frustrierte Ehefrau all ihre intimsten sexuellen Phantasien ausleben konnte, sicher in dem Wissen, daß der Bursche am nächsten Tag alles vergessen haben würde.

»Trottel ...?« murmelte Simon vor sich hin. »... ich glaube nicht.« Aber dann erschien ein besorgter Ausdruck auf seinem Gesicht. »Das Buch ...« sagte er. »Ach ja, das Buch.«

Simon stieg die Treppe hinauf und setzte sich auf das Bett, um das betreffende Buch aufzunehmen. Er rieb mit den Knöcheln über Raymonds Nase auf dem Einband. »Wir haben ja keinen besonders guten Start erwischt, was?«

Das Buch gab keine Antwort.

Simon blätterte einmal mehr durch die Seiten und fand die Stelle wieder:

Klopf klopf klopf, machte es an seiner Haustür.
Aber zu Simons Glück war es nur der Postbote.

Simon klapperte mit seinen Porzellankronen. »Falsch«, sagte er und las weiter.

Jedenfalls dachte Simon das. Obwohl der Grund, aus dem er so dachte, eigentlich vollkommen unklar ist ...

Simon preßte seine Porzellankronen zusammen.

... insbesondere, wenn man bedenkt, welche bemerkenswerten, um nicht zu sagen verblüffenden hellseherischen Fähigkeiten er zu einem späteren Zeitpunkt noch demonstrieren sollte.

»Ah«, sagte Simon. »Ah!«

Er las weiter. Es stand alles drin. Seine Begegnung mit dem grauen Mann an der Tür. Es stand alles drin, aber es war trotzdem nicht genau das gleiche. Die Version im Buch war besser. Sie ließ Simon geistreiche Bemerkungen vortragen, bevor er den Mann in Grau auf allen vieren die Treppe hinunterstieß und aus der Tür warf.

Simon kaute auf einem Daumennagel. Was hatte das zu bedeuten?

»O Mann!« sagte Simon. »Ich weiß! So werd' ich die Geschichte demjenigen erzählen, der irgendwann dieses Buch schreiben wird. So hätte ich es gerne gehabt, daß es passiert wäre. Scheiße.«

Simon schmiß den Wälzer zu Boden. Er würde kaum aus seinem Inhalt Profit schlagen können, wenn darin nur Halbwahrheiten und Übertreibungen zu finden waren. Welch grausame, bittere Ironie! In seiner eigenen Schlinge gefangen! Also so was!

»Aber halt.« Simon nahm das Buch wieder hoch und ließ seinen zerkauten Daumennagel über den Einband gleiten. »Ich weiß jetzt. Ich schwöre hiermit feierlich und ernst, daß ich von dieser Minute an nur noch die Wahrheit erzählen werde, die reine Wahrheit und nichts als die Wahrheit, jedenfalls gegenüber jedermann, der mich in Zukunft über meine Sicht der Dinge interviewen wird.

Dann ...«, Simon dachte nach, »... dann wird alles, was in besagtem Buch über mich steht, von diesem Augenblick an richtig sein. Ja, das muß klappen. Es muß einfach klappen!«

Es schien nur logisch, daß es funktionieren würde. Jedenfalls so logisch, wie etwas so Unwahrscheinliches überhaupt logisch sein konnte.

Simon kratzte sich am Kopf. Die Wahrheit zu erzählen, die reine Wahrheit und nichts als die Wahrheit – das würde eine ganz schöne Herausforderung werden. Aber er würde es tun müssen, weil er nur dann vollkommen sicher sein konnte, daß das, was im Buch stand, auch so, wie es dort stand, eintreffen würde.

Und das Schöne daran war – wenn er sehr vorsichtig zu Werke ging und immer nur ein wenig im Buch las, um dann abzuwarten, bis die Ereignisse eingetroffen waren, dann könnte er auch immer sicher sein, die richtigen Züge zu machen. Weil er immer wissen würde, welches die richtigen Züge wären. Schließlich hätte er sie gerade erst gelesen.

Zauberei.

Die Möglichkeiten waren schier endlos.

»Man stelle sich das vor«, murmelte Simon vor sich hin. »Sagen wir mal, ich will morgen zum Pferderennen gehn. In diesem Augenblick weiß ich noch nicht, welches Pferd gewinnt. Aber heute in sechs Monaten – oder wann immer ich auch wegen dieses Buches interviewt werde – weiß ich schon lange Bescheid. Also muß ich dem Schreiber nur noch erzählen, daß ich genau auf die Siegerpferde gesetzt habe, und sicherstellen, daß er in diesem Buch ihre Namen erwähnt. Dann kann ich in meinem Buch jetzt gleich nachsehen und erfahre, welche Pferde morgen gewinnen. Was außerdem bedeutet, daß ich die Wahrheit gesagt haben werde, weil ich wirklich mit diesen Pferden gewonnen habe.«

Simon rieb die Hände voller Vorfreude aneinander, als Multimillionendollargewinne an der Börse und auf den Geldmärkten der Welt seine Phantasie anheizten. Er hatte eine Goldmine gefunden, daran bestand kein Zweifel. Dieses Buch war seine Eintrittskarte zum Paradies.

»Vielleicht sollt' ich 'n paar Kapitel weiterlesen und sehen, ob ich bereits auf meiner Segelyacht unterwegs und von Titelblattschönheiten umgeben bin?«

Die Versuchung war überwältigend. Ein schneller Blick konnte eigentlich nichts schaden, oder?

»Doch. Könnt' er.« Simon nickte mit Bestimmtheit. »So fängt der Wahnsinn an. Ich werd' mich feste zusammenreißen. Immer nur eine Seite nach der andern.

Und jetzt, wie fang' ich an? Hm. Morgen früh werd' ich als erstes zur Bank gehen und fünfzig Pfund abheben. Ob ich das nachprüfen soll? »

Simon warf verstohlene Blicke auf das Buch, dann nahm er es an sich und blätterte wild durch die Seiten.

An diesem Morgen war Simon der erste in der Schlange vor der Bank. Als sie schließlich um neun Uhr dreißig öffnete, ging er hinein und hob all seine Ersparnisse ab. Genau einhundert Pfund.

»Einhundert Pfund?« Simon kratzte sich nachdenklich am Kinn. »Nette runde Zahl. Na gut, dann halt einhundert Pfund. Und was mache ich anschließend?«

Dann marschierte er zum Buchmacher, wo er seine mittlerweile berühmte Vier-Pferde-Akumulationswette plazierte.

»Ja!« Simon sprang auf und boxte begeistert in die Luft. Er küßte den Buchdeckel und sagte dabei schmatzend »Ja. Ja. Ja!«

Diesmal hatte er es richtig gemacht, keine Frage.

»Dankeschön, Raymond.« Simon preßte das Buch an seine Brust. »Du hast das gemacht, nicht wahr? Irgendwie hast du mir dieses Buch aus der Zukunft geschickt. Der Zukunft, in der du zum – wie war das noch gleich?« Er las den Titel erneut. »Der *Retter der Menschheit*. Brillant. Dann sieht es also danach aus, als hätten wir es beide geschafft, wie? Was kann uns noch aufhalten, he? Die grauen Männer sind nicht mehr hinter mir her. Sie können ruhig den Schrebergarten aufräumen. Und ich werd' hier aufräumen. Abräumen, meine ich. Finanziell gesehen. Und du kannst die Menschheit retten. Vor was auch immer sie gerettet werden muß. Brillant! Absolut brillant! Ja!«

An dieser Stelle verlassen wir Simon glücklicherweise. Für jetzt. Auf seinem Bett liegend, das Buch liebkosend (Raymonds Buch), mit den Beinen strampelnd und andauernd das Wort »Ja!« wiederholend.

Kein schöner Anblick.

Andererseits ist es selten ein schöner Anblick für den Rest von uns, wenn wir einem ruchlosen, egoistischen, selbstsüchtigen Bastard dabei zusehen, wie er seinen eigenen Vorteil sucht und dabei einen Scheißdreck auf seine Mitmenschen gibt. Und was die Sache in diesem besonderen Fall noch schlimmer macht, ist, daß der fragliche Bastard tatsächlich auch noch dabei zugesehen hat, wie sein bester Freund von einem fliegenden Seestern in den Weltraum entführt worden ist; daß er herausgefunden hat, daß so etwas regelmäßig geschieht und die Teams grauer Männer dazu da sind, hinterher wieder aufzuräumen, und daß das alles Teil einer teuflischen Verschwörung ist, die nur der Verschleierung eines interplanetaren Menschenhandels dient, gleich ob es sich dabei um eingelegte, in Dosen oder in Blasen gefangene Menschen handelt.

Und was macht dieser Bastard mit all dem schrecklichen Wissen in seinem Besitz? Benutzt er das Buch aus der Zukunft etwa als mögliche Waffe, um die Welt vor den Aliens zu schützen, die insgeheim Jagd auf seine Mitmenschen machen?

Er denkt nicht im Traum daran!

Er denkt nur daran, wie er am schnellsten zu Geld kommt.

Dieser Bastard!

Aber andererseits – vielleicht sind wir zu hart mit dem armen Simon? Was kann er denn schon unternehmen? Er hält ein Buch in seinen Händen, das ihm seine Zukunft vorhersagt. Eine Zukunft, die für ihn bereits festgelegt ist und aus der es kein Entkommen gibt. Genau wie damals Judas schon vom Tag seiner Geburt an dazu verdammt gewesen war, seinen schmutzigen Verrat zu begehen. Genau so ist auch der arme Simon ein Opfer seines vorbestimmten Schicksals. Hilflos und ohne wirklich freien Willen.

Vielleicht.
Vielleicht.
Aber schließlich hat er ja auch den Mann in Grau mit dem gefälschten Attest seines Arztes hereingelegt. Niemand würde wirklich ungestraft mit einem derartigen Streich davonkommen, oder?
Aber *Simon* schon.
Dieser Bastard!

8.
KAPITEL

Der Große Salon der *SS Salamander* war einfach überwältigend. Eine wahre *Tour de France* in viktorianischem Marinemaurisch. Er erinnerte verblüffend an den gewaltigen Harem eines Großwesirs aus dem alten Bagdad der Scheherazade.

Dreiundzwanzig filigranmusterverzierte Säulen, umwunden von opulenter Emaillemalerei, mit Intarsien aus Lapislazuli, Chrysopas und Alexandrit boten einer reichgeschmückten Deckenkuppel enthusiastischen Halt. Die Kuppel war von allerprächtigstem, rosigem Teint, die unter einem Gewirr von Erotika erstickte. Eine riesige Bumserei. Die Wände des Großen Salons waren mit ähnlichen Fresken verziert. Aber alles sehr, sehr geschmackvoll. Das hier war nicht die geifernde Scheußlichkeit des gewöhnlichen Pornographen. Das hier war der fröhliche, verspielte Sex eines Peter Fendi oder Thomas Rowlandson. Eine Art kosmisches Kamasutra.

Durchbrochene Trennwände aus Ziesel- oder Sandelholz und Bergahorn unterteilten den Saal in wunderbare, ineinander verschränkte Muster.

Der Salon atmete förmlich Geschichte.

Als Isambard K. Brunel die unter einem unglücklichen Stern fahrende *Great Eastern* entwarf, da war es seine ausgesprochene Absicht gewesen, einen schwimmenden Palast in einem Maßstab zu errichten, wie man ihn noch niemals zuvor gesehen hatte. Und in der Tat, die *Great Eastern* war das gewaltigste Schiff, das seit den Zeiten der legendären Arche Noah über die Weltmeere fuhr.

Mr. Brunel war ein Mann mit Visionen gewesen. Ein genialer Ingenieur, der mithalf, das viktorianische Zeitalter zu gestalten. Die *Great Eastern* sollte sein krönendes Meisterwerk werden. Sie erwies sich als sein Untergang.

Isambard Brunel starb als gebrochener Mann im Alter von dreiundfünfzig Jahren, nur wenige Tage nach dem Stapellauf des Schiffes. Eines Stapellaufs, der sich für drei lange Monate verzögert hatte, weil das dämliche Schiff sich weigerte, sein Dock zu verlassen und in die Themse zu gleiten.

Das Schiff war von dem Zeitpunkt an vom Pech verfolgt gewesen, als man aus Unachtsamkeit einen Ingenieur und seinen Gehilfen lebend in der doppelten Hülle eingeschweißt hatte.

Auf seiner Jungfernfahrt explodierte einer der Kessel und tötete mehrere Heizer. Ein ganzer Katalog von Unglücken verfolgte das Schiff länger als dreißig Jahre, bis es schließlich 1889 verschrottet wurde. Sein Innenausbau war niemals vollendet worden. Er hatte den Tod vieler guter Männer verursacht. Die *Great Eastern* war ein verfluchtes Schiff und ein trauriges Vermächtnis, das Isambard zurückließ.

Aber er hinterließ auch andere. Darunter seinen unehelichen Sohn Colin. Die Geschichte verrät nur wenig über den jungen Colin. Eigentlich verrät sie gar nichts. Colin war der Junge, der eines Tages die *SS Salamander* erbauen würde, aber für diese Tat würde er niemals eine Gedenkmedaille von Königin Viktoria erhalten.

Die *Salamander* wurde von einem östlichen* Potentaten in Dienst gestellt. Einem *großen östlichen* Potentaten. Die Symmetrie dieser Geschehnisse erfreute den jungen Colin, dem weder der Genius noch der Name seines Vaters gegeben waren.

* great eastern (Anm. d. Übers.)

Colin war auf der falschen Seite des Federbettes geboren worden, als Sohn einer Prostituierten aus Whitechapel, die sein Vater gekannt hatte (im biblischen Sinne ...). Diese Dame der Nacht hatte es fertiggebracht, der Aufmerksamkeit *Jack the Rippers* zu entgehen, dessen Identität sie während seiner großen Abschiedsvorstellung in *Miller's Court* zufällig entdeckte. Sie hatte ein ärztliches Attest hervorgezogen, aus dem hervorging, daß sie an spontanem Gedächtnisverlust litt und sich sicher nicht am nächsten Morgen daran erinnern würde, daß Jack tatsächlich Mr. Gladstone war.

Colin entwarf die *SS Salamander* nicht wirklich selbst. Weil er nämlich, wie bereits gesagt, nicht den Genius seines Vaters geerbt hatte. Colin hatte lediglich die Brieftasche seines Vaters geerbt. Der Mann mit den großartigen Visionen hatte sie nämlich in der Nacht liegengelassen, in der Colin empfangen wurde. Und in der Brieftasche befanden sich die Pläne für die *SS Salamander,* einem so wunderbaren Linienschiff, daß die *Great Eastern* im Vergleich dazu nur wie ein Kohlenschlepper aussah.

Der Rest ist ungeschriebene Geschichte.

Die *SS Salamander* wurde erbaut.

Aber nicht auf dem Planeten Erde.

Der große östliche Potentat war ein sehr entfernter östlicher Potentat.

Etwa so weit entfernt wie die Erde vom Uranus. Wo er der Sultan war.

Aber von alledem hatte Raymond natürlich keine Ahnung, und so stand er einfach im Vestibül des Großen Salons der *SS Salamander* und blickte sich staunend mit weit aufgesperrtem Mund und kraftlos herabbaumelnden Armen um.

Es war einfach zu viel, um alles in sich aufnehmen zu können. Und wenn der Salon für sich bereits ein Wunder war, was sollte man dann erst über das Bankett erzählen, das zur Zeit im Gang war?

Eine ganze Menge, genaugenommen. Im Zentrum des Salons, unter der reich verzierten Kuppel, stand eine Tafel von wahrhaft heroischen Ausmaßen; und auf dieser Tafel ein Mahl, das einer Ode wert war:

Es gab große gläserne Schalen
voll grünem und weißem und Blumenkohl.
Schalen von Bouillon, Borschtsch
und Bouillabaise.
Tabletts voller Süßigkeiten,
Soufflés und Mousses.
Und Trüffel und Streuselkuchen
und glasiertes Obst, merk's dir wohl.

Es gab Ragout und Frikassee, Salmi und Kasserole.
Salzwasserhering und Süßwasserforell'.
Heidel und Brom, sowie Stachel und Preisel,
alle von der Sorte Beere.
Weinbergschnecken, geschmorter Braten,
ein richt'ges Gelage voller Gejohle.

Es gab Jaffas und Mandarinen
Steinfrüchte und Tangerinen,
Haggis und Hotchpotch und Eintopf und Stew.
Es gab Waffeln und Sprotten
Buttertoffees und Mürbekuchengebäck
Rosinenkuchen und Germknödel,
und sogar Karotten!

Rotwein und Weißwein und Perlwein,
Gelbbraunen Madeira und zwölfjährigen Port.
Champagner und Chardonnais,
Claret und Burgunder.
Cognac und Liköre, Kurze und Schnäpse
Wer sagt da noch nein!

Und so weiter und so weiter und so fort. Es war *sehr* beeindruckend. Und Raymonds Magen war *sehr* leer.

Und wenn der Salon bereits wunderschön anzusehen war und das Mahl schon eine Ode verdiente, was war dann erst mit den Teilnehmern an diesem Bankett? Was war mit all denen, die an dieser Tafel von heroischen Ausmaßen saßen, in diesem ganz und gar wunderschönen Salon, und sich mit den zuvor erwähnten Eßwaren beschäftigten?

Ja was?

Das waren die Artisten aus Professor Merlins Zirkus.

Sie fraßen sich die Bäuche voll, lachten und scherzten und machten immer weiter, auf eine Art, wie es nur wahre Freunde können. Und es waren die erstaunlichsten Charaktere, die Raymond je zu Gesicht bekommen hatte.

Sie waren ihrer zwanzig und repräsentierten eine einzigartige Farbenpracht und Extravaganz.

Raymond schien es, als wäre er in eine Orgie aus Pailletten und Straß geplatzt.

Exotische Frauen mit bemalten Gesichtern, mit kunstvoll hoch aufgetürmtem Haar, bunt gefärbt wie Pfauenaugen, vollgehängt mit Geschmeide und aufgeputzt mit Juwelen. Halsbänder von Sarkstein, Katzenauge und Turmalin. Blutsteinanhänger, güldene Nasenringe, besetzt mit Heliotrop und Beryll, Korallen und Jade.

Ihre Kostüme waren so verschwenderisch, wie man es sich nur vorstellen konnte, sicher die besten und hübschesten, die ihre Träger mit einer Üppigkeit von Rüschen und Kinkerlitzchen verherrlichten und sie mit Bahnen von Chiffon herausputzten. Hier eine gepuderte Schulter, dort ein anmutiger Knöchel, eingefaßt von einem Ring aus schwarzen Perlen.

Die männlichen Artisten waren kräftig und wohl gebaut. Schwere, breitschultrige Typen, aber nichtsdestotrotz auch sie juwelenbehängt und herausgeputzt. Wahrhafte Dandys allesamt, präsentierten sie sich in majestätischer Pracht.

Gehröcke aus gewebtem Gold, gepolsterte Schultern und Schlitzärmel, Seidenbandanas und violette Kummerbünde, Moleskinpantalonen und federbesetzte Gamaschen. Und jedes allerkleinste Teilchen leuchtete in allen Farben des Regenbogens.

Und am Kopf der Tafel saß, sich in langen Reden ergehend und so zur Fröhlichkeit der Gäste beitragend, auf einem thronähnlichen Sitz aus Pfauen- und Straußenfedern die allerphantastischste Gestalt von allen.

Sie war groß und schlank und schlaksig. Eine purpurne Perücke bedeckte einen schmalen Kopf mit sehr bemerkenswerten Gesichtszügen. Türkis glitzernde Augen flankierten eine scharfe Haifischfinne von einer Nase, unter der sich gewachste Schnurrbarthaare entrollten, während ein mit goldenen Zähnen reichverzierter Mund ausgewählte Schlekkereien mampfte und dabei einen humorvollen Monolog von sich gab, der das gesamte Essen auf sehr lustigem Niveau hielt. Ein Kinn von ganz beträchtlicher Länge wakkelte und bebte, als besäße es ein eigenes Leben.

Raymond bemerkte außerdem eine merkwürdige Tätowierung über der rechten Augenbraue und einen großen gläsernen Ring, der durch das linke Ohrläppchen gezogen war.

Weiter nach unten schien dieser ehrenwerte Herr ganz im Regency-Stil ausstaffiert zu sein. Hoher, gestärkter Kragen, der über einer Seidenkrawatte hervorragte. Eine Weste von üppigem, roten Brokat, bestickt mit feinen goldenen Arabesken und besetzt mit einem Übermaß silberner Uhrentaschen und Stutzerketten. Ein Gehrock aus grünem Samt, die Revers übersät mit Smaragden und Saphiren. Hemdenmanschetten aus Spitze lugten aus den Ärmeln hervor.

Der Rest der Erscheinung war hinter der Tafel verborgen, und so konnte Raymond nur raten, wie es weiterging. Seine Annahme war allerdings korrekt, daß unter dem Tisch eine ähnliche Pracht verborgen sein mußte.

Raymond war von den Händen dieses ehrenwerten Herrn sehr beeindruckt. Sie waren schlank, die Finger lang, geschmückt mit eleganten Ringen, die Nägel manikürt und poliert. Die Hautfarbe von einem gespenstischen Weiß, wie der restliche Teint des Mannes auch. Es war etwas an ihm, das an eine zum Leben erwachten Mumie erinnerte, aber eine stolze, lebenshungrige, die sich nicht in Staub auflösen würde.

Raymond starrte mit runden Augen und einem Mund so groß, als wolle er Fliegen darin fangen, und während er starrte, erkannte er noch mehr. Raymond nahm das phantastische Kostüm und die zahllosen Kinkerlitzchen in sich auf und wußte instinktiv, daß dies hier nicht die einstudierte Exzentrizität des eitlen Blenders war. Das hier war die natürliche Kleidung eines Mannes, der genau wußte, wer er war.

Und er war Professor Merlin.

O ja, tatsächlich!

»Raymondo!« Professor Merlin erhob sich von seinem Sitz und breitete seine Arme in einer wundervollen, willkommenheißenden Geste aus, die sowohl Raymond als auch alle anderen einschloß. »Ihr seid wieder gesundet! Kommt immer heran, junger Freund!«

Der Bursche von der Erde starrte auf die bunte Mischung von Gesichtern, die zu ihm zurückstarrten. Und war einer Antwort ein wenig verlegen.

»Nun mach schon«, flüsterte Zephir. »Sag guten Tag!«

Raymond winkte unbeholfen. »Guten Tag«, sagte er.

»Guten Tag auch Ihnen, Raymondo!« Der Professor neigte seinen Kopf, wie es nur jemand tun würde, der vor der königlichen Familie steht.

Die Anwesenden zollten einen tosenden Applaus. Irgend jemand warf seine pinkfarbene Perücke in Richtung der Kuppeldecke. Ein anderer warf seinen Kopf hinterher und fing ihn fachmännisch auf den Schultern wieder auf. Glücklicherweise bemerkte Raymond nichts davon.

Professor Merlin strich über sein eigenwilliges Kinn. »Mein liebster Raymondo, ehrlich, ich muß schon sagen, ich werde beinahe blind!«

»Blind?« Raymond schüttelte verständnislos den Kopf.

»Blind. Geblendet. Dieses strahlende *Bekleid*.«

»Der Anzug«, flüsterte Zephir. »Er bewundert deinen Anzug.«

»Oh, mein Anzug.« Raymond wischte über die schicken Revers. »Das war Zephir. Sie ...«

»Gegen Sie wirken wir wie arme Leute!« Der Professor ließ den Kopf hängen und klopfte sich melodramatisch an die Brust. »Ich werde meinen Schneider von seinem Nähtisch zerren und ihn über Bord werfen lassen.«

»O nein! Bitte, lassen Sie das!«

»Ist schon in Ordnung«, murmelte Zephir. »Er hat gar keinen Schneider.«

»Oh, ich verstehe. Oder eigentlich nicht. Nein, ich verstehe nicht.«

»Kommt her, Raymondo, kommt her! Setzen Sie sich zu meiner Rechten, und bringen Sie ihr wunderbares Weib herbei!«

»Mein wunderbares Weib?«

»Er meint mich.«

»Aber Zephir! Du bist nicht-«

»Für den Augenblick schon.«

»Ich muß schon sagen«, sagte Raymond. »Ich bin ganz sprachlos!«

Zephir lächelte und hängte sich bei Raymond ein. »Ich werd' dir schon helfen, die Sprache wiederzufinden. Komm jetzt, wir wollen uns zu Professor Merlin setzen.«

Raymond atmete tief durch. Dann breitete sich ein Lächeln auf seinem Gesicht aus. Wenn man es genau bedachte, dann war das doch gar nicht schlecht! Er steckte in seinem traumhaften Giorgio Armani-Anzug, an seiner Seite sein bestes Mädchen, und hatte eine Einladung zum Dinner am Tisch des Kapitäns in der Tasche. Es gefiel ihm nicht schlecht, zumindest im Augenblick.

»Sollen wir denn essen, meine Liebe?« fragte er.

»Wenn du so freundlich bist und vorangehst?«

O ja! Und Raymond ging unter weiterem, heftigem Applaus voran.

»Raymondo zu meiner Rechten und Zephir zu meiner Linken«, sagte Professor Merlin und lächelte sie auf ihre Plätze. Raymond ließ sich in seinen bequemen Stuhl sinken, aber selbstverständlich nicht, ohne vorher die Knie seiner Hose hochgezogen zu haben.

»Und? Sitzen die Herrschaften recht?« Der Gastgeber wandte seinen Kopf von einer Seite zur andern.

»Sehr recht«, erwiderte Raymond. Zephir lächelte dieses Lächeln aller Lächeln.

»Dann eßt. Ich werde Euch in der Zwischenzeit ringsherum kurz vorstellen, Raymondo. Aber zuerst, schlagt Euren Bauch voll und genießt das Mahl.«

»Nun, vielen herzlichen Dank.« Raymond nahm eine gestärkte Serviette und stopfte sie in seinen Hemdkragen. Er würde seinen schönen Anzug auf gar keinen Fall mit Soße verkleckern. Aber mit was genau sollte er anfangen? Das war die Frage. Die anderen Festmahlzeiter hatten sich wieder ihrer Festmahlzeit zugewendet und nahmen offensichtlich wahllos, worauf sie Lust hatten. Aber es konnte ebensogut ein besonderes Protokoll existieren, das zu beachten war, und Raymond hatte keine Lust, einen Schmuck aus sich zu machen.

Der Professor bemerkte Raymonds Zögern und schubste ihn freundlich in die Rippen. »Wo und wie Ihr wollt«, sagte er. »Stopft einfach alles in euer Kuchenloch.«

»Vielen Dank. Dann werde ich wohl mal loslegen.« Raymond schaufelte Delikatessen auf seinen Teller. Einen schönen großen Teller aus weißem Chinaporzellan mit einem Wappen auf dem Rand und der Aufschrift *Erster Klasse Salon SS Salamander*. Außerdem schickes Besteck aus Silber mit elfenbeinernen Griffen, und eine Auswahl exquisiter Trinkgläser.

O ja. Tatsächlich.

Raymond spickte etwas Weißes auf und sog prüfend den Dampf in seine Nüstern. Es duftete absurderweise ausgezeichnet. Er öffnete seinen grinsenden Mund und bereitete sich darauf vor, den Happen in sein ›Kuchenloch‹ zu stopfen, aber dann hielt er plötzlich inne und starrte Zephir fragend an.

»Es ist in Ordnung«, sagte sie. »Ich hab's dir doch schon gesagt.«

»Ihm was gesagt?« erkundigte sich der Professor.

»Über das ›George‹.«

»Das ›George‹?« Der Professor bäumte sich unter einem Lachanfall. »Sie meinen, er dachte, wir …?« Er winkte mit der Hand über die wunderbare Gesellschaft. »Wir würden …?«

»›George‹ essen, ja.«

»›George‹ essen!« Professor Merlin ruckte in seinem Stuhl herum. Lachtränen rannen an seinem Mumiengesicht herab. »Raymondo«, krächzte er, als er wieder zu Atem gekommen war, »Sie sind ein Übervorsichtiger, das sind Sie. Wir sind Zirkusartisten, Raymondo. Künstler, Akrobaten, Schöpfer von Wundern und Urheber von Magie. Wir spinnen Träume. Wir kommen unter euch, und im nächsten Augenblick sind wir wieder verschwunden. Der Stutzer und der Quacksalber, der Schnulzensänger und der Schlangenmensch, der komische Pantomime und der Witzbold – wir sind keine stinkenden Kannibalen. Also seid endlich so nett und haut rein!«

Und Raymond war endlich so nett und haute rein. Er haute sich rein, worauf auch immer er Lust verspürte, und er fand, das alles, was er reinhaute, sehr köstlich war. Der Professor schenkte ihm Wein aus und servierte ihm dies und jenes und erfreute sich an Raymonds atemlosem Staunen und seinem Schluckauf des Vergnügens.

Bald glühten die Wangen des Burschen rosig, genau wie sein Bauch von innen. Er winkte hinüber zu Zephir und sagte: »Das ist großartig, oder?«

Aber Zephir saß nur da mit den Händen im Schoß, und ihr Teller war leer und unbenutzt.

»Du ißt ja gar nichts!« stellte Raymond fest.

»Nein.« Zephir schlug ihre schönen blauen Augen nieder. »Ich esse nichts.«

»Raymondo«, unterbrach der Professor. »Sie haben mir noch nicht gesagt, was Sie von der *Salamander* halten!«

»Ziemlich unglaublich«, antwortete Raymond, nachdem er ein weiteres Glas von irgend etwas heruntergestürzt hatte. »Aber sagen Sie mir die Wahrheit, wenn es geht. Stammen Sie wirklich von der Erde?«

Das eigenwillige Kinn des Professors tanzte auf und ab wie der Kopf eines Nickhundes auf der Heckablage eines Cortina. »Ganz genauso wirklich von der Erde wie Sie selbst auch.«

»Aber – wie kann das sein?« Raymond kratzte sich mit dem Griff der Gabel am Kopf. »Wie sind Sie hier hinaufgekommen, in den Weltraum? Wie haben Sie das Schiff hierhergebracht?«

»Sie wollen wissen, was das Schiff zum Laufen bringt? Ist es das, wonach Sie fragen?«

Raymond stopfte eine Süßigkeit in seinen Mund. »Ich denke, ja«, erwiderte er kauend.

»Es ist ein Dampfschiff, Raymond. Sicher haben Sie die Schornsteine bemerkt.«

»Aber Dampfschiffe fliegen nicht durch den Weltraum. Weltraumschiffe fliegen durch den Weltraum, aber nicht Dampfschiffe.«

»Oh!« Der Professor schien jetzt ehrlich überrascht. »Und durch was fliegen dann Dampfschiffe? Durch Dampf vielleicht?«

»Wasser«, erwiderte Raymond. »Ich meine, sie ...«

»Jetzt versuchen Sie aber, mich auf den Arm zu nehmen, nicht wahr?« Professor Merlin schubste Raymond erneut in die Rippen.

Raymond sah verblüfft aus. Er war verblüfft. »Ich bin verblüfft«, sagte er.

Professor Merlin setzte ein gespielt verschwörerisches Gesicht auf und beugte sich zu Raymond hinüber. »Würden Sie mir glauben, wenn ich Ihnen erzählte, daß wir die Dampfmaschine dieses Schiffes durch ein revolutionäres, neues interplanetarisches Hyperantriebssystem eigener

Entwicklung ersetzt haben, welches das Schiff durch Transperambulation von pseudokosmischer Antimaterie antreibt?«

Raymond kratzte sich erneut am Kopf. »Wahrscheinlich«, antwortete er dann.

»Dann wären Sie nichts als ein Schmuck. Weil wir das nicht getan haben.«

»Vielen herzlichen Dank.« Raymond zog seine eleganten Schultern hoch.

»Würden Sie mir denn glauben, wenn ich erzählte, dieses Schiff würde durch Magie angetrieben?«

»Nein.« Raymond nahm etwas Wein. »Das würde ich ganz sicher nicht.«

»Zu schade. Diesmal hätten Sie richtig geglaubt.«

»Nein wirklich«, sagte Raymond. »Magie, was?«

»Magie«, erwiderte der Professor lächelnd, »hat nichts mit ›Wirklichkeit‹ oder was auch immer zu tun – im Gegenteil. Aber wenn Sie eine bessere Erklärung für das Hiersein des Schiffes finden, dann wäre ich selbstverständlich erfreut, sie aus Ihrem Munde zu erfahren.«

Raymond wurde langsam sauer. Der Professor füllte erneut sein Glas. »Dieser Arrak ist aus tausend heiligen Gewürzen destilliert. Nehmen Sie einen Schluck. Sagen Sie mir, was Sie davon halten.«

Raymond nahm einen Schluck. Es war der reine Nektar der Götter. »Geht so«, log er grantig.

»Geht so? Das ist das Beste, das Jupiter anzubieten hat!«

»Oh? Also vom Jupiter stammt es?« Raymond schüttelte seinen mittlerweile recht benebelten Kopf. »Also gibt es auf dem Jupiter ebenfalls Leben?«

»Jedenfalls gab es das noch letzte Woche, als wir dort aufgetreten sind.«

»Und Sie treten auf allen Planeten auf?«

»Auf allen, auf denen wir auftreten können, was in der Tat allen entspricht, die es gibt.«

»Also gibt es auf jedem einzelnen Planeten Leben?«

»Nun, wozu sollte denn ein Planet gut sein, wenn es niemanden gäbe, um darauf zu leben? Das wäre doch Unsinn, oder?« Der Professor lachte einmal mehr, aber Raymond fiel nicht in sein Lachen mit ein.

»Sie spielen wohl oft auf der Venus, oder?«

Die Kälte seines Tons entging dem Professor völlig, der mit seinem Kinn nickte und erwiderte: »Ja, in der Tat, das tun wir.«

»Wie schön für Sie.« Raymond setzte sein Glas heftig ab. Es berührte seinen Teller, und er verschüttete den kostbaren Inhalt. Raymond bemerkte plötzlich, wie betrunken er inzwischen schon war.

Und daß er mindestens genauso wütend war.

Und wenn man gleichzeitig betrunken *und* wütend ist, dann ... nun, dann ...

»Verdammt schön für Sie.« Raymond stemmte sich aus seinem Stuhl, aber er schaffte es nicht, stehen zu bleiben, und sank wieder zurück. »Gibt ja auch auf der Venus 'ne Menge gutes Essen, könnt' ich wetten. Obwohl Sie ja sicherlich keine ›Georges‹ essen, oder? Wie diese verdammten Bastarde es tun? Und mit menschlichen Wesen handeln? Die sie als Nahrung verkaufen? Ich frage mich, ob sie ihre Freßpakete mitbringen, wenn sie Ihre Show besuchen?«

»Raymondo, bitte.«

»Mein Name ist nicht Raymondo und auch nicht George. Ich heiße Raymond.«

»Also gut, Raymond, bitte. Beruhigen Sie sich.«

»Ich will mich aber nicht beruhigen«, erwiderte Raymond, der sich wirklich nicht beruhigen wollte.

»Gut, dann nehmen Sie halt noch ein Glas.«

»Ich will auch kein weiteres Glas mehr. Ich will nur, daß Sie mir zuhören.« Und da Raymonds Stimme nun bereits sehr laut war und außerdem die einzige, die noch sprach, schien die Annahme nur vernünftig, daß alle ihm zuhörten. »In Ordnung«, fuhr er fort. »Jetzt verraten Sie mir, wie der Hase läuft! Verraten Sie mir, warum was hier los ist! Verraten Sie mir, wie Sie es schaffen, in Ihrem magischen Schiff zwischen den Planeten umherzufahren, während Leute wie ich – was sind wir eigentlich? Teil der Nahrungskette?«

»Sind Sie fertig?« fragte der Professor.

»Nein«, sagte Raymond. »Ja«, sagte Raymond. »Ich weiß es nicht«, sagte Raymond. »Sagen Sie's mir«, sagte er dann, und: »Was geht hier eigentlich vor?«

»Richtig!« Der Professor schenkte Raymond ein weiteres Glas ein.

»Ich will aber nicht mehr«, sagte Raymond.

»Wir werden sehen«, entgegnete der Professor und goß sich ebenfalls nach. »Zunächst einmal«, begann er dann, »dieses Bankett wurde speziell für Sie arrangiert. Es war eine Art Prüfung.«

»Die ich natürlich nicht bestanden habe«, entgegnete Raymond schniefend.

»Die Sie bestanden haben«, sagte der Professor. »Und zwar mit Bestnoten. Ich habe Ihnen alles gegeben, was man sich nur wünschen kann. Alles, wovon Sie jemals geträumt haben. Diesen Anzug. Die Frau Ihrer Träume. Dieses Fest. Die meisten Menschen hätten ohne einen einzigen Gewissensbiß nach allem geschnappt und sich nur um ihr eigenes Wohl geschert. Der Rest wäre ihnen verdammt egal gewesen. Aber Sie konnten nicht, oder?«

»Nein«, sagte Raymond. »Ich konnte nicht.«

»Sie konnten nicht. Ihre Wut über das, was auf der Venus geschieht, war viel zu groß. Sie mußte heraus. Ihr Sinn für Moral und Gerechtigkeit ...«

»Tragen Sie nicht zu dick auf«, sagte Raymond.

»Bravo. Auch noch bescheiden! Ich wußte, daß wir am Ende den richtigen Mann finden würden!«

Raymond kratzte sich einmal mehr am Kopf, diesmal jedoch mit dem spitzen Ende der Gabel, und hätte sich beinahe das Auge ausgestoßen. »Was, wenn ich der falsche Mann gewesen wäre?« wollte er wissen.

»Wir hätten Sie über Bord geschickt.«

»Was?« Raymond blickte nachdenklich drein. »Über Bord? In den Weltraum?«

»Nein, natürlich nicht! Wir hätten Sie auf die Erde zurückgebracht. Sie hätten Ihren Anzug behalten können, und

Zephir sagt, daß Sie ihr gefallen, und sie war darauf vorbereitet, mit Ihnen zu gehen.«

»*Was?*« Raymond fiel erneut zurück in seinen Stuhl. »*Das alles* hätte ich schon bekommen, wenn ich *durchgefallen* wäre?«

»Exakt. Die Schmuckstücke der Trivialität. Bolonesischer Flitter.«

»Und was kriege ich dafür, daß ich den Test bestanden habe?«

Professor Merlin erhob sich feierlich, genau wie alle anderen Anwesenden. Er nahm seine Perücke ab und machte eine tiefe Verbeugung, genau wie alle anderen Anwesenden. »Sie erhalten die Gelegenheit, uns auf einer gefährlichen Mission zu begleiten und die Waffen mit einem üblen Feind zu kreuzen. Für die Gerechtigkeit zu kämpfen. Ihr Leben einzusetzen für all das, was ehrlich und ehrenhaft ist. Raymond, wir begrüßen Sie in unserer Mitte.«

Professor Merlin warf seine Perücke hoch in die Luft, und der Saal war erfüllt von frenetischem Applaus.

Eigenartigerweise existieren keinerlei Aufzeichnungen über das, was Raymond als nächstes sagte.

9. KAPITEL

Angra Mainyu
Luzifer
Sieben Siegel
Millennium

An diesem Morgen war Simon der erste in der Schlange vor der Bank. Als sie schließlich um neun Uhr dreißig öffnete, ging er hinein und hob all seine Ersparnisse ab. Genau einhundert Pfund. Dann marschierte er zum Buchmacher, wo er seine mittlerweile berühmte Vier-Pferde-Akumulationswette plazierte.

Er hätte laut vor sich hin gepfiffen, wenn nicht der gewaltige Kater gewesen wäre. Wie konnte er vergessen haben, dem Schreiber von Raymonds Biographie gegenüber dem Kater zu erwähnen? Wenn er ihn erwähnt hätte, dann hätte er auch im voraus gewußt, daß er in der letzten Nacht besser nicht so viel getrunken hätte, und dann würde er jetzt auch nicht einen derartigen Kater haben, und er müßte nicht im Buch erwähnt werden. Was er ja auch nicht wurde, aber er hatte den Kater trotzdem.

Simon wußte genau, warum kein Kater im Buch erwähnt wurde. Weil er nämlich nicht den Wunsch verspürte, die Dinge, die er letzte Nacht getrieben hatte, der Nachwelt preiszugeben. Deswegen!

Es hatte alles angefangen, kurz nachdem er sich vorgenommen hatte, nur noch die Wahrheit zu berichten, die reine Wahrheit und nichts als die Wahrheit, jedenfalls dem zukünftigen Schreiber von Raymonds Biographie gegenüber; und nachdem er den genialen (obwohl niederträchtigen) Plan geschmiedet hatte, wie er beim Pferderennen gewinnen könnte. Die Siegerpferde waren genau dort aufgeführt, wo er den zukünftigen Schreiber der Memoiren bitten würde, sie aufzuführen. In einem kleinen Rahmen über dem Kapitel, das mit den Worten begann: *An diesem Morgen war Simon der erste in der Schlange vor der Bank.*

Simon hatte die Namen der Siegerpferde auf den Umschlag seines kostbaren ›ärztlichen Attests‹ geschrieben, das Buch aus der Zukunft sorgfältig versteckt, eine Dusche genommen, saubere Kleider angezogen und war ausgegangen, um den Abend zu feiern.

Es war ein großer Fehler.

Er hätte nie in den *Fröhlichen Gärtner* gehen dürfen.

Er tat es dennoch.

Andy sah seinem Eintreffen mit einem Gesicht wie ein Gewitter entgegen. Er brannte darauf, bestimmte Dinge mit Simon zu besprechen.

Dazu gehörten zum Beispiel die unerfreulichen Ereignisse nach Simons plötzlichem Aufbruch aus dem *Fröhlichen Gärtner* letzte Nacht. Ereignisse, für die nach Andys Auffassung Simons Abwesenheit verantwortlich war. Ereignisse, in deren Mittelpunkt Simons Freundin Lisa gestanden hatte.

Lisa, so erzählte Andy, hätte Dick Godolphins Jagdhund getreten, und als Dick deswegen protestiert hätte, hätte sie auch Dick getreten. Der lange Bob, der Hühnerbauer (bei dem Dick auf Aushilfsbasis arbeitete), sei dazwischen gegangen, um die Dinge in Ordnung zu bringen, und wäre ebenfalls mit einem Tritt abgespeist worden.

Wie jedermann wußte, hatte Andy strenge Regeln, was das Treten in seiner Bar anging. Lisa hatte lebenslängliches Lokalverbot bekommen.

Als Simon das hörte, hellte sich seine Miene sichtlich auf. Denn das bedeutete, daß er in Zukunft hier trinken konnte, ohne ständig über die Schulter blicken zu müssen. Aber seine strahlende Miene verdüsterte sich bald, als Andy fortfuhr zu berichten, daß hinterher drei Mitglieder der *Roman*

Candles (nicht das Feuerwerk, sondern die Fallschirmspringergruppe) erforderlich gewesen waren, um die Treterin aus der Bar zu entfernen, die anschließend die tödliche *martialische Kunst des Dimac* gegen sein Wirtshausschild angewandt hatte. Zwölf Fuß sei sie in die Luft gesprungen und habe das Schild aus der letzten Angel getreten. Und da Lisa nun Hausverbot habe, müsse Simon für die Reparatur aufkommen, welche Dick (der im *Fröhlichen Gärtner* einer Arbeit auf Aushilfsbasis nachging) für die Summe von fünfzehn Mäusen auszuführen sich bereit erklärt habe.

Andy fügte hinzu, daß er sich als fairen Mann betrachte und Simon natürlich die Wahl ließe, nicht zu zahlen, falls er statt dessen lieber lebenslanges Hausverbot akzeptieren wolle.

»Ich werde morgen früh zahlen«, sagte Simon, dessen Miene sich wieder aufzuhellen begann bei dem Gedanken, daß er genügend Geld in den Taschen hätte, um den gesamten *Fröhlichen Gärtner* zu kaufen, wenn der Morgen gekommen war und seine Pferde erst gewonnen hätten.

»Ein Krug vom Üblichen«, fuhr er deswegen fort. »Und schreib's bitte auf Raymonds Deckel, von dem ich meine Schulden natürlich nicht bezahlen kann, weil es ja nicht *mein* Geld ist.«

Andy schluckte die Bemerkung, weil ihm alles viel zu verwirrend erschien, und machte sich daran, Simons Bier zu zapfen.

»Oh, und 'nen Beutel Nüsse, wenn du so lieb wärst. Und nimm dir auch einen.«

Andy nahm sich auch einen Beutel Nüsse.

Es war noch früh am Abend, und die Bar war weit davon entfernt, voll zu sein. Genaugenommen war sie leer. Bis auf Simon. Und es roch eigenartig. Nicht nach Fisch, sondern mehr nach Schwefel. Simon hätte dies wirklich auffallen müssen. Genau wie das halb leere Glas Guinness am anderen Ende des Tresens.

Aber ihm fiel nichts auf.

Und so war er vollkommen unvorbereitet, als sich die Tür

zur Herrentoilette öffnete und Mr. Hilsavie seinen großen kahlen Kopf mit seiner unverwechselbaren Pentagramm-Tätowierung unter dem *Balken-an-dem-Fremde-sich-immer-die-Rübe-anstoßen-wenn-sie-vom-Klo-kommen* einzog.

»Nun denn«, sagte der überhaupt nicht fröhliche Gärtner. »Wen haben wir denn da? Einen Lehrling mit einem neuen Hut, der sich den Nachmittag frei genommen hat.«

Simon blickte den großen Mann von oben bis unten an und erinnerte sich an einen Artikel über Hundebesitzer, den er einmal gelesen hatte. Darin stand, daß Hundebesitzer nach einer Weile ihren Hunden ähnlich zu sehen begannen. Der Grund war wohl, daß der Hundehalter sein Tier liebte und im Unterbewußtsein ›wie sein Hund‹ werden wollte. Und der Hund, der die Liebe seines Herrn erwiderte, im Gegenzug wie sein Herr. Beide stimmten ihre biologische Frequenz aufeinander ab und tauschten nach und nach Elemente ihres äußeren Erscheinungsbildes aus. Was eigentlich diese ›biologische Frequenz‹ war und wie sie funktionierte, das war nicht genauer erklärt worden. Und außerdem hatte Simon sowieso ernsthafte Zweifel an der ganzen Geschichte gehabt.

Aber jetzt, da er ungemütlich auf der Kante seines Stuhls hin- und herrutschte, da dämmerte ihm, daß an der Geschichte wohl doch etwas dran sein mußte. Denn der Beweis dafür stand direkt vor seinen Augen.

Nicht, daß Mr. Hilsavie einen Hund besessen hätte. Er besaß keinen. Nicht einmal eine Katze. Mr. Hilsavie liebte nur seine Arbeit. Aber Simon vermutete, daß Mr. Hilsavies Arbeit auch Mr. Hilsavie liebte.

Alles paßte. Der Kürbiskopf. Die Blumenkohlohren. Die rote-Bete-roten Augen. Die Hände wie zwei Bananenbünde. Und noch eine ganze Menge mehr.

Und alles sah aus wie immer …

Bedrohlich.

Wenn dieser Mann nicht mit dem Teufel im Bund steckte, dann war es sicher ein Versehen vom Herrn der Finsternis.

Der Gärtnerlehrling lächelte sein gewinnendes Lächeln, aber diesmal kam kein Gewinner dahinter zum Vorschein.

»Wo ist mein Pritschenwagen?« fragte Mr. Hilsavie.

»Ich hab' ihn mit nach Hause genommen, um ihn zu waschen«, log Simon.

»Oh, das tut mir leid«, entgegnete der Gigant mit der Brust wie ein Apfelfaß. »Ich hatte ja keine Ahnung ...«

»Keine Ahnung wovon?« war die Frage, die Simon jetzt eigentlich besser nicht hätte stellen sollen.

»Keine Ahnung, daß dein Zuhause jetzt auf dem Kundenparkplatz hinter dem Supermarkt ist. Bist wohl vor die Tür gesetzt worden, was?«

»Äh, nein. Hahahaha.« Simon versuchte, es wie Gelächter klingen zu lassen. »Der Wagen steht aus Sicherheitsgründen dort. Vielleicht ist Ihnen auch die Parkkralle aufgefallen, die ich ans Vorderrad gekettet habe. Das sollte unbefugte Benutzer fernhalten, oder?«

»Das wären dann die Typen, die mit meiner Allen-Sense verschwunden sind, vermute ich?«

»Sie steht in der Werkstatt. Ich mache einen Ölwechsel. Auf meine eigenen Kosten, versteht sich.«

»Versteht sich.« Langsam rückte Mr. Hilsavie an der Theke entlang näher. Schwefliger Gestank eilte ihm voraus. Tränenstein nannte man Schwefel auch noch. Mr. Hilsavie baute sich drohend vor Simon auf.

»Die Pferdewiese. Unten am Fuß der *Gasse-deren-Namen-man-nicht-auszusprechen-wagt*. Neun Uhr dreißig morgen früh. Ich werde dort sein. Du wirst dort sein. Mein Wagen wird dort sein. Die Sense wird dort sein. Habe ich mich klar ausgedrückt?«

Simons Kopf tanzte auf und ab. Seine Zähne mühten sich redlich, ein Lächeln zustande zu bringen. In den Pausen, in denen sie nicht klapperten.

»Weil, wenn du oder der Wagen oder die Sense nicht dort sind, dann ...« Mr. Hilsavie neigte seinen Kopf drohend hinunter und flüsterte die Einzelheiten in Simons Ohr. Beinahe simultan verdrehte der die Augen und schlug die Beine übereinander.

»Guter Junge.« Der Hortikulturist der Hölle klopfte auf Simons bebende Schulter.

Kehrte zu seinem Guinness zurück.

Trank es aus und verließ die Bar.

Andy hatte während der Unterhaltung den Kopf in Deckung behalten. Nun schob er Simon das Bier und die bestellten Nüsse hin. »Gesalzen und geröstet, oder?« fragte er.

»Dein Gehör ist scheinbar noch sehr gut«, erwiderte Simon.

So hatte es angefangen.

Simon hätte austrinken und sofort nach Hause gehen sollen. Einen klaren Kopf für den nächsten Tag behalten, an dem sich sein Schicksal entscheiden sollte.

Aber nein.

Er trank sein Bier aus und bestellte das nächste. Er würde Mr. Hilsavie den Laden abkaufen. Er würde das ganze verdammte Dorf kaufen. Würde sich zum Esquire aufschwingen. Solcherlei Dinge.

Gegen acht war die Bar voll und Simon bereits wieder in bester Stimmung. Der ›Schreiber‹ saß zu Simons Linker an der Theke. Er saß da, an einem seiner freien Abende, und beweinte wie üblich sein Schicksal. Zu wissen, daß andere, weit weniger talentierte Schreiberlinge Millionen verdienten, während er gezwungen war, ein Leben zu führen, das nur durch große Mengen an Alkohol erträglich blieb.

Simon war wirklich nicht an seinem Gejammer interessiert. Sein Interesse richtete sich vielmehr auf die große junge Frau, die zu seiner, Simons, Rechten Platz genommen hatte. Sie sah verdammt gut aus, ein echter Feger, und sie war alleine in die Bar gekommen. Aus reiner Höflichkeit hatte Simon ein Gespräch mit ihr begonnen.

»Man nennt es ›spontanen Gedächtnisverlust‹«, erklärte er soeben.

Der Feger hob und senkte sein hinreißendes Profil. »Das Leben muß ganz schön schwierig für Sie sein«, meinte der Feger und gähnte.

»Ist's bis heute tatsächlich auch gewesen«, erwiderte

Simon, der derartige Herausforderungen liebte. »Aber gleich morgen werd' ich 'ne nicht unbeträchtliche Erbschaft antreten, die aus mir 'nen unabhängigen Mann machen wird.«

»Wirklich?« sagte der Feger. »Und wann haben Sie das erfahren?«

Nun wäre ein einfachereres Gemüt auf die Frage hereingefallen und hätte geantwortet: »Wieso? Heut' nachmittag«, aber nicht so unser Simon. Immerhin genoß er hier einen Heimvorteil, so wie es aussah.

»Es wurde mir bereits vermacht, als ich noch 'n Kind war. Haben Sie Lust auf 'nen weiteren Drink?«

»'ne Bloody Mary wär' nicht schlecht. Sie haben übrigens sehr schöne Zähne.«

Womit der Beginn des nächsten Akts eingeläutet war.

Der Feger bekam seine Bloody Mary. Und noch eine. Und noch eine. Simon konnte beinahe zusehen, wie Raymonds Kreditlinie kürzer und kürzer wurde. Aber er konnte auch zusehen, wie sich der Feger anscheinend mehr und mehr zu entspannen schien.

Für einen Feger redete sie verdammt wenig. Aber Simon war ein Profi, und als Profi kriegte er sie schließlich mit Komplimenten über den Witz und die Gewandtheit ihrer Worte herum.

Und so fragte sie ihn bald: »Hast du deinen Wagen vor der Tür stehen?«

Simon tat so, als durchsuchte er verschiedene Notizen in seiner Brieftasche. »Es scheint, als hätt' ich eins der Ausstellungsfahrzeuge meiner Firma auf dem Kundenparkplatz hinter dem Supermarkt. Warum fragst du?«

»Nun, ich dachte gerade, es wäre nicht schlecht, hinauszugehen und eine Nummer zu schieben.«

Womit der Beginn des letzten Akts eingeläutet war.

Simon ließ sich vom Rest von Raymonds Kredit etwas zum Essen einpacken verließ zusammen mit dem Feger die Kneipe. Arm in Arm spazierten sie zum Kundenparkplatz hinter dem Supermarkt. Der Feger kicherte ununterbrochen – genau wie Simon, der eine Menge mehr getrunken hatte als eigentlich geplant. Als sie schließlich den Parkplatz überquert hatten und in den Wagen einstiegen, trug jeder die Kleider des anderen.

Und dann war erst einmal Pritschenwagenschaukelzeit. Mit Simon auf dem Fahrersitz.

»Ja, ja, ja!« sagte der Feger beim Pogo und stieß sich wiederholt den Kopf am Wagendach. »Ja ja ja, ow wow wow wow!«

»Ja!« sagte auch Simon. »*Boom Shanka Boom.*«

Natürlich ging es stundenlang so weiter. Sie machten in regelmäßigen Abständen Pausen und wechselten die Stellung. Dann beendeten sie die Vorstellung und öffneten die Wagenfenster, um Zigaretten zu rauchen. Dann schlossen sie die Fenster und begannen wieder von vorn.

»Du wirst mich aber nicht vergessen, wenn du erst reich bist?« fragte der Feger während einer kurzen Pause, als ihr Mund nicht voll war.

»Nein, nein, nei-en«, sagte Simon. Er hielt den Rhythmus ein. »Treff-mich-Mor-gen.«

»Wann, wann wa-ann?«

Simon atmete durch. »Halb vier. Hauptstraße. Ich geh' dann das Geld holen. Es kommt alles in bar. Ich lad' dich zum Essen ein. Was *anderes* zu essen ... Nein, hör nicht auf! Hör nicht auf! Hör-nicht-auf! *Boom-shanka-Booooooooom!*«

Ziemlich unverzeihlich!

Womit das Ende des letzten Akts beendet war.

Weil das nächste, an das Simon sich erinnern konnte, sein Erwachen in der Kabine des Wagens war, morgens um neun Uhr, nackt. Eine Menge weiblicher Supermarktkunden starrte durch die Fenster.

Und dann dieser schreckliche Kater!

Und jetzt war er auf dem Weg zum Buchmacher.

»Guten Morgen, Simon«, sagte Mr. Jones, der walisische Turfbuchhalter. »Hast du dich verlaufen? Und einen neuen Hut?«

»Ich bin gekommen, um eine Wette zu plazieren«, antwortete Simon und hielt sich seinen hutlosen, aber nichtsdestotrotz verkaterten Kopf.

»Eine Wette, sagst du?« Der Buchmacher blickte Simon erschüttert an. »Aber du wettest doch nie! Ich hab' noch nie gehört, das du gewettet hättest.«

»Nun, dann hören Sie es jetzt. Wissen Sie, ich hatte diesen Traum.«

»Ah«, machte der Buchmacher. »Einen Traum? Nun, ich würde dir dringend abraten. Mein Rat lautet, daß du dich schnellstens zur Arbeit begibst. Bezahl die Parkkralle und hol die Allen-Sense beim Langen Bob ab, der sie gestohlen hat, das hat er nämlich. Das wären meine weisen Worte an dich. Nimm sie und geh!«

»Ich möchte nur zuerst meine Wette plazieren, wenn es Ihnen nichts ausmacht.«

»Du begehst einen schrecklichen Fehler.«

»Hören Sie«, sagte Simon. »Ich schätze Ihren Rat sehr, aber ich bin fest entschlossen. Ich werde diese Wette plazieren und Schluß.«

»Dann auf deine eigene Verantwortung.«

»Darauf können Sie wetten.« Simon zog den Umschlag heraus und las die Namen der Pferde vor.

»Und du hast tatsächlich geträumt, daß diese vier Pferde gewinnen?«

»Ja«, sagte Simon, denn dies war die Lüge, zu der er sich entschlossen hatte.

»Es sind alles Außenseiter.«

»Um so besser, wenn sie gewinnen.«

»Ich werde mir nie verzeihen, wenn sie es nicht tun«, sagte Mr. Jones.

»Hier ist mein Geld«, sagte Simon. »Und jetzt schreiben Sie mir meinen Wettschein.«

»Das sind einhundert Pfund, mein Junge!« Mr. Jones fiel rückwärts vom Hocker. Glücklicherweise war Mrs. Jones mit Wischmop und Eimer direkt hinter ihm und fing ihren Mann auf.

»Simon, du ungezogener Junge!« murmelte sie, als sie die Handgelenke ihres Mannes mit Eau de Cologne betupfte. »Ihn mit einer Hundert-Pfund-Wette derartig zu erschrekken! Er gehört zu einer ethnischen Minderheit in Bramfield, und überhaupt. Das ist Rassendiskriminierung!«

»Sehen Sie, setzen Sie ihn einfach wieder in seinen Stuhl, und bringen Sie ihn dazu, daß er meinen Wettschein ausfüllt. *Bitte.*«

Mrs. Jones schob ihren Mann mit großem Theater zurück in den Stuhl. Sie steckte einen Kugelschreiber zwischen seine Finger und kühlte seine fiebrige Stirn.

»Werden Sie die Steuer zahlen?« fragte Jones mit zittriger Stimme.

»Scheiß-Steuern«, antwortete Simon.

Mrs. Jones bekreuzigte sich. »Heilige Maria Mutter Gottes, wohin wird uns das noch alles führen?«

»O Mannomann«, sagte Mr. Jones und füllte Simons Wettschein aus. Er schob ihn unter dem Sicherheitsglas hindurch und nahm die beiden Fünfzig-Pfund-Noten entgegen. »Wie gibt man einhundert Pfund in die Registrierkasse ein?« fragte er seine Frau.

Simon verließ das Gebäude mit federnden Schritten. Mrs. Jones blickte ihm durch blinde Butzenscheiben hinterher. »Tschüs, du Trottel«, sagte sie.

Mr. Jones hielt es nicht länger in seinem Stuhl. Er sprang mit geballter Faust im Zimmer umher und sagte immer wieder: »Ja! Ja! Ja!«

Simon besaß noch genügend Kleingeld, um ein paar Sandwiches, eine Flasche Lucozade und ein Päckchen Zigaretten zu kaufen. Und nachdem er das gemacht hatte, verließ er das Dorf.

Er hielt es für klüger, in einem sicheren Hafen Zuflucht zu suchen, bis sein Glücksschiff in der Hauptstraße von Bramfield vor Anker gegangen war.

Er kannte eine Wildhüterhütte, die bereits lange verlassen war. Auf dem Boden lag eine komfortable Matratze. In dieser Matratze gab es zwei tiefe Ausbuchtungen. Sie genau die Größe von Simons Knien. Vielleicht ging er zum Beten hierher, wer weiß?

Heute betete er jedoch ganz sicher, während er in diesen Vertiefungen kniete. Betete und wartete und machte sich Sorgen. Was, wenn es nicht funktionierte? Was, wenn die Pferde nicht gewannen? Einhundert Pfund hatte er ausgegeben. Einhundert Pfund! Aber es mußte einfach funktionieren. Er wußte, es mußte funktionieren. Und er wußte, daß er in sehr kurzer Zeit sehr reich sein würde.

Aber das lag noch Stunden in der Zukunft. Stunden und Stunden und Stunden.

Um zehn Uhr hatte Simon seine Sandwiches aufgegessen. Um elf waren seine Zigaretten alle. Und er wünschte sich, er hätte statt dessen sein Geld für ein paar Aspirin ausgegeben.

Er versuchte, ein wenig zu schlafen. Aber es ging nicht. Er versuchte, die Sekunden zu zählen. Er versuchte, die Latten in den Wänden der Hütte zu zählen. Er versuchte, die Nägel in den Latten zu zählen. Er machte Liegestützen. Er hüpfte auf der Stelle. Dann hielt er seinen armen Kopf und bewegte sich eine ganze Zeitlang überhaupt nicht.

Etwa eine Million Jahre später erhob er sich, um aufzubrechen.

Da es ein kurzer Mittwoch war, lag die Hauptstraße menschenleer. Niemand bemerkte Simon, als er in Richtung des Buchmacherladens durch die Straßen schlich. Aber seine Spannung ließ nicht nach, und als er beim Wettbüro angekommen war, klopfte sein Herz bis zum Hals. Sein Mund war trocken wie der Hintern eines Skeletts, und sein Kopf schmerzte zu allem Übel noch immer.

Die Atmosphäre im Wettbüro hatte sich unmerklich verändert.

Nein. Unmerklich ist nicht das richtige Wort.

Mr. Jones telephonierte gerade. Er brüllte auf Walisisch in den Hörer. Und aus dem Hörer brüllte es auf Walisisch in Mr. Jones Ohr. Eine Auswahl älterer Dorfbewohner lungerte herum. Sie trugen Tweedmützen und diese Art von Strickjacken, die man zu Weihnachten geschenkt bekommt, wenn man erst ein bestimmtes Alter erreicht hat. Zwei von ihnen applaudierten, als Simon das Lokal betrat. Ein anderer zog seine Mütze und sagte: »Gott segne Euch, Euer Lordschaft.«

»*Ja!*« jubelte Simon innerlich.

Mr. Jones knallte den Telephonhörer auf die Gabel, wandte sich um und erblickte den Gärtnerlehrling.

»*Aaaaaaaahhhhh!*« sagte Mr. Jones.

»Guten Tag, Mr. Jones«, sagte Simon. »Mrs. Jones.«

»*Aaaaaaaahhhhh!*« sagte Mrs. Jones und klammerte sich an den Arm ihres Gatten.

»Stimmt etwas nicht?« fragte Simon.

Mr. Jones fehlten die Worte.

»Du verdammter Bastard«, keifte seine Frau.

»Bitte was?« Simon präsentierte seine Dentalarbeiten.

»Ruin!« Mr. Jones fand die Sprache wieder. »Du hast mich verdammt noch mal ruiniert, Junge!«

»*Sie meinen, ich habe gewonnen?*« Simon zeigte die Überraschung, die er sorgfältig eingeübt hatte.

»Gewonnen? Einfach nur gewonnen? Du hast die Bank gesprengt! Tausende und Abertausende und ...«

»Tausende?« fragte Simon. »Ich schätze, Sie haben genug Geld, um mich auszuzahlen?«

»Die Einnahmen einer ganzen Woche!« murmelte Mr. Jones. Was Simon überhörte.

»'tschuldigung, ich hab' Sie nicht richtig verstanden?«

»Ich bezahle deinen Gewinn. Die Bastarde im Hauptbüro sagen, daß ich das muß.«

»Bastarde?« fragte Simon und schüttelte den Kopf. »Was soll das ganze Gerede von Bastarden?«

»Bastarde wie du«, sagte Mr. Jones. »Reiche Bastarde.«

»Ich finde diese Änderung in Ihrem Benehmen empörend.« Natürlich dachte Simon nicht so. »Heute morgen machten Sie sich noch so große Sorgen, daß ich mein Geld verlieren könnte. Ich hätte gedacht, Sie würden sich mit mir über mein Glück freuen.«

Mr. Jones Lippen waren ein einziges Beben.

Simon begann seine Taschen abzuklopfen. »Wo hab' ich bloß den ollen Wettschein hingesteckt?«

»Was?« fragte Mr. Jones.

»Ich muß ihn hier irgendwo haben.« Simon begann sich

am ganzen Körper abzutasten. »O nein! Meine Brieftasche! Meine Brieftasche!«

»Hast du sie verloren?« Mr. Jones begann seine Hände aneinanderzureiben.

»Sie wurde mir gestohlen!« Simons Gesicht war eine einzige graue Maske des Entsetzens.

»Oh, welch eine schreckliche Tat!« Jones begann auf seinem Stuhl zu hüpfen. »Ich kann dich leider nicht auszahlen ohne Wettschein. O welch eine schreckliche Schande!« Dann begannen er und seine Frau zu lachen.

»War nur ein kleiner Scherz«, sagte Simon und zog die Brieftasche hervor. »Ich wußte, daß es Sie wieder aufmuntern würde.«

»Du verdammter ...«

»Na, na, na!« Simon winkte mit dem Zeigefinger. »Wir wollen damit aufhören, ja?« Dann nahm er den Wettschein heraus und legte ihn auf den Schalter unter der Sicherheitsscheibe. Die Hand von Jones zuckte vor.

»Natürlich ist eine beglaubigte Fotokopie bei meinem Rechtsanwalt hinterlegt.«

»Natürlich«, erwiderte Jones und schnappte sich den Schein.

»Und ich habe die Summe meiner Gewinne auf zwei Stellen hinter dem Komma ausgerechnet. Ich hoffe, daß zwischen meiner und Ihrer Rechnung keine Diskrepanzen auftreten.«

Der Buchmacher ballte die Fäuste zusammen.

»Zahl den Bastard endlich aus!« sagte Mrs. Jones.

»Ja!«

Simons Bank war nur sechs Häuser vom Wettbüro entfernt, und selbst mit den beiden schweren Tragetaschen in seinen Händen war es nur ein kurzer Sprung.

Gut, niemand in der Nähe. Kurzer Mittwoch. *Kurzer Mittwoch!*

Der Fünfhunderttausendpfundmann starrte auf die

große, verschlossene Tür seiner Bank. »Scheiße«, sagte er. »Ach du Scheiße!«

Und dann: »Ach du verdammte Scheiße!«

Denn unter lautem Reifenquietschen, das immer »Achtung, Schwierigkeiten!« ankündigte, schleuderte ein Wagen aus seiner Parklücke auf der anderen Straßenseite. Es war ein alter Wagen, einer dieser Jaguars, die von kriminellen Bruderschaften in Fernsehshows wie *Sweeneys* so gerne benutzt wurden.

Der Wagen schaltete nicht hoch. Er war über die Straße und auf dem Bürgersteig, bevor Simon »Scheiße!« sagen konnte. (Noch einmal »Scheiße!« sagen konnte.)

Simon rannte los wie verrückt.

Aber welche Chance hatte er schon? Kaum eine. Außer natürlich, wenn dem Jaguar plötzlich der Sprit ausgegangen wäre. Was nicht geschah. Natürlich nicht.

Der Wagen schleuderte den Bürgersteig entlang, fuhr den neuen Papierkorb über den Haufen, der vermittels öffentlicher Spenden aufgestellt worden war, und demolierte das Fahrrad des Postmeisters.

Simons Schuhe hinterließen Gummispuren auf dem Pflaster.

Es hätte die reine Hölle von einer guten Verfolgungsjagd werden können. Die Seitengassen und baumbestandenen Wege hinunter und über Felder, wo es massenweise Gatter und Tore gab, durch die man hätte brechen können, Hühner aufscheuchend, Beinahekollisionen mit herankommenden Traktoren ausweichend. Und so weiter.

Aber das wirkliche Leben ist nun mal nicht so. Simon kam keine fünf Yards weit. Der Jaguar erwischte ihn mit der Stoßstange vor dem verschlossenen Eingang des Supermarktes. Nicht wirklich schlimm. Nur ein Schubser. Aber ausreichend heftig, um seinen Zweck zu erfüllen. Einfach professionell.

Wagentüren flogen auf. Maskierte Männer sprangen heraus. Drei Stück. Alles große Kerle. Alle mit Stöcken.

Und eine Frau.

Sie trug keine Maske.

Und selbst von dort, wo Simon jetzt lag, mit drei rechten Stiefeln auf der Brust, die ihn zu Boden drückten, sah sie verdammt gut aus. Wie ein *Feger.*

Wie *der* Feger!

Der Feger!

»Au Scheiße!« Simon schnappte nach Luft. »Au Scheiße! Scheiße Scheiße Scheiße.«

Der Feger blickte ihn an.

Und lächelte.

»Erinnerst du dich an mich?« fragte sie.

»Au Scheiße!« sagte Simon einmal mehr.

»Nehmt nur das Geld«, sagte der Feger zu den drei Männern. »Tut ihm nicht weh, es wäre Verschwendung. Das Geld ist alles, was wir wollen.«

»O nein!« heulte Simon. »Nein nein nein nein!«

»O ja!« sagte der Feger. »Ja ja ja ja!« Diesmal bewegte sie sich dabei nicht auf und ab. Diesmal blieb sie dabei bewegungslos stehen.

Und lächelte.

Die drei maskierten Männer nahmen die Füße von Simons Brust und entwanden ihm die Tragetaschen aus seinen noch immer fest zupackenden Fingern.

»Wer seid ihr?« blubberte er. »Die IRA, was?«

»IRA?« Der Feger lachte. »Nein. Nicht die IRA. Etwas größer als die IRA sind wir schon. Etwas mehr. Etwas, das du nicht verstehen würdest. Dieses Geld wird benötigt, um eine gefahrvolle Mission zu finanzieren. Um die Waffen mit einem üblen Feind zu kreuzen. Um für Gerechtigkeit zu kämpfen. Du gibst dein Geld für etwas her, das ehrenhaft ist, Simon. Viele Grüße von B.A.S.T.E.I.«

Die maskierten Männer applaudierten, und einer von ihnen sagte: »Schöner Vortrag, Kameradin.«

Eigenartigerweise existieren keinerlei Aufzeichnungen über das, was Simon als nächstes sagte.

10. KAPITEL

Nun vergeht die Zeit im Weltall unterschiedlich schnell, und Raymond war noch immer auf dem großen Bankett im Großen Salon der SS Salamander. Erst ein paar Sekunden waren vergangen seit den merkwürdigen Worten Raymonds, von denen eigenartigerweise keine Aufzeichnungen existieren.

Die Banketteilnehmer hatten ihren Applaus beendet und sich wieder ihrem Bankett zugewandt. Professor Merlin schenkte Raymond einen weiteren Drink ein.

»So, und jetzt stellen Sie die Löffel auf, Raymond«, sagte der Zirkusdirektor. »Weil ich Ihnen einige dicke Dodos auf die Türschwelle legen muß.«

»Häh?« erwiderte Raymond betrunken.

»Dinge, die Sie wissen müssen. Wahrheiten, alles Wahrheiten. Nichts als reine, makellose Wahrheiten. Kein Schwindel. Sozusagen Allerletzte Wahrheiten. Was Sie gleich hören, wird Ihnen vielleicht nicht schmecken, und Sie würden es am liebsten gleich wieder vergessen. Dies wird der *Realistik* allerdings nicht das Privileg der Wahrheit entziehen.«

»Häh?« sagte Raymond einmal mehr.

»Zunächst einmal bedaure ich aufrichtig, Sie darüber informieren zu müssen, daß Sie nicht betrunken sind.«

»Doch, doch«, kicherte Raymond dümmlich. »Ich bin voll wie eine Haubitze, bin ich.«

»Leider nicht. Sehen Sie, alles, was an dieser Tafel serviert wird, ist alkoholfrei.« Der Professor wartete, bis seine Worte bei Raymond eingesunken waren.

Raymond klärte seinen Blick und verscheuchte das Schwindelgefühl aus seinem Kopf. »Oh?« sagte er, plötzlich nüchtern. »Alles nur Einbildung?«

»Ja, tatsächlich, alles nur Einbildung.« Professor Merlin prostete Raymond mit seinem Glas zu.

»Das ist wirklich eine Überraschung.« Raymond nahm

sein eigenes Glas auf, roch an seinem Inhalt und stellte es seufzend auf den Tisch zurück.

»Und jetzt – sitzen Sie bequem?«

Raymond nickte traurig.

»Dann machen Sie sich auf etwas gefaßt, mein Junge. Lassen Sie mich irgendwo in der Nähe des Anfangs beginnen. Haben Sie schon einmal von *Symmes' Theorie der Konzentrischen Kugeln und Polaren Löcher* gehört?«

»Selbstverständlich«, erwiderte Raymond. »Hat das nicht jeder?«

Der Professor hob eine tätowierte Augenbraue. »Sollte das eine ironische Bemerkung werden? Oder war das nur die alte platte Lüge?«

Raymond zuckte die Schultern. »Vermutlich die alte platte Lüge, fürchte ich.«

»Schnickedischnack.« Professor Merlin runzelte die Stirn, und Raymond beobachtete fasziniert, wie die Spitzen seines Kinns und seiner Nase sich berührten. »Ich werde versuchen, das hier so kurz wie möglich zu machen. Um uns beiden die Qual zu ersparen.«

Raymond stopfte sich eine weitere Süßigkeit in den Mund. Wenn er sich schon nicht betrinken konnte, dann konnte er sich doch zumindest richtig rundfressen.

»Captain John Cleves Symms war ein Philosoph«, begann der Schausteller. »Manche munkeln übrigens, daß es sich bei diesem Namen nur um ein Pseudonym handelt. Wie dem auch sei, Symmes hatte eine Theorie, was die Zusammensetzung der Erde angeht. Er glaubte, daß der Planet aus einer Anzahl konzentrischer Kugeln besteht, eine in der anderen, die an den Polen offen sind, um den Zugang zu ermöglichen. Können Sie mir folgen?«

Raymond kaute und nickte. »Die Theorie von der hohlen Erde. Mein Kumpel Simon hat ein Buch darüber. Die Theorie hat sich Jahrhunderte gehalten, und sie besagt auch, daß vielleicht noch eine weitere Rasse im Innern der Erde lebt.«

»Sie glauben nicht an diese Theorie?«

Raymond schüttelte den Kopf. »Ganz sicher nicht.«

»Und warum nicht, was würden Sie sagen?«

»Weil es totaler Schwachsinn ist.« Und hier winkte Raymond. »Aber ich verrate Ihnen was. Da gibt es offensichtlich diese russischen Wissenschaftler. Die, die dieses Experiment im ollen Sibirien durchgeführt haben. Dreiundzwanzig Meilen tief haben die in den Boden gebohrt. Und dann ist der Bohrer in eine Art Höhle eingedrungen. Und dann haben sie ein Mikrophon an einem sehr langen Kabel hinuntergelassen. Und Sie werden nie erraten, was sie dann gehört haben.«

»Das Geräusch von Millionen verlorener Seelen, die in ewiger Agonie schrien?«

»Pech, Sie haben's wohl schon gehört.«

»Hab' ich. Und es ist ein schreckliches Geräusch.«

»Häh?«

»Aber wir wollen uns lieber wieder Symmes' Theorie zuwenden. Was, wenn ich Ihnen sagen würde, daß die Erde aus zwei konzentrischen Kugeln besteht, von denen die eine in der anderen steckt? Und daß beide auf ihrer Außenfläche intelligentes Leben tragen?«

»Ich würde sagen, Sie reden Schwachsinn.«

»Aber es stimmt dennoch.«

»Sie reden Schwachsinn.«

»Nein. Es stimmt.«

»Nein«, entgegnete Raymond. »Nein, nein, nein. Glauben Sie mir, Professor. Wenn es eine andere Rasse gäbe, die unter der Erde lebt, dann hätten die Menschen sie mittlerweile ganz sicher entdeckt. Und auch die Löcher an den Polen. Aber es gibt keine Welt unterhalb der, auf der ich lebe.«

»Das ist so klar und rein wie Ariel.« Professor Merlin lächelte einmal mehr. »Weil sie sich nämlich *über* der Erde befindet, auf der die Menschen wohnen.«

»Sagen Sie das noch mal!«

»Die Menschen leben innerhalb der Erde. Über ihren Köpfen existiert eine weitere Welt. Etwa in zehn Meilen Höhe, um etwas genauer zu werden.«

»Nein, nein, nein!« Raymond schüttelte den Kopf, der nicht unter einer anderen Welt aufgewachsen war. »Das ist 'ne ganz große Scheiße, wirklich. Hören Sie, wenn ich in meinem Garten steh' und nach oben blick', dann seh' ich nicht die Unterseite von irgendeiner Oberwelt. Ich seh' den Himmel!«

»Eine Illusion von einem Himmel.«

»Und immer, immer wieder geht die Sonne auf ...«, pfiff Raymond den Refrain eines Liedes, aber er konnte sich nicht mehr an den Namen des Interpreten erinnern. »Ich hab' die Sonne und den Mond und die Sterne gesehen.«

»O nein, haben Sie nicht!«

»O doch, hab' ich wohl!«

»O nein, haben Sie nicht!«

»O doch, hab' ich wohl!« Raymond streckte seine Zunge heraus.

»Aber so hören Sie doch einfach zu!« forderte der Professor und warf die Hände hoch. Langsam verlor er die Geduld. »Ich werde es Ihnen nur ein einziges Mal erklären. Nur dieses eine Mal. Und wenn ich fertig bin, dann können Sie Ihre Fragen stellen. Haben Sie mich *verstanden? Caspisco? Comprehendo? Savvy?* Haben Sie es jetzt endlich in Ihrer Birne? Ja?«

Raymond nickte. »Sie müssen mich deswegen nicht anschreien«, sagte er.

»Richtig, richtig.« Der Schausteller zog seine Weste glatt und arrangierte die Uhrketten in einer ansprechenden Komposition. »Ein kurzes Seminar unter der Überschrift 'Die Wahre Geschichte der Menschheit', abgehalten von Professor Prometheus Merlin.«

»Prometheus?«

»Ach, halten Sie die Klappe.«

»'tschuldigung.«

»›Die Wahre Geschichte der Menschheit‹. Ich beginne nun. Wenn Sie mir bitte Ihre volle Aufmerksamkeit schenken würden.«

Raymond setzte sich gerade hin.

»Vor sehr langer Zeit entwickelte sich intelligentes Leben auf der Erde, und zwar zunächst auf der äußeren Schale. Eine Rasse entwickelte sich, wie Rassen sich nun einmal entwickeln, bildete eine Gesellschaft und kartographierte ihren Planeten. Und entdeckte die Löcher an den Polen. Frühe Forscher stiegen in Heißluftballonen durch die Nordpolöffnung hinab und entdeckten die innere Welt. Eine Welt im Zwielicht, beherrscht von den Monstern der Tiefe. Den Dinosauriern.

Die Welt, auf der Sie eines Tages geboren werden sollten, Raymond. Aber damals war sie natürlich noch dunkel und feucht und nicht richtig geeignet, menschliches Leben zu unterstützen. Es kam einfach nicht genug Licht durch die Löcher bei den Polen. Die Welt benötigte eine adäquate Beleuchtung.

Natürlich dauerte es noch viele Jahrhunderte, bis die Technologie sich zu entwickeln begann, die fähig war, eine künstliche Sonne, einen Miniaturmond und die Effekte am Himmel zu entwickeln, die Sie heutzutage als Planeten und Sterne sehen. Die ›Oberweltler‹ wollten dort unten einen wahren Garten Eden schaffen. Sie wollten eine vollkommene Kopie ihrer Himmelswelt erbauen. Ich bin sicher, daß Sie mit mir darin übereinstimmen, daß es ein wirkliches Meisterstück der Ingenieurskunst wurde. Vollkommen überzeugend.«

Raymond seufzte und rollte die Augen. »Also, wie funktioniert es?« fragte er.

Professor Merlin zuckte die Schultern. »Ich habe keine Ahnung. Aber es funktioniert.«

»So 'n Quatsch.«

»Sie sollen den Mund halten!«

»'tschuldigung.«

»So. Und so. Und dann war die Welt dort unten fertig zur Kolonisation. Die Regierung wäre durch die Entwicklungskosten für die künstliche Sonne beinahe bankrott gegangen und so weiter, aber sie erwartete einen großen Gewinn durch die Millionen von Bürgern, die begierig waren, dort unten Land zu erstehen. Aber Pustekuchen. Zu ihrer Überraschung wollte nicht ein Schwein nach unten umziehen. Und wenn man es genau bedenkt, wer zur Hölle will schon im *Innern* eines Planeten leben? Stücke der äußeren Schale könnten einem auf den Kopf fallen. Was natürlich am laufenden Band geschieht. Die Menschen nennen sie Meteoriten. Oder die künstliche Sonne könnte hin und wieder versagen und die Erde in Dunkelheit tauchen ...«

»... was wir Menschen zweifelsohne als Sonnenfinsternis bezeichnen«, unterbrach Raymond mit sarkastischer Stimme.

»Sie sollen endlich Ihren Mund halten!«

»'tschuldigung.«

»Also, was blieb der Regierung zu tun?«

Raymond hob den Finger.

»Was gibt's?« fragte der Professor.

»Lassen Sie mich raten. Sie machten genau das gleiche wie wir Menschen, als wir unsere Sträflinge nach Australien verschifft haben. Sie schmissen all ihre Kriminellen hinab in die untere Welt.«

»Sie sind die Personifizierung der *Exaktitüde*, mein lieber Schwan. Genau das ist es, was die Regierung getan hat. Die innere Welt ist reich an Mineralienvorkommen, und so dauerte es nicht lang, bis die Spekulanten die Kriminellen versklavten und dazu verdammten, in den Minen zu arbeiten. Und das Land zu bestellen. Und was nicht noch alles.«

Raymond verdrehte einmal mehr die Augen.

»Nun, wie Sie sich sicherlich vorstellen können, waren diese ›ersten Siedler‹ eine rauhe Bande und gingen nicht gerade liebevoll mit ihrem Land und dem Leben darauf um, und so ...«

»Ich! Ich! Ich!« sagte Raymond, während er erneut aufzeigte.

»Also reden Sie schon«, sagte der Professor müde.

»Sie haben die Dinosaurier gejagt, bis sie ausgestorben waren. Ich gehe jede Wette ein, daß sie das getan haben!«

»Absolut punktgenau hundertprozentig korrekt. Genau

das taten sie. Und von diesem Zeitpunkt an stimmt die Geschichte der Menschheit in Ihren Büchern ziemlich genau mit der Wirklichkeit überein. Mit Ausnahme der Tatsache, daß alle Hinweise auf die Oberwelt ausgelöscht wurden.«

»Langsam, langsam«, sagte Raymond und zeigte erneut auf. »Ich glaube, ich hab' ein oder zwei logische Fehler entdeckt.«

»Haben Sie?« Professor Merlin war überrascht.

»Hab' ich. Zum einen, wie kommt's, daß niemand etwas von der Existenz der Oberwelt weiß?«

»Aber das weiß man doch, mein lieber Raymond, das weiß man. Die Verantwortlichen wissen das. Die, deren Aufgabe es ist, dafür zu sorgen, daß der Mythos vom luftleeren Weltall aufrechterhalten bleibt. Die, die das Bevölkerungswachstum kontrollieren. Die den Export von ›George‹ überwachen und leiten. Die die Menschheit in Unwissenheit halten.«

»Was? Sie meinen Premierminister und Präsidenten und solche Leute?«

»Es ist eine Verschwörung, die sich durch die gesamte Untere Welt zieht.«

»Nä nä.« Raymond schüttelte den Kopf. »Wenn die Reichen und Mächtigen wüßten, daß es dort oben eine Welt gibt, dann wollten sie hinauf und selbst dort leben.«

»Das tun sie ja auch, mein junger Freund Raymond. Genau das tun sie die ganze Zeit.«

»Nö!« Raymond schüttelte entschieden den Kopf. »Man hört nichts davon, daß der Präsident der Vereinigten Staaten jedes Jahr monatelang verschwindet.«

»Was? Meinen Sie diesen Präsidenten?« fragte Professor Merlin und deutete auf die Stelle, wo Zephir bis vor einem Augenblick gesessen hatte.

»Herr Präsident!« sagte Raymond. »Wie sind Sie denn hierhergekommen? Oh, ich verstehe, Sie sind gar nicht ... ich meine, äh ... ach du verdammte Scheiße!«

»Soweit ich weiß«, fuhr der Schausteller fort und zählte an seinen wunderschönen Fingern ab, »wird der Präsident bisher von nicht weniger als vier Oberweltlern gespielt. Sie lösen sich ab. Schichtdienst. Niemand unten bemerkt etwas, weil es nach außen keinen Unterschied gibt.«

»Sie leben unter uns!« sagte Raymond.

»Und sie verkaufen uns als Futter, wie sie es bereits seit Jahrhunderten tun. Seit sie mit den anderen Planeten Handelsbeziehungen geknüpft haben. Im Augenblick besitzt Uranus die Lizenz.«

»Abdullah, der lügnerische Seestern.«

»Abdullah ist ein Pirat. Skrupelloser als die meisten andern.«

Raymond fing wieder damit an, sich am Hinterkopf zu kratzen. Die große Frage war, und es war eine wirklich große Frage, stimmte auch nur ein einziges Wort an dieser Geschichte? Das Stück mit Abdullah stimmte, sicher. Die austauschbaren Präsidenten? Das könnte stimmen. Aber daß die Welt, in der er aufgewachsen war, in Wirklichkeit *innerhalb* einer weiteren Welt liegen sollte? Das erschien ihm noch immer an den Haaren herbeigezogen.

»Könnte ich sie sehen?« fragte Raymond.

»Was sehen, mein kleines Fruchtküchlein?«

»Die Erde. Von außen. Mit ihrer äußeren Schale und den Löchern in den Polen. Durch ein Teleskop oder so etwas Ähnliches.«

»Aber allerselbstverständlichst können Sie.« Professor Merlin zog ein schlankes Messingteleskop aus seinem Mantel. »Ich dachte mir schon, daß Sie diese Frage stellen. Schieben Sie es einfach durch jenes Bullauge.«

»Welches wäre?«

»Das dort drüben.« Professor Merlin deutete auf ein Bullauge, das auf eine Weise in das erotische Wandfresko integriert war, die, obwohl recht amüsant, an dieser Stelle zu beschreiben … unpassend gewesen wäre – um es mit milden Worten auszudrücken.

Raymond entschuldigte sich bei den Anwesenden und stapfte hinüber zu dem frivolen Bullauge, hob das Teleskop ans Auge, fokussierte es und … »Heilige Scheiße! Da draußen ist ein großer blauer Planet mit einem Loch in der Spitze.«

»Jetzt dämmert es ihm«, sagte Professor Merlin.

Raymond kam zur Tafel zurück. Er reichte dem Professor das Teleskopfernrohr und ließ seinen wohlbekleideten Hintern zurück in den Stuhl plumpsen.

»In meiner Welt ist ein Loch«, sagte Raymond. »Ein Loch.«

»Muß ein wenig überraschend kommen. Wie ein kleiner Schock, nicht wahr?«

»Ein kleiner Schock?« Raymond vergrub das Gesicht in seinen Händen.

»Vielleicht haben Sie noch Fragen, die Sie mir stellen möchten?«

»Noch Fragen?« Raymond entgrub sein Gesicht. »Ja. Ein oder zwei Fragen hätt' ich schon noch.«

»Dann stellen Sie sie, o Gast an meiner Tafel.«

»Na gut«, sagte Raymond. »Nehmen wir an, daß ich glaube, was ich eben mit eigenen Augen gesehen habe – und ich denke, daß ich mich wahrscheinlich dazu entschließen werde –, dann verraten Sie mir eins: Von welcher Erde stammen Sie? Der inneren oder der äußeren?«

»Von der inneren, genau wie Sie, mein Freund. Mein Zirkus und ich wurden aus der Laune eines sehr entfernten östlichen Potentaten heraus gekidnappt. Wir hätten unsere Tage im Kochtopf beendet, wäre nicht die großartige Freundin Zephir gewesen.« Professor Merlin verbeugte sich bei seinen Worten in Richtung der erwähnten Person. »Wir ergriffen Besitz von diesem Schiff und flohen, und nun reisen wir mit gefälschten Papieren zwischen den Planeten, geben uns als Oberweltler aus und betätigen uns als Fluchthelfer, wo wir nur können. Und sammeln Rekruten für unser vornehmes Ansinnen.«

»Und dieses Ansinnen ist, daß Sie Krieg gegen die Oberweltler führen möchten?«

»Nicht möchten. Müssen. Der Menschenhandel muß beendet werden. Und die Pläne, die die Oberweltler im

Augenblick ausbrüten, dürfen nicht weiter verfolgt werden.«

»Und was für Pläne sind das?«

»Pläne, die sich mit der Umweltverschmutzung befassen.«

»Ich kann Ihnen wieder einmal nicht folgen«, sagte Raymond.

»Umweltverschmutzung.« Professor Merlin zupfte an seiner Nase. »Von der inneren Erde. Unserer Erde. All die Abgase und was weiß ich. Was meinen Sie, wo das alles hingeht?«

»Tja, wenn Sie mich so fragen ... ich dachte immer, das würde nach oben in die Atmosphäre gehen und einfach dort hängenbleiben. Ich vermute, das war ein Irrtum?«

»So groß er nur sein kann. Der Dreck kommt aus den polaren Löchern hervor und kontaminiert die Welt oben. Und die Oberwelt hat die Nase voll davon. Ihr Regent, ein schlimmer Despot, hat sich zu drastischen Maßnahmen entschieden. Die innere Welt soll umweltbezüglich depriorisiert werden.«

»Umweltbezüglich was?«

»Depriorisiert. Der Plan sieht vor, die künstliche Sonne einfach auszuschalten und die Löcher zuzustöpseln. Mit Beton. Luftdicht.«

»Was?« Raymond sank in seinem Stuhl zusammen. »Aber ... aber das würde ja bedeuten, ...«

»... daß der letzte lebende Mensch auf der inneren Welt derjenige wäre, der seine Luft am längsten anhalten kann. Ich schätze, ein Perltaucher.«

»Das ist absolut nicht witzig!« Raymond schmetterte die Faust auf den Tisch.

»Ich hab's auch nicht witzig gemeint. Perltaucher können die Luft wirklich ziemlich lang anhalten. Ich hab' einmal einen in meiner Truppe gehabt. Der hat die berühmte Nummer von Houdini draufgehabt. Flucht aus dem Wassertank. Er hat die Luft angehalten und sich einfach nach draußen getrunken. Wenn ich mich recht entsinne, ist er am Ende zu fett geworden, um die Nummer weiter zu beherrschen.«

»Hören Sie auf!« Raymonds erhobene Stimme war einmal mehr das einzige, was im Saal noch zu hören war. »Wir müssen etwas unternehmen. Sofort! Pläne schmieden. Die Armeen gegen die bösen Oberweltler führen. Ihre ganzen Zementfabriken in die Luft jagen. Es ist mir eine Ehre, diesem noblen Ansinnen zu dienen.«

»Ich wußte, daß Sie das sagen würden, mein guter Mann. Ich wußte es einfach.«

»Aber wie sollen wir's mit 'nem ganzen Planeten aufnehmen? Das wird kein leichtes Unternehmen. Wieviel tausend Mann haben Sie denn bereits versammelt?«

Professor Merlin tappte mit den Fingern auf sein Kinn.

»Wieviel tausend, sagten Sie?«

»Sie haben doch einige tausend Mann?«

»Nein, nicht einige tausend. Nein.«

»Eintausend?«

Professor Merlin schüttelte den Kopf. »Nicht genau.«

»Ein paar hundert?«

Professor Merlin machte eine vage Handbewegung. »Nicht genau«, sagte er erneut.

»Wie viele Männer haben Sie denn in Ihrer Armee?« wollte Raymond endlich wissen.

»Nur Sie«, sagte der Professor. »*Sie* sind meine Armee.«

»Ich bin Ihre Armee?« Raymond hatte sich im Eifer des Gesprächs aus seinem Stuhl erhoben und plumpste nun zurück. *»Ich bin Ihre Armee?* Aber – Sie haben gesagt, daß Sie anderen bei der Flucht helfen. Rekruten sammeln, um eine Armee aufzustellen.«

»Tun wir ja auch, mein lieber Kamerad. Aber Sie sind der erste, der den Aufnahmetest bestanden hat. Denken Sie, ich hätte vielleicht zu hohe Ansprüche? Meinen Sie, ich sollte einfach ein Formular ausfüllen lassen, anstatt jedesmal die Ausgaben für ein Bankett aufzuwenden?«

Raymond vergrub einmal mehr sein Gesicht in den Händen. Diesmal begann er zu weinen.

»Stimmt etwas nicht, mein Junge?«

»Ach nein«, schniefte Raymond. »Wieso sollte etwas nicht stimmen? Die Luftlöcher zu meiner Welt werden in Kürze zubetoniert, und die Befreiungsarmee bin ich ganz alleine. Wieso sollte da etwas nicht stimmen?«

11.
KAPITEL

Mit Müh und Not schaffte Simon es bis nach Hause und trat nach seine Katze. Einfach so, nicht aus einem besonderen Grund. Wie man das halt macht, wenn man schlechter Laune ist. Sie wissen schon.

Es war keine besonders interessante Katze. Eben einer von diesen kleinen Tigern, die sich einem wie ein seidener Perverser um die Füße schmiegen, wann immer sie gefüttert werden wollen, und einen die restliche Zeit über demonstrativ ignorieren. Simon dachte so gut wie nie daran, die Katze zu füttern, aber da seine Katze weit weniger intelligent war als ihr Besitzer, verzieh sie ihm immer und immer wieder in der Hoffnung auf ein freies Essen.

Was sie allerdings heute ebenfalls nicht kriegen würde.

Was ihrer Liebe keinen Abbruch tat.

Die Katze hatte überhaupt keine Ähnlichkeit mit Simon, und im Gegenzug mochte er sie kein Stück.

Simon trat nach seiner Katze. Die Katze biß in Simons Bein. Simon verfluchte seine Katze, schob seine Haustür auf, trat ein und humpelte die Treppe hinauf.

Er war, gelinde ausgedrückt, überhaupt nicht zufrieden mit der Art und Weise, wie sich die Dinge an diesem Tag entwickelt hatten. Er schob die Kommode zur Seite und hob das lose Dielenbrett an. Dann zog er *Die größte Show jenseits der Welt* hervor und warf das Buch in die Luft und quer durch das Zimmer.

Dann schrie er laut, warf sich auf sein Bett und umklammerte einmal mehr seinen pochenden Schädel mit den Händen. Er schien mittlerweile sogar in Stereo zu schmerzen.

»Ihr verdammten Schweine«, beschwerte er sich vor der Welt. »Ich verdammten dreckigen Schweine.«

Als sich seine doppelte Sicht geklärt hatte, kroch Simon über den Boden und nahm Raymonds Biographie wieder auf. »Verflixt und zugenäht«, schnarrte er. »Ausgeraubt. All mein Gewinn. Und meine letzten hundert Pfund dazu.«

Der Mensch voller Sorgen kehrte zu seinem Bett voller Schmerz zurück und legte das Buch in seinen Schoß. Um stolz da hinzugehen, wo noch nie ein Mensch zuvor gewesen war – zumindest er nicht –, schlug Simon direkt die letzten Seiten des Buches auf. Ob es einen Index hatte? Ja, es hatte. War er darin erwähnt? Ja, er war. Allerdings nicht sehr häufig. Jedenfalls nicht, wenn man bedachte, wie dick dieses Buch war. Sein letzter Auftritt fand auf Seite sechsundneunzig statt.

»Moment mal.« Simon blätterte hastig zu der fraglichen Seite zurück. Ja, da war er, als er den Buchmacherladen verließ. Simon überflog die Seite. Da wurde kein Fahrzeug erwähnt, das ihn über den Haufen fuhr, und auch keine B.A.S.T.E.I.-Terroristen, die sein Geld raubten. *Warum nicht, häh?*«

»Ich weiß, warum.« Simon machte ein verbittertes Gesicht. »Weil nämlich die verdammte B.A.S.T.E.I.-Organisation das Buch geschrieben hat. Sie werden schwerlich zugeben, daß *sie mir* all mein Geld gestohlen haben. Was schreiben sie darüber?«

Er las laut aus dem Buch:

> *In einer plötzlichen und ziemlich unerwarteten Geste guten Willens und voller Verantwortungsbewußtsein für das Allgemeinwohl spendete Simon seinen gesamten Gewinn einer örtlichen Wohltätigkeitseinrichtung. Nach dieser selbstlosen Tat spielt er in unserer weiteren Erzählung keine Rolle mehr.*

»*Was?*« Simon starrte auf das Buch. »*Ich spiele keine Rolle mehr in der Geschichte?* Ihr regt mich auf, ihr ...«

Das Paar, das nebenan wohnte, war taub. Beide. Und so konnten sie das Wort »BASTARDE!« nicht hören. Obwohl sie die Vibration der Wände spürten und zusahen, wie ihr gerahmtes Bild der Königinmutter (Gott segne Sie, Madame!) in den Kohleneimer fiel. Äußerst empörend!

»Das ... das könnt ihr nicht mit mir machen!« Simon schüttelte drohend seine Faust gegen die beleidigende Seite. »Ich ... ich werd' es nicht zulassen. Ich werd' ... ich werd'«, er hatte keine Ahnung, was er würde. »Ich weiß, was ich tun werde«, fuhr er fort. »Ich werde lügen. Das werde ich tun. Wenn man mich wegen dieses Buches interviewt, dann werde ich lügen. Ich werde die falschen Pferdenamen nennen, jawohl. Dann gewinn' ich eben kein Geld. Wollen mal sehen, wie ihnen das schmeckt. Diese Bastarde.«

Er blätterte ein paar Seiten zurück. Die Namen der Siegerpferde in dem kleinen Rahmen am Anfang von Kapitel 9 waren noch immer die gleichen.

»Verdammt«, sagte Simon. »Verdammt, verdammt, verdammt. Ich versteh' das einfach nicht.«

Und dann klopfte es an Simons Eingangstür.

Alarmiert blickte Simon auf. Und wieder in das Buch.

Aber es hatte nichts mehr zu verraten.

»Verdammt!« Simon schleuderte es einmal mehr in die Ecke und erhob sich von seinem Bett. Dann schlich er hinüber zum Fenster und spähte nach unten.

Dort standen drei Männer. Zwei trugen Polizeihelme, der dritte kämmte sich im Augenblick wie Derrick die Haare.

»Die Polizei!« Simon preßte sich gegen die Schlafzimmerwand. Was wollten sie von ihm? Er hatte nichts verbrochen. Er war ein unschuldiger Mann. »Ich bin ein unschuldiger Mann«, sagte er. »Ich habe nichts verbrochen. Tatsächlich bin ich ...«

Ein kleiner Fleck mit dem Wort ›Hoffnung‹ darauf erschien plötzlich auf dem ansonsten leeren Horizont, der Simons Zukunft bedeutete. Das Wort ›Hoffnung‹ leuchtete purpurn. Stilgerecht. Es wuchs und wuchs und wuchs.

»Natürlich«, sagte Simon. »Ich weiß, was geschehen sein

muß. Irgend jemand hat zugesehen, wie ich in der Hauptstraße ausgeraubt worden bin, und hat die Polizei alarmiert und den Jaguar beschrieben. Die Polizei hat den Wagen nach einer reinen Hölle von einer wilden Verfolgungsjagd über Seitengassen und baumbestandene Wege hinunter und über Felder, wo es massenweise Gatter und Tore gibt, durch die sie gebrochen und hühneraufscheuchend Beinahekollisionen mit herannahenden Traktoren ausgewichen sind, endlich abgefangen. Es hat eine wilde Schießerei gegeben, und die B.A.S.T.E.I.-Terroristen sind (HOFFENTLICH!) alle tot. Und jetzt möchten die Beamten des Gesetzes, daß ich mit ihnen zur Polizeiwache gehe und meinen Gewinn identifiziere. Das muß es sein.«

Man muß schon ein wenig eigenartig sein, um so zu denken.

Meinen Sie nicht auch?

»Ich komme!« rief Simon.

Natürlich kannten die Konstabler unseren Freund Simon. Und Simon kannte die Konstabler. Sie waren alle zusammen in die Dorfschule gegangen. Simon konnte sich nicht an vergangene Streitereien erinnern, obwohl er beinahe sicher war, daß einer der Konstabler eine jüngere Schwester hatte, die er einmal …

»Guten Tag, meine Herren Beamten«, sagte Simon freundlich. »Wie kann ich Ihnen behilflich sein?«

»Mr. …?« Der Derrick sprach Simon mit Nachnamen an.

»Schschscht! Nicht so laut!« Simon wedelte mit der Hand, als hätte er sich verbrannt. »Ja, das bin ich.«

»Mr. …«

»Simon. Nur Simon, bitte. Das reicht.«

»Ich werde Sie mit ›Sir‹ ansprechen, wenn es Ihnen nichts ausmacht.«

»*Sir?* Bin ich zum Ritter geschlagen worden?«

»Nein, äh, Sir. Aber als Diener des Volkes verlangt man zu recht von uns, daß wir das Volk in respektvoller, höflicher

Weise ansprechen. Eine Tradition, ein Brauch, irgendwas in dieser Richtung. Mein Name ist Inspektor T'Od. Und ich würde Ihnen gerne ein paar Fragen stellen, wenn es Ihnen nichts ausmacht, Sir?«

»Ich bin jederzeit bereit.«

»Genau das hab' ich auch gehört«, murmelte einer der Konstabler. Wahrscheinlich der mit der Schwester, vermutete Simon.

»Vielen Dank, Konstabler. Vielleicht dürfte ich für ein oder zwei Minuten eintreten, Sir?«

»Haben Sie einen Durchsuchungsbefehl?« fragte Simon.

»Nein, Sir. Warum fragen Sie?«

»Ich wollte schon immer wissen, wie die Dinger aussehen.«

»Ich hab' mal einen gesehen«, sagte der andere Konstabler, der ohne Schwester. »Ist nichts besonderes an ihnen. Ehrlich, nur beschriebenes Papier.«

»Vielen Dank, Konstabler.« Inspektor T'Od schob sich an Simon vorbei. »Hier entlang, oder, Sir?«

»Kommt ihr Jungs mit rein?« fragte Simon.

»Nein.« Der Konstabler mit der Schwester schüttelte den Kopf. »Wir werden Ihre Eingangstür bewachen.«

»Warum? Glauben Sie, daß jemand versuchen könnte, sie zu stehlen?«

»Nein. Wir werden die Tür bewachen, damit Sie nicht hindurchkönnen.«

»Aber ich will nicht hindurch. Ich wohne hier.«

»Sie könnten versuchen wegzulaufen. Das hat es alles schon gegeben.«

Simon zuckte die Schultern. »Nun, wenn ich tatsächlich weglaufen sollte, dann werd' ich sicher die Hintertür benutzen, um Sie nicht bei Ihrer Arbeit zu stören.«

»Vielen Dank, Sir.«

»Nein, warten Sie«, sagte der Konstabler ohne Schwester, der schon einmal einen Durchsuchungsbefehl zu Gesicht bekommen hatte. »Dürfte ich mitkommen und Ihre Hintertür bewachen?«

»Tun Sie sich keinen Zwang an!«

»Vielen Dank, Sir.« Der Konstabler kam in die Wohnung und stellte sich neben die Hintertür. Simon folgte Inspektor T'Od ins Wohnzimmer.

»So«, begann Simon. »Ich schätze, Sie haben gute Nachrichten für mich? Haben Sie bereits eine Festnahme machen können?«

Der Inspektor schüttelte den Kopf, und eine Strähne pomadigen Haars fiel über sein rechtes Ohr. »Wir stehen dicht davor« sagte er.

»Das wird mir eine große Last von der Seele nehmen«, entgegnete Simon.

»Gut, Sir. Sehr gut.« Inspektor T'Od nahm einen vorschriftsmäßigen Standard-Polizeinotizblock hervor, zog einen dünnen Stift aus dessen Rücken, leckte an der Spitze und fertigte eine Notiz an. »Gut«, sagte er erneut. »Es macht die Dinge gleich sehr viel einfacher. Ich bin sicher, wir verstehen uns.«

Simon nickte. »Nein«, sagte er.

»So. Dann wären also nur noch ein paar kleine Einzelheiten zu klären.« Der Inspektor zeigte Simon eine Photographie. »Haben Sie diesen Jungen schon einmal gesehen?« fragte er, und bei Simon klingelte es irgendwo.

Simon nahm die Photographie entgegen. »Raymond«, sagte er. Es war nämlich Raymond.

»Also würden Sie sagen, daß das Bild eine große Ähnlichkeit mit dem Verstorbenen besitzt?«

»Verstorbenen?« Simon gab die Photographie zurück. »Was wollen Sie mit ›Verstorbenen‹ sagen?«

»Dann eben Vermißten. Aber Sie wissen schließlich selbst, daß sich die Vermißten von heute nur zu oft in den Leichenkisten von morgen finden.«

»Leichenkisten? Welche Leichenkisten?«

»Nun, ich nehme in diesem Fall auf ein Verbrechen Bezug, in dessen Verlauf eine menschliche Leiche entdeckt wird. In einer Leichenkiste. Im Gegensatz zu beispielsweise einer speziellen Haihautkiste mit einem handbedienbaren Dekkel, in dem ein Toter ansonsten vielleicht aufbewahrt werden könnte.«

»Vielen Dank für die Aufklärung.«

»Keine Ursache, Sir. Wann haben Sie die vermißte Person zum letzten Mal gesehen?«

»Ah.« Simon machte ein nachdenkliches Gesicht. Die korrekte Antwort auf diese Frage mußte natürlich lauten: »In der vorgestrigen Nacht, in den Schrebergärten. Er ist von einem fliegenden Seestern vom Uranus aufgesaugt worden.« Aber machte allein die Tatsache, daß dies die korrekte Antwort war, sie auch schon zur bestmöglichen Antwort? Simon kam zu dem Schluß, daß dies definitiv nicht der Fall war.

»Ich kann mich nicht genau erinnern«, sagte er. »Vielleicht vor einer Woche oder so.«

»Vor einer Woche oder so.« Der Inspektor machte eine Notiz. »Und was ist mit dieser Dame hier?« Er nahm eine weitere Photographie und hielt sie vor Simons Nase.

Simon sah einmal hin. Dann noch mal. Und noch mal. Es war der Feger.

»Das ist **sie**!« Simon schrie die Worte heraus. Im Wohnzimmer der Nebenwohnung fand sich Großbritanniens beliebteste Großmutter einmal mehr im Kohleneimer.

»*Das ist sie!* Das ist die Frau! Haben Sie das Geld?«

»Habe *ich* das Geld, Sir? Welches Geld könnte das sein, von dem Sie sprechen?«

»*Mein* Geld!«

»*Ihr* Geld?«

»Ziehen Sie keine Schau ab. Sie wissen, wovon ich rede.«

»Ich denke, ja, Sir. Ja.« Inspektor T'Od verfaßte eine weitere Notiz. »Der Verdächtige fragt, ob ich das Geld habe, das zu holen er mich ausgeschickt hat.«

»Das habe ich nicht gesagt! *Verdächtig?* Was meinen Sie mit ›verdächtig‹?«

»Diese Frau wird seit letzter Nacht vermißt, Sir. Sie ist nicht an ihrer Arbeitsstelle aufgetaucht, und ihr Bett ist unberührt. Das ist schon der zweite Fall in einer einzigen Woche, Sir. Und Sie sind in beide verwickelt.«

»Verwickelt? Ich bin in gar nichts verwickelt.«

Der Inspektor blätterte durch seine Notizen. »Ist meine Information korrekt, daß Sie an ›spontanem Gedächtnisverlust‹ leiden?«

»Nein, ist sie nicht. Wer ist diese Frau?«

»Der Würger von Boston.«

»Das ist niemals der Würger von Boston. Der Würger von Boston sah aus wie Tony Curtis.«

»Spontaner Gedächtnisverlust«, sagte der Inspektor. »Der Würger von Boston litt ebenfalls daran. Hat sieben Frauen ermordet und konnte sich nicht an eine einzige Tat erinnern.«

»Ich leide nicht an spontanem Gedächtnisverlust.«

»Das stimmt aber nicht mit der Aussage der Vikarsfrau überein.«

»Mein Gedächtnis ist perfekt«, sagte Simon. Obwohl er sich nicht mehr an die Vikarsfrau erinnern konnte. »Ich besitze die vollkommene Erinnerung.«

»Aber sie erinnern sich nicht vollkommen, wann Sie den vermißten Herrn auf der Photographie zum letzten Mal gesehen haben.«

»Nein.«

»Dann kann ich Ihnen vielleicht helfen.« Der Inspektor blätterte einmal mehr in seinem Notizbuch. »Ach ja. Nach den Aussagen eines gewissen Langen Bob, Hühnerbauer und langjähriges Mitglied der örtlichen Handelskammer, war es vorgestern nacht gegen halb neun in den Schrebergärten. Ich zitiere aus seiner Aussage: ›Simon und Raymond verhielten sich höchst verdächtig. Ich glaube, sie standen wieder unter dem Einfluß der magischen Pilze‹.«

»Dieser Bastard!« sagte Simon.

»Alles deutet immer wieder auf Sie hin, nicht wahr, Sir?«

»Hören Sie, in Ordnung. Ich war vorgestern abend mit Raymond zusammen. Aber Raymond ist überhaupt nicht wichtig. Vergessen Sie mal für einen Augenblick Raymond. Lassen Sie uns über die Frau reden!«

»Also möchten Sie ein Geständnis in bezug auf die Frau

ablegen?« Der Inspektor leckte erneut die Spitze seines Stifts. »Hätten Sie vielleicht einen Bleistiftspitzer, den Sie mir ausleihen könnten?«

»Nein.«

»Ich verstehe nicht. Haben Sie keinen Bleistiftspitzer, oder wollen Sie kein Geständnis wegen der Frau ablegen?«

»Sagen Sie mir einfach nur den Namen dieser Frau«, bettelte Raymond. »Das ist alles, was ich wissen möchte.«

»Sie wollen damit sagen, daß Sie nicht einmal ihren Namen gewußt haben? Und trotzdem verbrachten Sie einen ganzen Abend in ihrer Gesellschaft.« Noch mehr Blättern im Notizbuch. »Laut Aussage von Andy, dem Wirt aus dem *Fröhlichen Gärtner.* ›Er ist total auf die Frau abgefahren und hat Raymonds Geld ausgegeben. Er hat sie sehr betrunken gemacht, und dann sind sie zusammen gegangen. Das war das letzte Mal, das ich sie lebend gesehen habe.‹ Und dann besitze ich die Zeugenaussagen von nicht weniger als fünf Leuten, die nachts mit ihren Hunden spazieren gehen, die Sie und die junge Frau auf dem Kundenparkplatz des Supermarkts gesehen haben. In der Kabine von Mr. Hilsavies Wagen, wo Sie *zusammen mit dem Pfarrer Tee getrunken haben*. Haben Sie sie darin weggeschafft, Sir? In dem Wagen? Wie all die andern?«

»All die andern? Welche andern?«

»Kommen Sie, Sir. Warum erleichtern Sie nicht Ihr Gewissen? Ich habe einen ganzen Stapel von unaufgeklärten Vermißtenfällen aus den letzten Jahren auf meinem Schreibtisch liegen. Wohin haben Sie all die Leichen geschafft, Sir? In die Schrebergärten?«

»Ich habe niemanden verbuddelt«, widersprach Simon. Langsam begann er zu schwitzen.

»Wir werden sie am Ende doch finden, das wissen Sie. Sie haben sich dieses Mal ein wenig zu ungeschickt angestellt, als sie die gesamte Gegend umgegraben haben.«

Die gesamte Gegend umgegraben? Die Männer in Grau, die aufräumen wollten! »Halt!« sagte Simon. »Hören Sie auf, und hören Sie zu. Ich habe niemanden umgebracht, und ich habe auch keine Leichen vergraben. Sie machen einen schrecklichen Fehler. Raymond lebt, und es geht ihm gut. Scheiße, ich könnte Ihnen sogar ganz genau sagen, wo er sich im Augenblick aufhält. Ich müßte nur nachschlagen.«

»Haben Sie gesagt ›nachgraben‹, Sir?« Der Bleistift, obwohl stumpf, war schon wieder bei der Arbeit.

»Ich sagte nachschlagen. Sie haben mich ganz genau verstanden.«

»Also geben Sie zu, daß Sie über Ihre Greueltaten in einem speziellen Buch Notizen machen?« Der Inspektor blätterte schon wieder in seiner Kladde. »Hat es mit Ihrem spontanen Gedächtnisverlust zu tun, wie damals bei dem Würger von Boston?«

»Ich leide nicht an spontanem Gedächtnisverlust«. Simon schüttelte die Fäuste.

»Sir, ich muß Sie warnen. Ich weiß genau, wie ich diesen Stift einzusetzen habe.«

»Schon gut.« Simon stopfte seine Fäuste in die Taschen.

»Also dürfte ich einen Blick in Ihr Buch werfen?«

»Nein«, sagte Simon. »Definitiv nicht.«

»O Mannomannomannomann.« Der Inspektor schüttelte den Kopf, und eine pomadige Haarsträhne fiel herab und bedeckte sein rechtes Ohr. »Und ich dachte, Sie würden es mir leichter machen. Erinnern Sie sich, wie ich Ihnen gesagt habe, daß wir dicht vor einer Festnahme stehen? Und wie Sie mir daraufhin geantwortet haben, ich zitiere: ›Das wird mir eine große Last von der Seele nehmen‹ ...?«

»Ja«, erwiderte Simon. »Aber damit wollte ich nicht sagen, daß ...«

»Oh, Sie erinnern sich also daran, das gesagt zu haben? Also haben Sie die ganze Zeit gelogen, was Ihren spontanen Gedächtnisverlust angeht!«

»Ich habe nie behauptet, daß ich an spontanem Gedächtnisverlust leide.«

»Nach der Aussage der Vikarsfrau tragen Sie ein diesbezügliches ärztliches Attest in Ihrer Brieftasche. Dürfte ich Sie bitten, Ihre Taschen zu leeren, damit wir diese Angelegenheit ein für allemal klären können?«

»Das können Sie nicht ohne einen Durchsuchungsbefehl, das wissen Sie verdammt genau.«

»Simon«, der Inspektor nannte ihn beim Vornamen, »ich nehme Sie fest wegen vielfachen Mordverdachts. Sie können die Aussage verweigern. Von diesem Augenblick an kann alles, was Sie sagen …«

»Nein!« Simon warf die Hände in die Luft.

»Denken Sie an meinen Stift, Sir.«

»Nein. Halt. Ich bin unschuldig. Ich habe ein Buch oben, das wird alles beweisen. Ich wollte nicht, daß Sie es sehen. Ich wollte nicht, daß irgend jemand es sieht …«

»Ein wenig gruselig, nicht wahr, Sir? Ich darf doch davon ausgehen, daß es nicht in menschlicher Haut eingebunden ist? Oder etwas Ähnliches?«

»Nein, natürlich nicht.« Simon vergrub das Gesicht in den Händen.

»Zu schade. Aber fahren Sie nur fort. Das Buch würde Ihre Unschuld beweisen, meinten Sie soeben. Darf ich mich bei dieser Gelegenheit erkundigen, wer das Buch geschrieben hat? Waren Sie es selbst? Oder vielleicht Gott? Hören Sie Stimmen, Sir? Läßt Gott Sie Ihre Verbrechen begehen?«

»Gott«, sagte Simon. »Ohne den geringsten Zweifel. Und jetzt, wenn Sie mich bitte nach oben gehen lassen würden, damit ich es holen kann, dann können Sie alles selbst nachlesen. Vielleicht werden sogar Sie darin erwähnt. Ich bin sogar ziemlich sicher, daß Sie erwähnt werden.«

»Äh, Sir?«

Simon war bereits an der Tür. »Ja?« fragte er.

»Sir, schlagen Sie vor, daß *ich*, ein Gesetzeshüter, *Sie*, einen geständigen Serienmörder, den die Presse ganz ohne Zweifel in Kürze als den Schlachter von Bramfield titulieren wird, nach oben gehen lassen soll, damit Sie ein Buch holen, das Ihnen nach Ihrer eigenen Aussage von Gott diktiert wurde?«

»Es dauert nur einen Augenblick«, sagte Simon. »Und außerdem bewacht einer Ihrer Konstabler die Hintertür.«

»Also gut, Sir. Dann gehen Sie Ihr Buch holen.«

»Danke, das werde ich.«

Simon ging nach oben und in sein Schlafzimmer. Er zog seine Jacke an, schnappte sich Raymonds Biographie, klemmte sie unter den Arm und schlich auf Zehenspitzen über den Treppenabsatz ins Badezimmer. Dann kletterte er aus dem Fenster und das Regenrohr hinunter, nahm die Beine in die Hand und rannte wieder einmal davon.

12. KAPITEL

»Richtig«, sagte Raymond, schenkte sich einen Wodka aus, stürzte ihn hinunter und schenkte den nächsten aus. »Richtig, richtig, richtig.« Er hob sein Glas und prostete dem Professor zu. »Richtig«, sagte er erneut.

»Warum sagt er die ganze Zeit ›richtig‹?« wandte Professor Merlin sich an Zephir.

Die wunderbare Frau zuckte die Schultern der Verkäuferin aus dem Schuhgeschäft. Was leichter zu bewerkstelligen war, als es zu beschreiben ist. Wirklich.

»Richtig.« Professor Merlin grinste Raymond an. »Richtig, heh?«

»Ich meine, richtig! In Ordnung. Ich werd's tun. Ich meine, OK. Dann bin ich halt allein. Keine besonders guten Aussichten gegen einen ganzen Planeten, von dem ich überhaupt nichts weiß. Eigentlich überhaupt keine Aussichten. Aber es ist immerhin ein Anfang.«

»Bravo, *mon* Armani.« Der Professor zwirbelte seinen Schnurrbart. »Es ist in der Tat ein Anfang. Bedauerlicherweise ist es auch ein Ende. Aber ein gut eingeseifter Bart ist schon zur Hälfte rasiert, wie ich immer sage.«

»Was meinen Sie damit?«

»*Tempus fuck-it*, fürchte ich. Wir haben keine Planeten mehr, auf denen wir gastieren könnten. Außer dem Saturn.

Von dort aus müssen wir sehr schnell machen, daß wir zur Erde zurückkommen. *Tutswitt, abracadabra, dallidalli.*«

»Das ist wohl wahr«, meldete sich Zephir und schenkte Simon ein bezauberndes Lächeln. »Die Oberweltler planen, noch diese Woche mit dem Versiegeln der Löcher an den Polen zu beginnen. Wenn wir sie aufhalten wollen, dann müssen wir innerhalb der nächsten beiden Tage zusehen, daß wir auf der Erde ankommen.«

»Zwei Tage vom Saturn zur Erde?« Raymond hob seine Augenbrauen und sein Glas. »Also das ist jetzt aber wirklich Unsinn. Für was haltet ihr mich eigentlich? Vielleicht für eine Art Schm-?«

»Schmecker?« fragte der Professor. »Schmonz? Schmuser?«

»Schmuck. Aber man kann nicht innerhalb von zwei Tagen vom Saturn zur Erde reisen.«

»Wirklich?« Professor Merlin pflückte eine Traube von seinem Teller, stopfte sie gedankenverloren in sein linkes Nasenloch und pulte sie aus dem rechten Ohr wieder hervor, während er fragte: »Soll das wieder die gleiche Geschichte wie mit dem Dampfschiff werden, das nicht durch den Weltraum fliegen kann?«

»Ja, die gleiche Geschichte. Das ist übrigens ein ekelhafter Trick, den Sie da vorführen.«

»Glauben Sie, er wäre weniger ekelhaft, wenn ich die Traube in mein Ohr stopfe und sie aus der Nase hole?« Professor Merlin stopfte das Obst in den Mund und schluckte es.

Raymond schluckte auch, aber Wodka. »Wir sollten uns am besten auf den Weg machen, oder? Volldampf voraus Richtung Erde!«

»Langsam, mein lieber Junge. Eins nach dem andern. Wir haben noch eine Vorstellung, die wir auf dem Saturn geben müssen.«

»Vergessen Sie den Saturn«, sagte Raymond.

»Was? Soll ich vielleicht mein Publikum enttäuschen?«

»Vergessen Sie auch Ihr Publikum.«

»Also denken Sie, wir sollten nicht auf dem Saturn gastieren?«

»Nein«, sagte Raymond. »Ich denke, wir sollten darauf verzichten.«

»Wirklich Jammerschade«, sagte der Professor. »Aber vermutlich haben Sie recht.«

»Vermutlich habe ich recht, zumindest diesmal. Wir müssen sofort zur Erde aufbrechen.«

»Sie meinen, wir sollten die zweihundert Leute, die auf dem Saturn in Blasen gefangen sind, nicht zuerst retten?«

»Was?« fragte Raymond. »Was, was, was?«

»Das ist der Grund, aus dem wir hier sind, wissen Sie noch? Die letzte Ladung, bevor wir zur Erde hinüberpflastern. Sie sind letzte Nacht angekommen. Ich dachte, es wäre ganz nett von uns, wenn wir ihnen eine Mitfahrgelegenheit bieten. So wie es aussieht, fahren wir anschließend sowieso in ihre Richtung.«

»Zweihundert Leute?« Raymond pfiff zwischen den Zähnen hindurch.

»Das ist eine wirklich lästige Angewohnheit, die Sie da haben«, bemerkte der Professor. »Aber es bleiben dennoch zweihundert, deren Herzen noch auf dieser Seite der Frischhaltetheke schlagen. Eingesperrt in Blasen warten sie auf ihr Schicksal. Es wäre eine Schande, sie einfach zurückzulassen, aber bitte, wenn Sie schon einen Entschluß gefaßt haben ...«

»Nein«, erwiderte Raymond. »Hab' ich nicht. Zweihundert Leute. Wir müssen sie natürlich retten. Was schätzen Sie, wieviel Mann ein Regiment besitzt?«

Der Professor hatte keine Ahnung. »Genau zweihundert?« antwortete er. »Zweihunderteins, wenn man Sie mitzählt. Sie wären natürlich der General.«

»Gut. Also dann«, Raymond rieb sich die Hände. »Wir müssen einen Schlachtplan entwickeln. Unsere Uhren aufeinander abstimmen. Lauter solche Sachen. Haben Sie Karten?«

»Nein«, entgegnete Professor Merlin. »Es liegt an meinen Unterhosen. Sie schlabbern ein wenig.«

Unter den Banketteilnehmern brach heftiger Frohsinn aus.

»Äußerst humorvoll«, sagte Raymond. »Aber ich meine natürlich Karten vom Saturn. Stadtpläne, Landkarten und so weiter, die uns zeigen, wo Sie spielen werden und wo die gekidnappten Leute festgehalten werden. Haben Sie solche Karten?«

»Haufenweise«, entgegnete der Professor und schubste Raymond in die Rippen.

»Bitte seien Sie vorsichtig mit meinem Anzug.«

»Oh, Entschuldigung, Pardon. Schicken Sie mir die Rechnung der Trockenreinigung. Karten haben wir, Raymond. Haufenweise.«

»Und wie steht's mit Waffen?«

»Ich habe mein getreues Schwert.« Professor Merlin zog das Schwert aus der glänzenden Scheide und fuchtelte mit großer Geste herum. Er hieb und stieß gegen die anwesenden Puddinge und Kuchen auf der Festtafel. »Wer sich ihm entgegenstellt, tut dies auf eigene Gefahr.«

Raymond duckte sich vor dem Rapier, das an seinem Kopf vorbeizischte und ihm beinahe ein Ohr abgeschlagen hätte. »Da gehe ich jede Wette drauf ein«, sagte er.

»Das können Sie auch.« Professor Merlin begutachtete die Auswahl von Käsen, die er zu *Schischkebab* verarbeitet hatte. »Welchen nehmen wir zum Nachtisch?«

»Was ist mit Kanonen?« erkundigte sich Raymond. »Haben Sie schwerere Waffen?«

»Schwerere Waffen? Belagerungsgeschütze und so was meinen Sie?« Professor Merlin spießte Käse und Biskuits auf sein Rapier.

»Ich dachte eigentlich eher an General Electric Minikanonen, wenn Sie verstehen.«

»Ah«, sagte der Professor. »Sie meinen diese wirklich erstaunlichen rotierenden Maschinenkanonen, wie Blaine eine in *Predator* gehabt hat?«

Raymond nickte begeistert.

»Nein. Haben wir nicht.«

»Doch. Haben wir«, mischte sich Zephir ein.

»Haben wir?« Der Professor spuckte angewidert aus.

»Wenn es das ist, was Raymond sich wünscht, dann ist es das, was Raymond braucht.«

»Ja, natürlich. Was er braucht. Also ist damit alles geklärt.«

»'tschuldigung«, meldete sich Raymond. »Hab' ich vielleicht irgend etwas verpaßt? Was ist denn eigentlich alles geklärt?

»Der Schlachtplan.«

»Ich hab' etwas verpaßt.« Raymond kratzte sich am Kopf. »Welcher Schlachtplan?«

»Schnickedischnack.« Der Professor wischte Biskuitkrümel von seinem Kinn. »Der, für den Sie die Karten haben wollten. Ich nehme an, daß es Ihre Absicht ist, die Leute zu befreien, während mein Zirkus vor einem vollen Haus unter lautem Beifall gastiert, und anschließend mit ihnen auf das Schiff zurückzuschleichen.«

»Oh, diesen Schlachtplan meinen Sie.« Raymond nickte zögernd.

»Es ist nicht die Art und Weise, auf die ich es machen würde«, sagte der Professor. »Aber ich bin sicher, daß Sie genau wissen, was zu tun ist. Sie sind der Fachmann. Und *ein Zwerg auf der Schulter eines Riesen sieht weiter als der Riese*, wie ich immer sage.«

»Sie sagen *immer* so etwas, oder?«

»*Immer*. Außer, wenn ich etwas anderes sage. So, und nun, da alles geklärt ist, dürfte ich Sie meinen Artisten vorstellen?«

Raymond blickte entlang der Reihen begierig lächelnder Gesichter. »Warum nicht?« sagte er schließlich. »Jetzt, da alles geregelt ist?«

»Ausgezeichnet!« Professor Merlin nahm die Wodkaflasche hoch, um sich einen Drink auszugießen. Aber sie war leer. »Ausgezeichnet!« sagte er erneut.

Ausgezeichnet!

Die Worte weckten in Raymond die Erinnerung an eine bestimmte Kneipe zu Hause in Bramfield. Und er wünschte sich wirklich sehr, jetzt dort zu sein.

Natürlich war es reiner Zufall, daß genau in diesem Augenblick ...

... die Salontür des *Fröhlichen Gärtners* aufschwang und Raymonds bester Freund Simon hereingeschlichen kam.

Er hatte einen rauhen Tag hinter sich, der arme Simon, und er brauchte wirklich noch schnell einen Drink, bevor er das Land verließ. Würden Sie das nicht genauso machen?

Paul, der Aushilfsbarmann, saß am anderen Ende der verwaisten Theke. Er war mit dem Kreuzworträtsel der *Times* beschäftigt und blickte nicht einmal auf. »'n abend, Simon«, sagte er. »Haste 'n neuen Hut?«

»Nein!« Simon stapfte hinüber zu seinem Lieblingshokker, kletterte hinauf und funkelte die Theke entlang. »'s ist kein neuer Hut, weil ich nie 'nen Hut trage. Ich hab' noch nie 'nen Hut getragen, und ich werd' auch niemals 'nen Hut tragen!«

»Nu' sei nicht gleich eingeschnappt«, sagte Paul, der die Augen weiterhin fest auf fünf waagerecht geheftet hielt. *Alices Gast zum Tee*. »Danke.«

»Ich find' das nicht witzig. Überhaupt nicht. Ich find's erbärmlich, genau, das ist es ...«

»Hattest wohl 'nen schlechten Tag, wie?« Neun senkrecht. *Jedes normale Maß übersteigend, sieben Buchstaben*.

»*Horrend* schlecht.«

»Danke.« Paul füllte die Kästchen aus.

»Wo ist Andy«, fragte Simon.

»Hat frei. Was willste von ihm?«

»Nicht so wichtig. Hat er dir gesagt, daß ich kommen würde?«

Paul zuckte verneinend die Schultern und wandte sich wieder seinem Kreuzworträtsel zu, ohne Simon zu fragen, was er denn trinken wolle.

Simon blickte sich in der leeren Bar um. Er wußte genau, daß Andy frei hatte, andernfalls hätte er es nicht gewagt, hier aufzutauchen. Aber er hatte nicht gewußt, ob Andy Paul gegenüber etwas von der Zeugenaussage erwähnt hatte, die er bei Inspektor T'Od gemacht hatte. Offensichtlich nicht. Vielleicht war dies doch noch für kurze Zeit ein sicherer Hafen für einen Mann auf der Flucht.

»Kann ich was zu trinken haben?« fragte Simon. »Ich hab' ziemlichen Durst.«

Paul klickte auf seinen Kugelschreiber und faltete die Zeitung. Und schlenderte gemächlich hinter der Theke zu Simon. »Ein Krug vom Üblichen?«

»Einen großen Scotch.«

»Oh?« Paul nahm ein Glas und hielt es unter den Portionierer, wo er langsam und bedächtig einen doppelten Scotch abzog. Simon mochte Paul. Die meisten Stammgäste des *Fröhlichen Gärtners* mochten Paul. Bis auf die paar natürlich, die ihn nicht mochten. Und die, die ihn nicht mochten, mochten ihn überhaupt nicht. Aber Simon mochte ihn.

Paul war in Ordnung. Paul war groß, Mitte dreißig, hatte noch eigene Zähne und Haare und einen Rettungsring um die Hüften. Er war bereits einmal geschieden, und seine jetzige Freundin Lotus hatte ein Baby, das er sich eigentlich nicht leisten konnte. Aber Paul machte das nichts. So war er halt. Ungetrübt und gemütlich marschierte er nach dem Rhythmus seiner eigenen Trommel. Sie wissen schon.

»Anderthalb Scheine«, sagte Paul und schob Simon den Drink hin.

»Ich habe 'ne Vereinbarung mit Andy«, sagte Simon. »Schreib's auf Raymonds Kredit.«

»In Ordnung. Ich werd' mir merken, was du trinkst. Spart den Papierkram. Kommt noch was dazu?«

Simon machte dieses ›ahhhhhhh‹, das ein Mann von sich gibt, wenn er soeben einen doppelten Scotch in einem Zug gekippt hat, und sagte: »Noch mal dasselbe, bitte.«

»Dacht' ich mir schon beinah.« Paul kehrte zum Portionierer zurück. »Was ist 'n das für 'n Buch?« fragte er über die Schulter.

»Buch?«

»Das du da unter 'm Arm ausbrütest.«

»Science Fiction, glaub' ich.«

»Nichts von dem Kram, den der ›Schreiber‹ schreibt?«

»Schreibt er etwa Science Fiction?«

»Scheint so.« Paul reichte Simon einen weiteren doppelten Scotch. »Er erzählt, daß er schon Dutzende von Büchern geschrieben hat. Nicht, daß ich je eins davon in einem Laden gesehen hätte. Also, laß doch mal das da sehn, ja?«

»Äh, nein.« Simon hielt seinen Ellbogen fest an die Seite gepreßt. »Ist 'ne Erstausgabe. Die Seiten dürfen keine Eselsohren bekommen. Tut mir leid.«

»Macht nichts. Willst du noch 'nen Scotch, oder kann ich wieder zu meinem Rätsel zurück?«

»Der hier reicht mir. Ich werd' in einer Minute verschwinden. Und ich ...«

Das Geräusch der sich öffnenden Bartür ließ Simon in seinen Worten innehalten und sich auf dem Hocker umdrehen. Das war wirklich nicht der richtige Ort für ihn. Es gab einfach zu viele potentiell gefährliche Bartüröffner in diesem Dorf. Die Männer in Grau. Die Männer in Grün. Der Hortikulturist aus der Hölle. Die B.A.S.T.E.I.-Terroristen von Gott weiß woher. Simon bereitete sich innerlich auf einen weiteren fluchtartigen Aufbruch vor.

Aber es war nur der ›Schreiber‹.

»Was für 'n Zufall«, sagte Paul. »Wir haben uns gerade über deine Arbeit unterhalten.«

»Ich bezweifle nicht, daß die Herrschaften sie bewundern.« Der Schreiber bemühte seinen Körper zur Theke. Er war ein schwerfälliger Kerl, einer, der Paul im Vergleich geradezu als hektisch erscheinen ließ. An diesem Abend war er in seine volle Schreiberzunftkleidung gehüllt.

Reitstiefel, ländliche Klamotten, Uhrenkette, eine veilchenfarbige Krawatte und eine ganze Menge wichtigtuerischer Teile und Utensilien. Mitte Vierzig, Stirnglatze und

Pferdeschwanz im Nacken. Hervorquellender Bauch und eine gebrochene Nase. Und ein sehr zugeknöpfter Mensch obendrein.

Der ›Schreiber‹ gähnte und entblößte eine Menge Plomben, die von zu vielen Süßigkeiten herrührten.

»Ich habe überall nach dir gesucht, Simon«, begann er. »Wo gehst du hin?« fuhr er fort.

»Aufs Klo, Mann«, sagte Simon von der Tür her.

»Aber bleib nicht zu lange. Ich will dir einen ausgeben.«

»Ah«, sagte Simon. »Die Toilette kann warten, wenn das so ist.«

»*Tod-durch-Fusel* für mich, Paul, und für Simon, was er will.«

Simon kehrte zu seinem Hocker zurück und beobachtete, wie der ›Schreiber‹ Paul beobachtete, der Simon einen doppelten Scotch einschenkte. »Das hattest du als letztes, nicht wahr?«

Die Lippen des ›Schreibers‹ bebten. »Nicht das Übliche?«

»Prost«, sagte Simon.

Paul machte das Bier des ›Schreibers‹ fertig.

»Prost«, sagte Paul.

»Prost«, sagte der ›Schreiber‹ und machte sich Gedanken wegen seiner Geldbörse. »Prost, prost.«

Geld wechselte den Besitzer, und der ›Schreiber‹ zählte penibel die Münzen, die Paul ihm herausgab.

Paul kehrte zu seinem Kreuzworträtsel zurück, und Simon ließ seine teuren Zähne blitzen.

»So«, sagte der ›Schreiber‹ schließlich und ließ sich auf einem Hocker nieder.

»So?« fragte Simon, während er mit einem Auge zur Tür schielte.

»Sieh mal, ich schreibe an diesem Buch«, begann der ›Schreiber‹. »Es ist eine Art Sciense Fiction, aber damit die Geschichte ein wenig realer wird, lasse ich sie hier in Bramfield spielen. Eigentlich war es eine Idee meines Verlegers. Sie haben anscheinend Nachforschungen angestellt und entschieden, daß hier der ideale Ort ist. Und sie haben mir sogar eine Liste von einheimischen Leuten gegeben, die ich in dem Buch verarbeiten soll. Normalerweise arbeite ich nicht so, aber sie bezahlen, ... äh ... gerade genug Geld, damit ich davon leben kann. Also mache ich es so, wie sie es haben wollen.«

»Das ist ja alles schön und gut«, sagte Simon, »aber ich muß trotzdem los.«

»Ich halte dich nicht lange auf. Es ist nur, daß ich deinen Rat gebrauchen könnte.«

»Wieso ausgerechnet meinen?«

»Weil du im Buch vorkommst.«

»Was?« fragte Simon.

»Hauptrolle.«

»*Was?*«

»Ich dürfte es dir eigentlich gar nicht erzählen. Es ist alles so schrecklich geheim! Aber ich bin an einer zähen Stelle im Handlungsverlauf angekommen, und weil ich nicht mehr weiter wußte, dachte ich mir, ich frage dich einfach, was du im wirklich Leben unternehmen würdest. Das würde der Geschichte auch noch eine gewisse besondere Authentizität verleihen.«

»*WAS?*«

»›Was‹ stimmt. Danke«, rief Paul über den Tresen. »Es war drei senkrecht. *Fragt nach etwas, dessen Nennung oder Bezeichnung erwartet oder gefordert wird*. Ich bin jetzt drei weiter. *Energieeinheit, die gleich einem Joule pro Sekunde ist?*«

»*WAS?*« fragte Simon erneut.

»Knapp daneben. Es muß *Watt* heißen. Trotzdem danke.« Pauls Kugelschreiber wurde erneut tätig.

»Besondere Authentizität« sagte der ›Schreiber‹. »Bist du taub oder *was*?«

»Nein«, entgegnete Simon. »Aber damit ich das recht verstehe – *du* schreibst eine Science Fiction-Geschichte, die in Bramfield spielt?«

»Zum Teil in Bramfield spielt.«

»In der *ich* die Hauptrolle spiele?«

»Eine von zwei Hauptrollen.«

»Und wenn ich fragen darf – wer hat die zweite?«

»Da kommst du nie drauf.«

»Meinst du?«

»Raymond«, flüsterte der ›Schreiber‹.

»Raymond. Ich verstehe.« Simon kratzte sich am Kinn, und ein schiefes Grinsen begann sich auf seinen Lippen abzuzeichnen. »Darf ich fragen«, fuhr Simon fort, »welcher Titel dir für dieses Buch vorschwebt?«

»Warum willst du das wissen?«

»Och, nur so«, log Simon. »Damit ich in den Buchläden danach Ausschau halten und 'ne Menge Ausgaben kaufen kann.«

»Ach so«, erwiderte der ›Schreiber‹. »Ich darf eigentlich nichts von all dem weitererzählen. Wirklich nicht.«

»Ja, ja. Aber jetzt hast du schon angefangen. Und ich würde dir ja sehr gerne weiterhelfen. Es wäre mir sogar eine richtige Ehre, wenn ich wüßte, daß ich auf die eine oder andere Weise geholfen habe, wie soll ich sagen, die Handlung in die richtige Richtung zu führen. Selbstverständlich streng vertraulich.«

»Streng vertraulich, ja.«

»Der Titel?« Simons Lächeln blendete den ›Schreiber‹.

»*Die größte Show jenseits der Welt*.«

»*Die größte Show jenseits der Welt*.« Professor Merlin verbeugte sich und knickste, während er seinem Gast den Zirkus vorstellte.

Raymond schüttelte Hände und erwiderte lächelnde Begrüßungen und kam während der ganzen Zeit nicht aus dem Staunen heraus. Sein erster Eindruck von den Teilnehmern am Bankett war der von breitschultrigen Männern und wilden, exotischen Frauen gewesen, aber dieser Eindruck hielt einer näheren Betrachtung nicht stand. Die ›Artisten‹ sahen alle, nun, ein wenig hohlwangig und hager aus.

Und sie waren allesamt komische Käuze. Raymond hatte noch nie Siamesische Drillinge zu Gesicht bekommen, und er war ganz fasziniert von Aquaphagus, dessen Nummer ein lebendes Aquarium war. Das hier war sicherlich kein alltäglicher Zirkus.

Aber ein alltäglicher Zirkus tingelte auch nicht in einem viktorianischen Dampfschiff zwischen den Planeten hin und her.

Raymond lernte Disecto kennen, das lebende Puzzle, der seine Glieder nach Lust und Laune abnehmen und sie an anderer Stelle wieder ansetzen konnte; Billy Ballon, der mit Hilfe einer Hochdruckpfeife Meisterwerke des Aufblasens aufführte und eine neue Methode des Blechflötenspiels entwickelt hatte, und Phoenix, die feuerfeste Fächertänzerin.

Er tauschte Höflichkeiten mit Feuerspuckern und Schwertschluckern und ignorierte höflich die ausgestreckte Hand von Doktor Bakterius, dem Keimtrainer, der behauptete, die äußerlichen Symptome jeder unheilbaren Krankheit simulieren zu können, die Raymond in den Sinn kam. Und er erhielt einen Kuß auf die Wange von Lady Alostrael, deren Kunst darin bestand, auf einem Einrad fahrend die Toten heraufzubeschwören – oder war es ein Einhorn?

All das war eigentlich sehr verwirrend, außer für Raymond, der in den letzten Tagen sozusagen einen Intensivkurs in Verwirrung absolviert hatte und für den das hier inzwischen ganz normal geworden war.

»Und zum Schluß, mein verehrter Raymond«, schnulzte der Professor, »müssen Sie noch diesen Knaben hier kennenlernen. Ein Künstler von beispielloser Präzision. Einen Meister der Fingerfertigkeit. Den einen und einzig wahren Monsieur LaRoche!«

»Monsieur LaRoche?« Raymond sah sich plötzlich von einem kleinen, blassen Kerlchen mit einem gewachsten, gezwirbelten Schnurrbart und einer schlechtsitzenden Perücke auf beide Wangen geküßt.

»*Mon plaisir*«, sagte der Mann und knallte salutierend die Hacken zusammen.

»Professor, wissen Sie *was*?«

»Ich würde, wenn der Hinweis lautete: ›Fragt nach etwas,

dessen Nennung oder Bezeichnung erwartet oder gefordert wird‹.«

»Ja. Das heißt nein. Ich meine Monsieur LaRoche. Als mir auf der Venus die Flucht gelang, dann nur, weil ich mich daran erinnerte, wie mir mein Kumpel Simon von einem viktorianischen Künstler erzählte, der LaRoche hieß. Dieser LaRoche hatte diese unglaubliche Nummer erfunden, während der er sich in eine Metallkugel mit nicht mehr als zwei Fuß Durchmesser versetzte und sie eine spiralförmige Rampe hinaufmanipulierte, die mehr als vierundzwanzig Fuß hoch war. Was halten Sie davon, heh?« Raymond blickte hinunter zu dem kleinen Franzosen und schüttelte ihm herzlich die Hände. »Ich bin hoch erfreut, Sie kennenzulernen«, sagte er. »Sind Sie mit dem ursprünglichen LaRoche verwandt? War er ein Vorfahr von Ihnen, ein Großvater oder so was?«

LaRoche betrachtete Raymond von Kopf bis Fuß. »Isch bin Larosch«, sagte er schließlich. »Isch bin die orischinale Larosch. Die Errfinder von die interne perambulierte Sphäre. Ich bin die Sissifuss von die Zirkuswelt.«

»Sie meinen, die Originalnummer befindet sich noch immer in Familienbesitz? Brillant!«

»Isch meine, isch bin die Larosch!«

»Ja, ja. Aber doch nicht der echte, oder? Der echte lebte und arbeitete vor mehr als hundert Jahren.«

»Nischt die Eschte?«

»Lassen Sie uns weitergehen«, mischte sich Professor Merlin ein. »Ich glaube, Sie haben noch nicht unseren ...«

»*Nischt die Eschte?*« Der Franzose stampfte mit dem Fuß. »Err sagt, daß isch nischt die eschte Larosch bin?«

»Nein, sind Sie nicht«, entgegnete Raymond.

»So ein Ünsinn.« LaRoche zog einen Glacéhandschuh aus der Tasche und schlug ihn Raymond quer über das Gesicht.

Schlapp!

»Trotzdem«, sagte Raymond.

»Trotzdem?« schrie der Sisyphus der Zirkuswelt. »Trotzdem was? Err sagt, isch bin nischt die eschte Larosch! Was ist das, was das ist?«

»Ja«, entgegnete Raymond.

»Err sagt ja!« Der Franzose stampfte mit dem anderen Fuß. »Err schpeit auf meine gute Name. Err zieht meine Repütation dursch die Pferdekacke!«

»Jetzt übertreiben Sie aber«, sagte Raymond.

»Isch übertreibe! Err sagt, isch bin verückt!«

Schlapp! Der Handschuh. Zum zweiten Mal.

»Hören Sie auf damit!« sagte Raymond. »Ich hab' doch nur so dahingeredet.«

»Isch 'öre, was err geredet 'at. Err sagt, meine Schwester machen es für Geld mit die Seeleute.«

»Das hab' ich nicht gesagt!«

Schlapp! Der Handschuh. Zum dritten Mal.

»Ich warne Sie«, sagte Raymond.

»O ja?« fragte Monsieur LaRoche.

»Meine Herren, meine Herren«, sagte Professor Merlin und mischte sich in die Unterhaltung ein. »Wir wollen doch keinen Streit vom Zaun brechen! Konträre Worte führen zu konträren Haltungen. Dispute zu Meinungsverschiedenheiten und Meinungsverschiedenheiten zu unharmonischen Zuständen.«

»Diese Schwein 'at angefangen«, protestierte LaRoche. »Err 'at misch beleidigt. Err 'at Pipi auf meine Schuhe gemacht und in die 'andtasche von meine Frau gewühlt.«

»Hab' ich nicht.«

Schlapp!

»Na gut«, sagte Raymond und zog sein Jackett aus. Er reichte es Professor Merlin. »Noch ein Schlag und du bist ein ...«

»Was bin isch?« unterbrach ihn LaRoche mit großartiger Geste.

»... toter Froschfresser!« beendete Raymond den Satz.

»Froschfresser!« LaRoche warf empört die Hände hoch. »Err nennt misch Froschfresser! Err benutzt die F-Wort in Front von die Dames! Meine 'onnör! Sie muß auf die Schtelle befriedischt werden!«

»Sehn Sie mal«, erwiderte Raymond ziemlich laut. »Es tut

mir leid. Aber Sie können nicht der echte LaRoche sein. Der echte LaRoche wurde 1857 geboren. Ich habe Bilder von ihm gesehen.«

»'ören Sie, was err sagt?« Der kleine Franzose hatte sich zu seinen Kollegen umgewandt. »Jetzt sagt err, err 'at Photos von meine Mutter, die misch zur Welt gebracht 'at. Dieserr schmützige Perverse. Gebt mir meine Pistolen. Und jetzt nimm das!«

Und Monsieur LaRoche trat Raymond ohne ein weiteres Wort gegen das Schienbein.

»Autsch!« schrie Raymond und umklammerte hüpfend sein schmerzendes Bein.

»Auaaaaaaa!« schrie Doktor Bakterius, der Keimtrainer, als Raymond schwer auf seinen Fuß hüpfte.

»Iiiiieeeehhh!« schrie Lady Alostrael, als Doktor Bakterius rückwärts aus seinem Stuhl fiel und das Tischtuch mit sich riß, weshalb eine Punschbowle auf dem Schoß der Lady landete.

»Ummmpppffff!« schrie Billy Ballon, als Lady Alostrael ihm den Ellbogen ins Gesicht stieß, während sie versuchte, der Lawine von Essen auszuweichen, die der Bowle folgte.

»Mein Anzug!« schrie Raymond, als Kuchen und Bier seine Hose beschmutzten.

»Urrrrrrrrgggh!« schrie Professor Merlin, als Raymond mit einem gewaltigen Schwinger nach Monsieur LaRoche zielte, ihn verfehlte und statt dessen den Professor niederstreckte.

Und dann gingen die Dinge kunterbunt durcheinander.

Das Zirkusvolk ist ein fest verschweißter Haufen. Es muß so sein. Das Leben auf der Straße ist verdammt hart. Und so kümmern sie sich eben umeinander. Und leben nach einem strengen Kodex. Was für den Außenstehenden bedeutet: Beleidige einen, und du hast alle am Hals.

Andererseits sind sie auch nur Menschen. Und innerhalb so eng zusammenlebender Gemeinschaften gibt es Rivalitäten. Eifersüchteleien. Leidenschaften, die gären wie ein schimmliger *Bramley* in einem *Tod-durch-Fusel*-Faß.

Hin und wieder kochen sie über.

Und dann gibt es richtig Ärger.

Die Geschichte weiß nicht, wer die erste Sahnetorte geworfen hat. Sie weiß auch nicht, auf wen diese Sahnetorte gezielt war. Aber sie weiß, daß diese Sahnetorte ihr Ziel verfehlte.

Sie traf einen der siamesischen Drillinge.

Die, die einen geheimen Zorn hatte auf Phoenix, die feuerfeste Fächertänzerin.

Phoenix warf die Kuchenplatte.

Disecto wurde von ihr getroffen. Am Ohr. Und während Disecto herumhüpfte und nach seinem abgefallenen Kopf suchte, kippte jemand die Suppe in den Schoß eines der Schwertschlucker.

Die Suppe war noch heiß.

Der andere Schwertschlucker holte aus und traf einen der Hochseilartisten. Der Mann fiel auf Raymond, welcher soeben dem Professor auf die Beine zu helfen versuchte. Raymond schlug nach dem Hochseilartisten und traf aus Versehen Mr. Aquaphagus. Mr. Aquaphagus zog sein Schwert. Und wurde prompt von einer Allianz aus den drei Zwergen, den beiden Clowns, Herkules, dem Eisenbieger, Polly von Pollys artistischen Pudeln, Leonora der Löwenbändigerin und Puff, dem magischen Drachen, überfallen, die alle stinksauer waren, weil sie bisher noch nicht in dieser Science-Fiction-Geschichte erwähnt wurden.

Genau in diesem Augenblick platzte die Polizei herein.

13. KAPITEL

»So, mein Freund. Du bist festgenommen.« Die Polizisten, die durch die Tür geplatzt waren, sahen richtig hübsch aus. Sie trugen diese famosen Bereitschaftshelme mit Plexiglasvisir und kugelsichere Westen, die ihnen die Umrisse von Michelinmännchen verliehen. Und alles in geschmackvollem Grün und Braun.

Sehr hübsch.

Der, der »so, mein Freund, du bist festgenommen« gerufen hatte, trug keinen Helm. Was eine Schande war, weil er seine Haare in einer dieser schrecklichen Derrickfrisuren gekämmt hatte und weil er mit Helm glatt fünf Jahre jünger ausgesehen hätte.

Aber er trug keinen Helm. So.

Aber er trug die Kanone. Soso.

»Du bist ...«, er drehte sich hinter dem Lauf seiner Kanone um volle dreihundertsechzig Grad, »... festgenommen?«

Paul blickte von seiner Zeitung auf. »Sie haben ihn verpaßt«, sagte er. »Er ist vor zehn Minuten gegangen.«

»Zehn Minuten, was?« Inspektor T'Od stapfte zur Theke. »Ich habe Ihnen gesagt, Sie sollen ihn ablenken. Als Sie mich angerufen haben, sagte ich: ›Lenken Sie ihn ab!‹«

»Glauben Sie vielleicht, ich bin lebensmüde?« fragte Paul. »Nach dem, was Sie behaupten, ist der Kerl ein mutmaßlicher Serienmörder. Ich hab' gewartet, bis er das Lokal verlassen hat, bevor ich bei Ihnen anrief. War nur zu Ihrem eigenen Besten.«

»Meinem Besten?«

»All der zusätzliche Schreibkram. Wenn ich versucht hätte, ihn zu unterhalten, was ich sowieso nicht hätte tun können, weil er ja verschwunden ist, bevor ich Sie alarmierte ... also wenn ich es versucht hätte, wenn er noch nicht verschwunden gewesen wäre, und er, sagen wir, Verdacht geschöpft und zum Beispiel eine Kettensäge hervorgezogen und mich als Geisel genommen hätte und wir hier eine Belagerungssituation gehabt hätten und vielleicht unschuldige Opfer in die Schußlinie gekommen und das Lokal abgebrannt wäre und ...«

»Ja, ja, ja, ja. Ich verstehe. Sie meinen den zusätzlichen Schreibkram.«

»Genau. Aber ich hab' das hier.« Paul zog etwas hervor, das in ein Taschentuch eingewickelt war. Vorsichtig legte er es auf den Tresen und entfernte die Umhüllung.

»'s ist ein Whiskyglas«, sagte Inspektor T'Od.

»'s ist sein Whiskyglas«, sagte Paul.

»So?«

»Ja. Damit Sie seine Fingerabdrücke nehmen können.«

Inspektor T'Od schüttelte den Kopf, und seine ekelhaften Haarsträhnen lösten sich erneut. »Warum sollte ich seine Fingerabdrücke nehmen? Wir waren bei ihm zu Hause. Seine Fingerabdrücke sind überall.«

»Dann wären Sie imstande, die Abdrücke zu vergleichen. Sie sagten fünfzig Pfund für den, der ihn identifizieren kann, oder?«

»Netter Versuch.« Der Inspektor lächelte. »Was ich gesagt habe, war: 'Fünfzig Pfund für Informationen, die zu seiner Festnahme führen'.«

»Wortklaubereien. Das ist doch alles das gleiche«, murmelte Paul.

»Nein, überhaupt nicht, mein Freund. Ich muß schon wissen, wo der Verdächtige sich in diesem Augenblick aufhält.«

»Fünfzig Pfund«, sagte Paul. »Fünfzig Pfund für die Information.«

Inspektor T'Od seufzte laut. »*Wissen* Sie, wo er sich aufhält?«

»Fünfzig Pfund«, sagte Paul.

»*Wissen* Sie es?«

»Fünfzig Pfund.«

»Konstabler, zahlen Sie diesem Mann fünfzig Pfund und lassen Sie sich dafür eine Quittung unterschreiben.«

Der Konstabler mit der Schwester sagte: »Wer, ich?«

»Wer ich, *Sir*«, verbesserte Inspektor T'Od.

»Gott sei Dank«, sagte der Konstabler. »Ich dachte schon, Sie meinen mich.«

»Ich meine Sie, Freundchen. Zahlen Sie diesem Mann fünfzig Pfund aus.«

»Ich habe keine fünfzig Pfund, *Sir.*« Der Konstabler salutierte. »Meine Geldbörse ist zu Hause in meiner Sportjacke.«

»Sportjacke?« Paul schüttelte den Kopf. »Ich wette, er hat auch Pantoffeln.«

»Hat er«, sagte der Konstabler ohne Schwester, der schon einmal einen Durchsuchungsbefehl gesehen hatte. »Ich hab' sie gesehn. Und ich hab' schon mal 'nen Durchsuchungsbefehl gesehn.«

»Konstabler, zahlen Sie diesem Mann jetzt fünfzig Pfund.«

Der Konstabler mit der Vorliebe für lässige Freizeitkleidung schüttelte entschieden den Kopf. »Ich habe keine fünfzig Pfund, Sir. Aber Derek hat fünfzig Pfund.«

»Noch nie gehabt«, protestierte der Konstabler ohne Schwester, der schon einmal einen Durchsuchungsbefehl gesehen hatte. Derek war der Name. (Der Name des Konstablers, nicht der Name der Schwester, die er ja gar nicht hatte – die hieß Doris.)

»Doch, hat er, Sir. Er spart für einen Motorroller.«

»Einen Motorroller?« Paul schüttelte den Kopf.

»Einen Motorroller. Und er trägt sein Geld immer mit sich herum.«

»Tu ich nicht.«

»Tust du wohl.«

»Tu ich nicht.«

»Tust du wohl.«

»Ruhe!« Inspektor T'Od hämmerte seine Kanone auf die Theke. Es gab einen gewaltigen Knall, als sie sich entlud. Durch den Lauf. Und jede Menge Rauch.

Die Konstabler fielen vor Schreck beinahe in Ohnmacht

und sich gegenseitig schutzsuchend in die Arme, dann gingen sie zu Boden, wo sie einen bibbernden, zitternden Haufen bildeten.

Paul hatte kaum mit der Wimper gezuckt. Keinen Mucks. Er blickte von dem nun zerschossenen Whiskyportionierer zu dem nun schwitzenden Gesicht von Inspektor T'Od und von dort zu der Zeitung vor sich. »Entladung«, sagte er.

»Entladung?« Inspektor T'Od schnüffelte am Lauf seiner Pistole.

»Zehn senkrecht. 'Feuer aus einer Waffe. Neun Buchstaben.' Danke sehr.«

»War mir ein Vergnügen. Konstablers, stehen Sie gefälligst auf und zahlen Sie diesem Mann fünfzig Pfund aus. *Auf der Stelle!*«

»Jawohl, Sir.«

»In Ordnung«, sagte der Inspektor dann, während er zusah, wie Paul die Münzen nachzählte. »Wo befindet sich der Verdächtige *jetzt*?«

»Im Haus des ›Schreibers‹. Neunundvierzig, fünfzig, stimmt. Danke sehr.«

»Und wo wohnt der Schreiber?«

»Wenn ich das wüßte«, sagte Paul.

Inspektor T'Od spannte seine Pistole.

»Versuchen Sie's im Telefonbuch.« Paul zerrte ein dickes gelbes Buch unter der Theke hervor. »Sein Name ist Sprout. Kilgore Sprout.«

»Also, was hältst du davon, Mr. Sprout?«

Simon hatte seine Füße auf Mr. Sprouts Sofa gelegt.

Es war ein klappriges altes Sofa, ganz verhüllt von einem dieser schrecklichen wollenen Überzüge, die Katzenbesitzer so gerne benutzen, weil sie wunderbar geeignet sind, ihr Heim ›heimelig‹ aussehen zu lassen (und die Kratzer durch die Katzenkrallen zu verbergen).

Das Haus des ›Schreibers‹ stand unten rechts am Ende der *Gasse-deren-Namen-man-nicht-auszusprechen-wagt*, ganz zusammengekauert hinter dem Ziegelhaus des verrückten alten Majors. Eine große, hohe Hecke wuchs ringsherum, und Simon, der sein ganzes Leben in diesem Dorf verbracht hatte und davon überzeugt gewesen war, jeden Winkel zu kennen, hatte nicht einmal gewußt, daß hinter dieser Hecke ein Haus stand.

Innen war es ›heimelig‹.

Das Wohnzimmer hatte dieses gewisse Mittelklasseaussehen. *Angestellte-die-auf-dem-Land-leben-und-ihr-Geld-in-der-Stadt-verdienen-Wohnzimmer* sahen so aus. Stapel von Hochglanzmagazinen mit passenden Rücken. Nach Datum geordnet. Einer von diesen Computern, über die man so viel hört. Wie eine elektrische Schreibmaschine, mit einem kleinen Fernseher obendrauf. *Textverarmungssysteme* heißen sie wohl. Eine Kaminecke, wo man im Winter Baumstämme verbrennen und das Klima aufheizen kann.

Nicht ganz das, was Simon so gefiel.

»Was ich meine?« Der ›Schreiber‹, (der sich in diesem Augenblick entschloß, auf die nervenden Ausführungszeichen bei seinem Spitznamen zu verzichten) nippte an einem süßen Sherry. Er hatte die dreiviertelleere Flasche aus der Küche mitgebracht. Die, die er für Gäste aufhob, die nicht lange bleiben. »Sei so nett und erklär's mir noch mal, ja?«

»Es ist kinderleicht«, sagte Simon und nahm einen kleinen Schluck aus seinem vollen Glas. »Aus dem, was ich von dir über den Charakter gehört habe, der auf meiner Person basiert, schließe ich, daß er ein ganz schöner Bastard ist, oder? Aber mit einem goldenen Herzen. Ein liebenswerter Gauner.«

»Nun, eigentlich hatte ich ihn nur als Bastard geplant. Durch und durch Bastard, genaugenommen. Aber fahr trotzdem fort, ja?«

»Er sollte etwas Großartiges, Faszinierendes tun.« Simon stellte sein winziges Glas ab und griff nach der Sherryflasche. Der Schreiber zog sie aus seiner Reichweite. »Ich sag' das nicht nur, weil der Charakter auf mir basiert. Aber wenn ich der Charakter wär', dann würd' ich was Großes, Faszinierendes unternehmen. Und du wolltest meinen Rat, oder vielleicht nicht?«

»Ja, aber die Art von Rat, die du mir gibst, ist nicht gerade das, was mir vorschwebt.«

»Natürlich nicht. Genau deswegen hast du dich in der Handlung ja auch festgebissen und brauchst jetzt frische Ideen.«

»Nun, das neue Szenario, von dem du erzählst, ist ja auch wirklich ziemlich spannend. Wo dieser Charakter seinen Gewinn nicht an eine wohltätige Einrichtung spendet, sondern von einer Terroristenbande ausgeplünder wird. Und er verfolgt die Bande und stiehlt sich sein Geld zurück. Meinst du, er ist wirklich mutig genug, um das fertigzubringen?«

»Darauf kannst du wetten, daß er das fertigbringt. Daß er das Geld spendet ist viel zu weit hergeholt. Deshalb hängt die Handlung.«

»Ich könnte die Geschichte umschreiben, damit er das Geld niemals gewinnt.«

»Nein, mach das nicht! Er gewinnt das Geld und wird bestohlen, und dann stiehlt er alles zurück.«

»Ich glaub', du hast recht«, sagte der Schreiber und goß Simon ein halbes Glas Sherry aus. »Genaugenommen hat mir dieser Wohltätigkeitskram sowieso nicht gefallen. Das war eine Idee des Verlegers.«

»Verdammt richtig«, brummte Simon. »Wer, sagtest du noch mal, war der Verleger?« Als wüßte er es nicht bereits.

»Sie nennen sich B.A.S.T.E.I. Aber frag mich nicht, was das bedeuten soll. Hast du den Namen schon mal gehört?«

»Noch nie.« Simon schüttelte den Kopf.

»In Ordnung«, sagte der Schreiber. »Also, er jagt den Terroristen hinterher, die du erfunden hast. Aber woher soll er wissen, wie er sie finden kann?«

Ja wirklich, woher?, dachte Simon. »Das ist der clevere Teil«, antwortete er. »Du hast das jetzt schon so weit geschrieben, und du bist beinah zur Hälfte fertig, nicht wahr? Also wirst du auch nicht mehr allzu viele neue Charaktere einführen wollen, oder? Sie müssen von einigen der bereits existierenden Personen gespielt werden.«

»Ja«, sagte der Schreiber. »Aber von wem?«

Das ist es, was *du mir* sagen sollst, du dummer Kerl, dachte Simon. »Nun, du entscheidest. Stell' dir vor, du würdest über eine geheime terroristische Vereinigung im Dorf schreiben. Wo würdest du sie plazieren?«

Der Schreiber kratzte sich an seiner kahlen Stirn.

Simon entblößte seine Dentalarbeiten.

»Es gibt eine verlassene Wildhüterhütte kurz außerhalb des Dorfs.«

»Zu klein«, sagte Simon.

»Du kennst sie?«

»Hab' davon gehört. Sie gehört jemandem aus dem Dorf.«

»Dem Vikar?«

Simon schüttelte einmal mehr den Kopf. Dieser Teil der Geschichte war ihm so klar und einfach vorgekommen, als er im *Fröhlichen Gärtner* den Plan ausgeheckt hatte. Sein Gedankengang war der folgende gewesen: Wenn der Schreiber den Auftrag erhalten hatte, Raymonds zukünftige Biographie zu schreiben, und wenn er im Augenblick an dieser Arbeit saß, ohne zu wissen, daß er statt an einer Geschichte an der Wirklichkeit schrieb, dann konnte Simon den Schreiber vielleicht davon überzeugen, daß er den Teil, den Simon spielte, ein wenig aufmöbelte, indem er ihn das Geld zurückstehlen ließ. Das wäre doch niedlich, nicht wahr? Und einmal mehr würden sich endlose Möglichkeiten für den Mann eröffnen, der das Buch besaß.

Für den Mann, der die Zukunft kannte, bevor sie eintraf.

Und dieser Mann wäre er, Simon.

Bastard!

»Ich hab's!« sagte der Schreiber.

»Was hast du?« fragte Simon.

»Ich hab's. Es war die ganze Zeit direkt vor meinen Augen. Die Hühnerfarm vom Langen Bob.«

»Ah«, sagte Simon. »Warum?«

»Nun, er hat was vor, oder nicht? Erinnerst du dich, wie ich dir erzählt habe, daß dein Charakter ihn dabei beobachtete, wie er versucht, seine Hühner abzurichten?«

»Ich glaub', das hast du.« Hatte er nicht.

»Nun, *er* steckt dahinter. Er ist ein Verrückter, nicht wahr? Und er züchtet diese neue Hühnerrasse. Er plant, mit ihrer Hilfe die Weltherrschaft an sich zu reißen oder so was Ähnliches.«

»Das gefällt mir«, sagte Simon. »Sonst noch was?«

»Nun, er benötigt das Geld für seine teuflischen Pläne. Die Terroristen stehen in seinen Diensten. Ja, ich sehe alles vor mir. Es ist ein religiöser Kult. Eine Endzeitreligion.«

»Langsam, langsam«, sagte Simon. »Das geht ein bißchen zu weit, meinst du nicht?«

»Messianisch.« Der Schreiber griff nach seinem Notizbuch. »Das ist genau die Sorte von Stoff, die zu schreiben mir Freude bereitet. Ich werde die Geschichte nicht länger so schreiben, wie der Verleger es will. Ich schreibe sie so, wie es mir gefällt.«

»Bravo«, ermutigte ihn Simon. »Ich hoffe nur, daß es funktioniert.«

»Was meinst du damit?«

»Nichts, nichts. Nur so 'n Gedanke. In Ordnung, ich glaub', ich geh' jetzt nach Hause. Leg' mich mal früh ins Bett.«

»Nicht in meiner Geschichte. Da gehst du noch nicht nach Hause«, sagte der Schreiber, während er in seine Kladde kritzelte. »In meiner Geschichte machst du dich auf den Weg zum Langen Bob, um dein Geld zurückzustehlen. O ja, das gefällt mir!«

»Wär' schön, wenn die Wirklichkeit wie deine Geschichten aussehn tät', he?« Simon erhob sich vom Sofa und wikkelte sich aus einem der schrecklichen grellbunten Überwürfe, in dem er sich verheddert hatte. »Aber im wirklichen Leben geh' ich jetzt nach Hause und leg' mich in mein Bett. Falls jemand nach mir fragen sollte.«

»Wer sollte denn nach dir fragen?« Aber der Schreiber war bereits zu sehr beschäftigt, um den Gedanken eigenartig zu finden.

»In Ordnung, ich bin weg. Dann mach's gut.«

»Mach's gut.« Der Schreiber blickte nicht auf, und so krallte Simon sich die Sherryflasche und stopfte sie in seine Tasche. »Mach's gut«, sagte er noch einmal.

Simon verschwand entlang des stillgelegten Eisenbahngleises, das hinter Raymonds Haus durch den unteren Teil des Dorfes führte.

Eine kluge Entscheidung. Denn bevor er noch hundert Yards weit gekommen war, vernahm er das unverwechselbare Heulen von Polizeisirenen. Und die ausgeprägten, krachenden Geräusche, als die Polizeifahrzeuge durch die *Schlaglöcher-für-die-niemand-die-Verantwortung-übernehmen-wollte* in der *Gasse-deren-Namen-man-nicht-auszusprechen-wagt* knallten.

Simon legte einen Gang zu und marschierte voran. Nicht nach Hause, sondern in Richtung der Hühnerfarm eines gewissen Langen Bob.

Da nun einigermaßen klargeworden ist, daß die Polizei in den *Fröhlichen Gärtner* hereingeplatzt kam und nicht in den Großen Salon an Bord der *SS Salamander*, dürfte wohl auch einsichtig sein, daß der Tumult an Bord der *SS Salamander* (nicht im *Fröhlichen Gärtner*) noch in vollem Gange war.

Und er war es auch.

Jemand in Pailletten kam über den Tisch geflogen, krachte zu Boden und kam kämpfend wieder auf die Beine. Eine Menge Geschirr ging zu Bruch und ebensoviel unbezahlbare Glaswaren. Und inmitten all der Schreie und Rufe und des Lärmens und *Wasauchimmers* erhob sich plötzlich eine gewaltige, dröhnende Stimme: »So, das ist also die *Größte Show jenseits der Welt*.«

Raymond, der sich mittlerweile unter dem Tisch in relative Sicherheit gebracht hatte, erblickte ein Paar goldener Stiefel und einen Teil eines exklusiv aussehenden Beinkleides.

Das Klappern der Schwerter und das Zerbrechen von Geschirr kamen beinahe augenblicklich zu einem höchst schlüssigen Schluß.

Bis auf ein oder zwei Klimperer.

Der Professor schlug nach dem Zwerg, der an seinem Bein hing. Billy Ballon sagte: »Laßt mir die Luft raus!« Und einer von Pollys Pudeln bellte in B-Dur.

»*Die Größte Show jenseits der Welt?* Hahaha.« Die Stimme besaß einen merkwürdigen Klang. Raymond kannte den Akzent nicht. Und der Klang war nicht nur eigenartig, sondern zusätzlich auch noch nasal. Die Worte schienen eher herausgehustet statt gesprochen zu werden.

Raymond mochte die Stimme nicht. Er fühlte sich in ihrer Gegenwart unbehaglich. Er war sich beinahe sicher, daß er den Besitzer der Stimme bald hassen würde. Und er fragte sich, wie *der Besitzer* wohl aussehen mochte. *Der Besitzer,* weil es nach einem *er* klang, verstehen Sie?

Also hob Raymond die zerissene Tischdecke, die ihn vor neugierigen Blicken geschützt hatte, und warf einen Blick nach oben.

Und als er den Blick geworfen hatte, ließ er die Tischdecke schnell wieder fallen. Er kauerte sich ganz klein zusammen und murmelte: »O Scheiße!«

Hatte er soeben gesehen, was er zu sehen geglaubt hatte? Oder nicht?

Raymond riskierte einen winzigen zweiten Blick.

Er *hatte* soeben gesehen, was er zu sehen geglaubt hatte.

Aber das war nicht real.

Oder doch?

Nein, das konnte unmöglich real sein.

Oder doch?

Raymond riskierte einen dritten Blick.

Und das ist, was er sah:

Eine Gestalt in goldenen Stiefeln mit beschlagenen Spitzen und kubanischen Absätzen. Sie steckte in schicken Beinkleidern aus maßgeschneidertem, gutsitzendem schwarzen Satin, darüber eine passende Jacke, tailliert, mit zwei Reihen goldener Knöpfe. Vorn war ein goldener Gürtel mit kunstvoller Schnalle zu sehen, eine geflügelte Scheibe, umrundet von den Profilen demütiger Bittsteller. Auf den Schultern saßen Epauletten, und auf der linken Brusttasche war eine Skarabäenkartusche aufgestickt. Die Manschetten der Jacke waren reich verziert und entblößten manikürte, gepflegte menschliche Hände.

So weit so gut und besser.

Das Problem war der Kopf.

Es war kein menschlicher Kopf.

Es war der Kopf eines Tiers.

Es war der Kopf eines Wolfs.

Nein, kein Wolf. Raymond betrachtete das Gesicht verstohlen. Es war eines dieser Tiere, die sich am Aas gütlich taten, das Löwen zurückließen. Eine Hyäne. Es war der Kopf einer Hyäne. Und es war keine Karnevalsmaske. Es war ein lebendiger, atmender Kopf – und noch dazu ein prachtvolles Exemplar. Die Art und Weise, wie sich die Nüstern blähten, die schwarzen Lippen kräuselten, die gelben Augen mit ihren geschlitzten Pupillen funkelten, blitzblitz-blitzten ...

Sehr beeindruckend. Wirklich. Und die Art und Weise, wie der Fremde sich bewegte ... Beinah ... Raymond unterbrach sich ... beinah.

»Mensch«, flüsterte er. »Das ist er! Dieser Gott! Dieser ägyptische Gott aus den Grabzeichnungen, wie heißt er noch, ähhh ... *Anubis*! Es ist *Anubis*.«

»Vielleicht handelt es sich um eine Meuterei?« Das war eine neue Stimme. Eine sehr eigenartige Stimme. Hoch und fistelnd, beinahe wie ein Pfeifen. Der Eigentümer der Stimme machte ein paar Schritte nach vorn, und Raymond begutachtete auch ihn.

Etwa die gleiche Größe (also ziemlich groß). Etwa die gleiche Statur (also ziemlich schlank und athletisch). Etwa die gleiche Bekleidung, nur winzige Unterschiede (also ziemlich edel).

Aber nicht der gleiche Kopf.

Das hier war der Gefährte. Der Knabe mit dem Vogelkopf. Der Kopf des heiligen Ibis. Auch er sah ganz erstaunlich aus. Die Federn waren schwarz und schimmerten bunt. Dic

Augen waren rote, helleuchtende Punkte, und der Schnabel war von einem verblüffenden Gelb.

Seth. Das mußte *Seth* sein. Oder *Thoth*. Auch *Thoth* besaß einen Vogelkopf. Raymond überlegte. *Seth*, entschied er. *Thoth* war viel zu schwer auszusprechen.

Das war Seth. Kein Zweifel.

»Mensch«, flüsterte Raymond erneut und plumpste hart auf seinen Hintern. Zwei ägyptische Gottheiten an einem einzigen Tag! Das war eine Überraschung!

Aber andererseits ... Raymond überlegte, was an diesem Tag keine Überraschung gewesen war.

Es hatte damit begonnen, daß er aufgewacht war und geglaubt hatte, zu Hause zu sein. Nur um feststellen zu müssen, daß er sich in Wirklichkeit an Bord eines viktorianischen Dampfschiffes im Orbit um den Saturn befand. Und von Luft umgeben war. Weil der Weltraum nämlich voller Luft war. Und dann war da Zephir, die Traumfrau, und Giorgio, der Traumanzug. Ein Traumanzug, der nun gründlich verschmiert und zerrissen war. Und dann die Erkenntnis, daß Raymond in einer Welt aufgewachsen war, die sich tatsächlich innerhalb einer weiteren Welt befand. Und daß das Volk auf der äußeren Welt die Nase voll hatte von all der Umweltverschmutzung, die aus der inneren Welt emporkam, und beschlossen hatte, die Polöffnungen zuzubetonieren und damit jeden zu ersticken, der in der inneren Welt lebte.

Die Menschheit auszurotten. Einfach so.

Dann war da die Musterung, die Professor Merlin durchgeführt und die er bestanden hatte. Damit eröffnete sich Raymond die Aussicht auf einen beinahe sicheren Tod, weil er in der wenig beneidenswerten Situation steckte, der einzige Soldat einer Armee zu sein, die dagegen kämpfte, die Oberweltler an ihrer Polversiegelung zu hindern.

O ja, und bevor er sich mit dieser Geschichte beschäftigte, da wäre es doch vielleicht nicht schlecht, wenn er noch eben zweihundert Menschen von der inneren Erde retten könnte, die ausgerechnet auf dem Saturn gefangengehalten wurden?

Ja.

Und dann war er in einen Streit mit einem Franzmann geraten, der tatsächlich behauptete, ein Jahrhundert alt zu sein.

Das war im großen und ganzen der heutige Tag gewesen.

Die Ankunft der beiden ägyptischen Götter hätte ihn nicht allzusehr überraschen dürfen. Er mußte lernen, mit derartigen Ereignissen umzugehen.

Aber – was sollte er nun unternehmen?

Sich verbeugen? Aus Höflichkeit? Er selbst war Mitglied der Kirche von England. In den beiden letzten Tagen mehr denn je zuvor.

Aber es konnte nie schaden, den Göttern anderer Religionen mit Respekt entgegenzutreten.

Ganz besonders, wenn sie leibhaftig vor einem standen.

»Ich glaube, ich sollte mich vor ihnen verbeugen«, murmelte Raymond vor sich hin. »Ich vermute, das ist genau das, was alle anderen ebenfalls tun.«

Raymond verbeugte sich unter der Tafel.

Professor Merlin räusperte sich.

Jetzt beginnt er zu beten, dachte Raymond und faltete die Hände.

Professor Merlin begann zu sprechen. »Mach, daß du dich von meinem Schiff verpißt, du hundsgesichtiger Kobold!« Das waren die Worte, die er wählte.

Unter dem großen Festtisch biß Raymond sich auf die Knöchel.

Über dem großen Festtisch blickte Anubis durch den Großen Salon. Einen Großen Salon, der nicht mehr ganz so groß wirkte. Zertrümmerte Stühle. Zerbrochene Teller. Überall auf dem Boden lag Essen. Die Festgäste waren mit Essen beschmiert. Hier ein blaues Auge, dort eine blutige Nase. Dort ein Kerl, der nach seinem Kopf suchte. Farbenprächtige Kleidung, zerrissen und besudelt, Perücken, zerzaust und desolat. Zerbrochene Gläser und vergossene kostbare Weine. »O Mannomannomann«, sagte Anubis.

»Ich hab' gesagt, ihr sollt eure Hintern von meinem Schiff bewegen!« Professor Merlin machte mit seinen phantastischen Fingern scheuchende Bewegungen. »Ich werde jemanden schicken, der euch bis aufs Deck begleitet und euch einen Stock in den Hintern stopft. Wie gefällt euch das?«

Raymond zuckte zusammen.

Seth sagte: »Vielleicht sollten wir euch alle auf der Stelle für die Gewalttätigkeiten exekutieren lassen, die ihr im Jurisdiktionsbereich des Saturn begangen habt. Wie gefällt *euch* das?«

Professor Merlin betrachtete den Gott geringschätzig. »Sprichst du mit mir oder pfeifst du *Dixie* vor dich hin? Versuch mal, nicht so viel zu lispeln, ja?«

Hören Sie auf! dachte Raymond. *Sind Sie von allen guten Geistern verlassen?*

»Ich kann mich nicht erinnern, daß ihr offiziell mit der Pfeife an Bord begrüßt worden seid«, wandte sich Professor Merlin an beide Götter. »Ich fürchte, wir haben hier blinde Passagiere.«

»Sie haben Sahne an Ihrem Kinn«, sagte Seth.

»Das ist ein Kinn?« fragte Anubis. »Ich dachte, es wäre eine Hängematte, in der ein Schwein pennt.«

Professor Merlin fächelte sich Luft vor die Nase. »Hundeatem«, sagte er. »Und Spatzenhirn. Und jetzt macht, daß ihr von meinem Schiff kommt, bevor ich den einen auspeitsche und den anderen rupfe und fülle und für meine Miezekatze kochen lasse.«

Anubis kräuselte die Lippen und zeigte seine Zähne. Seth machte eine Schnabelbewegung, als wolle er jemandem die Augen auspicken.

»Ihr wißt beide, wo sich der Ausgang befindet. Jetzt seid so nett und hüpft oder stromert durch das Loch, das der Zimmermann gelassen hat.« Professor Merlin leckte sich die

Sahne vom Kinn. Mit einer durchaus beeindruckenden Zunge. »*Wuff Piep*.«

»Papiere!« bellte Anubis.

»Auf der Stelle«, pfiff Seth. »Oder die Exekutionsschwadron kommt wirklich und beschert den Männern der Gewalt den Tod.«

»Zephir!« rief Professor Merlin. »Dürfte ich dir wohl einen Brief diktieren?«

Zephir lächelte und drehte einen Stuhl um, dann setzte sie sich in Pose. Zog einen Bleistift hervor. Zog einen Stenoblock hervor. Beides aus dem Nichts. Dann sagte sie: »Ich bin bereit zum Diktat.«

»Sehr nett. Anschrift:

Seine Königliche Hoheit, den Erzherzog Fogerty.

Palast des Himmlischen Vergnügens.

Große Nobelstraße 1

Fogerty-Stadt, Saturn.

Lieber Binky, ...«

»Binky?« unterbrach Anubis. Seth schüttelte seinen Schnabel.

»Lieber Binky,

zu meinem allergrößten Bedauern bedaure ich sehr, daß ich bedauernswerterweise nicht an Deiner heutigen Geburtstagsfeier teilnehmen kann. Ich weiß sehr genau, wie gerne Du meinen Zirkus wiedergesehen hättest, und da wir schon so lange so gute Freunde sind, ist es mir immer ein unbezahlbares Vergnügen, Deine Gastfreundschaft und Deine Frauen zu genießen.

Bedauernswerterweise kann es nicht so sein. Ich wurde mitten in der Generalprobe der speziellen neuen Essensschlachtnummer unterbrochen, die Du zur Unterhaltung Deines armen kranken Sohnes Colin choreographiert hast, in der Hoffnung, daß seine Lebensgeister wieder geweckt werden und sich die Krankheit möglicherweise zum Guten wendet. Unterbrochen! Und zwar von zwei Flegeln, die unerlaubterweise und unangekündigt an Bord meines Schiffes erschienen und mich und meine Begleiter mit dem Tod bedroht haben ...«

Der Professor machte eine Pause. Seth und Anubis schlichen leise rückwärts zur Tür.

»Ihr wollt uns schon so früh wieder verlassen?« fragte der Professor. »Ich hatte eigentlich gehofft, ihr würdet uns noch mit ein paar Sprüngen durch brennende Reifen unterhalten. Oder mit der Nummer, die Wellensittiche abziehen, wenn sie die Leiter hoch und runter klettern und an ihrem Glöckchen läuten? Nein?«

Aber er sprach nur noch zu einem leeren Durchgang, der aus dem im Augenblick nicht so großen Großen Salon hinausführte.

Einen Moment lang herrschte Schweigen. Dann erfüllte donnerndes Gelächter die Luft.

Raymond kletterte langsam unter dem Tisch hervor. Er schüttelte in schierer Verzweiflung den Kopf. Und den größten Teil seines Körpers vor Furcht.

»Ich habe mich schon gewundert, wo Sie sich verstecken könnten«, sagte der Professor. »Sehr clever von Ihnen, sich in Deckung zu halten, um einer späteren Identifizierung zu entgehen. Smarter Zug, mein alter *Scarlet Pimpernel*.«

Raymonds Kopf hatte noch nicht aufgehört, sich zu schütteln, und sein Unterkiefer öffnete und schloß sich mit dümmlichem Ausdruck. »Sie ... Sie ... Sie ...«, begann er.

»Ich ich ich?« verlangte der Professor zu wissen. »Was ist ich ich ich?«

»Sie! Diese Götter! Sie haben diese Götter beleidigt!«

»Habe ich?« Eine Pause entstand. Und ein noch größeres Gelächter.

»Anubis und Seth. Ich hab' sie gesehen. Und gehört. Und ich hab' Sie gehört.«

»Aha.« Professor Merlin pflückte etwas Fruchtiges von seiner Perücke und stopfte es in seinen Mund. »Es hat Ihnen nicht gefallen?«

»Es war ungeheuerlich! Blasphemisch!«

»Gut«, sagte der Professor.

»Gut?« sagte Raymond.

»Gut«, sagte der Professor. »Raymond, wenn ich mich anders verhalten hätte, wenn ich auch nur eine Spur von Respekt oder Freundlichkeit oder Untertänigkeit gezeigt hätte, irgend etwas anderes als vollkommene Arroganz, totales Selbstvertrauen und unverschämteste Kaltblütigkeit, dann hätten sie mich innerhalb eines einzigen Augenblicks durchschaut. Ich habe Ihnen doch erzählt, daß wir uns als Oberweltler ausgeben. Und Oberweltler verhalten sich nun einmal nicht anders.«

»Aber gegenüber Göttern?«

»O nein, ich glaube, daß selbst Oberweltler es nicht wagen würden, sich Göttern gegenüber so zu benehmen.«

»Aber ... aber genau das haben Sie eben getan!«

»Nein, Raymond. Ich habe mich gegenüber zwei rotzigen saturnischen Zollbeamten so verhalten. Fido und Tweety sind ihre Namen, glaub' ich. Obwohl ich mir nie merken kann, wer wer ist. Aber – halt mal das Pferd, Tonto! Sie haben doch nicht etwa geglaubt, daß das ...«

»Oh, *selbstverständlich* nicht!« Raymond kratzte an etwas Krustigem auf seiner Hose.

»Sie haben gedacht, daß ... daß ...« Professor Merlins Gesicht verzog sich zu einem Schmunzeln, als er sich zu seinen zerschlagenen Artisten umwandte. »Er dachte, daß diese beiden Arschlöcher ... daß diese beiden ...«

»Nein, dachte ich nicht!« Raymond schüttelte heftig den Kopf und duschte den Professor mit Kuchenkrümeln.

»Nein, natürlich nicht.« Professor Merlin klopfte Raymond auf die Schulter. »Daß sie ...«, er machte mit dem Daumen eine Bewegung in Richtung Ausgang.

»Hören Sie auf!« Raymond stampfte mit dem Fuß auf. »Sehen Sie sich nur an, was aus meinem Anzug geworden ist! Er ist ruiniert! Ruiniert! Oh, mein schöner Anzug!«

Der Professor schnüffelte an Raymonds ruiniertem Designeranzug. »Er ist ein wenig zu sehr voller Kuchen.«

»Mein schöner Anzug!« Raymond hob hilflos die Fäuste in die Luft.

»Ich werde Ihnen eine chemische Reinigung bezahlen.«

»Es ist alles *seine* Schuld.« Raymond zeigte auf den kleinen Franzosen, der sich auf die Beine kämpfte.

»Das schtimmt nischt. Sie 'aben angefangen«, kreischte LaRoche. »Sie Abkömmling meines alten 'undes.«

»Sie haben angefangen, Sie verlogener Froschfresser!«

»Schon wieder die F-Wort! Bring mir jemand meine Pistolen!«

»Jetzt beruhigen Sie sich!« Der Professor hob die Hände, und seine Finger verlängerten sich bis hinauf zum anrüchig bemalten Kuppeldach, wo sie den Hintern eines Cherubim kitzelten. Es beruhigte zumindest Raymond.

»Englische Schwein«, sagte LaRoche.

»Verlogener Froschfresser«, sagte Raymond.

»Er lügt nicht«, mischte sich Zephir ein, die als einzige jeglicher Verschmutzung entgangen zu sein schien und so wundervoll aussah wie immer. »Er erzählt die Wahrheit, Raymond. Er ist der wirkliche LaRoche.«

»Aber das würde bedeuten, daß er ...«

»Ein'undertunddreiundfünfzisch Jahre alt ist«, sagte der Franzose und knallte die Hacken zusammen. »Und zweimal soviel Mann, wie Sie je sein werden.«

»Das ist ganz schön alt«, sagte Raymond.

»Wie können Sie es wagen! Isch bin die jüngste Mitglied von diese Zirkus!«

»Was?«

»Es ist eine Schande, daß Sie nicht an Magie glauben«, sagte Professor Merlin. »Sonst würde ich Ihnen verraten, wie es funktioniert. Aber für heute ist's genug, denke ich.«

»Hm«, sagte Raymond. Und dann hellte sich sein Gesicht beträchtlich auf. Er warf seiner ›Frau‹ einen vielsagenden Blick zu und meinte: »Ja, wir sollten wirklich eine Mütze voll Schlaf nehmen. Morgen wird ein langer Tag, und wir müssen früh raus. Wo geht es zur Hochzeitssuite?«

»Hochzeitssuite?« Professor Merlin lachte laut. »Netter Versuch, mein alter Casanova, aber das Bett wird wohl warten müssen, fürchte ich. Wir sind vor zwanzig Minuten auf dem Saturn gelandet. Die Zirkusparade beginnt in einer halben Stunde, und eine Stunde später unsere erste Vorstellung. Also, wenn Sie die Uhren synchronisieren möchten, dann sollten wir das jetzt tun. Und bei dieser Gelegenheit können Sie mir auch genau erzählen, zu welcher Zeit Sie mit den zweihundert befreiten Gefangenen zurück sein wollen. Ja?«

»Ja«, entgegnete Raymond. »Ja ja ja.«

14. KAPITEL

Simon saß in seinem Buschversteck, das er schon beinahe völlig vergessen hatte. Er hatte eine Menge schöner Erlebnisse darin gehabt. Unschuldiger Erlebnisse. Kindheitserlebnisse. Immer wenn er und Raymond von der Schule getürmt waren, hatten sie sich hier Farbe ins Gesicht geschmiert, mit Pfeil und Bogen bewaffnet und große, geheime Eide geschworen.

Was für glückliche Zeiten waren das doch gewesen. Und nun leuchtete der Busch in der Erinnerung.

Simon war noch immer zu jung, um seine Kindheit zu vermissen. Er war froh, daß sie vorbei war. Aber nun kam ihm in den Sinn, daß er Raymond vielleicht vermissen würde. Immerhin war Raymond sein allerbester Freund, und die Dinge im Dorf waren nicht mehr wie früher, seit er verschwunden war.

Um es milde auszudrücken.

Simon seufzte und spielte mit einem Zweig. Sie hatten einige gute Lacher in diesem Busch gehabt, soviel stand fest. Er erinnerte sich an ... Simon machte eine Pause, seufzte erneut, spielte mit dem Zweig und schniefte.

»Dieser blöde Raymond«, sagte er. »'s ist alles seine Schuld.«

Und Simon kratzte sich am Kopf. Sein Kater war verschwunden, und das war immerhin etwas. Es war schon äußerst bemerkenswert, wie die einfache Applikation von drei doppelten Scotch und ein paar Schluck süßem Sherry einen Kater aussortieren konnten, der einen den ganzen Tag lang gequält hatte. Es war allerdings ziemlich dumm, daß er nicht wenigstens ein paar Kekse mitgebracht hatte. Er hatte in den letzten zwölf Stunden nichts mehr gegessen. Und er war mittlerweile sehr hungrig.

»Dieser blöde Raymond.«

Die Sonne glitt hinter das Dorf und tauchte die schönen alten Weidenbäume in pittoreskes Licht, die die Schrebergartenkolonie säumten. Aber Simon hatte keine Augen für den Sonnenuntergang. Simon lauschte dem unmelodischen Bimmeln, das von der Kirche herüberklang, wo Bramfields unbeholfene Glöckner übten. Er konnte den Geruch von Gülle riechen, der von dem Hühnerhof des Langen Bob herüberwehte. In der Ferne bellte ein Hund. Ein schwerer Laster ließ die Fenster in der Hauptstraße klappern.

Sonnenuntergang? Was für ein Sonnenuntergang?

Simon streckte seinen Kopf aus dem Buschversteck und warf einen verstohlenen Blick den Hügel hinab auf den Hühnerhof. Er hatte einen guten Überblick von hier oben. Die einzige Schwierigkeit war, daß es nichts zu überblicken gab. Die Hühner waren alle in ihren Ställen. Der Landrover des Langen Bob war nirgends zu sehen. Der Platz war verlassen.

»Los, Mann«, murmelte Simon. »Mach schon!«

Er saß bereits seit Stunden in seinem kleinen, feuchten Versteck und riskierte Hämorrhoiden, während er darauf wartete, daß endlich etwas passierte. Irgend etwas. Er hatte überlegt und war zu dem Schluß gekommen, daß es am besten war, bis zum Einbruch der Dunkelheit zu warten, bevor er hinunterschleichen und sich umsehen würde. Aber er hatte gehofft, in der Zwischenzeit ein wenig Action zu Gesicht zu bekommen. Verdächtige Männer, die verdächtig aussehende Kisten herumtrugen und dabei *murmel-murmel-geheime-Pläne-murmel-murmel-heute-ist-die-Nacht-der-Nächte-*

murmel-murmel sagten. Halt etwas in der Art und Weise, wie derartige Geschichten eigentlich ablaufen sollten. Aber sie liefen nicht so ab. Niemand machte irgend etwas. Das war schon alles ziemlich enttäuschend.

Die Größte Show jenseits der Welt lag vor ihm auf dem staubigen Boden. Er konnte sich nicht dazu aufraffen, einen Blick hineinzuwerfen. Wenn sich nichts in dem Buch geändert hatte und es nicht die neue Version enthielt, die der Schreiber abgefaßt hatte, dann steckte Simon in großen Schwierigkeiten. Steckbrieflich wegen Mordes gesucht. Nicht ganz das, was er für sich geplant hatte. Es gab natürlich die nicht unwahrscheinliche Möglichkeit, daß B.A.S.T.E.I. einfach alle Änderungen strich, die der Schreiber an seinem Buch vornahm. Aber Simon war schließlich Simon, und deshalb dachte er nicht, daß sie das tun könnten. Er ging davon aus, daß es ihm gelingen würde, seinen Gewinn zurückzustehlen, und daß er wirklich die Zukunft ändern konnte, die erst in diesem Buch aus der Zukunft publiziert werden würde.

Wirklich die Zukunft ändern und die Rolle, die B.A.S.T.E.I. darin spielte. Es war eine Art Theorie, keine große, aber Simon überlegte, daß am besten wäre, Bramfield so weit hinter sich zu lassen, wie er nur konnte, nachdem es ihm erst einmal gelungen wäre, seine Reichtümer zurückzuerobern. Mit oder ohne Reisepaß. Danke und Tschüs!

Simon schüttelte die Sherryflasche, die er aus dem Haus des Schreibers mitgebracht hatte.

Sie war noch immer leer.

Er war noch immer hungrig.

Und er mußte mal.

»Wenn es nicht die eine Sache ist, dann ist's 'ne andere.« Vorsichtig kletterte Simon aus dem Busch hervor. Streckte sich, brummelte, stapfte auf die Rückseite und pinkelte. Er zog gerade den Reißverschluß wieder zu, als ihm ein blauer Blitz in die Augen fiel. Nicht von seiner Unterhose. Von irgendwo links. Ein Stück weit über die Felder. Aus einem kleinen Gehölz. Oder war es ein Dickicht? Es ist häufig schwer, das auf die Entfernung hin festzustellen.

»Polizei!« Simon ließ sich ins Gras fallen. Ins nasse, dampfende Gras. »O verdammt!« beschwerte er sich.

Erneut das blaue Blitzen. Es war ein Wanderer in einem Anorak. Oder war es eine Öljacke? Es ist häufig schwer, das auf die Entfernung hin festzustellen.

»Reiß dich zusammen, Simon«, sagte Simon. Er kroch zurück zu seinem Busch, und dort ... »Na endlich!«

Der Hühnerhof des Langen Bob lag nicht länger einsam und verlassen. Der Landrover des Hühnerbauern kam durch das Tor gefahren und dahinter einer dieser alten Wagen, einer dieser Jaguars, die von kriminellen Bruderschaften in Shows wie *Sweeneys* so gerne benutzt wurden. Es war der gleiche Jaguar.

Und nun parkten die Wagen nebeneinander, und Leute stiegen aus. Der Lange Bob stieg aus seinem Landrover aus. Und wer war das da bei ihm? Schwarzer, dreiteiliger Anzug, Igelhaarschnitt, Brille. Military Dave. Und wer noch? Ein Schopf rötlichbraunen Haars. Gute Figur in knappen Jeans, und darüber ein Led Zeppelin T-Shirt. *Lisa!* Was hatte das zu bedeuten?

Die Türen des Jaguar öffneten sich. Die Terroristen von B.A.S.T.E.I. kletterten aus dem Wagen. Der Feger und ihre Kumpane. Simon kniff seine Augen zusammen, um besser sehen zu können. Trug sie seine Tragetaschen? Sie *trug* seine Tragetaschen!

»Boom Shanka!« sagte Simon. »Aber was macht Lisa dort unten?«

Er legte die Hände an die Ohren und lauschte. Gesprächsfetzen wehten vom Bauernhof zu ihm hinauf. »Murmel-murmel-geheime-Pläne-murmel-murmel-heute-ist-die- Nacht-der-Nächte-murmel-murmel.« Und dann stapften alle zusammen zum Haus, gingen hinein und waren weg.

Simon blieb in seinem Busch sitzen und überlegte, was er als nächstes unternehmen sollte. Was hatte Lisa mit ihnen zu schaffen? War sie ebenfalls eine B.A.S.T.E.I.-Terroristin? Es schien ihm nicht sehr wahrscheinlich. Aber es gab nur einen Weg, es herauszufinden.

Die Sonne berührte die Dächer, und die Schatten wurden länger. Simon glitt auf dem Bauch aus seinem Buschversteck und schlich den Hügel hinunter. In Richtung des Hühnerhofs des Langen Bob – und zu einer *Verabredung mit der Furcht**.

»Ehrlich«, sagte Raymond zu Zephir, »Ich mach' mir Sorgen.« Sie standen auf dem Vorderdeck der *SS Salamander.* Das Schiff lag an der Mole vertäut im Hafen. Der Hafen lag auf dem Saturn.

Der Himmel war blau. Der Kai war bevölkert. Zephir war wunderschön. Raymond war besorgt.

»Sieh nur«, sagte Raymond. »Ich mag die Art und Weise nicht, wie die mich anstarren.«

»Sei nicht albern, sie sehen gar nicht auf dich.«

»Ich bin nicht albern. Sie starren mich an. Es liegt an meinem Anzug. Sie sehen all die Flecken. Ich hab' dir gleich gesagt, daß Rotweinflecken nicht mit Limonensaft rausgehen. Ich kann so nicht von Bord. Wir müssen das Unternehmen abbrechen. Zumindest solange, bis die feuchten Flekken getrocknet sind.«

»Raymond, die Leute starren dich nicht an. Sie starren auf das Schiff. Sie haben noch nie etwas Derartiges gesehen!«

»Aber das ist doch nicht das erste Mal, daß ihr auf dem Saturn gastiert!«

»Nein, aber es ist das erste Mal, daß wir mit dem Schiff gelandet sind. Normalerweise lassen wir es im Orbit zurück und kommen in unauffälligen Rettungsbooten herunter. Das ist sicherer.«

»Sicherer?« Ein schriller Alarmton erklang in Raymonds Stimme.

»Erinnere dich, es ist ein gestohlenes Schiff.«

»Aber warum seid ihr denn diesmal mit dem Schiff gelandet?«

* Ein Thriller von Lazlo Woodbine. Obwohl keiner, der in diesem etwas zu suchen hätte.

Zephir seufzte. »Weil wir zweihundert neue Passagiere aufnehmen müssen, die du an Bord zu bringen hoffst.«

»Ach ja, die.« Raymond kaute auf einem Knöchel und spähte hinunter auf die Menschenmenge. Ägyptische Götter, alle Mann. Oder Frau. Oder Kind. Große und kleine ägyptische Götter. Falkenköpfe und Hyänenköpfe. Ibisse und Adler. Bunte Kleidung. Es sah aus wie eine Karnevalsversammlung. Obwohl es Raymond eher wie eine Versammlung der Hölle vorkam.

Trotzdem, ein schöner Tag. Und eine schöne Umgebung.

Hinter den Docks erhob sich die Stadt wie eine Hymne an den Sonnengott Ra.

Marmorobelisken flankierten breite Prachtstraßen, die zu bleichen Palästen führten.

Und zu Pyramiden, deren Spitzen vergoldet waren.

Vornehmen Triumphbögen.

Mit Reliefarbeiten geschmückt, die die Sonne und den Mond zeigten.

Um den aufgehenden Sonnengott auf seinem Thron zu preisen.

Oder?

Vielleicht war es auch Memphis.

Aber nicht Tennessee.

Das hier war Ägypten.

Viertausend Jahre vor Christus.

»Ist es nicht schön? Was meinst du?« fragte Zephir. »Ist es nicht das, was man schön nennt?«

»Es ist unglaublich schön«, erwiderte Raymond. »Und ich sterbe beinahe vor Angst. Aber langsam beginne ich zu verstehen, verstehst du? Langsam ergibt die Geschichte für mich einen Sinn.«

»Ja?«

»Ja. Mein Kumpel Simon hat mir von einem Buch erzählt, das er einmal gelesen hat. Es hieß *Die königlichen Götter* oder so ähnlich. Es wurde von diesem deutschen Typen geschrieben, der herausgefunden hat, daß all die Götter der antiken Erde in Wirklichkeit Astronauten aus dem Weltall gewesen sind. Hier ist der Beweis dafür. Das antike Ägypten auf der Erde war nur eine Kopie dieser Stadt.«

»Nicht schlecht«, sagte Zephir. »Aber knapp daneben ist auch vorbei. Das alte Ägypten auf der Erde war tatsächlich eine Kopie *dieser* Stadt. Aber die Oberweltler haben es gebaut. Es war ursprünglich als ein Freizeitpark gedacht. Als interplanetarische Touristenattraktion. Man nannte es Saturnwelt. Aber unglücklicherweise wollten keine Besucher kommen, und es ging zugrunde. Ich vermute, es war eine Art Vorläufer zu Eurodisney. Jedenfalls, nachdem es zugrunde gegangen war zogen die Sklavenarbeiter ein, die es gebaut hatten, und lebten darin. Aber die Gebäude waren nicht besonders sorgfältig gebaut worden, und sie zerfielen rasch. Die Sklaven mußten wieder ausziehen. Ich glaube, sie zogen alle über das Rote Meer, und ein guter Teil von ihnen hat sich am Ende verlaufen. Ich weiß nicht besonders gut über die Geschichte der inneren Erde Bescheid.«

»Ich scheinbar auch nicht«, sagte Raymond kopfschüttelnd. »Wann beginnt die große Zirkusparade?«

»In fünf Minuten oder so. Ich muß mit ihr mitlaufen, Raymond.«

»Ich weiß.« Raymond legte einen Arm um ihre Schultern. Sie kuschelte sich eng an ihn, und zum ersten Mal bemerkte er, wie wunderbar sie roch. Ihr Geruch machte ihn von der Nase an abwärts benommen. »Ich möchte nicht, daß du mit der Parade läufst«, sagte er. »Ich möchte, daß du bei mir bleibst.«

»Aber ich kann nicht.«

»Du kannst und du mußt. Ich kann das nicht alles allein erledigen. Ich würde keine fünf Minuten unter der Horde da unten auf dem Kai durchhalten. Aber mit dir und deinen bemerkenswerten Fähigkeiten könnte ich es schaffen. Ich weiß, daß ich es schaffen würde.«

»Aber der Professor braucht mich bei der Parade.«

»Der Professor wird dieses eine Mal auch ohne dich zurechtkommen. Und wir wollen uns doch nichts vormachen: Wenn es uns gelingt, die zweihundert gekidnappten

Leute zu befreien und mit diesem Schiff zu entkommen, dann glaube ich nicht, daß der Zirkus noch länger hier auf dem Saturn willkommen ist. Oder glaubst du das etwa?«

Zephir lächelte ihr wunderschönes Lächeln. »In Ordnung. Ich werde mit dir kommen. Erzähl mir alles über deinen Plan.«

»Ach den«, sagte Raymond. Er legte seinen freien Arm auf die Schiffsreling und machte ein nachdenkliches Gesicht. »Bisher scheint er aus synchronisierten Armbanduhren zu bestehen und der Vereinbarung, daß wir alle uns in drei Stunden wieder hier treffen.«

»Und?«

»Und dann fliehen wir, vermute ich.«

»Und du würdest das einen narrensicheren Plan nennen?«

»Vielleicht sicher gegen Narren. Aber sonst? Ich weiß es nicht.«

»Also hast du wirklich keinen Plan, oder?«

»Nein.« Raymond grinste. »Aber das habe ich auch niemals behauptet. Weil, wenn du bei mir bist, dann brauche ich keinen Plan. Ich brauche nur noch zwei andere Dinge.«

»Mut und glückliche Fügung?« fragte Zephir.

»Nein«, entgegnete Raymond.

»Entschlossenheit und den Willen zu Überleben?«

»Nein«, entgegnete Raymond.

»Innere Stärke und Hingabe für eine edle Sache?«

»Nein«, entgegnete Raymond. »Nein nein nein. Obwohl das alles nicht ungelegen käme. Aber es ist mehr eine symbolische Sache, wie soll ich es sagen? Wenn man die Welt retten will, dann gibt es nur einen Weg, wie man das tun kann.«

»Und der wäre?«

»In schwarzen Lederklamotten auf einer Harley Davidson.«

Mut und Glück, Entschlossenheit und den Willen zu Überleben, Innere Stärke und Hingabe für eine edle Sache.

Wenn er die Wahl zwischen diesen Dingen gehabt hätte, dann hätte Simon sich für glückliche Fügung und den Willen zu Überleben entschieden. Und die schwarzen Lederklamotten und die Harley Davidson natürlich. Weil diese beiden modischen Accessoires ganz weit oben auf der Liste notwendiger Einkäufe standen, die er zu tätigen beabsichtigte, sobald er seinen Gewinn zurückerobert hatte.

Und er war fest entschlossen, ihn sehr bald zurückzuerobern. Die Sonne war mittlerweile untergegangen, und die Sterne funkelten. Es wurde kalt. Ohne Witz.

Simon schlug seine Jacke enger um sich und kroch auf den Ellbogen vorwärts, wie er es im Fernsehen bei Kommandounternehmen gesehen hatte. Licht ergoß sich aus den Fenstern des Bauernhauses. Der Hof schien leer und sicher. Nur die Hühner in ihren Ställen waren unruhig.

Und Simon roch einen Geruch.

Er war eben bei der äußeren Umzäunung angekommen, und als er den Kopf hob, da konnte er diesen Geruch riechen. Er durchdrang den normalen Geruch von Hühnerscheiße. Ein eigenartiger, merkwürdiger Geruch. Unangenehm. Beunruhigend. Total seltsam. Simon roch den Geruch und schüttelte den Kopf.

Er hatte keine Zeit für eigenartige Gerüche.

Er hatte Wichtigeres zu erledigen.

Genau wie Raymond hatte auch Simon keinen Plan.

Aber im Gegensatz zu Raymond kannte Simon sich aus, wenn es darum ging, sich schlau und gerissen anzustellen und ›mit den Füßen zu denken‹. Und obwohl er das im Augenblick noch nicht wissen konnte, würden diese beiden Fähigkeiten in Bälde bis zu ihren Grenzen und darüber hinaus getestet werden.

Es war nur ein ziemlich kurzer Sprint über den Hof bis zum Bauernhaus. Ein schneller Sprung über den Zaun, und dann mußte er darauf achten, nicht auf rostiges Eisen oder Plastikeimer oder den anderen Müll zu treten, der überall verstreut herumlag. Simon kam auf die Beine, klopfte sich den Staub von den Klamotten und bereitete sich darauf vor, über den Zaun zu steigen.

Er griff eben nach dem Draht, als zwei Geräusche an seine Ohren drangen. Sie schienen im ersten Augenblick nicht miteinander in Verbindung zu stehen. Aber bedeutungsvoll waren beide.

Eines der Geräusche war ein wolfsähnliches Heulen.

Das andere Geräusch ein Ticken wie von einer Uhr.

Der Landbursche Simon kannte sie beide. Das erste hätte sogar ein Stadtmensch erraten. *Wachhund*. Das war aber auch leicht. Das andere ... Simons Hand zog sich vom Draht zurück. *Elektrisch geladener Zaun*. Darauf war nicht so einfach zu kommen. Das war eher etwas, das man durch schmerzhafte Erfahrungen lernte.

Nun muß erwähnt werden, daß die Kombination dieser beiden Geräusche nicht notwendigerweise Furcht in Simon ausgelöst hätte. Nein, eigentlich nicht. Jedenfalls nicht, wenn, sagen wir mal, das Geräusch des Wachhundes von vorn gekommen wäre, von der anderen Seite des Elektrozauns. Das hätte Simon durchaus akzeptabel gefunden.

Aber so war das nicht. Leider. Der Elektrozaun tickte vor Simon – und sonst nichts. Das Geknurre des Hundes kam von hinten. Leider.

»Grrrrrrr«, machte der Hund.

Langsam wandte Simon sich um. Aus der Dunkelheit funkelten ihm zwei bösartige gelbe Lichter entgegen. Das leise Knurren verwandelte sich in ein mittelleises Knurren. Simon bedachte seine Zwangslage.

Er erinnerte sich, im *Handbuch der martialischen Kunst des Dimac* einmal darüber gelesen zu haben, daß ein einzelner Hund ganz leicht durch einen einzigen festen Schlag auf die Nasenspitze außer Gefecht gesetzt werden konnte. Geschwindigkeit und Treffgenauigkeit waren in Dimacs Werk als bedeutsame Faktoren für einen derartigen Versuch hervorgehoben worden, da die unangenehme Konsequenz eines schlechtgezielten oder zu langsamen Hiebs ein Arm im Rachen des Hundes war.

Counte Dante, der das mittlerweile berühmte Werk zusammengestellt hatte, betonte, daß in diesem Fall der Studierende gut beraten sei, noch weiter in den Hund zu greifen und ihm das Herz mit einer einzigen, ruckartigen Aufwärtsbewegung herauszureißen. ›Dies zeigt dem Hund in der Regel, daß Sie es ernst meinen‹, hatte er dazugeschrieben.

Die bösartigen Augen kamen häher. Das bösartige Knurren wurde lauter. Simons Herz pochte schneller. Er ballte die Fäuste fester.

Er wich nicht zurück.

Er stellte sich in Bruce-Lee-Positur.

Doch dann schaltete sich die spezielle Chemikalie in seinem Kopf ein, Sie wissen schon – und Simon rannte um sein Leben.

Er rannte und hüpfte an der Umzäunung entlang, das wilde Biest immer dicht auf seinen Fersen. Nach dem Geräusch zu urteilen, war es ein mächtig großes Vieh. Ein Pitbullterrier oder eines von diesen japanischen Mordbiestern, die so groß waren wie Shetlandponies.

Während Simon davonrannte, überlegte er voller Entsetzen, ob ein Mensch einem derartigen Untier tatsächlich entkommen könnte.

Vielleicht ein durchtrainierter Mensch. Jemand, der regelmäßig Sport betrieb. Ein Sprinter oder ein Hürdenläufer. Ein Hürdenläufer könnte dem Hund entkommen und zugleich über die Umzäunung springen.

Aber was war mit einem Mann, der nicht ganz so fit war? Einem Mann, der seit geraumer Zeit nichts mehr gegessen hatte? Einem Mann, der erst vor kurzer Zeit von einem Jaguar angefahren worden war? Einem Mann mit mehreren großen Scotch Whiskys und einigen Schlucken Sherry im Bauch?

Könnte ein solcher Mann einen solchen Hund abhängen?

Nein. Solch ein Mann konnte solch einen Hund nicht abhängen.

Simon fiel hin, und der Hund fiel über ihn her. Fänge und Pfoten und Knurren und Heulen.

Das Heulen war Simon. »Hilfe!« kreischte er und schützte seine Kehle und sein Gesicht, so gut er konnte. »Platz, Alter! Sitz. Aus! *Aus!*«

Er hatte keine Chance und blickte einem gräßlichen Tod ins Auge. In Stücke zerrissen und bei lebendigem Leib gefressen, allein in der Dunkelheit, ohne Hilfe.

Welch ein scheußlicher Weg, die Erde zu verlassen.

Simon trat, schlug und biß blindlings um sich. Zumindest würde er kämpfend sterben. Das Biest gierte nach Blut und ging auf sein Bein los.

Die üble, keuchende, rohe brutale Gewalt zerriß Simon. Der ätzende Atem versengte ihm die Nasenlöcher und verbrannte seine Lungen. Die niederträchtigen Augen strahlten in gelber Wut, und ein dunkler, dämonischer Schatten klammerte sich an sein Bein.

Moment, dachte Simon und gab seinen Widerstand auf. *Ein dunkler dämonischer was?*

Hump hump hump hump hump hump hump hump machte Lurcher.

Der Spürhund Dick Godolphins ritt auf Simons Bein.

Hump hump hump.

»*Hump*«, sagte der Fernsehmoderator. »*Hump*hrey Gogmagog spricht hier.« (Wenn das nicht eine gelungene Überleitung ist! Was? Sie sind anderer Meinung? Dann machen Sie's doch besser!)

»Ich berichte live aus dem Hafen der sonnenverwöhnten Stadt Fogerty«, fuhr er fort. »Wir sind hier, um die Ankunft von Professor Merlin und seinem interplanetarischen Zirkus zu feiern, die zum Saturn gekommen sind, um an den Feierlichkeiten zum Geburtstag Seiner Königlichen Hoheit, des Großherzogs, teilzunehmen. Die Gangway dieses wunderbaren Schiffes hat sich herabgesenkt, dieses Schiffes, das den Hafen mit seiner ehrfurchtgebietenden Anwesenheit ehrt, und die Zirkusparade wird jeden Augenblick beginnen. Es verspricht eine Show zu werden, an die sich jeder von Ihnen, meine Damen und Herren, noch lange erinnern wird, also bleiben Sie dran. Wir sind gleich nach der Werbung wieder bei Ihnen.«

Die Massen auf dem Kai begannen zu rufen, als die Klänge des *Marsches der Gladiatoren* aus der rostigen, aber nichtsdestotrotz noch immer funktionsfähigen Rundsprechanlage der *SS Salamander* ertönten.

Die Zuschauer zu Hause, die den Feiertag in ihren Fernsehsesseln genossen, erblickten eine Schauspielerin mit einem Falkenkopf und einer schicken, chirurgisch verbesserten Brust, die ihnen die Vorzüge von Kochbeutel-George schilderte.

Professor Merlin ritt auf einem Elefanten. So, wie es aussah, war der Elefant schon sehr alt und ein wenig klapprig auf den Beinen. Seine mit Rouge getönten Wangen und selbst die Federkrone konnten diese Tatsache nicht verbergen. Diejenigen, die wußten, welches Schicksal Dickhäuter erwartete, wenn sie ihre beste Zeit hinter sich hatten, unterhielten sich hinter vorgehaltenen Händen: »Sieh mal, da kommen fünf weitere Pianotastaturen, vier Regenschirmständer, drei komplette Sätze von zueinander passenden Reisekoffern, zwei Geldbeutel für Perverse und eine Tonne Katzenfutter.«

»Komm schon, Jumbo«, sagte Professor Merlin. »Zeig ihnen, aus welchem Holz du geschnitzt bist.«

Der Professor sah *gut* aus. Diesmal steckte er ganz in weißer Seide. Das prächtige Manegenkostüm. Zylinder, Frack und Fliege, Reithosen und weiße Reitstiefel. Er hielt eine Peitsche und ließ sie durch die sonnendurchflutete Luft knallen.

Jumbo trottete mit der Grazie einer Matrone über die Gangway. Bei jedem unsicheren Schritt ein tapferes asthmatisches Trompeten und eine Verbeugung des mächtigen Schädels.

Hinter ihm erschien die große Parade.

Clowns tollten durch die Menge. Pantomimen und Harlekine, Stutzer und venezianische Kaufleute, die Kunststücke zeigten und mit Bällen oder bunten Kegeln jonglierten. Ein oder zwei bandagierte Gliedmaßen wurden ebenfalls sichtbar.

Auf einem pechschwarzen Streitwagen erschien, ganz in pechschwarze Kleider gehüllt, Doktor Bakterius, der wie eine Krähe auf dem Wagen thronte und zum Gruß seinen schwarzen Röhrenhut hob, unter dem ein großes Heftpflaster zum Vorschein kam.

Und Phoenix, die feuerfeste Fächertänzerin, nackt bis auf ihre beiden Asbestfächer? Die Männer in der Menge machten Stielaugen in der Hoffnung, einen Fetzen rosigen Fleisches zu erspähen.

Feuerschlucker spuckten ihre Flammen auf Phoenix, während sie tanzte, splitternackt, und dichte schwarze Rauchwolken entstanden und quollen in den Himmel.

Und man stelle sich nur vor! Mitten durch diesen Rauch kam Billy Ballon geschwebt, zu grotesken Proportionen aufgeblasen. Man erzählt, es wird mit Helium gemacht. Welch hoher Unterhaltungswert! Er wurde an Seilen gehalten und spielte auf einer Gitarre.

Dann erschien ein Zwerg auf den Schultern eines Riesen (und sah am weitesten von beiden).

Die Lady Alostrael auf ihrem Einrad. Und auf ihr ... konnte es sein? Halb gesehen, halb eingebildet, was? Ein Stamm von Luftgeistern? Das Feenvolk? Konnte es so etwas überhaupt geben, und wenn ja, mein Herr – wie macht man das?

Hereinspaziert, nur hereinspaziert!

O nein! Jetzt kamen vier Pferde, die einen edlen weißen Wagen zogen, der an den Seiten offen war. Und auf diesem Wagen ein mächtiger Glastank, gefüllt mit Wasser, *plitschplatsch*. Und in diesem Tank, unter der Wasseroberfläche, schwamm ein Mann mit Namen Aquaphagus, und er wurde von einer Schule pfeilschneller silbriger Fische umkreist. Er war ganz in Gold gekleidet. Seine Kiefer waren weit aufgerissen, und seine Zähne blitzten ...

Doch wollen wir uns der nächsten Attraktion zuwenden.

Die siamesischen Drillinge. Hübsche Mädels, obwohl die eine ein paar Schrammen an der Wange hatte und die zweite ein blaues Auge. Sie warfen der Menge Handküsse zu und winkten mit kleinen Fähnchen. Und ritten auf drei Straußenvögeln. Hintereinander.

Und weiter ging die große Parade.

Pudel auf ihren Hinterbeinen. Löwen in ihren Käfigen. Sie schienen sehr übel gelaunt zu sein, so wie sie brüllten. Obwohl schon ein wenig von Motten angefressen.

Noch mehr Clowns. Ein Eisenbieger, der Gewichte trug. Ein Mann, dessen Kopf sich unermüdlich auf den Schultern drehte. Eine Metallkugel, die sich scheinbar von ganz alleine drehte. Wie macht man das nur? Wie?

Ein paar Feuerwerkskörper gingen hoch. Papierschlangen schlängelten sich. Konfetti rieselte.

Als letztes erschien ein einzelner Zwerg und lächelte ein aufgemaltes Lächeln und verbeugte sich immer und immer wieder vor der Menge.

Die große Parade zog voran. Die Menge schloß sich an. Rufend, johlend. Lachend.

Fröhlichkeit.

Die Sonne schien.

Und das Dock lag verlassen da.

Für einen Augenblick nur herrschte hier die Magie und glänzte, und nun war sie wieder verschwunden, in der Ferne. Man hätte sie noch einholen können, wenn man gemocht hätte. Aber man hätte schon rennen müssen.

Hier. Papierschlangen und Rosenblätter. Straß und Konfetti. Staub und Träume und Echos.

Und dann war alles verschwunden. Der Zirkus.

Pech.

Wirklich, so ein Pech!

Weil nun die Rundsprechanlage der *SS Salamander* wieder zum Leben erwachte. Knisternd und knacksend. Und dann ein Kratzen, als eine Nadel auf eine sich drehende schwarze Vinylscheibe herabsank. Eine volle, dunkle Stimme begann zu singen.

»Bad to the bone ...«, sang sie. *»B-b-b-bad to the bone.«*

Das satte Röhren eines Schalldämpfers, als eine behandschuhte Hand den Gashebel aufriß und *sie* aus dem Rumpf des Schiffes rollte. Lang. Gemein. Mit verchromter Gabel. Eine Spezialanfertigung.

Eine *Harley D.*

Und wer ist das, der da auf ihr fährt?
Ganz in Schwarz, vom Kopf bis zum Zeh?
Ist das nicht Raymond, der junge Schmuck?
Sag mir was andres, o weh! O Weh!

Es war nicht Raymond. Es war Zephir.

Raymond hatte immer vorgehabt, den Motorradführerschein zu machen. Es war immer einer seiner größten Träume gewesen. Aber da er nie genügend Geld besessen hatte, um sich ein Motorrad leisten zu können, und da er auch keine Freunde besaß, die verrückt genug gewesen wären, ihn auf ihren Maschinen üben zu lassen ...

Raymond saß also auf dem Rücksitz.

Trotzdem. Er steckte in einer schwarzen Ledermontur.

Was immerhin etwas war.

Und er hatte mit dem nicht unbeträchtlichen Gewicht einer 7,62 Millimeter M 134 General Electric Minikanone zu kämpfen.

Was immerhin etwas mehr war.

Und deshalb sang Raymond auch. Er verzog die Lippe wie Elvis und sang zu den Tönen aus der Sprechanlage: *»Bad to the bone«*, sang er. *»B-b-b-bad to the bone.«*

15. KAPITEL

»Mach dich von meinem Bein weg, du elender verflohter Mistköter!«

Simon humpelte am Elektrozaun entlang und betrat den befestigten Bauernhof durch das unbefestigte offenstehende Tor. »Wirst du mich jetzt *bitte* in Ruhe lassen?«

Der Hund würde nicht. Er dachte gar nicht daran. Er hatte leidenschaftliche Gefühle für Simons Bein entwickelt und war nicht dazu zu bewegen, es nun gehen zu lassen.

Die Sache war es nicht wert, sich deswegen aufzuregen. Immerhin hatte der Köter jetzt aufgehört zu knurren. Er atmete nur noch schwer. Und da niemand aus dem Haus gekommen war, um auf Simons Hilferufe zu reagieren, war Simon ziemlich sicher, daß auch niemand das schwere Atmen des Köters hörte. Also humpelte er halt voran.

Er erreichte den Jaguar und warf einen Blick durch das offene Fenster. Ein dünner Strahl aus Mondlicht glänzte auf dem Zündschlüssel. Praktisch. Simon griff durch das Fenster und zog die Schlüssel ab. Er steckte sie in die Tasche seines hundefreien Hosenbeins. Dann stapfte er mühsam weiter zum Landrover des Langen Bob und warf auch einen Blick in diesen Wagen. Keine Schlüssel. Na ja, war ja auch logisch. Der Lange Bob würde sie abgezogen haben, weil am gleichen Bund auch die Schlüssel für sein Haus steckten. Logisch.

Vorsichtig bückte sich Simon und ließ die Luft aus den beiden dem Haus abgewandten Reifen. Dann humpelte er in Richtung des Hauses.

Von drinnen kamen fröhliche Laute. War das eine Party? Jedenfalls klang es beinahe danach.

Simon schlich zum Küchenfenster und drückte die Nase an die ungewaschene Scheibe. Dann zuckte er zurück. Vorsichtig spähte er erneut durch das Fenster und fluchte bitterlich vor sich hin. Eine Party, richtig.

Dort waren sie alle. Versammelt um den Küchentisch.

Der Feger mit dem Rücken zum Fenster.

Ihre Terroristenkumpane. Jetzt ohne Masken und entlarvt als – Überraschung, Überraschung – die *Roman Candles* (nicht das Feuerwerk, sondern die Fallschirmspringergruppe).

Und der Lange Bob am Kopf der Tafel. Er füllte die Gläser mit Apfelwein.

Und dort war Military Dave und prostete dem langen Bob zu.

Und dort war Lisa, Simons Freundin.

Und Lisa saß auf Military Daves Schoß und hatte die Arme um seinen Nacken geschlungen.

»Bastarde«, sagte Simon.

Ach ja, da war auch noch Simons Gewinn. Fein aufgetürmt in der Mitte des Tisches.

»Bastarde Bastarde Bastarde«, flüsterte Simon. »Das schreit nach Vergeltung.«

Mit dem Spürhund am Bein humpelte er zurück zum Landrover des Langen Bob. Die Vergeltung, nach der das hier schrie, war nach Simons Meinung *drastische* Vergeltung. Konfrontation kam nicht in Frage. Es waren zu viele. Also Ablenkung. Etwas, womit er ihre Aufmerksamkeit ablenken und sie alle aus der Küche locken und sich anschließend hineinschleichen und sein Geld zurückholen konnte.

»Und außerdem«, flüsterte Simon, während er zu dem Landrover zurückhumpelte und den großen Reservekanister ablud, »gibt es nichts Besseres zur Ablenkung als ein hübsches großes Feuer.«

Nun ist Brandstiftung ein ziemlich ruchloses Verbrechen und keines, das Simon sich je zu begehen vorgestellt hätte. Aber jetzt war er wütend. Wirklich sehr, sehr wütend. Und die einzige Frage, die er in seinem Kopf wälzte, war: Was konnte er am besten in Brand stecken?

Den Landrover? Nein, der stand zu dicht beim Jaguar, in welchem er zu fliehen beabsichtigte. Irgend etwas anderes. Etwas auf der anderen Seite des Bauernhofs. Weit weg vom

Tor. Etwas, das mit einem wirklich großen Knall hochgehen würde. Nur was?

Hinter dem Bauernhaus, in silbernes Mondlicht getaucht, standen die Hühnerställe.

»Perfekt«, sagte Simon.

Perfekt? Was redete er da?

»Perfekt. Natürlich werd' ich vorher alle Hühner freilassen.«

Na, Gott sei Dank! Wenigstens ein Funke Anstand.

»Sie werden sicher 'nen guten Teil zur allgemeinen Verwirrung beitragen.«

Na so was! Doch kein Funke Anstand.

Simon funkelte den Köter an seinem Bein an. »Bist du denn immer noch nicht fertig?«

Lurcher war immer noch nicht fertig.

»Vielleicht ist eine Hühnermahlzeit das richtige, um dich zu überreden.«

Die Hühnerställe waren groß und aus Holz. Fensterlos und erbärmlich. Sie sahen aus, als würden sie auch ohne Feuer jeden Augenblick zusammenfallen. Simon hätte sich ohne Schwierigkeiten einreden können, daß er dem Langen Bob sogar einen Gefallen tat, indem er die Ställe niederbrannte. Aber derartige Falscheinschätzungen der entsetzlichen Tat, die zu begehen er im Begriff stand, kamen Simon überhaupt nicht in den Sinn.

»Den größten zuerst«, sagte er, als er voranhumpelte, schwer beladen mit dem Benzinkanister auf dem Arm und dem Köter am Bein.

Die Glucken gluckten. Es ist ein scheußliches Geräusch, das Glucken von sich geben. Wie das sinnlose Geschwätz von Geisteskranken.

Simon mochte keine Hühner. Er hätte Schweine gemocht, jedenfalls beinahe, wenn sie nicht so menschenähnliche Augenlider gehabt hätten. Aber Hühner? Nein. Hühner waren stupide, hirnlose Dinger.

Die Tür des großen Stalls war unverschlossen. Nur verriegelt. Simon entriegelte die Tür. Sein Plan war einfach. Hineinflitzen, die Tür hinter sich schließen, das Licht einschalten. Die Ställe besaßen keine Fenster, niemand würde etwas bemerken. Das Benzin überall verspritzen. Die Tür aufreißen und die Hühner verscheuchen. Eine Papierlunte anstekken und in sichere Entfernung abhauen. Einfach. Ganz einfach.

»*Ich werd' dir den Hühnerstall verbrennen*«, sang Simon zur Melodie eines alten Hits von Paul Young.

Aber es war dunkel hier drin. Und das erste, was Simon auffiel, war der Geruch. Es war dieser Geruch, den er schon früher in die Nasse bekommen hatte. Dieser eigenartige Geruch, der den Gestank der Hühnerkacke überlagerte. Er war wirklich sehr stark hier drin.

»Verdammt, was für 'n Gestank. Wo ist der Schalter?«

Das zweite, was ihm auffiel, war das Geräusch. Oder vielmehr das plötzliche Fehlen von Geräuschen. Die Glucken hatten aufgehört zu glucken. Was ziemlich eigenartig schien, wenn man bedachte, daß unvermittelt ein fremder Mann mit einem Hund am Bein in ihrem Stall aufgetaucht war.

Simons tastende Finger fanden den Lichtschalter, und er machte Licht. Neonröhren *bitzelten* und *poppten* und erwachten zu flackerndem Leben. Sie tauchten den Stall in kaltes, gefühlloses Licht.

Simon blinzelte, bis seine Augen sich an die Helligkeit gewöhnt hatten. Ein leises, aber deutlich hörbares, überraschtes Geräusch entrang sich seinem geöffneten Mund.

Der äußere Anschein des Hühnerstalls täuschte vollkommen darüber hinweg, was darin verborgen lag. Dies hier war ganz sicher nicht der durchschnittliche, heruntergekommene Bramfielder Hühnerstall. Das hier war eher so etwas wie ein Tierforschungszentrum. Oder so etwas Ähnliches.

Es war sauber. Es war klinisch sauber. Der Boden war makellos. Weißes, geschrubbtes Linoleum. Entlang der erst kürzlich gestrichenen weißen Wände standen polierte Aluminiumregale, in denen gläserne Nistkästen lagerten. Vier Reihen davon auf jeder Seite. Entlang der gesamten

Wand des Stalls. Das entgegengesetzte Ende des Raums wurde von einem grünen Vorhang verdeckt. Simon, der inzwischen mehr als nur ein wenig gespannt war, setzte den Reservekanister ab und humpelte zusammen mit Lurcher durch den Raum, um nachzusehen, was sich hinter diesem Vorhang verbarg.

Drei Schritte, und er blieb stehen. Irgend etwas hier drin stimmte nicht. Und dieses irgend etwas waren, zumindest zum Teil, die Hühner.

Simon starrte die Hühner an. Sie saßen regungslos in ihren Nestern und beobachteten ihn intensiv. Und obwohl Hühner eigentlich niemals einen freundlichen Eindruck machen, blickten diese hier im Gegenteil sogar ausgesprochen feindselig drein. *Ja,* dachte Simon. *Ausgesprochen feindselig.* Das war es, was mit den Hühnern nicht stimmte.

Simon erschauderte. Es war kalt hier drinnen. Scheinbar kälter als draußen. Der Atem kondensierte vor seiner Nase. War dieser Ort etwa klimatisiert? Das war es, was nicht stimmte! Außer den Hühnern jedenfalls. Oder?

Simon bewegte sein Lurcher-Bein und fand es Lurcherfrei. Der Hund kauerte neben Simon. Seine Haare sträubten sich, seine Lefzen waren zurückgezogen, und seine Augen fixierten den grünen Vorhang.

Was mag sich dahinter verbergen? Simon überlegte. Er betrachtete den Hund und die Hühner und den grünen Vorhang und seinen kondensierenden Atem. »Na gut. Laß uns einen Blick dahinter werfen.«

Simon schlich auf seine ihm eigene, unnachahmliche Weise voran. Die Hühner zu seiner Rechten und zu seiner Linken regten sich murrend. Jedes einzelne kleine Knopfauge war auf ihn gerichtet. »Leckt mich.«

Und während jeder Schritt ihn dichter an den grünen Vorhang brachte, wurde der Geruch immer stärker. Simon wußte noch immer nicht, was für ein Geruch das war, aber zumindest wußte er nun, woher er kam.

Die Hühner wurden immer aufgeregter, und als er seine Hand nach dem grünen Vorhang ausstreckte, erhoben sich ihre Stimmen zu einem einzigen, grausigen, bezwingenden Kreischen.

Und dann verstummten sie. Wie ein Mann. Oder eine Frau. Oder ein Kind. Einfach so. Simon bekam ganz schön Angst.

»Okay, sehn wir zu, daß wir hier fertig werden, und dann nichts wie raus.« Simon riß den Vorhang zur Seite.

Der Gestank war überwältigend. Aber es war nicht der Gestank, der Simon dazu veranlaßte, zurückzuweichen und die Hände vor den Mund zu schlagen.

Es war das, was er sah, das ihn dazu veranlaßte.

Hinter dem Vorhang kam ein Tisch aus Edelstahl zum Vorschein, auf dem ein großer, gläserner Brutkasten stand. Der Brutkasten war mit einer Kühleinheit verbunden. Von oben fiel aus einer Reihe von Neonröhren weißes Licht herab.

Im Brutkasten lag etwas auf einem roten Samtkissen.

Etwas Nacktes von der Größe eines neugeborenen Babys. Etwas Abscheuliches.

Vieles daran war menschlich, vieles nicht. Brust und Bauch waren von fedrigen Daunen bedeckt. Die kurzen kleinen Arme und Beine endeten in unansehnlichen Hühnerklauen. Der winzige Kopf war bis auf einen irokesenartigen Streifen rußschwarzer Federn kahl.

Simon starrte voller Entsetzen auf das Wesen, als dessen Kopf sich langsam zu ihm umwandte. Menschliche Augen von stechendem Grün, aber dort, wo Mund und Nase hätten sitzen sollen, befand sich nur ein grausamer Schnabel.

Die Augen funkelten Simon an. Der grausame Schnabel öffnete sich, und eine lange, schwarze Zunge kam zum Vorschein. Dämonisch. Kalt. Dunkel. Böse.

»Lieber Gott«, sagte Simon. Einen Augenblick lang stand er reglos zitternd da. Dann erteilte ihm die ganz spezielle Chemikalie in seinem Gehirn einen Satz kurzer, präziser Anordnungen. Sie lauteten: »Leg alles hin, wie du es vorgefunden hast, und renn um dein Leben.«

Mit zittriger Hand zog Simon den Vorhang wieder zu. Dann wich er mit zunehmender Geschwindigkeit in Richtung des Ausgangs zurück. Als er in die Nähe der Tür kam, rannte er bereits. Er stolperte über den Benzinkanister und fiel auf die Nase.

»Zünd alles an!« Simon kämpfte sich auf die Beine. »Ich weiß nicht, wer oder was du bist«, flüsterte er, als er den Deckel von dem Reservekanister schraubte. »Aber du bist böse, und du wirst brennen.«

»O nein, wird er nicht, weißt du?« Simon hörte die Stimme und spürte gleichzeitig einen kalten, harten Gegenstand an seinem Hals. Den Lauf einer Schrotflinte, wie er ganz richtig vermutete.

»O Mann«, sagte Simon.

»*B-b-b-bad to the bone.*« Die Harley D. kreuzte über die Durchfahrtsstraßen von Fogerty.

Es waren großzügig angelegte Durchfahrtsstraßen. Sie erinnerten Raymond wenig an das Szenenbild von D. W. Griffiths *Intoleranz* (oder war es *Die Geburtsstunde einer Nation*?). Jedenfalls die Szene mit den großen babylonischen Treppen und den Elefantenstatuen auf weiten Sockeln. *Intoleranz*. Es war definitiv aus *Intoleranz*.

Aber nicht die ursprüngliche Schwarzweißfassung. Das hier war prächtiges *Technicolor*.

»Nicht viel los hier, was?« rief Raymond in Zephirs Ohr.

»Sind wohl alle zum Zirkus unterwegs«, rief Zephir zurück.

»Und wo werden die entführten Leute gefangengehalten?«

»Im Auktionshaus. Ist auf deiner Karte eingezeichnet.«

»Auf meiner Karte eingezeichnet?« fragte Raymond nachdenklich. Und noch nachdenklicher überlegte er, *was das für eine Karte sein mochte*.

»Die, die ich vor unserer Abfahrt in deine Jacke gesteckt habe«, rief Zephir, die Wunderbare.

»Ach die. Jetzt fällt's mir wieder ein. Danke.«

Natürlich war es eine englische Karte, wie auch die Straßenschilder der Hauptstadt des Saturn in Englisch gehalten waren. Bald würden Raymond einige Dinge klar werden. Es würde ihm wie Schuppen von den Augen fallen. Bald.

Aber noch nicht jetzt.

Für den Augenblick mußte er sich damit zufrieden geben, hinter diesem wunderbaren Wesen zu sitzen und durch die Stadt gefahren zu werden. Auf einer Maschine, die sie aus der Luft herbeibeschworen hatte, in Klamotten, die sie aus der Luft herbeibeschworen hatte, und mit der grotesken Kanone bewaffnet, die sie aus der Luft herbeibeschworen hatte. Die Luft schien zwar dünn, aber zweifellos recht formbar zu sein. All das vollkommen unmöglich, natürlich. Aber es war auch ein irres Abenteuer.

»Ich kann nicht zur gleichen Zeit die Karte lesen und diese lächerliche Kanone halten«, rief Raymond. »Manche Sachen sind *wirklich* unmöglich. Könntest du bitte einen Augenblick anhalten?«

Zephir zog die Harley zum Straßenrand und schaltete die Maschine ab. Dann hob sie die schwere Maschine ohne sichtbare Anstrengung auf ihren Ständer und kletterte aus dem Sattel.

»Du siehst wirklich großartig aus in diesen Klamotten«, sagte Raymond.

»Danke«, erwiderte Zephir mit einer leichten Verbeugung. »Und jetzt zeig mir bitte die Karte. Wir haben nicht so viel Zeit. Und ich glaube nicht, daß wir in einer besonders gastfreundlichen Gegend angehalten haben.«

Raymond blickte sich um. Es war wirklich keine besonders einladende Gegend. Sie waren irgendwie von der Hauptdurchgangstraße abgekommen und befanden sich nun statt in der Oberstadt von Memphis in den Ghettos von Kairo. Alles hatte dieses eigenartige Aussehen, das sagte: »Fremder, nimm dich in acht!« Raymond haßte die Umgebung augenblicklich.

Nun gibt es eine ganze Reihe von Dingen, die garantiert einen Auflauf auf der Straße hervorrufen. Ein Unfall zum Beispiel. Oder zwei Frauen, die gegeneinander kämpfen.

Manchmal sogar schon ein Mann auf einer Obstkiste, der laut seine Meinung verkündet. Oder eine Harley Davidson in Begleitung einer wunderschönen Frau, die von Kopf bis Fuß in schwarzen Lederklamotten steckt. Das verursacht einen Auflauf. Todsicher. Probieren Sie's aus!

Zephir entfaltete die Karte.

»Suchen Sie etwas Bestimmtes?« fragte ein vorüberkommender Hundekopf in einem schrillen Technikeranzug. Er erinnerte Raymond unglaublich stark an *Lon Chaney senior* in seiner berühmten Rolle in *Der Wolfsmensch*. Oder war es *Der Werwolf*?

Oder war es gar nicht *Lon Chaney senior*, sondern *Warner Oland* in der Produktion von 1935 mit dem Titel *Werwölfe in London*? Und überhaupt, wen interessierte das?

»Vielleicht kann ich Ihnen behilflich sein?« fragte der Wolfskopf in schmierigem, aber höflichem Ton.

Zephir ignorierte ihn.

»Sie sind Touristen, nicht wahr?« Wolfskopf warf bewundernde Blicke auf die Frau und das Motorrad und ignorierte Raymond völlig. »Lassen Sie mich raten. Sie kommen von Eden, oder nicht?«

Zephir wandte sich ab. Raymond überlegte, ob Eden der Name war, den die äußere Erde hier besaß.

»Ein lieblicher Planet.« Wolfskopf schnippte ein imaginäres Staubkorn von seinem großen Revers und grinste Zephir über die Schulter. »Ich war letztes Jahr dort im Urlaub. Stinkt mittlerweile ziemlich stark, was? Aber wahrscheinlich wird alles besser, wenn erst mal die Löcher an den Polen zugestopft sind, denken Sie nicht auch?«

»Denken?« Zephir musterte den Wolfskopf abfällig von oben bis unten. »*Ich denke, also bin ich* von Eden. Dem Mittelpunkt allen Wissens und rassischer Reinheit. Tun Sie mir einen Gefallen und verpissen Sie sich, ja?«

Anscheinend immun gegen Beleidigungen (oder vielleicht wie Simon, der Herausforderungen liebte), fuhr Wolfskopf mit seinem Geschwätz fort.

Raymond wurde allmählich unruhig, und das Erscheinen

von zwei weiteren Saturnern – einem Paar falkenköpfiger, kumpelhafter Typen in Trainingsanzügen und Turnschuhen –, die je ein Auge auf die Harley und eines auf die Frau in schwarzem Leder warfen, tat nichts, um seiner wachsenden Unruhe Einhalt zu gebieten.

»Laß ja die Finger von der Maschine«, sagte Raymond, als einer von ihnen eine neugierige Hand ausstreckte.

»Toll«, sagte der Falkenkopf. »Das ist wirklich ein schönes Motorrad.«

»Verpiß dich«, entgegnete Raymond und ballte die Fäuste. Ein Paar spärlich bekleideter weiblicher Falkenköpfe, die eben erst aus einem Haus von aller Wahrscheinlichkeit nach zweifelhaftem Ruf gekommen waren, begannen daraufhin zu kichern.

»Ihr auch«, sagte Raymond.

»Was geht hier vor?« fragte eine Dame mit Ibiskopf und einem Strohhut darauf. »Hat es einen Unfall gegeben?«

»Noch nicht, aber bald«, entgegnete Raymond und machte drohende Bewegungen mit seiner großen Kanone.

»Die ist niemals echt«, grinste einer der beiden jungen falkenköpfigen Kumpels. »Heh, Zip! Komm mal rüber und zeig dem Burschen hier *deine* Kanone.«

»Zephir, ich glaube, wir sollten jetzt wirklich verschwinden.«

»Laß uns mal mit deiner Monstermaschine fahren«, sagte die Ibislady mit dem Strohhut. »Nur eine Runde um den Block, ja?«

»Du sollst die Finger von der Maschine lassen! Zephir, komm schon!«

Wahrscheinlich war es nicht der Wolfskopf, der Zephir in den Hintern kniff. Wahrscheinlich war es der breitschultrige Falkenmensch mit dem breitkrempigen Hut, der das Haus mit dem zweifelhaftem Ruf betrieb und soeben herausgekommen war, um nachzusehen, wo seine Mädchen abblieben.

Aber es war der Wolfskopf, zu dem Zephir sich umdrehte und den sie traf. Voll auf die Nasenspitze. Ein einziger, schneller, kräftiger Schlag. *Counte Dante* hätte seine wahre Freude an diesem Schlag gehabt. Die wachsende Menge um Zephir und Raymond war hingegen nicht so erfreut.

Zip zog seine Kanone. Es war eine *Samstag Nacht Spezial* ('tschuldigung).

Raymond versuchte, mit seiner Minikanone in die Luft zu feuern, aber er hatte keine Vorstellung davon, wie das Ding eigentlich funktionierte. Also schlug er mit dem Lauf nach dem revolverschwingenden Falkenkopf, verfehlte ihn und wurde von seinem eigenen Schwung vom Rücksitz der Harley heruntergerissen.

Und dann überschlugen sich die Ereignisse.

Zip sprang rittlings auf den gefallenen Raymond, und der andere Falkenkopf sprang auf die Harley. Er packte Zephir um die Hüfte und hob sie in die Luft. Die Ibisfrau mit dem Strohhut versuchte, die Minikanone wegzuziehen, während der junge Falkenkopf versuchte, die Harley zu starten.

»Nein!« rief Raymond.

Zip krümmte den Finger um den Abzug.

Es gab einen blendenden Blitz, einen sehr lauten Knall und dann Schreien und Rufen.

Raymond hatte die Augen in Erwartung von Zips Kugel fest geschlossen, aber als nichts geschah, öffnete er sie wieder. Er weilte noch im Land der Lebenden, aber das Land war anscheinend völlig verrückt geworden.

Zip lag einige Schritte von ihm entfernt. Eine Sägefischsäge ragte aus seiner Brust. Der Rest des Sägefisches flatterte unter Zip in der Gosse.

»Aaaaarrrrggghhh!« schrie Raymond.

Auch der junge Falkenkopf schrie, aber nicht aus Trauer wegen des Verlustes seines Freundes. Die Harley, auf der er gesessen hatte, war plötzlich zu einem Tiger geworden. Und er hielt den Tiger an den Ohren gepackt! Der Tiger wandte den Kopf nach dem jungen Falken um und ...

»Aaaaarrrrggghhh!« schrie Raymond erneut.

Und auch der andere Falkenkopf schrie. Obwohl er groß und kräftig war, konnte er es mit dem Bären, den er jetzt hielt, in keiner Weise aufnehmen. Dem Bären, dessen Klauen ...

»Aaaaarrrrgggghhh!« schrie Raymond ein drittes Mal.

Und dann war überall nur noch »Aaaaarrrrgggghhh!« zu hören. Die Ibisfrau mit dem Strohhut mühte sich nicht länger mit Raymonds Minikanone ab, sondern mit einer Schlange, die schlechte Laune hatte. Der Wolfskopf lag am Boden und war außer Gefecht. Eine Hyäne hing an seiner Kehle. Und ein ganzer Schwarm Fledermäuse flatterte hinter dem schreienden, rennenden Rest her.

»Bring mich hier weg«, heulte Raymond und krümmte sich zusammen wie ein Fötus. »Bring mich nach Hause! Ich will nicht mehr!«

»Nun beruhige dich!« Zephirs Stimme ertönte sanft an seinem Ohr. »Komm, setz dich wieder auf die Harley.«

»Die Harley?« Mißtrauisch öffnete Raymond ein Auge. Das Motorrad stand wieder an seinem Platz. Mitten zwischen den Körpern und all dem Blut.

»Die Harley. Steig auf. Wir sind hier fertig, wie man so schön sagt.«

»Los, raus hier!« sagte der Mann mit der Schrotflinte. »Raus hier, auf der Stelle, sage ich.«

»Ich wollte nur eben aufwischen«, erklärte der zitternde Simon. »Der Lange Bob hat mich eingestellt, damit ich hier saubermache. Ich habe nur ein paar Flecken mit diesem vergällten Spiritus vom Boden entfernt. Ich bin jetzt fertig und geh' dann nach Hause.«

»Du bist ein verlogener kleiner Bastard, nicht wahr?« sagte Dick Godolphin, denn der war es tatsächlich. »Aber es war wenigstens ein Versuch, wie? Und jetzt setz dich in Bewegung, oder ich schieß' dir den Kopf weg.«

Simons Knie arbeiteten nicht ordnungsgemäß. Sie schlugen gegeneinander, während er voranschritt. Und seine Zähne klapperten ebenfalls. Und all die Lügen, die er Dick, dem Wildschütz, noch erzählte, während er vor dessen

Gewehr über den Hof trottete, klangen hohl. Selbst in Simons eigenen Ohren.

Und Simon machte sich jetzt wirkliche Sorgen.

»Diesmal hast du deine Nase in die falschen Angelegenheiten gesteckt«, verriet ihm Godolphin. »Jetzt wirst du vor deinen Schöpfer treten.«

»Ich geb' dir Geld, Mengen von Geld«, bettelte Simon.

»Wir haben dein Geld schon«, sagte Dick. »Und jetzt haben wir dich auch noch.«

Simon rang seine Hände und machte ein verzweifeltes Gesicht. »Dein verdammter Köter hängt schon wieder an meinem Bein.«

Zum Glück war die Tür des Bauernhauses nur angelehnt. Zum Glück für Simon jedenfalls. Weil es nämlich sein Kopf war, der die Tür aufstieß, nachdem Dick Godolphin ihm den Schießprügel in den Rücken geschlagen hatte.

Simon stolperte direkt in die Küche und störte die Feiernden bei ihrer Feier. Lisa sprang von Military Daves Schoß. »Simon«, sagte sie und richtete ihren BH durch das T-Shirt hindurch – durch *Simons* T-Shirt hindurch! –, »was für eine Überraschung!«

»Ja, wirklich. Was für eine Überraschung«, sagte der Lange Bob und setzte das Marmeladenglas ab, aus dem er getrunken hatte. »War sonst noch jemand bei ihm?« wandte er sich an Dick.

Der Wildschütz schüttelte den Kopf. »Der Bastard ist ganz allein hier draußen. Er wollte eben den Hühnerstall anzünden. Seine Majestät ...«

Der Lange Bob legte den Finger auf die Lippen. »Du bist wirklich ein Ärgernis««, sagte er zu dem am Boden liegenden Burschen mit dem Köter am Bein.

Simon umklammerte seinen Schädel. Die Kopfschmerzen waren wieder zurück. »Dieser Mann ist vollkommen verrückt«, erklärte er und deutete auf den Wildtöter. »Ich habe nur einen Abendspaziergang gemacht, als er mir mit seiner Schrotflinte auflauerte. Der Kerl gehört ins Gefängnis. Erlaube mir freundlicherweise, dein Telefon zu benutzen, und ich rufe die Polizei.«

»Netter Versuch«, sagte Military Dave.

»Ja, netter Versuch«, gab Dick ihm recht. »Ich hab ihm auch schon seine Belohnung dafür gegeben.«

»Wo ist das Buch?« fragte der Lange Bob. »Hat er das Buch bei sich?«

»Buch?« fragte Simon. »Welches Buch?«

Dick trat Simon in die Rippen.

»Autsch!« schrie Simon und krümmte sich.

Dick bückte sich und durchwühlte Simons Taschen. »Er hat kein Buch dabei«, sagte er schließlich.

Stimmt. Simon hatte das Buch wirklich nicht dabei. Weil er es nämlich in seinem Buschversteck zurückgelassen hatte. Wo es ihm genauso sicher vorgekommen war wie in jedem anderen Versteck auch.

»Wo ist es, Bursche?« Der Lange Bob beugte sich drohend über Simon. »Wir wissen, daß du es hast. Andernfalls hättest du bei der Pferdewette niemals gewinnen können. Wir benötigen dieses Buch. Dringend. Es war nicht für dich bestimmt. Wo also hast du es?«

Der Lange Bob holte aus, um der gekrümmten Gestalt einen Tritt zu versetzen, doch die gekrümmte Gestalt rollte flink zur Seite und zog den Hund von Dick Godolphin mit sich.

»Der Schreiber hat es«, log Simon. »Ich war bis eben bei ihm. Er hat es schon die ganze Zeit. Er war es, der mir die Namen der Pferde gesagt hat, auf die ich wetten sollte.«

»Der Schreiber hat es dir erzählt?« Der Lange Bob kratzte sich an seinem langen Vollbart. Einem Bart, der bis zu diesem Zeitpunkt noch nicht erwähnt worden ist. Aber der Lange Bob besaß ihn trotzdem. Und jetzt kratzte er sich eben daran. Na und?

»Dick«, sagte der Lange Bob. »Geh und besuch den Schreiber. Sag ihm, was Simon uns eben erzählt hat, und bring das Buch mit zurück.«

»Ich komme mit«, sagte Simon. »Ich kann sogar *für* dich gehen, wenn du möchtest.«

»Du bleibst schön hier«, befahl der lange Bob. »Und *laßt*

uns beten, daß Dick nicht mit enttäuschenden Nachrichten zurückkehrt.«

Laßt uns beten, daß er überhaupt nicht mehr zurückkommt, betete Simon. »Heh, Dick, du Drecksack! Vergiß deinen Köter nicht!«

Die Bauernhaustür schloß sich hinter einem Mann und seinem Hund, und Simon kam mühsam auf die Beine. »Kann ich vielleicht auch was zu trinken haben?« fragte er.

»Setz dich und halt 's Maul.«

»Absolut, Bob. Jawoll.« Simon ließ sich in den einzigen freien Stuhl sinken und lächelte verkrampft über den Tisch. Da keinerlei positive Resonanz kam, machte er einen Buckel und schielte auf sein Geld. So nah, und doch so unendlich weit entfernt.

Der Lange Bob stellte ein Glas Apfelwein zwischen Simon und seine Träume. »Du steckst ganz schön in der Scheiße, was?« sagte der Hühnerbauer.

»In der Scheiße? Ich?« Simon ließ seine Zähne funkeln, so gut er nur konnte. »Ich bin ziemlich verwirrt, um ehrlich zu sein. Was geht hier eigentlich vor?«

»Das hast du doch selbst gesehen. Im Hühnerstall.«

»Ich hab' gar nichts gesehen.«

Der Lange Bob schnüffelte an Simon. »Ich kann seinen Geruch an dir riechen. Und ich kann außerdem auch deine Angst riechen.«

»Ich hab' keine Ahnung, wovon du redest.« Simon nahm das Glas mit zitternden Händen hoch und trank seinen Inhalt in einem einzigen Zug leer.

»Du weißt es, aber du verstehst nichts.« Der Lange Bob klopfte Simon auf die Schulter. »Aber du mußt keine Angst haben. Jedenfalls noch nicht.«

»Was geht hier vor?«

Der Lange Bob zapfte Simon ein weiteres Glas und reichte es ihm. »Was hier vorgeht, willst du wissen? Nun, ich werd's dir verraten. Es wird diese vier Wände nicht verlassen, oder?«

»Ganz bestimmt nicht.« Simon legte die Hand aufs Herz und hob sein Glas.

»Weil du diese vier Wände nämlich nicht verlassen wirst. Nie mehr.«

»Oh«, sagte Lisa. »Das ist aber schade.«

»Danke, Lisa, mein Liebes«, sagte Simon. »Ich liebe dich wie am ersten Tag.«

»Seine Majestät verlangt ein Opfer. Ich bestimme Simon«, sagte der Lange Bob. »Alle, die dafür stimmen, sagen aye.«

»Aye«, sagten alle, die dafür waren.

Alle, außer Simon.

Alle, einschließlich Lisa.

»Ich stimme für Dicks Hund«, sagte Simon. »Nun kommt schon, genug Witze gemacht. Ein Opfer, wie? Kann ich mal auf die Toilette?«

»Du bleibst sitzen.« Der Lange Bob fixierte Simon mit einem höchst beunruhigenden Blick. »Sitz still und halt die Klappe, dann erzähl' ich dir alles.«

Simon saß still und hielt die Klappe und machte sich ganz leise in die Hose.

»Jetzt naht die besondere Stunde«, intonierte der Lange Bob. »Jetzt naht die Zeit, die noch niemals zuvor gewesen ist.«

Simon kippte seinen Apfelwein hinunter. Jetzt kommt's, dachte er.

»Das Ende der Zeit«, sprach der Lange Bob.

O Mann, dachte Simon.

»Das Ende der Zeit rückt näher. Beunruhigende Zeichen und Omen erfüllen die Himmel. Omen, die von der Ankunft Ragnarøks künden.«

»Von der Götterdämmerung«, rief Military Dave.

»Genau«, sagte der Lange Bob. »Genau. Und uns wird ein Kind geboren. Uns wird ein König gegeben. Und so wird der Himmel schwarz, und die Sonne fällt aus ihrem Orbit.«

Orbit? dachte Simon. *O Mannomann.*

»Und wie die Himmel sich leeren und die Früchte des Feldes verdorren und die Wesen der Erde auf ihren Bäuchen kriechen und nach Luft schnappen, nach Luft ...«, der Lange Bob machte dramatische Gesten, als würde er erstikken, »so wird Er auferstehen, um uns zu erretten. Er, der in diesem Augenblick erwacht. Er, den du gesehen hast. Der Neugeborene. Der Wiedergeborene.«

»Gepriesen sei Er«, rief der Feger.

»Gepriesen sei Er«, stimmten die drei *Roman Candles* (nicht das Feuerwerk, sondern die Falschirmspringergruppe) in einer dreistimmigen Harmonie zu.

»Gepriesen sei Er«, sangen auch die anderen, die Ihn priesen.

Irgendwie fand Simon genügend Mut, um zu fragen: »Bitte, wer sei denn gepriesen?«

»Seine Majestät ...«, der Lange Bob warf seine Arme in die Höhe und beugte sich zu Simon am Tisch herab. »Seine Majestät, dessen Zeit nun gekommen ist. Seine Majestät, Lord Satan.«

»S ... S ... S ... Satan?« stammelte Simon.

»Satan«, sagte der Lange Bob. »Oder, wie wir seinen geheiligten Namen richtigerweise aussprechen, ... Saathahn.«

16. KAPITEL

»Was ist da hinten geschehen?« fragte Raymond. Er klammerte sich an Zephir, während sie auf der Maschine durch die Straßen jagten. »All diese toten Leute. Es ist entsetzlich. Entsetzlich.«

Raymond war nicht länger mit der Minikanone bewaffnet. Er hatte eben erfahren, wie der Tod aus der Nähe aussah. Er hatte nicht das Bedürfnis, ihn noch mal zu sehen. »Danke«, sagte er.

»Danke?« Zephir lächelte ihm über die Schulter zu.

»Danke, daß du mir das Leben gerettet hast. Könntest du die Harley jetzt anhalten? Ich glaub', mir ist schlecht.«

»Ich fürchte, dazu haben wir keine Zeit. Aber es wird dir gleich wieder besser gehn. Halt dich einfach nur gut an mir fest, ich weiß jetzt, wo wir hinmüssen.«

Und so hielt Raymond sich einfach nur gut an ihr fest. Die Harley schwenkte nach links und nach rechts, und er hielt sich fest.

»Das wird noch Schwierigkeiten geben, wegen dieser Geschichte, die wir da hinten zurückgelassen haben, oder nicht?« rief er Zephir zu.

»Eine ganze Menge Schwierigkeiten, schätze ich. Aber halt dich einfach fest. Wir sind gleich da.«

Er hielt sich einfach fest. Und sie waren beinahe da.

Voraus ragte eine gewaltige Pyramide in den Himmel. Sie sah aus, als bestünde sie aus Marmor, aber sie bestand nicht aus Marmor. Sie bestand aus Plastik. Und auf der Spitze flatterte das Wimpel des Auktionshauses. In Neon.

»Ist es das dort?«

»Das dort ist es. Und jetzt müssen wir rasch handeln.«

»Rasch handeln?«

»Handeln wie ein Edenit. Du weißt schon, was ich meine.«

»Handeln wie ein Edenit? So werden die Bewohner der Oberwelt genannt, nicht wahr? Edeniten? Wie in ›Garten Eden‹?«

»Später.« Zephir bog mit der Maschine in eine elegante Allee ein. Reihen von Obelisken (Plastik), Obstbäumen (Plastik) und schön getrimmten Hecken (ebenfalls Plastik, aber trotzdem alles sehr beeindruckend für Raymond).

»Ich hasse diesen Planeten«, sagte er.

»Denk daran«, rief Zephir, »Bullenscheiße verblüfft sie. Du kannst es schaffen. Und wenn du es nicht schaffst, dann werd' ich …«

»Nein!« Die Sägefischsäge war noch immer frisch in Raymonds Erinnerung. »Ich werd' schon damit klarkommen.«

Vor der großen Pyramide befand sich ein imposantes Tor. Es besaß eine Schranke, und daneben stand eine dieser kleinen Wachhütten. Sie wissen schon. Wie man sie an Parkplatzeinfahrten oder vor Fabriken und so weiter findet.

Sie sehen immer gleich aus, und innen befindet sich immer ein Haken, an dem man seinen Mantel aufhängen kann, ein Minifernseher, ein elektrischer Heizofen für den Winter, ein elektrischer Ventilator für den Sommer und eine elektrische Kochplatte für den Rest des Jahres, auf der man Wasser für den Tee aufkochen kann, sowie ein Stuhl mit einem privat aussehenden Kissen und eine Auswahl ›harmloser Mädchen-Magazine‹, die, wenn sie vor Gericht als Beweismittel vorgebracht werden, immer als ›Hardcore-Pornographie von der allerübelsten und schmutzigsten Sorte‹ bezeichnet werden.

In diesen Hütten riecht es immer gleich. Ein verstaubter, organischer Geruch. Besser, sich nicht zu ausführlich damit zu befassen.

Während Raymond und Zephir sich näherten, erschien ein großer dunkler Falkenkopf vor der Hütte. Er trug eine schicke blaue Uniform. Und ein Klemmbrett.

Raymond ließ ihm keine Sekunde des Zweifels. Er haßte ihn vom ersten Augenblick an.

Zephir brachte die Harley zum Halten. Raymond kletterte vom Rücksitz und klopfte seine Jacke und seine Hosen ab, strich seine Revers glatt, richtete die Falten und kämmte seine Haartolle.

»Kann ich Ihnen helfen?« fragte der Wachposten, als er Raymonds Anblick nicht länger ertragen konnte.

Raymond warf einen Blick in seine Richtung, als würde er ihn in diesem Augenblick zum ersten Mal bemerken. »Öffnen Sie auf der Stelle die Schranke«, schnauzte er. »Ich wünsche einzutreten.«

»Welcher Art sind Ihre Geschäfte?« Der Wachposten antwortete im gleichen Ton.

»Wir sind Exportrepräsentanten von Eden. Los, setzen Sie sich in Bewegung und lassen Sie uns passieren.«

»Ich glaube nicht. Sind Sie verabredet?«

»Wir benötigen keine Verabredung. Gehen Sie aus dem Weg.«

Der Falkenkopf schüttelte seinen Falkenkopf und konsultierte sein Klemmbrett. »Sie benötigen nicht nur einen Termin, sondern außerdem eine offizielle Erlaubnis der Regierung, Passierscheine, die am heutigen Tag abgestempelt worden sind, einen eindeutigen Identitätsnachweis, und ich möchte außerdem Ihre Interweltpässe, Ihre Visa und Ihre Impfausweise sehen.«

»Pah!« sagte Raymond.

»Und es wird nötig sein, daß ich die junge Frau sorgfältig abtaste.«

»Warum« fragte Raymond außer sich.

»Machen Sie Witze?« erwiderte der Wachposten.

»Gehen Sie zur Seite, sie widerwärtiger Tölpel.« Raymond machte einen Schritt auf den Posten zu. Der Posten vor der Sperre versperrte seinen Weg. Ein kräftig aussehender Falkenkopf, dieser Wachposten.

Raymond drückte die Brust heraus. »Ich verlange, daß Sie uns auf der Stelle passieren lassen. Wir sind hier, um die letzte Lieferung ›George‹ zu inspizieren.«

»Tut mir leid, Freund. Aber ich verliere meinen Job. Verschwindet auf dem Weg, auf dem ihr gekommen seid, und macht euch einen schönen Tag, ja?«

Zephir erzeugte mit ihrer Zunge dringend klingende, schnalzende Geräusche.

»Ich komme schon klar hier«, sagte Raymond. »Nun sehen Sie mal«, wandte er sich wieder dem Posten zu. »Ich bin im direkten Auftrag meines Freundes Binky unterwegs.«

»Binky? Sie meinen doch nicht etwa ...?«

»Seine königliche Majestät, den Großherzog. Jawohl.«

»Sie sind ein persönlicher Freund von Seiner Königlichen Majestät?«

»Allerdings«, brüstete sich Raymond. »Ein persönlicher Freund.«

Der Posten musterte Raymond von oben bis unten. »Und mein Hintern riecht nach Schneeglöckchen aus dem Garten des Pfarrers. Verpißt euch.«

»Nehmen Sie ein Diktat auf, Fräulein Zephir«, sagte Raymond.

Bleistift und Notizblock materialisierten einmal mehr in Zephirs Händen. »Sicher, Sir«, sagte sie.

»An Seine Königliche Hoheit den Großherzog Fogerty. Palast des Himmlischen Vergnügens, Große Nobelstraße Nummer eins, Fogerty-Stadt, Saturn.

Lieber Binky,

ich habe Deine strikten Anweisungen befolgt und bin mit großer Eile zum Auktionshaus gefahren, um die Ladung ›George‹ zu inspizieren, die heute nacht anläßlich des besonderen Staatsbanketts zu Ehren Deines kranken Sohnes Colin serviert werden soll.

Aber als ich die Natur dieser königlichen Mission erklärte, insbesondere, daß möglicherweise kontaminierte Spezimen zum Verkauf gehalten werden, die nicht nur Dich, sondern auch den Königlichen Haushalt einschließlich Deines armen kranken Sohnes Colin vergiften würden, verwehrte man mir den Zutritt.

Ich möchte deshalb die Empfehlung aussprechen, daß im Interesse von Gesundheit und Hygiene das gesamte Auktionshaus abgerissen und sämtliche möglichen Meuchelmörder zum Verhör gebracht, abgeurteilt und exekutiert werden. Der Wachposten am Tor wird, da habe ich keine Zweifel, die Namen seiner Mitverschwörer verraten, wenn er sich den extremen Umständen einer einwöchigen Folter oder so ausgesetzt findet. Sein voller Name lautet ...« Raymond machte eine Pause. »Übrigens, wie lautet Ihr voller Name?« fragte er den Posten.

Aber der Falkenkopf war schon dabei, die Sperre hochzukurbeln. »Fahren Sie geradeaus durch«, sagte er freundlich. »Und einen schönen Tag noch.«

»Das war sehr gut«, rief Zephir, als sie in die Pyramide fuhren.

»Danke.« Raymond grinste. »Aber ich habe natürlich nur den Professor kopiert.«

»Ja, aber du hast ihn auf deine Weise kopiert.«

»Nun, nicht wirklich. Ich würde sagen, ich hab's auf Simons Weise gemacht.«

»Das ist dann wieder einmal dieser Simon, den du so ungefähr alle fünf Minuten erwähnst?«

»Er ist mein bester Freund.« Raymond klammerte sich an Zephir, als sie geschickt einige Kurven umkurvte. »Ich hab' einfach versucht, so zu tun, als sei ich er, verstehst du? Als hätt' ich seine Kaltblütigkeit. Seinen Mist, um anderer Leute Gehirn zu verwirren. Er ist wirklich gut in dieser Art von Sachen. Simon kann sich immer aus Schwierigkeiten herausreden.«

»Klingt nach einem äußerst interessanten Mann, dieser Simon.«

»O ja, das ist er!« Raymond lachte. »Ich sag dir was: Ich kann mir nicht vorstellen, daß er je in eine Situation kommt, aus der er sich nicht herausreden könnte. Simon ist vollkommen kaltschnäuzig. Vollkommen.«

Simon trat der Schweiß aus allen Poren. »S ... S ... S ... Saat-hahn?« stammelte er. »Das kann doch nicht dein Ernst sein!«

»Er steckt im Vogel.« Der Lange Bob machte flatternde Bewegungen mit den Händen. »Ich hatte nicht die geringste Ahnung, weißt du? Ich hab' immer gedacht, Hühner wären bloß Hühner. Aber sie sind nicht bloß Hühner. Sie wissen Bescheid. Und jetzt wissen wir es ebenfalls.«

»Wir wissen es ebenfalls«, wiederholten die übrigen am Tisch sitzenden. »Wir von B.A.S.T.E.I. wissen alle Bescheid.«

Simon wußte, daß er die Frage wirklich nicht stellen sollte, aber er mußte es einfach wissen. »Für was steht der Name B.A.S.T.E.I. eigentlich?« war der Wortlaut der Frage, die er besser nicht gestellt hätte.

»B.A.S.T.E.I.?« Der Lange Bob beugte sich zu Simon herab. Simon schrumpfte noch weiter in seinem Stuhl. »B.A.S.T.E.I.«, begann der Hühnerbauer, »B.A.S.T.E.I. steht für **B**ramfielder **A**nhänger **S**atanischer **T**ransmogrifikation, **E**ingetragene **I**nteressengemeinschaft, was denn sonst?«

»Ach so, ja.« Simon verzog den Mund zu einem mühsamen Grinsen. »Ich dachte mir schon, daß es das sein müßte. Satanische Transmogrifikation. Was sonst. Logisch.«

»Wir sind die Auserwählten, verstehst du? Weil Er bei uns geschlüpft ist. Es gibt Tausende von Generationen von Geflügel, Milliarden und Abermilliarden von Hühnern, und alle führen zu Ihm. Ich hatte einen Traum, verstehst du? Eine Vision. Sie öffneten mir die Augen. Sie sprachen zu mir.«

»Die Hühner?« fragte Simon.

»Die Hühner«, sagte der Lange Bob.

O Mannomannomann, dachte Simon.

»Ich war betrunken«, sagte der Lange Bob.

»Ich wünschte, ich wär' es jetzt«, entgegnete Simon.

»Ich fiel zu Boden. Im Hühnerstall. Und da sprachen sie zu mir. Sie können nämlich reden, die Hühner, weißt du? Wenn sie wollen. Und sie sprachen zu mir. Sie erzählten mir, daß sie mich auserwählt hätten.«

Simon antwortete nicht.

»Mich ausgesucht hätten, der Vater des Wiedergeborenen zu sein.«

Simon antwortete noch immer nicht.

»Und so gab ich meinen Samen der Großen Mutter Henne.«

Simon antwortete diesmal. »Du hast es mit einem dämlichen Huhn getrieben?« fragte er.

Die Hände des Lange Bob schossen vor und packten Simon bei der Kehle. Er zog Simon aus seinem Stuhl und brüllte. »Halt deine blasphemische Zunge im Zaum!« brüllte der Vater von Saat-Hahn.

»Schon gut, schon gut. Es tut mir leid«, sagte Simon. Seine Hände *wühlten* jetzt im Geld. Es *fühlte* sich *sooo* gut an. Und er wollte es *wirklich* zurückhaben. Aber mit oder ohne Geld, seine oberste Priorität war augenblickliche Flucht. Und die zweitoberste, die Armee zu rufen, damit sie eine Atombombe auf den *Horror im Hühnerstall** werfen konnte.

* Eine bekannte Horrorgeschichte von Kilgors Sprout

Simon erinnerte sich an den Brigadier, der in *Doctor Who* die E.I.N.H.E.I.T. kommandiert hatte. Er, Simon, würde derjenige sein, der die E.I.N.H.E.I.T. wegen B.A.S.T.E.I. alarmieren würde. Das klang gut.

So. Es war an der Zeit zu verschwinden.

»In Ordnung, das reicht.« Simon entwand sich dem Griff des Hühnerbauern. »Das reicht jetzt wirklich. Macht ihr denn immer alles falsch? Ich hab's gleich gewußt. Ihr habt Glück, daß ich noch rechtzeitig angekommen bin, das habt ihr.«

»Ist er jetzt besoffen oder was?« fragte Military Dave.

»Du solltest eigentlich überhaupt nicht hier sein«, wandte Simon sich an Dave. »Du solltest zu Hause auf einen wichtigen Telefonanruf warten.«

»Wovon redet er?« fragte Military Dave befremdet.

»Und ihr drei!« Simon wandte sich zu den *Roman Candles* (nicht dem Feuerwerk, sondern der Fallschirmspringergruppe). »Ihr solltet im *Fröhlichen Gärtner* sein und euch auf den Kampf vorbereiten.«

»Kampf?« fragte ein *Candle* namens Kevin. »Was für 'n Kampf?«

»Den Kampf, den ihr mit Paul haben werdet. Dem Barmann.«

»Warum?« Jetzt blickte Kevin verwirrt drein.

»Das kann ich euch nicht verraten.« Simon wandte sich zum Langen Bob. »Das darf ich ihnen doch nicht verraten, oder?«

»Darfst du nicht?« Der Lange Bob blickte ein wenig verwirrt drein. Aber zum größten Teil blickte er drein wie jemand, der nichts mehr verstand. »Wovon redest du eigentlich?«

»Vom Buch.« Simon zwinkerte dem Langen Bob mit einem Auge zu und ließ seine Zähne blitzen. »Dem Buch aus der Zukunft. Dem Buch, das ihr so verzweifelt sucht. *Dem Buch, das ich habe*.«

»Aha!« schrie der Lange Bob auf. »Aha!«

»Und das ich gelesen habe. Das ganze Buch. Von vorne bis hinten.«

»Er lügt.« Der Feger hatte seine sehr attraktiven Lippen geschürzt. »Glaubt ihm kein Wort!«

»Das ist gut! Ausgerechnet sie muß das sagen!« Simon sprach nur mit dem Langen Bob. Die Erfahrung hatte ihn gelehrt, daß man bei Konversationen in drei Richtungen zu leicht in eine Falle tappen konnte.

»Was soll das heißen, ausgerechnet sie?« fragte der Lange Bob.

»Weil ausgerechnet sie versucht, mit dem ganzen Geld zu verschwinden, das ich morgen gewinnen werde.«

»Morgen?« fragte Military Dave.

»Du bist ja immer noch hier? Du wirst den Anruf verpassen!«

»Ach ja, danke.« Military Dave erhob sich, um nach Hause zu gehen.

»Setz dich, Dave«, befahl der Lange Bob.

Dave setzte sich wieder.

»Was weißt du, Simon?« fragte der Hühnerbauer.

»Alles. Wirklich. Das ist ja auch der Grund, aus dem ich euch verrate, daß ihr alles falsch anstellt. Ihr solltet mich nicht so grob behandeln und bedrohen. Das war nicht vorgesehen. Ihr solltet mir eigentlich helfen. Jedenfalls steht es so in dem Buch. Ich trete B.A.S.T.E.I. bei, und ich nehme das Geld und setze es morgen auf eine neue Akkumulationswette. Und gewinne Millionen und Abermillionen für uns.

Auf diese Weise können wir es uns leisten, die Festung zu bauen und den Fernsehsender für Seine Majestät zu kaufen. Mensch, im zweiten Kapitel ist eine Passage, wo eine militärische Sondereinheit den Fernsehsender umzingelt. Ich glaube, sie heißt E.I.N.H.E.I.T. Und ich rette Seine Majestät, indem ...«

»Halt!« Der Lange Bob hielt sich die Ohren zu. »Du sollst uns ganz bestimmt nicht alles im voraus verraten. Wir sollen das nicht wissen. Noch nicht. So funktioniert das nicht.«

»Moment mal!« Der Feger deutete mit einem anklagenden Finger auf Simon. »Er kann das gar nicht alles wissen. Er leidet nämlich an ...«

»Spontanem Gedächtnisverlust«, beeilte sich Simon zu sagen. »Das ist vermutlich auch der Grund, warum das Buch zu mir kam. Morgen werde ich mich an nichts mehr erinnern. Nichts von dem, was ich im Buch gelesen habe. Nichts von dem, was ich heut' nacht gesehen habe. Ich glaub', ich bin von einer übernatürlichen Macht auserwählt worden, um ein ergebener, aber wichtiger Bauer in einem gewaltigen kosmischen Schachspiel zu sein.«

»Er lügt«, sagte der Feger. »Seht ihr nicht, wie er alles verdreht?«

»Nun, das ist genau das, was du an seiner Stelle sagen würdest, oder? Und du sagst es, und es steht im Buch.«

»Bob, sag ihm ...«

»Halt den Mund.« Der Lange Bob winkte mit der Hand. »Haltet alle den Mund. Ich muß darüber nachdenken.«

»Er denkt nach«, sagte Simon sicherheitshalber. »Aber wenn er in meinem Buch nachdenkt, dann trägt er normalerweise seine spezielle Uniform. Sehr elegant, muß ich sagen.«

»Aha!« sagte der Lange Bob erneut. »Beschreib mir die Uniform. In allen Einzelheiten.«

»Sicher«, erklärte Simon sich einverstanden. Er erinnerte sich in allen Einzelheiten an die eigenartige Uniform, die der Lange Bob am vorletzten Morgen getragen hatte, als Simon gekommen war, um die Wiese unterhalb seines Hofes mit der großen Allen-Sense zu mähen, und dabei heimlich den Langen Bob beobachtet hatte. Und im Augenblick überlegte Simon, ob vielleicht nun der richtige Zeitpunkt gekommen war, um das Gespräch auf die gestohlene Sense zu lenken. Aber wahrscheinlich eher nicht, dachte er. »... und ein Paar Hühnerflügel, die am Helm befestigt sind«, schloß er seine Schilderung.

Alle Anwesenden, einschließlich Simon, starrten nun auf den Langen Bob.

»Es stimmt«, sagte der Mann. »Jede Einzelheit. Ich wollte sie später anziehen, um sie euch zu zeigen.«

Wie praktisch, dachte Simon. »Mein Fehler«, gestand er zerknirscht. »Ich glaube, ich bin einfach zu früh gekommen. Soll ich rausgehen und noch mal wiederkommen?«

»Nein«, entgegnete der Hühnerbauer. »Ich will dieses Buch sehen. Und zwar auf der Stelle.«

»Geht nicht«, erwiderte Simon. »Das könnte die Dinge wirklich ganz schön durcheinanderbringen. Du wirst mir schon vertrauen müssen.«

»Dieser Scheißkerl!« sagte der Feger.

»Laß ihn ausreden«, sagte der Lange Bob.

»Sieh mal«, sagte Simon und erzählte vorübergehend sogar die Wahrheit, »B.A.S.T.E.I. wird überhaupt nicht im Buch erwähnt. Tatsächlich berichtet das Buch sogar, ich hätte meinen gesamten Gewinn gespendet.«

»Aha«, sagte der Lange Bob.

»Klingelt es allmählich?« fragte Simon.

»Das ist, was wir im Buch schreiben wollten, ja.«

»Und das ist der Grund, aus dem du mir vertrauen mußt. Das Buch funktioniert nicht bei euch, weil ihr Lügen hineingeschwindelt habt, um die Operation geheimzuhalten. Es funktioniert nur für mich. Weil ich nämlich die ganze Zeit über darin vorkomme, durch und durch, aber nur als ein einfacher Bauer; und ihr braucht mich, um zu sehen, was ihr als nächstes machen müßt.« Die Wahrheit, bei der Simon einen Augenblick verharrt hatte, lag nun schon wieder weit hinter ihm. Seine Zuversicht wuchs. Lügen war wirklich das, was Simon am Allerbesten konnte. Außer Sex. Und nach Frauen Ausschau halten. Sie kamen immer an erster Stelle.

»Ich muß alleine operieren, so steht es jedenfalls im Buch. Und ihr werdet mir einfach vertrauen müssen. Und jetzt muß ich wirklich verschwinden, bevor die Polizei auftaucht.«

»Die Polizei?« Der Aufschrei war ein gemeinsamer Aufschrei.

»Die Polizei. Sie suchen mich, weil ich im Verdacht stehe, Raymond und dieses verräterische Weib hier ermordet zu haben.« Simon gab ihr den anklagenden Finger zurück. »Sie können jeden Augenblick hier sein. Also ist es das Beste, wenn ich dieses Geld in Sicherheit bringe und von hier verschwinde. Und du erwartest die Polizisten besser am Tor und sagst ihnen, daß du mich nicht gesehen hast, Bob. Du willst doch nicht, daß sie deinen Stall durchsuchen, oder?«

»Nein, ich, äh …«, der Lange Bob schien innerlich zu rotieren.

»Er lügt«, sagte der Feger.

»Er lügt nicht«, sagte Lisa. »Ich hab' vorhin Paul getroffen. Er hat Kisten vor dem *Fröhlichen Gärtner* gestapelt. Er hat mir erzählt, daß die Polizei auf dem Weg zum Schreiber wäre, weil sie Simon sucht.«

»Und der Schreiber wußte, daß ich herkommen würde.«

»Ich, äh …«, sagte der Lange Bob.

»Wir sollten los und Paul eine Abreibung verpassen«, sagte Kevin.

»Endlich kapiert ihr es«, sagte Simon. »So. Kann ich jetzt verschwinden, oder was?«

Der Lange Bob blickte auf Simon. Simon blickte zum Langen Bob. Die *Roman Candles* (nicht das Feuerwerk, sondern die Fallschirmspringergruppe), blickten sich gegenseitig an. Der Feger blickte zu Lisa. Lisa blickte zu Military Dave. Military Dave blickte auf seine Uhr. »Ich werd' den wichtigen Anruf verpassen«, sagte er.

»Geh schon«, sagte der Lange Bob. »Aber …«

»Aber was?« fragte Simon, der dabei war, seinen zurückgewonnenen Gewinn in die Taschen zu stopfen.

»Wenn du ein falsches Spiel mit uns spielst, selbst wenn es noch so klein ist, dann …«

»Ich weiß«, sagte Simon. »Ich erinnere mich nicht genau, was im Buch gestanden hat. Ich glaube, es war ein Hinweis auf eine Autobatterie, einen Satz von Überbrückungskabeln und gewisse zarte Teile meiner Anatomie.«

»Verblüffend«, sagte der Lange Bob, der kein sehr großes Licht war. »Genau was ich sagen wollte. Also, laß dich gewarnt sein.«

»Ich betrachte mich als gewarnt. Laß mir zehn Minuten Vorsprung, und dann tu, was du zu tun hast. Erzähl der Polizei, wenn sie kommt, daß du eben für die Nacht abschließen wolltest und daß du keine Menschenseele gesehen hast.«

»Hör auf«, kreischte der Feger. »Du kannst ihn doch nicht einfach so davonkommen lassen!«

»O doch«, sagte Simon. »Und wenn ich morgen vom Buchmacher zurückkomme und ihr mich anhaltet, um all das Geld zurückzustehlen, dann behaltet sie gut im Auge, ja?«

»Machen wir«, antwortete der Lange Bob. »Und danke, Simon.«

»Ich tu nur mein Bestes für unsere Sache. Lang lebe Saat-Hahn. Und lebt wohl.«

»Lang lebe Saat-Hahn und lebt wohl.«

Simon verließ das Bauernhaus im Trab. Er rannte geduckt über den mondbeschienenen Hof und öffnete den Schlag des Jaguar. Er schwang sich in den Wagen.

Und sagte laut »Ja!«, als er den Zündschlüssel ins Schloß fummelte. »Ich schlag' euch alle, ihr Bastarde! Ich schlag' euch alle!«

Er drehte den Zündschlüssel um, und die Maschine heulte auf. Er schaltete die Scheinwerfer ein, und mit einem weiteren jubelnden »Ja!« und einer in die Luft gereckten Faust lenkte er den Wagen mit durchdrehenden Reifen über den Hof und weit weg in die Sicherheit der Nacht.

Er hatte es geschafft! Er hatte es wirklich geschafft! Er war diesen Irren entkommen und hatte sein Geld wieder! Er würde die E.I.N.H.E.I.T. von der ersten Telefonzelle aus anrufen. Nun, vielleicht auch nicht direkt von der ersten aus. Von der ersten in der nächsten Stadt aus. Oder der übernächsten Stadt. Oder vielleicht von Bord der Kanalfähre aus. Oder von Frankreich.

»*Boom Shanka!*« sagte Simon. »*Boom Shanka boom boom boom!*«

»*Boom boom boom!*« erklang ein Echo hinter dem Sitz. Das Echo entstammte dem Mund von Inspektor T'Od.

»Aaaarrrrggggghhhh!« sagte Simon und hätte den Wagen beinahe von der Straße gesteuert.

»Ruhig Blut, Sir!« Die Glatze des Inspektors tauchte hinter dem Fahrersitz auf. »Wir wollen doch keine unschuldigen Fußgänger überfahren, oder? Ist das übrigens Alkohol, wonach Sie riechen? Haben Sie getrunken? Und sind Sie der rechtmäßige Eigentümer dieses Wagens?«

»Ich ...«, sagte Simon. »Ich ... ich ... ich ...«

»Wenn Sie so freundlich wären, zur Polizeiwache dort vorn zu fahren? Ich denke, wir können Sie diesmal gut und sicher als festgenommen betrachten ...«

17. KAPITEL

»Ich denke, wir sind da«, sagte Raymond. Und sie waren da. Im Herzen der Pyramide. Im Viehhof.

Er war groß. Eineinhalb Fußballfelder. Hohe Decke. Beton. Kein schöner Ort. Die Luft stank, und die ganze Atmosphäre war deprimierend. Eine schreckliche Stimmung wie in einem Konzentrationslager ließ Raymonds Nackenhaare sich sträuben und raubte ihm den Mut.

Es gab Pferche und Käfige, aber sie waren Gott sei Dank unbesetzt. Es gab einen Fuhrpark mit großen, funkelnagelneuen Lastern, die in Reih und Glied geparkt waren. Es gab ein paar Kräne, einige Gabelstapler und eine Art kleiner Jeeps. Alle Fahrzeuge sahen denen auf der Erde sehr ähnlich.

Und es gab Regale. Lange Reihen von Aluminiumregalen. Sie erinnerten ein wenig an die Eierfächer in Kühlschranktüren. Aber sie waren größer. Viel größer. Und in ihnen lagerten die Blasen. Zweihundert Blasen. Und in jeder eine mitleiderregende Fracht. Ein einzelnes, zusammengekauertes, schlafendes, nacktes menschliches Wesen.

»Mein Gott!« Raymond erschauderte. »Das ist doch verrückt! Das ist wirklich verrückt! Ich verkrafte das nicht.«

»Nun komm zu dir!« Zephir kletterte von der Harley. »Jetzt bist du schon so weit gekommen. Den Rest schaffst du auch noch.«

»Ich kann wirklich nicht«, sagte Raymond schwach und erbärmlich.

»Und ob du kannst. Also, was willst du als nächstes unternehmen? Alle Blasen zerschmettern und die Leute freilassen?«

»NEIN!« Raymond warf die Hände hoch und fiel vom Rücksitz der Harley. »Nicht hier! Zweihundert nackte Menschen in einem Schockzustand. Denk nicht mal dran! Wir müssen sie schlafen lassen und irgendwie so, wie sie jetzt sind, zum Schiff zurückbringen. Und dort lassen wir sie frei. Vorsichtig. Einen nach dem anderen.«

»Du bist ein wahrer Menschenfreund, Raymond.«

»Danke.« Raymond erhob sich vom Boden und klopfte seine Ledermontur sauber. »In Ordnung, fang an«, sagte er.

»Womit soll ich anfangen?«

»Mit deiner Magie!« sagte Raymond. »Verwandle dich in einen Helikopter oder so was Ähnliches und schaff die Leute zurück zum Schiff.«

»Das kann ich nicht.«

»Jetzt bin ich an der Reihe zu sagen: Natürlich kannst du das. Du hast doch auch die Harley herbeigezaubert, oder nicht?«

»Ja, aber ...«

»Kein Aber. Also kannst du auch einen großen Laster oder sowas herbeizaubern. Warum nicht so einen wie zum Beispiel den da?« Raymond deutete auf die Wagenreihe. »Der dort drüben. Er hat sogar ein spezielles Gestell auf der Ladefläche, um die Blasen zu transportieren, und so weiter.«

Zephir blickte zu Raymond. Raymond blickte zu Zephir.

»Ja?« sagte Raymond. »Und?«

Zephir schüttelte ihren wunderschönen Kopf. »Kannst du denn einen großen LKW fahren?«

»Natürlich kann ich.« Raymond faltete seine Arme vor der Brust.

»Zum Beispiel auch den, auf den du eben gezeigt hast?«

»Wenn es in der Kabine so aussieht wie in einer irdischen Fahrerkabine, dann ja.«

»Und warum nehmen wir dann nicht einfach diesen Wagen und du fährst ihn?«

»Oh«, sagte Raymond. »Ich verstehe. Ja, in Ordnung.«

Niemand störte sie. Alle hatten frei, um den Nationalfeiertag entweder zu Hause vor dem Fernseher oder aber im Zirkus zu genießen. Vermutete Raymond jedenfalls. Er kletterte in die Fahrerkabine des großen, funkelnagelneuen Lastwagens mit dem speziellen Gestell auf der Ladefläche, mit dem man die Blasen transportieren konnte.

Er sah genauso aus wie jeder andere Lastwagen, den Simon in seinem bisherigen Leben zu Gesicht bekommen hatte. Was war der Grund dafür?

Raymond nahm das Lenkrad in Augenschein. Auf der glänzenden Hupe in der Mitte des Steuers waren die Worte *ACME Lastkraftwagengesellschaft, Eden*, zu lesen.

»Nun, das ist doch eine Erklärung, oder?« Der Zündschlüssel steckte. Raymond startete die Maschine und fuhr den schweren Laster zu Zephir hinüber. »Sahneschnitte«, sagte er. »Sahneschnitte.«

»Später«, antwortete Zephir. »Wir wollen uns beeilen und jetzt diese Leute aufladen.«

»Und sei vorsichtig. Paß auf, daß du nicht die kleinen Luftlöcher unter den Sitzen verdeckst.«

»Ein wirklicher Menschenfreund.«

»Nochmals danke.«

»Also, dann fang mal an«, sagte Zephir.

»Wer, ich? Was meinst du damit?«

»Ich meine: Raymond, geh los und besorg uns Hilfe. Es dauert Stunden, wenn wir beide allein sind.«

»Aber hier ist niemand«, entgegnete Raymond.

»Nun, dann geh nach draußen und sprich mit der Wache am Eingang. Verlang nach Hilfe, du weißt schon wie.«

»In Ordnung.«

Raymond marschierte durch den Viehhof zurück zum Eingang der Pyramide. Er drehte sich unterwegs ein- oder zweimal um und beobachtete Zephir. Sie war wirklich wunderbar, wie sie vorsichtig die Blasen auf den Laster lud. So stark. So zuversichtlich. Aber was war sie in Wirklichkeit? Ganz sicher kein Mensch. War sie Magie? Eine magische Gestalt? Raymond hatte keine Vorstellung.

Er marschierte weiter.

Der Wachposten saß in seinem kleinen Wachhäuschen. Raymond konnte durch das Fenster auf seinen Kopf sehen. Der Wächter hatte die Füße hochgelegt und sah fern. Und als Raymond näher kam, konnte er erkennen, was der Wachposten im Fernseher sah.

Er sah die Übertragung von Professor Merlins Zirkus.

Raymond hielt vor dem Fenster und spähte dem Wächter über die Schulter. Der Professor war in sein prächtigstes Manegenkostüm gekleidet. Weißer Zylinder. Frack und Fliege, Reithosen und weiße Reitstiefel. Das ganze drum und dran. Er hielt seine Peitsche und ließ sie knallen. Pollys Pudel zeigten ihre Nummer. Es war eine ziemlich bizarre Nummer, so wie es aussah. Die Pudel steckten in winzigen Kostümen. Damen und Stutzer. Federn auf dem Kopf und winzige Schwerter im Gürtel. Sie tänzelten auf den Hinterbeinen. Tanzten ein Minuett. Verbeugten sich und knicksten. Und die, die die Harfe und das Cello spielten, spielten sie *wirklich*.

»Nicht schlecht«, flüsterte Raymond. »Hallo, was ist denn jetzt los?«

Der Schirm war plötzlich dunkel geworden. Dann tauchten die Schultern und der Hyänenkopf eines Ansagers auf.

»An dieser Stelle unterbrechen wir unser Programm«, sagte *Hump*hrey Gogmagog, denn er war es in der Tat, »und bringen eine Sondersendung. Vor zwanzig Minuten hat unsere fliegende Kamera eine blutige Auseinandersetzung in den östlichen Randbezirken unserer Stadt aufgefangen. Die Bilder wurden inzwischen durch unseren großen Zentralcomputer geschickt, und wieder einmal ist unser Sender der erste, der seinen Zuschauern die rekonstruierten Gesichter der beiden Massenmörder präsentiert.«

Der Schirm blitzte auf, und zwei Bilder erschienen nebeneinander. Es waren zwei sehr deutliche Bilder in Echtfarben.

Das eine zeigte Raymond.

Das andere zeigte Zephir.

Der Posten sprang aus seinem Stuhl.

Raymond hatte keine Ahnung, was er unternehmen sollte.

Der Posten griff nach dem Telefonhörer.

Raymond kaute auf einem Knöchel.

Der Posten begann, eine Nummer zu wählen.

Raymond stürzte um die Ecke und riß die Tür der Hütte auf. Der Posten starrte voller Entsetzen auf Raymond. Raymond blickte voller Entsetzen auf den Posten. Dann entriß er ihm den Telefonhörer und schlug damit zu. Immer und immer und immer wieder.

»Hören Sie auf, mich zu schlagen!« Simon zuckte zurück und legte schützend die Arme über den Kopf. Er befand sich im Verhörzimmer der Bramfielder Polizeiwache.

Es war ein ungemütlicher Raum. Zu helle Beleuchtung – aber zu hell waren sie immer, das ließ diese Zimmer einschüchternder wirken. Simon kauerte hinter einem häßlichen Resopaltisch mit einem großen, vollen Aschenbecher darauf. Auch das hatten sie immer. Es war eine Tradition, ein alter Brauch oder was auch immer. Oder vielleicht hatten sie auch nur das Reinigungspersonal entlassen.

Der Konstabler mit der Schwester lungerte an einer Wand. Er hatte seinen Polizeihelm abgesetzt und rauchte eine Zigarette.

Inspektor T'Od, der Simon auf den Kopf geschlagen hatte, saß vor dem häßlichen Resopalschreibtisch und schob den vollen Aschenbecher zur Seite. Er rauchte nicht. Er hatte mit dem Rauchen aufgehört.

Es war im Augenblick bei den Polizeiinspektoren groß in Mode, mit dem Rauchen aufzuhören. Es hatte was damit zu tun, daß man es als politisch nicht korrekt ansah, wenn

Autoritätsgestalten mit qualmenden Zigaretten gesehen wurden.

Simon erinnerte sich, einen diesbezüglichen Artikel in der Zeitung gelesen zu haben. Aber der Artikel hatte auch berichtet, daß der Posten des Polizeiinspektors idealerweise von einer Frau besetzt werden sollte. Und zwar Helene Mirren, wann immer sich das einrichten ließ.

Und einen Verdächtigen zu schlagen war ganz und gar undenkbar.

»Lassen Sie mich in Frieden«, heulte Simon. »Ich verlange eine Frau.«

»Notieren Sie das, Konstabler«, sagte der Inspektor. »Obwohl in polizeilichem Gewahrsam, leidet der sexuelle Appetit des Verdächtigen in keinster Weise.«

»Was?« fragte Simon.

»So schnell geht das, Simon«, sagte der Inspektor.

»Simon?« sagte Simon. »Wo ist denn das 'Sir' abgeblieben?« Und dann sagte er »Autsch!«, als der Inspektor ihm erneut auf den Kopf schlug.

»Ich bin sicher, du kommst noch dahinter, *Simon*.«

»Ja, da könnten Sie recht haben.«

»Also, sollen wir deine Aussage noch einmal durchgehen?«

»O ja, bitte. Es wird mir endloses Vergnügen bereiten, alles zum sechsten Mal zu hören.«

»Sir«, sagte der Konstabler mit der Schwester.

»Konstabler?« erwiderte der Sir.

»Soll ich protokollieren, daß der Verdächtige ausgerutscht ist und sich den Kopf an der Heizung aufgeschlagen hat?«

Der Inspektor musterte Simon unter erhobener Augenbraue.

»Ich würde mich wirklich freuen, noch einmal durch meine Aussage zu gehen«, sagte Simon. »Wenn es Ihnen bei Ihren Ermittlungen behilflich ist.«

»Braver Junge. Na also.« Inspektor T'Od raschelte mit den Papieren auf dem häßlichen Resopaltisch. »Ach ja«, begann er. »Das Hühnerhaus. Erzähl mir noch mal alles, was du über das Hühnerhaus weißt.«

»Da drin gibt es ein *Ding*. Ein schreckliches, dämonisches *Ding*. Sie nennen es Saat-Hahn.«

»So so. Saat-Hahn.« Der Inspektor unterstrich das Wort in Simons Aussage. »Halb Mensch, halb Huhn, sagst du?«

Der Konstabler mit der Schwester kicherte. »Halb Mensch, halb Huhn, einen Liter Bier und ein paar Chips, was, Chef?«

»Vielen Dank, Konstabler. Und ein wenig Zurückhaltung bitte.«

»Aber Sir! Sie sagen immer Chef im Fernsehen.«

»Aber in Maßen. Und machen Sie die Zigarette aus.«

»Ja, Sir. Tut mir leid, Chef.«

»Kommen Sie«, sagte Simon. »Das ist wirklich wichtig! Sie haben über das Ende der Welt gesprochen und daß dieses Ding die Macht übernimmt und solch verrücktes Zeug. Es ist eine riesige Verschwörung. Buchten Sie alle ein. Ich werd' Ihnen helfen, die Bande zum Reden zu bringen.«

»Diese Verschwörung. Das wäre dann eine B.A.S.T.E.I.-Verschwörung, nicht wahr? Die Terroristen, die dein Geld gestohlen haben. Weswegen du angeblich auch zum Langen Bob gegangen bist?«

»**B**ramfielder **A**nhänger **S**atanischer **T**ransmogrifikation, **E**ingetragene **I**nteressengemeinschaft. Sehen Sie, ich habe Ihnen alles erzählt, was ich weiß. Sie müssen zu diesem Hof zurück!«

»Und ein Wesen festnehmen, das halb Huhn, halb Mensch ist?«

»Nein. Sie müssen es vernichten. Jagen Sie es in die Luft. Stecken Sie es in Brand.«

»Was du ja bereits mit deinem Benzinkanister versucht hast.«

»Ja«, entgegnete Simon.

»Du wolltest die Hühnerställe abbrennen.«

»Ja«, entgegnete Simon.

»Und Gott hat dir gesagt, daß du das tun sollst.«

»Was?« fragte Simon.

»Gott. Sicher weißt du noch, wer Gott ist. Der Gott, der dir diktiert hat, dein Buch zu schreiben. Jedenfalls hast du mir das erzählt. Das Buch, das du im ersten Stock holen wolltest, als du statt dessen weggelaufen bist.«

»Ach dieser Gott. Ach dieses Buch«, sagte Simon. »Ach so.«

»Ach ja«, sagte der Inspektor. »Und dieser Gott hat dir erzählt, daß der Teufel ein Huhn ist und daß du alle Hühnerställe niederbrennen sollst.«

»Ich habe niemals etwas Derartiges behauptet.«

»Doch, hast du.« Der Inspektor zeigte Simon seine Aussage. »Genau hier, siehst du?«

Simon starrte auf seine Aussage. »Sie haben das selbst hineingeschrieben und das, was ich gesagt habe, ausgestrichen.«

»Wenn es erstmal getippt ist, wird man den Unterschied nicht mehr sehen.«

»Was?« fragte Simon erneut.

»Sollen wir nun über den Jaguar sprechen?« fragte der Inspektor. »Den Jaguar, in dem ich dich geschnappt habe, als du unerlaubt damit durch die Gegend gefahren bist? Obwohl du zuviel getrunken hattest?«

»Er gehört der Frau, von der Sie glauben, ich hätte sie ermordet.«

»Haben Sie das alles mitbekommen, Konstabler?« fragte der Inspektor den Konstabler mit der Schwester.

»Ja, Chef. Der Verdächtige antwortete: ›Er hat der Frau gehört, die ich ermordet habe.‹«

»Das habe ich niemals gesagt!« Simon trommelte mit den Fäusten auf die häßliche Resopaltischplatte.

»Warum legst du nicht einfach ein Geständnis ab, Simon? Du bist so gut wie überführt, und das weißt du selbst.«

»Ich bin unschuldig. Und das wissen *Sie* selbst. Und Sie werden mich nicht dazu bringen, diese falschen Aussagen zu unterschreiben.« Simon verschränkte die Arme vor der Brust und machte ein entschlossenes Gesicht.

»Soll ich jetzt die Passage mit dem Ausrutscher ins Protokoll aufnehmen? Und daß der Verdächtige mit dem Kopf gegen die Heizung geschlagen ist, Chef?«

»Ich glaube schon, Konstabler. Und Sie fügen besser noch hinzu: ›Und dann schlug er noch wiederholt mit dem Kopf gegen den Tisch und brach sich einige Vorderzähne aus.‹«

»Nein!« kreischte Simon. »Nicht meine Zähne! Alles, nur nicht meine Zähne.«

»Dann unterschreib gefälligst, Freundchen. Ich will ein volles Geständnis. Und es soll gut klingen. ›Gott hat mir gesagt, ich soll es tun‹, sagt der Schlachter von Bramfield. Sollen wir mit einem leeren Blatt Papier von vorn beginnen, oder willst du nur einfach das Geständnis unterschreiben, das ich bereits gestern in deiner Abwesenheit vorbereitet habe? Ich habe bereits Fotokopien davon an die Presse weitergeleitet.«

»Hören Sie«, sagte Simon. »Bitte! Ich schwöre, daß ich niemanden ermordet habe. Das Buch wird alles erklären. Es steht alles in diesem Buch.«

»Gottes Buch?«

»Nein, nicht Gottes Buch. Das Buch stammt aus der Zukunft. Der Lange Bob und seine Spießgesellen sind hinter diesem Buch her. Da steht alles drin. Wenn Sie der Presse eine Geschichte geben wollen, dann warten Sie wenigstens, bis Sie dieses Buch gelesen haben.«

»Und dieses Buch ist, wie du behauptest, in diesem Buschversteck ...«, der Inspektor konsultierte Simons Aussage, »... auf der Kuppe des Hügels, der den Hühnerhof des Langen Bob überragt?«

»Dann haben Sie diesen Teil meiner Aussage auch niedergeschrieben?«

»Noch nicht. Aber ich habe einen Beamten beauftragt, nach diesem Buch zu suchen. Er sollte jeden Augenblick zurückkehren.«

»Gut«, sagte Simon. »Gut. Dann werden Sie Bescheid wissen. Dann werden Sie verstehen.«

»Ich hoffe, daß du recht hast, Freundchen. Weil, wenn du nicht recht hast ...«, der Inspektor deutete auf Simons kostspielige Dentalarbeiten, »dann kannst du in Zukunft deine Brötchen aus der Schnabeltasse trinken.«

Simon zuckte zusammen.

An der Tür klopfte es.

»Die Zahnfee«, sagte der Inspektor und rief: »Herein!«

Es war der Konstabler, der keine Schwester besaß, aber schon einmal einen Durchsuchungsbefehl gesehen hatte. Derek oder so? Oder war Derek der Name des anderen, der eine Schwester hatte? Aber das spielt eigentlich keine Rolle. Wirklich nicht.

»Nun, Konstabler?« Der Inspektor erhob sich von seinem unansehnlichen Schreibtisch. »Haben Sie dieses magische Buch gefunden?«

Konstabler Derek, denn so lautete sein Name tatsächlich, zog sein eigenes Buch hervor. Ein offizielles Polizeinotizbuch. Und dann begann er, aus diesem Buch vorzulesen. Laut. »Im Auftrag von Polizeiinspektor Tod ...«

»Zu spät, mein Lieber«, sagte der Inspektor.

»Zu spät, Sir? Wofür, Sir?«

»Um Witze wegen meines Namens zu reißen, Konstabler. Wenn Sie einen Witz über jemandes Namen einbauen wollen, dann müssen Sie das von Anfang an machen und konsequent durchhalten. Das nennt man dann einen *running gag*.«

»Wie zum Beispiel die Geschichte mit meinem Nachnamen«, sagte Simon hilfsbereit. »Oder mit meinem Hut.«

»Ganz genau«, sagte der Inspektor. »Sie können jedenfalls nicht erst mitten in der Geschichte damit beginnen. Das findet niemand mehr lustig.«

»Oh?« sagte der Konstabler ohne Schwester, aber mit dem Wissen um das Aussehen eines Durchsuchungsbefehls (was höchstwahrscheinlich nur als running gag gedacht war, wenngleich auch nicht als besonders guter). »Soll ich dann vielleicht noch einmal von vorn beginnen?«

»Wenn es Ihnen nichts ausmacht?«

»In Ordnung, Sir.« Der Beamte räusperte sich. »Im Auftrag meines Vorgesetzten, Polizeiinspektor T'Od, begab ich mich in dienstlicher Weise zu dem mir vorher beschriebenen Buschversteck auf der Hügelkuppe, die den Hühnerhof eines gewissen Robert Hinternpo ...«

»Halt, halt!« rief der Inspektor. »Robert wie bitte?«

»Hinternpo, Sir.«

»Sie übertreffen sich selbst, Konstabler. Das ist nicht witzig, das ist kindisch.«

»Es ist ziemlich witzig«, sagte Simon. »Ich bin mit ihm zusammen zur Schule gegangen. Nicht, daß ich je dumme Bemerkungen über seinen Namen gemacht hätte.«

»Das kann ich gut verstehen«, erwiderte der Inspektor. »Wer im Glashaus sitzt ...«

»Genau«, sagte Simon. »Meinen Sie, der Konstabler könnte jetzt fortfahren? Ich werde langsam richtig neugierig.«

»Bitte fahren Sie fort, Konstabler.«

»Jawohl, Sir.« Der Konstabler fuhr fort. »Nachdem ich das mir zuvor beschriebene ›Buschversteck‹ lokalisiert hatte, begann ich mit meiner Suche nach dem Buch, auf das der Verdächtige in seiner Aussage anspielt. Während meiner Suche fand ich eine leere Sherryflasche, auf die die Beschreibung der Flasche paßte, die Herrn Kilgore Sprout gestohlen wurde, den wir formell im Zusammenhang mit dem gegenwärtigen Aufenthaltsort des Verdächtigen vernommen hatten.«

»Sehr gut, Konstabler. Wir werden den Diebstahl auf die Liste der Anklagepunkte setzen.«

»Vielen Dank, Sir. Die Flasche befindet sich zur Zeit bei der Spurensicherung. Ich bin sicher, daß wir übereinstimmende Fingerabdrücke vorfinden werden.«

»Exzellent. Fahren Sie bitte in Ihrem Bericht fort.«

»Fortfahren, Sir?«

»Das Buch, mein Junge. Haben Sie das Buch gefunden?«

»Nein, Sir.«

»Nein, Sir?«

»Nein, Sir. Dort war kein Buch.«

»*Was?*« Das war wieder einmal Simons *was*.

»Es gab keinerlei Anzeichen von einem Buch, Sir. Nur eine Menge Hühnerfedern. Und dann diesen wirklich fürchterlichen Gestank ...«

Wenn eine Aura riechen kann, dann stank Raymonds Aura jetzt wirklich ganz fürchterlich. Er stolperte zurück zu Zephir, die sich noch immer mit den Blasen abmühte. Sie bemerkte den Ausdruck in seinem Gesicht, und egal, was für ein Wesen sie auch sein mochte, sie roch seine Aura.

»Was ist geschehen?« fragte sie.

»Ich glaub', ich hab' gerade den Posten umgebracht.«

»Warum denn das?«

Raymonds Lippen begannen zu beben. »Er hat uns im Fernsehen gesehn. Unsere Gesichter waren auf dem Schirm. Sie suchen uns wegen Mordes.«

»Dann sollten wir uns jetzt besser beeilen. Komm und hilf mir.«

»Zephir, ich glaub', ich hab' gerade den Wachposten umgebracht.«

»Das hast du schon gesagt. Und jetzt komm und hilf mir.«

»Zephir. Bitte.«

Zephir kam zu Raymond und schloß ihn in die Arme. Die Berührung ihrer Haut. Der Duft ihres Parfüms. Der Kuß, den sie ihm gab. Die Frage, die sie ihm stellte: »Hast du einen Blick in seinen Frühstücksbeutel geworfen?«

»In seinen Frühstücksbeutel? Nein, natürlich nicht. Warum?«

»Vielleicht hättest du hineinsehen sollen. Ich schätze, er hatte ›George‹ auf seinen Butterbroten.«

»O mein Gott!« sagte Raymond und begann zu heulen.

»Diese Leute hier werden alle sterben, wenn du sie nicht rettest. Willst du jetzt weiterheulen, oder willst du mir beim Aufladen helfen?«

»Beides«, erwiderte Raymond.

»Gut«, sagte Zephir. »Dann laß uns endlich sehen, daß wir fertig werden.«

Und dann sahen sie endlich zu, daß sie fertig wurden.

Sie wären wahrscheinlich schneller fertig geworden, wenn Raymond nicht immer wieder angefangen hätte zu heulen. Und sein Geheul nicht immer wieder mit ›nützlichen Vorschlägen‹ unterbrochen hätte, wie man das Beladen beschleunigen könnte. Als Zephir schließlich von beidem die Nase voll hatte, versetzte sie Raymond einen Schlag hinter die Ohren und ließ ihn in der Fahrerkabine Platz nehmen, bis sie mit der Arbeit fertig war.

»So, das war's.« Zephir sicherte die letzte Blase auf dem Spezialgestell und stieg zu Raymond in die Kabine.

»Geht's dir jetzt besser?« fragte sie ihn.

»Ja«, schniefte Raymond.

»Dann laß uns zum Schiff zurückkehren.« Zephir trug keine Uhr, aber als sie auf ihr Handgelenk blickte, erschien entgegenkommenderweise eine aus dem Nichts. »Wir haben noch zwanzig Minuten.«

»Dann können wir es schaffen.« Raymond drehte den Zündschlüssel und startete die Maschine. Dann trat er das Gaspedal bis zum Bodenblech durch.

»Langsam«, sagte Zephir.

»Natürlich, langsam. Ich wollte nur das Geräusch der Maschine hören, das ist alles.«

»Fahr los«, sagte sie.

Und Raymond fuhr los. Als sie an der Wachhütte vorbeikamen, reckte Raymond seinen Hals in der Hoffnung, eine Bewegung zu erkennen. Aber nichts rührte sich.

»Verdammt«, sagte Raymond. »Verdammt, verdammt, verdammt.«

»Hier oben links ab.«

»Du meinst sicher rechts?«

»Ich meine links, Raymond.«

»Bist du sicher? Ich bin dafür, rechts abzubiegen, bin ich.«

»Bieg links ab, sonst gibt's wieder was hinter die Ohren.«

Raymond bog links ab. »Ich bin mir nicht sicher, daß ich diese neue Disziplinierungsmethode gutheiße, die sich in unserer Beziehung auszubreiten scheint.«

»Hier jetzt rechts ab.«

Raymond bog hier jetzt rechts ab. »Schlag mich nicht mehr.«

»Dann benimm dich.«

Raymond runzelte die Stirn und fuhr weiter. Er hatte den

schweren Laster wirklich ziemlich gut im Griff. Wechselte die Gänge sanft. Bremste leicht. Nach ein oder zwei beinahe tödlichen Beinahezusammenstößen hatte er sogar herausgefunden, auf welcher Straßenseite er fahren mußte. »Wieviel Zeit haben wir noch?« fragte er.

»Zehn Minuten.«

»Wird der Professor rechtzeitig wieder an Bord des Schiffes sein?«

»Auf die Minute. Er ist ein Profi.«

»Heh, sieh mal, dort ist schon das Dock. Ich glaube wirklich, wir können es schaffen.«

»Rot, Raymond. Rot!«

»Schon gesehen, keine Panik.« Der schwere, funkelnagelneue Lastwagen kam unter lautem Reifenquietschen vor der roten Ampel zum Halten.

»Du hast nichts gesehen.«

»Doch, ich habe es gesehen.« Raymond kurbelte das Fenster herab und ließ seinen Arm heraushängen. Er trommelte nonchalant mit den Fingern von außen auf die Tür. Innerlich bebte er vor Furcht. Sie hatte sich aufgestaut und aufgestaut, und jetzt, da sie schon *soooo* dicht beim Schiff angekommen waren, begann Raymond in seinem Sitz zu schwanken. Die Straße verschwamm immer wieder vor seinen Augen.

»Wir werden es schaffen, oder nicht?« fragte er mit zitternder, bebender Stimme.

»Natürlich werden wir es schaffen«, antwortete Zephir. »Nichts kann uns jetzt noch aufhalten.«

Nichts mehr? Sie wurden, wie der Zufall es will, doch noch einmal aufgehalten. Vor einem Eckcafé. Von einer weiteren roten Ampel.

Das Café war unheimlich. Eine sehr breite Tür, eine große hohe Decke. Es war auf die Bedürfnisse der exotischeren Außenweltler eingerichtet. Nicht von der Gattung *Homo sapiens*. Überhaupt keine Zweibeiner. Oder irgendwelche Abkömmlinge davon.

Es erinnerte Raymond ein wenig an die Bar aus *Krieg der Sterne*, wo diese eigenartigen Aliens auf eigenartigen Instrumenten eigenartige Musik gemacht hatten. Aber nicht sehr.

Tatsächlich war es eher so, daß hier *Faith No More* aus der Musikbox dröhnte und rivalisierende Anhänger unterschiedlicher Sportmodenhersteller mit dem saturnischen Äquivalent von Billardstöcken aufeinander losgingen. Billardstöcken, die für Tentakel statt für Arme und Hände gemacht waren.

Ein zwielichtig aussehender Außenweltler lag über drei Fenstersitze ausgebreitet und beobachtete den vorbeifahrenden Verkehr. Sein Name war Abdullah, und er war ein fliegender Seestern. Vom Uranus. Wir kennen ihn bereits.

Abdullah spähte hinaus auf die Straße und erkannte den funkelnagelneuen Laster des Auktionshauses. Und genauso spähte er hinaus auf die Fracht, die der Lastwagen geladen hatte. Und dann empörte sich Abdullah auf das Alleräußerste und schrie laut zum Himmel – oder doch zumindest zur Decke: »Irgend so ein Bastard klaut mir gerade mein George!«

Und dann starrte er auf den Fahrer des gestohlenen Lastwagens, und noch weitere Worte entflohen seiner unsichtbaren Oralöffnung. »Das ist der Schmuck aus Bramfield! Der auf der Venus steckbrieflich gesucht wird. Mit einer hohen Belohnung! Wie ist er bloß hergekommen?«

Abdullah streckte einen wirklich furchterregenden Pseudopoden mit frei rotierendem optischen Zubehör durch den Briefkasten des Cafés über den Bürgersteig und an der Seite des funkelnagelneuen gestohlenen Lastwagens hinauf, um Raymonds so eigenartig fixiertem Blick zu folgen.

»Sieh an!« sprach der große Abdullah. »Ich sehe mit meinem kleinen Auge etwas, das mit ›S‹ beginnt. Kann es sein, daß dies genau das gleiche Schiff ist, das meinem grandiosen Herrscher, dem Sultan vom Uranus, vor hundert und ein paar Jahren gestohlen wurde? Oder täuscht mich mein furchtbarer Pseudopode mit frei rotierendem optischen Zubehör? Nein. Das ist die verdammte *Salamander*. Bedienung!«

»Ja? Was willste denn?« Die Kellnerin war eine beinahe formlose Protozoe. Aber sie trug eine Schürze und eine ausgebleichte blonde Perücke, kaute Kaugummi und sprach mit diesem nasalen Brooklyner Akzent, mit dem Kellnerinnen in amerikanischen Filmen immer reden. »Ja? Was willste denn?« fragte sie erneut. »Du Arschloch«, fügte sie noch hinzu, rein sicherheitshalber.

»Telefon«, sagte der große Abdullah.

»Hinten.«

Abdullah erhob sich in einer widerwärtigen Bewegung und schwebte in den rückwärtigen Bereich des Cafés. Dort hob er mit einem sich drehenden Fortsatz den übergroßen Hörer von der Gabel (für Tentakel gemacht, statt für Arme und Hände) und hielt ihn gegen den Teil seines Leibes, der wie ein Ohr funktionierte.

»Nummer bitte«, sagte die Telefonistin.

»E.T. telefonieren, nach Hause«, sagte der fliegende Seestern. »Uranus, und zwar schnell. Ich muß mit dem Sultan sprechen.«

»Die Polizei, und zwar schnell. Ich muß mit der Polizei sprechen.«

Das war der Wächter in der Wachhütte vor dem Auktionshaus. Ein wenig verbeult in der Kopfregion, aber noch immer auf der hiesigen Seite des Friedhofs. »Ja, Polizei? Hallo? Die beiden Psychos, die wegen der vielen Morde gesucht werden. Sie waren hier. Der Mann und die Frau. Ja. Sie ...«

»Haben unsere allerletzten Vorräte an George gestohlen«, sagte der Wachposten, der in diesem Augenblick zur Ablösung herbeikam. »Ich hab' gesehen, wie sie an mir vorbeigefahren sind. Ich habe die Frau ebenfalls erkannt. Sie ist mit dem Zirkus hergekommen, in dem großen Schiff, das vor einiger Zeit im Hafen angelegt hat.«

»Haben Sie das alles?« fragte der Wachposten mit dem verbeulten Kopf.

»Gehen Sie davon aus, daß es so ist«, kam die hilfreiche

Antwort. «Eine bewaffnete Spezialeinheit ist auf dem Weg zum Hafen.«

»Gott sei Dank«, sagte der Wächter.

»Gott sei Dank«, sagte Inspektor T'Od. »Und wenn du dann noch diesen Durchschlag und diesen und diesen unterschreiben würdest ...«

»Ich werd' meine Aussagen vor Gericht alle widerrufen«, sagte Simon, während er die falschen Geständnisse unterschrieb.

»Natürlich. Das machen sie immer.«

»Ich werd' den Richtern sagen, daß Sie gedroht haben, mir die Zähne herauszubrechen, wenn ich nicht unterschreibe.«

»Das erwarte ich nicht anders von dir. Ja. Und den hier auch noch unterschreiben, ja?«

Simon unterschrieb den da auch noch. »Sie kapieren das einfach nicht, was?« fragte er. »Dieses Ding ist da draußen im Hühnerhaus. Es muß vernichtet werden!«

»Natürlich. Und es steht alles im Buch Gottes. Zu schade, daß Gott es mit nach Hause genommen hat, was? Unterschreib schön weiter.«

Simon unterschrieb schön weiter. »*Sie* haben das Buch! Der Geruch in dem Buschversteck, das war der Geruch von diesem Ding. Sie müssen etwas unternehmen!«

»Ich unternehme ja etwas. Ich bearbeite die Aussagen eines geständigen Massenmörders. Unterschreib das hier auch noch.«

Simon unterschrieb das da auch noch. »Sie werden das bereuen. Ich werd' mir einen wirklich guten Verteidiger nehmen. Eine Frau. Jemanden, der aussieht wie Helen Mirren.«

»Als Pflichtverteidigerin? Ich glaube nicht. Unterschreib das.«

»Was ist das?«

»Mein Autogrammbuch. Du bist der erste Massenmörder, den ich je verhaftet habe.«

»Na gut.« Simon unterschrieb. »Und was meinen Sie mit

Pflichtverteidiger? Ich brauch' keinen Pflichtverteidiger. Ich kann mir den besten Anwalt leisten.«

»Mit deinem Gärtnergehalt? Du machst wohl Witze?« Inspektor T'Od steckte sein Autogrammbuch wieder ein.

»Vergessen Sie ruhig mein Gehalt«, sagte Simon und gab dem Inspektor seinen Bleistift zurück. »Sie wissen, wieviel Geld ich besitze. Sie haben doch meinen Gewinn gezählt, als Sie mich durchsucht haben. *Das ist mein Geld*, das Sie jetzt in den Safe geschlossen haben. Legal gewonnen. Es gibt zwei Sorten von Gerechtigkeit in diesem Land, eine für die Reichen und eine für die Armen. Und ich kann mir jetzt die Gerechtigkeit für die Reichen leisten.« Simon ließ seine Perlweißen blitzen. »So.«

»Wirklich?« Inspektor T'Od ordnete pomadige Haarsträhnen über seiner Stirn. »Nun, das ist schon äußerst merkwürdig. Ich kann mich nicht erinnern, daß Simon auch nur einen Pfennig bei sich hatte, als wir ihn verhaftet haben. Sie, Konstabler?«

»Nein, Sir, Chef.« Der Konstabler mit der Schwester schüttelte den Kopf. »Ich kann mich überhaupt nicht an Geld erinnern.«

»Was?« fragte Simon.

»Konstabler ohne Schwester, der schon einmal einen Durchsuchungsbefehl gesehen hat«, fragte Inspektor T'Od, »können Sie sich erinnern, daß wir ein kleines Vermögen in Zwanzig-Pfund-Noten in den Safe gelegt haben?«

»Nein, Sir.« Auch dieser Konstabler schüttelte den Kopf. »Ich erinnere mich, daß wir bei dem Verdächtigen eine abgetragene alte Brieftasche gefunden haben, in der ein ärztliches Attest steckte, von dem Sie uns gesagt haben, dies sei ein wichtiges Beweisstück. Aber Geld? Nein, Sir. Ich würde mich ganz sicher daran erinnern, wenn der Verdächtige einen großen Geldbetrag bei sich gehabt hätte, alles in Zwanzig-Pfund-Noten, die in seinen Taschen steckten und die wir ihm aus seinen Fingern winden mußten, als wir ihn durchsuchten, Sir.«

»*Was?*« fragte Simon einmal mehr.

»Da hast du's«, sagte Inspektor T'Od. Und drehte seine Handflächen nach außen. »Oder in deinem Fall: Da hast du's eben nicht. Es gibt kein Geld.«

»*Was?*« fragte Simon in einer höheren Tonlage als je zuvor. »Kein Geld? *Was?*«

»Aber du warst ja auch betrunken, als wir dich herbrachten. Du bist beim Alkoholtest durchgefallen, erinnerst du dich? Ach nein, wahrscheinlich erinnerst du dich gar nicht. Du leidest ja an spontanem Gedächtnisverlust und so.«

»*Was?* Was?« Simon begann wie ein Verrückter mit den Händen zu wedeln und hüpfte auf seinem Stuhl auf und ab. »Das träum' ich doch alles nur! Das können Sie doch nicht mit mir machen! Sie können mir doch nicht einfach all mein Geld stehlen, mich dazu zwingen, ein falsches Geständnis zu unterschreiben, und einfach alles ignorieren, was ich Ihnen erzählt habe! Das können Sie nicht machen! Nein, das können Sie nicht!«

»Aber natürlich kann ich!« Inspektor T'Od zeigte ein grausames Lächeln. »Ich kann alles machen, wozu ich Lust habe. Du bist ein wahnsinniger Mörder. Niemand wird sich darum kümmern, was mit dir geschieht, und niemand wird deinen Worten mehr Glauben schenken als meinen.«

»Nein!« kreischte Simon. »Nein, nein, nein!«

»Er bläst sich aber ziemlich auf, Sir, Chef«, sagte ein Konstabler, der bereits plante, einen Teil seines neugefundenen Reichtums für einen Motorroller auszugeben. »Soll ich ihm vielleicht einen Schlag mit meinem Knüppel verpassen?«

»Ich glaube nicht, daß das notwendig sein wird.« Der Inspektor lächelte noch immer. »Ich sag' Ihnen, was Sie unternehmen können. Warum gehen Sie nicht einfach und holen den Polizeiarzt? Sagen Sie ihm, wir hätten einen gefährlichen Gefangenen hier unten, und er soll mit seiner größten Spritze kommen.«

»Nein!« wimmerte Simon.

»Ja, Sir, Chef«, sagte der Konstabler. »Und soll ich ihn bitten, auch gleich die Zwangsjacke mitzubringen?«

»Eine gute Idee, Konstabler!«

»Und was ist mit der ledernen Kopfmaske mit den kleinen Metallstäben über der Mundöffnung?«

»Nein!« kreischte Simon. »Nein nein nein nein!«

»Auch eine gute Idee. Eine sehr gute Idee sogar, Konstabler. Nun beeilen Sie sich aber. Der Schlachter von Bramfield bekommt langsam Schaum vor den Mund. Je schneller er in die Jacke kommt und unter Phenobarbiturate gesetzt wird, desto sicherer werden wir alle in unseren Betten schlafen können.«

»Neeeeeeeeeeeeeiiiiiiiiiiiiinnnnnnn!« schrie Simon.

»Baaaaaaaaaaaaaarrrrrrrrrrrrrrrpppppp!« Die rote Ampel wechselte auf grün, und hinter ihnen begann ein Hupkonzert. Raymond fummelte an der Gangschaltung des funkelnagelneuen Auktionshauslastwagens.

»Nun beeil dich«, sagte Zephir. »Wir haben einen engen Zeitplan, den wir unbedingt einhalten müssen. Wir müssen diesen Planeten so schnell wie möglich verlassen.«

Raymond riß sich zusammen und legte den Gang ein. Der schwere Laster setzte sich in Bewegung.

»An der Zufahrt zum Hafen steht ein Wachposten«, sagte Raymond, als er an der Zufahrt zum Hafen einen Wachposten erspähte. »Und er hat ein Klemmbrett in den Fingern.«

»Keine Zeit für so was. Fahr ihn um.«

»Werd' ich nicht!«

»Wirst du doch!«

»Werd' ich nicht!«

»Wirst du doch!« Zephir griff ins Steuer, und der Laster fuhr auf den Posten am Hafentor zu.

Und während der Wachtposten um sein Leben rannte, rannte der Lastwagen die kleine Hütte über den Haufen. Elektrische Ofenplatte, Ventilator, Heizöfchen, tragbarer Fernseher, schmutzige Magazine, alles.

»Bastarde!« fluchte der Wachtposten und zog sein Mobiltelephon hervor. »Schicken Sie mir die Polizei her!«

Wooo wooo wooo wooo wooo, erklang das Geräusch von Polizeisirenen.

»Das ist das, was mir am Saturn so gut gefällt«, sagte der Wachtposten. »Es ist immer ein Polizist in der Nähe, wenn man einen braucht.«

»Ich höre Polizeiwagen«, stöhnte Simon. »Meinst du, daß die Schiffsgangway das Gewicht dieses großen Lasters trägt?«

»Nein«, erwiderte Zephir. »Aber fahr trotzdem weiter.«

Und dann war Zephir verschwunden. Und Raymond fuhr weiter in Richtung auf eine Gangway, die plötzlich auf magische Weise von massiven Stahlträgern verstärkt wurde.

Ich frage mich, wie sie das bloß macht, fragte sich Raymond, während er schaltete und die Hupe des großen Lastwagens betätigte. »Baaaaarrrp!« Dann steuerte er vorsichtig die Gangway hinauf und in den Laderaum der *SS Salamander.*

Zahnräder griffen ineinander, und Hydrauliken erwachten zum Leben, als die Gangway sich hob und eingezogen wurde.

Sahneschnitte.

Raymond schaltete die Maschine ab und kletterte aus der Kabine. Er stapfte über verschiedene Treppen nach oben und stieß schließlich zu Zephir, die auf Deck stand.

»Wir haben's geschafft, was?« Raymond stieß die Faust in die Luft. Er schlang seine Arme um die Wunderbare und küßte sie. »Wir haben's geschafft.«

»*Wir* haben es geschafft.« Zephir löste sich aus Raymonds Umarmung. »Aber sieh mal nach draußen.«

Raymond sah mal nach draußen. Entlang des gesamten Docks hatte sich versammelt, was man unter dem Begriff ›Polizeipräsenz‹ versteht. Ein Dutzend erdähnlicher Einsatzwagen voller Elitepolizisten. Offiziere, die vor und zurück rannten. Gewehre, die angelegt wurden. Rufen und Stoßen. Das Schwirren von Rotorblättern kündigte das baldige Eintreffen von drei Kampfhubschraubern an.

»Verdammter Mist«, sagte Raymond. »Laß uns von hier

verschwinden. Schalt den Weltraumantrieb ein, sag die magischen Worte, und dann nichts wie weg, ja?«

Zephir schüttelte den Kopf. »Das geht nicht.«

»Das geht nicht? Was zur Hölle redest du da?«

»Ich sage, daß wir den Planeten nicht verlassen können, das rede ich.«

»Ich widerspreche dir in dieser Angelegenheit nur ungern. Aber in diesem Fall muß ich darauf bestehen. Wo ist der Professor?«

»Da draußen«, sagte Zephir. Sie zeigte über das Dock in Richtung der Stadt. »Da draußen, irgendwo. Und mit ihm der Zirkus. Sie sind nicht zurückgekommen, Raymond. Etwas Schreckliches muß passiert sein.«

18.
KAPITEL

Der Sultan vom Uranus war ein übler Zeitgenosse. Er war kein fliegender Seestern. Die fliegenden Seesterne waren die eingeborene Urbevölkerung, und sie waren schon vor Jahrhunderten von den Edeniten unterjocht worden.

Der Sultan war ein Edenit.

Ein dicker, fetter Edenit.

Sehr alt, aber noch immer sehr fit.

Und verdammt schlecht gelaunt.

Er war einer von drei Drillingsbrüdern, die noch immer eine Menge interplanetarischen Einfluß untereinander teilten, obwohl sie sich gegenseitig so sehr haßten, wie nur Brüder sich hassen können, und obwohl sie schon seit zweihundert Jahren kein Wort mehr miteinander gesprochen hatten.

Man könnte nun eine Menge Zeit damit verbringen, den Sultan und die Wunder seines Palastes zu beschreiben. Aber nicht in dieser Geschichte.

Der dicke fette alte schlechtgelaunte Kerl brüllte in seinen

Telephonhörer. Ärgerliche Worte. Worte wie: »Bring mir ihre Köpfe!« und: »Ich will mein Schiff zurückhaben!« und: »Entweder du machst es sofort, oder du wirst mich kennenlernen!« Solche Worte.

»Ihr Wunsch ist mir Befehl«, murmelte Abdullah und legte den Hörer auf.

»Ihr Wunsch ist mir Befehl.« Professor Merlin stand in der Mitte des Zirkusrunds aus Sägespänen und verbeugte sich einmal mehr vor seiner Durchlauchten Hoheit, dem Großherzog Binky. »Eine weitere volle Vorstellung, jawohl.«

Seine königliche Hoheit, der Großherzog Binky, war ein übler Zeitgenosse. Er war kein saturnisches Hundekopfwesen oder etwas in der Art. Die Ureinwohner des Saturn waren schon vor Jahrhunderten unterjocht worden.

Von den Edeniten.

Der Großherzog war ein Edenit.

Ein dicker, fetter Edenit.

Sehr alt, aber noch immer sehr fit.

Und verdammt schlecht gelaunt.

Er war einer von drei Drillingsbrüdern.

Natürlich könnte man jetzt viel Zeit darauf verwenden, den Großherzog und seinen wunderbaren Palast zu beschreiben. Aber glücklicherweise ist das nicht notwendig. Weil der dicke, alte Kerl nämlich aussah wie sein Bruder, der Sultan. Und ihre Paläste waren bis auf winzige Kleinigkeiten identisch.

Puh!

»Einen Augenblick zum Erfrischen, Eure Majestät, und dann werden wir noch einmal für Euch spielen.« Professor Merlin verbeugte sich in der Manege und humpelte mit müden Gliedern in Richtung der Umkleidekabinen.

Hier saßen seine Künstler. Sie alle standen kurz vor dem Zusammenbruch. Alle waren vollkommen erschöpft, nachdem sie ihre Nummern zweimal hintereinander hatten aufführen müssen.

»Wirr können nischt mehr.« Monsieur LaRoche hatte die Beine des heranschlurfenden Professors aus der verkrümmten Position erspäht, in der er kauerte. »Meine Rücken ist in die Eimer. Diese Binky soll misch am Arsch lecken, und die Pest an die 'als von seine kleine Sohn!«

»Jawohl, der Schwarze Tod soll ihn holen!« stimmte Doktor Bakterius zu. »Drei Mal hat das kleine Scheißerchen verlangt, daß ich an Malaria sterbe. Drei Mal! Ich weigere mich, diese Nummer noch einmal zu zeigen!«

Ähnliches Stöhnen und ähnliche Beschwerden erfüllten die Luft. Der Professor hob seine zauberhaften Finger: »Ich habe ihn um eine Verschnaufpause angefleht. Der Mann ist völlig verrückt, und wir sind schon spät dran. Wir kehren sofort auf das Schiff zurück.«

»Das wird ihm aber nicht gefallen.« Aquaphagus hustete und würgte eine kleine Forelle hervor. »Ah, ich hatte mich schon gewundert, wo sie abgeblieben war. Der Großherzog wird uns verfolgen.«

»Soll er machen, was er will. Wir verschwinden. Nehmt nur mit, was ihr unbedingt zum Überleben braucht, und dann folgt mir.«

»Was machen wir jetzt?« Raymond versuchte, sich Gehör zu verschaffen. Das ohrenbetäubende Klappern der Rotorblätter über ihren Köpfen kreisender Kampfhubschrauber machte jede Form der Kommunikation (außer möglicherweise Pantomime) beinahe vollkommen unmöglich.

»Ich muß den Zirkus finden und sicher zurückbringen«, schrie Zephir.

»Was?«

»Du bleibst hier. Ich geh' allein.«

»Was?«

»Du bleibst an Bord. Ich geh' und hol' den Professor zurück.«

»Nein!« Raymond zog Zephir in die nächste Kabine und schlug die Tür hinter sich zu. »Nein.«

»Doch, Raymond. Ich kann unentdeckt das Schiff verlassen und auf dem gleichen Weg mit dem Professor und den anderen zurückkehren. Niemand wird uns sehen.«

»Nein!« sagte Raymond erneut. »Du könntest getötet werden.«

»Ich kann nicht getötet werden.«

»Oh?« Raymond dachte über ihre letzten Worte nach. »Na gut, aber ich kann getötet werden. Was, wenn sie das Schiff stürmen, während du weg bist?«

»Wir können nicht ohne den Professor verschwinden, und ich bin die einzige, die ihn durch die Reihen der Polizei schleusen kann.«

»Starte das Schiff«, sagte Raymond.

»Was?« fragte Zephir.

»Starte das Schiff, und wir nehmen den Professor unterwegs an Bord.«

»Das ist eine sehr gute Idee, Raymond.«

»Ja, meinst du wirklich? Ich dachte, es wäre eigentlich ziemlich offensichtlich, ehrlich. Natürlich müßten zuerst diese Helikopter verschwinden.«

»*Achtung, SS Salamander!*« Die Stimme kam aus einem dieser typischen Polizeimegaphone und war zu hören, weil die Helikopter abgezogen waren, damit die Stimme zu hören war. Die Stimme redete weiter: »*Sie können nicht mehr entkommen! Geben Sie auf, oder wir eröffnen das Feuer.*«

»Jetzt wäre ein guter Zeitpunkt«, sagte Raymond.

»In Ordnung. Du gehst nach oben ins Ruderhaus und setzt das Schiff in Gang. Ich werde die Polizei ablenken.«

»Nein«, sagte Raymond.

»Was meinst du mit ›Nein‹?«

»Ich meine mit ›Nein‹, daß ich nicht weiß, wie man das Schiff fliegt. Also werd' ich es wohl sein, der die Polizei an der Nase herumführt. Wenn man mich erschießt, dann hast du wenigstens noch die Chance, mit den befreiten Leuten zu entkommen und die Zirkusmannschaft zu retten.«

»Das ist sehr tapfer von dir.«

»Ja?«

»Ja. Ich werde dir helfen, so gut ich kann.«

»Kommen Sie heraus, oder wir eröffnen das Feuer!«

»Laß uns gehen«, sagte Raymond, aber Zephir war bereits gegangen.

»Halt, halt, halt!« Raymond schlenderte hinaus aufs Deck der *SS Salamander* und winkte den Polizisten mit unbewaffneten Händen. »Das ist doch nicht nötig!«

Ein Schuß zischte an ihm vorbei und klatschte in einen Rettungsring hinter ihm.

»Feuer einstellen!« rief der Polizeibeamte mit dem Megaphon.

»Ja, ich glaube, das wäre am besten«, sagte Raymond und zupfte am Schritt seiner Lederhose. Noch war sie trocken. Aber wie lange noch? »Sie wollen doch nicht, daß diese Stadt in eine rauchende Ruine verwandelt wird, oder?« rief er.

»Hä?«

»Ein Schuß in die falsche Richtung, und wir sind alle tot!«

»Hä?«

»Der Weltraumantrieb der *SS Salamander.*«

»Was ist mit dem Weltraumantrieb?«

»Er ist sehr instabil. Arbeitet durch Transperambulation von pseudokosmischer Antimaterie.«

»Ach, hören Sie auf!«

»Kein Witz. Und wenn eine Ihrer Kugeln die Kreuzpolarisation des Betateilchenflusses unterbricht ... Puff!«

»Wen nennen Sie einen Puff?«

»Die Stadt. Sie wird *Puff!* machen. Diese ganze Stadt. Alles. Weg. Einfach weg. *Puff!*«

»Puff?«

»Puff!«

»Ja? Und mein Hintern schmeckt nach Schneeglöckchen aus einem Pastorengarten.«

»Kennen wir uns?« fragte Raymond.

»Nein, aber Sie haben meinem Bruder eins über den Schädel gezogen. Dem Wachposten beim Auktionshaus.«

»Nur eins über den Schädel? Sie meinen, er lebt noch?«

»Ja. Es geht ihm gut. Obwohl er an starken Kopfschmerzen leidet.«

»Nun, dann bestellen Sie ihm einen schönen Gruß und gute Besserung. Sagen Sie ihm, ich hoffe, daß es ihm bald wieder besser geht.«

»In Ordnung, mach' ich. Kommen Sie jetzt herunter, oder müssen wir Sie totschießen?«

Raymond kratzte sich am Kopf und dachte darüber nach, was Simon wohl als nächstes gesagt hätte, nachdem sich die Geschichte mit dem instabilen Weltraumantrieb als eine echte Null herausgestellt hatte. »Ich besitze diplomatische Immunität«, rief Raymond. »Ich bin der neue offizielle Botschafter von Eden. Erschießen Sie mich, und Sie haben einen interplanetarischen Zwischenfall am Hals.«

»Sie sind ein verlogener Idiot!« rief der Polizeibeamte mit dem Bruder, dem Raymond den Schädel verbeult hatte und der nicht tot war. *»Ich werde jetzt bis zehn zählen, und wenn Sie dann noch nicht heruntergekommen sind, dann schießen wir Sie tot und stürmen das Schiff.«*

Ach, wenn ich doch nur die General Electric Minikanone hätte! dachte Raymond. *Ach!* dachte er, als die General Electric Minikanone plötzlich in seinen Händen materialisierte.

Und dieses Mal war am Feuerknopf ein großes rotes Schild befestigt mit der Aufschrift: »Hier drücken, um zu feuern, und dann festhalten.«

»Zurück!« schrie Raymond. »Oder *ich* eröffne das Feuer. Und ich weiß, wie ich dieses Ding benutzen muß.«

»Das ist gar keine echte Kanone!«

»O doch!«

»O nein!«

»O doch!«

»O nein!«

»Ganz wie Sie meinen.« Raymond richtete die sechs rotierenden Läufe in die allgemeine Richtung des Polizeiaufgebots und drückte auf den Feuerknopf.

Den Liebhabern von Hochgeschwindigkeitsfeuerkraft, diesen traurigen Individuen, die Feuerwaffenmagazine und

Buchreihen über Vietnam kaufen, bedeutet die General Electric Minikanone eine Klasse für sich. Die Waffe, erprobt und getestet an manch unschuldiger Bauernfamilie im Mekongdelta, streut ihre Munition mit sechstausend Schuß pro Minute und bietet maximale Gewebepenetration und optimales Ausschalten weicher Ziele.

Und dann ging es auch schon los. Raymond hielt die Waffe mit bewußter Anstrengung fest, als die Revolveradapter ansprangen und die Läufe in Rotation versetzten und Kugeln entlang der Mole einschlugen.

Fogertys Tapferste flohen, als die Reifen von Polizeifahrzeugen zerfetzt wurden, Motorhauben auseinanderflogen und Benzintanks explodierten. Dichte Rauchwolken hoben sich in den Himmel und behinderten die Piloten der Kampfhubschrauber, die einfach das Feuer erwiderten und in verrückten Kreisen den Rauchwolken auszuweichen versuchten.

Chaos!

Raymond hatte die Augen fest geschlossen. Wenn er weiche Ziele penetrierte und ausschaltete, dann wollte er es wenigstens nicht mit ansehen. Und er kniff seine Beine zusammen. Fest zusammen. Das war alles zuviel für ihn, wirklich, viel zuviel.

Was für eine Menge Rauch!

Wenn man wirklich sechstausend Schuß in der Minute verfeuert, dann dauert es nicht lang, bis man all seine Munition verbraucht hat. Außer natürlich, man hat Unmengen davon. Raymond schien keinen Mangel an Munition zu kennen. Die Läufe der großen Kanone surrten. Rauch und Flammen und Chaos.

Vollkommen unnötig. Aber wenn Sie eine dieser traurigen Gestalten sind, die ihr Geld für Waffenillustrierte und Buchreihen über den Vietnamkrieg ausgeben, dann wird es Ihnen ganz bestimmt gefallen.

Was für eine Menge Rauch!

Raymond konnte nichts sehen. Er ließ die Kanone fallen und klammerte sich an die Reling, weil rings um ihn alles rappelte. Einschlagende Kugeln. Rauch und Flammen. Zerreißende Kabel und Ketten.

Noch mehr Chaos.

Und noch mehr.

Und dann der offene blaue Himmel.

Raymond blinzelte. Das Schiff stieg auf. Der große Ozeandampfer hob sich in den Himmel und ließ den Rauch zurück. Ein schwarzer Schleier, der den Kai verdeckte. Hubschrauberrotoren wummerten unter dem Schiff. Trafen auf die Hülle. Und einer der Hubschrauber schoß in großen Spiralen nach unten und platschte in den Hafen.

Raymond schlug die Hände vors Gesicht und tat, was vor ihm ungezählte Mengen von Passagieren aus weit weniger dramatischem Anlaß getan hatten: Er beugte sich über die Reling und erbrach sich.

Die *SS Salamander* wendete am Himmel. Majestätisch und magisch. Und schwindelerregend. Raymond stolperte über das Deck und zog sich mühevoll in einen der Liegestühle.

»Alles in Ordnung?« fragte Zephir aus dem Ruderhaus.

»O ja! Ging mir nie besser …«

»Dann halt dich gut fest! Es wird eine stürmische Fahrt.«

»Eure Majestät!« Ein kriecherischer Domestik mit Ibiskopf und einer häßlichen scharlachroten Uniform sprach in das erhabene Ohr des Großherzogs. »Professor Merlin hat soeben das Gebäude verlassen.«

»Ohne meine Erlaubnis?« Der dicke, fette Kerl erhob sich in seiner königlichen Loge, und der arme kranke Colin fiel von seinem Schoß. »Ruft die Wachen! Verfolgt ihn. Mein Sohn wünscht den Malariamann noch einmal zu sehen.«

»Aber die Wachen haben alle ihren freien Tag, Eure Majestät. Ihr selbst habt den heutigen Tag als Nationalfeiertag deklariert.«

»Du Trampeltier! Kasper! Bring mir den Zirkus zurück! Und heb gefälligst meinen Sohn auf!«

»Euer Wunsch ist mir Befehl.«

»Da hast du verdammt recht! Und jetzt setz dich endlich in Bewegung!«

»Jetzt setz dich endlich in Bewegung, Jumbo! Los!« Professor Merlin versetzte seinem Flagg-Elefanten die Sporen.

»Hören Sie mit den Sporen auf. Ich geh' ja schon, so schnell ich kann.«

»Du kannst sprechen! Bei Jimmy, du kannst sprechen!«

»Natürlich kann ich sprechen. Ich hatte nur früher nie Lust dazu.«

»Ist das ein indischer Akzent?«

»Ich bin ein indischer Elefant. Haben Sie vielleicht einen jiddischen Akzent erwartet?«

»Nein, ich ... in Ordnung. Schnickschnack. Warum erst heut', du alter Mistkerl? Warum willst du denn plötzlich reden?«

»Ich übe mein Privileg aus«, sagte der Elefant in wenig überzeugendem indischem Dialekt. »Jetzt, da das Ende der Zeit gekommen ist und alle Tiere des Feldes ihre Stimme erheben.«

»Alle?« fragte der Professor.

»Alle«, erwiderte Jumbo. »Der Löwe und das Lamm. Der Affe und das Huhn. Ganz besonders das Huhn.«

»Und was ist mit den Fischen?« fragte Aquaphagus von hinten.

»Seien Sie kein Schmuck«, entgegnete der Elefant. »Haben Sie in Ihrem Leben schon einmal einen sprechenden Fisch gesehen? Au weia.«

»Los, hinter dem Elefanten her!« kreischte der unterwürfige Domestik.

»Wer, *ich*?« Der einzelne Wachposten in der kleinen Hütte am Tor des Palastes schüttelte den Kopf. Es war der Kopf einer Meeräsche. »Ich werd' nicht dafür bezahlt. Ich bleib' hier in meiner Hütte.«

»Dann ruf die Polizei!«

»Hat keinen Sinn. Sind alle am Dock und schießen auf das große Schiff, das den Zirkus hergebracht hat. Sieh her, es wird live übertragen.« Er deutete auf seinen tragbaren Fernseher. »*Hump*hrey Gogmagog persönlich kommentiert die Ereignisse.«

»Oh? Ich mag Gogmagog. Mach bitte lauter.«

»Soll ich uns einen Tee kochen?«

»Nun«, der kriecherische Domestik kratzte sich an seinem Bart. »Ich sollte wirklich hinter dem Zirkus her.«

»Warum machst du dir deswegen Gedanken? Ich sag' dir, was du tun kannst: Ruf die Polizei auf dem Dock an und sag ihnen, daß sie den Zirkus einsperren, wenn er versucht, wieder an Bord seines Schiffes zu gelangen.«

»Kann ich dein Telephon benutzen?«

»Sicher. Frag nach meinem Bruder Charlie, er ist für das Megaphon verantwortlich.«

»Das ist gut«, sagte der kriecherische Domestik. »Wo steht dein Telefon?«

»Dort unten, bei den schmuddeligen Magazinen.«

»Hier unten?«

»Dort unten.«

»Dort unten! Dort unten!« Raymond zeigt nach dort unten. »Dort unten ist der Professor auf seinem Elefanten. Nein, alle sitzen auf dem Elefanten.«

»Dann halt dich gut fest, wir gehen runter.«

Wupp wupp wupp wupp, machten die Rotoren des Kampfhubschraubers. *Wupp wupp wupp wupp*. »Dort drüben«, schrie der Pilot. »Das Schiff geht runter, um den Zirkus einzuladen! Eröffnet das Feuer! Schießt auf alles und jeden!«

»Dort oben!« Lady Alostrael zeigte nach dort oben. »Die *SS Salamander*!«

Die Zirkusleute begannen zu rufen und zu winken.

Raymond blickte in den Rückspiegel der *SS Salamander*. »Hinter uns kommen Helikopter. Was machen wir jetzt?«

»Übernimm bitte das Steuer, Raymond, und lande das Schiff.«

»Ich soll das Steuer übernehmen? Einfach so?«

»Einfach so. Beeil dich!«

»Hast du denn einen Plan?« Raymond übernahm das Steuer und stellte einmal mehr fest, daß Zephir plötzlich nicht mehr da war. »Sie kommt ganz schön herum, diese Frau.«

Wuuuuschhh! machte eine Luft-Luft-Rakete. Sie flog über das Deck und verfehlte das Ruderhaus nur um wenige Zoll. Sie fiel in einiger Entfernung herab und auf die Hütte des Wachpostens am Eingang zum Palast. Sie zerstörte die Hütte vollkommen.

Ziemlich unfair? Ja, aber so ist das Leben.

»Ist das alles aufregend!« sagte Raymond. »Obwohl es einem ganz schön Angst einjagt, wenn man persönlich in die Sache verwickelt ist.« Er drehte am Ruder, und das Schiff schwenkte beängstigend nach Backbord.

»*Uppps!*« sagte Raymond.

Unten im Frachtraum rollte der funkelnagelneue Lastwagen des Auktionshauses, dessen Handbremse Raymond nachlässigerweise nicht angezogen hatte, vorwärts und krachte in die Schotten (was auch immer das ist).

»Hier unten«, winkte das Zirkusvolk.

Raymond winkte ihnen zurück. »Wie funktioniert das bloß?« überlegte er. »So oder so?« Er riß das Steuer in die andere Richtung (Steuerbord), und die Konsequenzen waren äußerst beunruhigend.

Der große funkelnagelneue Lastwagen rollte quer durch den Frachtraum und krachte mit seinem Heck in einen aufrechtstehenden wandähnlichen Teil des Schiffes (in die Schotten).

Wupp wupp wupp wupp, machten die Rotoren des Kampfhubschraubers. *Wupp wupp wupp wupp.*

Rattattattattattattat, machten die Kanonen des Kampfhubschraubers. *Rattattattattattattat.*

»In Deckung!« rief Mr. Aquaphagus. »Hinter den Elefanten!« sagte er, als die Kugeln auf der Straße einschlugen.

»'In Deckung hinter den Elefanten', sagt er!«, trompetete Jumbo bestürzt und warf seinen Rüssel hoch. »Dieser Kerl denkt, ich bin bereits ein Sandsack! So ein Schlamassel!«

Wupp wupp wupp wupp.

Rattattattattattatt.

Raymond riß das Steuer erneut hart herum, und das Schiff machte einen großen Bogen in der Luft.

Krach und *Boing* machte der große funkelnagelneue Lastwagen aus dem Auktionshaus, als er umkippte und seine Ladung im Frachtraum verteilte.

»Irgendwas ist verrutscht«, sagte Raymond und fiel nach vorn über das Steuerrad des Schiffs. Die *SS Salamander* begann mit einem steilen Abstieg.

»Zurückdrehen! Zurückdrehen!« kreischte Professor Merlin, als das große Schiff begann, den größten Teil seines Gesichtsfeldes auszufüllen.

»Ich glaub', ich dreh' das Steuer besser zurück.« Raymond drehte das Steuer zurück, so weit es ging. Das Schiff kam zitternd mitten in der Luft zum Halten, und der erste der beiden verfolgenden Kampfhubschrauber knallte ins Heck der *SS Salamander* und explodierte.

»O Mann!« sagte Raymond.

Der zweite Hubschrauber umflog die *SS Salamander* und kam von vorn, wobei er das Ruderhaus unter Beschuß nahm.

»O Mannomann!« sagte Raymond aus der relativen Sicherheit auf dem Fußboden des Ruderhauses.

»Oh! Aaaaahhh! Iiiieeee!« und so weiter sagte das Zirkusvolk, als die brennenden Trümmer des ersten Hubschraubers auf die Straße regneten.

»Ich hab's gleich«, seufzte Raymond. »Ein kleines Stück vorwärts und einen Tick nach links.«

Einen Tick vorwärts und ein kleines Stück nach links.

Das Schiff schwang in einem weiten Satz nach links vorn.

»Zurück! Zurück!« schrie der Schütze des Kampfhubschraubers den Piloten an. »Er versucht uns zu rammen!«

»Oder sollte ich lieber einen Tick rückwärts und ein kleines Stück nach rechts ziehen?«

Ein kleines Stück rückwärts und einen Tick nach rechts.

»Ausweichmanöver! Er ist immer noch hinter uns her!«

»Oder vielleicht einen Tick nach unten, ein Stück nach links, dann hoch und ...«

»Ich springe ab!« schrie der Pilot des Hubschraubers, als die *SS Salamander* einen Tick nach unten, einen Schwenker nach links, dann wieder nach oben und ... und ... und eine nicht unbeträchtliche zweite Explosion.

Kein zweiter Hubschrauber mehr.

»Hoch und runter und hin und her. Es gehört schon einiges Geschick dazu, das weiß ich jetzt.« Raymond lenkte das Steuer nach rechts und links. Der Ozeanriese tauchte hinab und wendete und landete dann.

Aber es war ein sehr großes Schiff, und es hätte vielleicht einen Tick langsamer aufsetzen sollen. Genaugenommen zwei Ticks. Und ein Stück.

Und noch einen Tick.

»Bitte treten Sie von den Türen zurück.« Raymond klammerte sich an das Steuer. »Aussteigende erst an Land gehen lassen. Ach du lieber Gott!«

Das Schiff setzte die gesamte Ladenzeile der Stadt außer Betrieb.

Das war vielleicht ein Schauspiel.

Staub und herabfallende Trümmer überall.

Funkensprühende elektrische Verkabelungen.

Fliehende Zirkusleute.

Mehr Chaos.

Noch mehr Chaos.

Und dann ein schreckliches Kreischen, als die Schiffshülle sich in den Boden bohrte.

Noch mehr Explosionen.
Noch viel mehr Chaos.
Dann eine ganze Menge Stille.
Und dann ...
»Mein Gott«, krächzte Raymond, kurz bevor er ohnmächtig wurde. »Ich glaub', ich hab' gerade das Schiff versenkt.«

19. KAPITEL

Simon erwachte ohne den ihm eigenen natürlichen Sinn für Optimismus, was den vor ihm liegenden Tag betraf. Er hatte unter anderem schreckliche Kopfschmerzen. Viel schlimmer als jemals zuvor. Wahrscheinlich wegen der massiven Dosis an Barbituraten, die ihm in der vergangenen Nacht eingeimpft worden waren.

Die letzten Stunden dieser Nacht waren für Simon wenig befriedigend gewesen. Gewalttätige Hände hatten sich auf seinen empfindsamen Körper gelegt, und er war grausam in eine Zwangsjacke gesteckt worden. Sogar die Ledermaske mit den Stäben vor der Mundöffnung hatten sie über seinen Kopf gestreift. Und dann, zu allem Übel, auch noch die große Spritze.

Und dann. Oh, dann. Oh, dann, oh, dann.

Der grausame, undenkbare Akt.

Der in-die-Zelle-geworfen-werden-Akt.

Vielleicht denken Sie jetzt, das ist doch nicht *sooo* vollkommen grausam und undenkbar. Immerhin sind wir alle schon hin und wieder einmal in eine Zelle gesteckt worden, oder? Seien wir doch ehrlich. Aber es war nicht der in-die-Zelle-geworfen-werden-Akt an sich, das wirklich Schreckliche waren die anderen Insassen der Zelle. Und das, was sie mit Simon angestellt hatten.

Ja!

Genau das!!!!!

Simon erinnerte sich an die letzten unversöhnlichen Worte von Inspektor T'Od. »Wir haben einen Gesinnungsgenossen von dir hier drin, mit dem du dich unterhalten kannst. Er wurde erwischt, als er ohne Waffenschein mit einer Schrotflinte vor dem Haus des Schreibers herumschlich. Wir konnten den Tierarzt mitten in der Nacht nicht mehr wecken, und *deshalb mußte der Hund mit in die Zelle.*«

Und dann war Simon, während er bereits in seine narkotische Bewußtlosigkeit zu versinken begann, in die Zelle gesperrt worden. In der Zwangsjacke steckend und hilflos der unsanften Behandlung durch Dick Godolphin und seinen Lurcher ausgesetzt.

»Aaaaaarrrrrgggggghhhhh!!!!!«

Simon kämpfte mit seiner Zwangsjacke. Das konnte nicht die Wirklichkeit sein. Das war alles nur ein Traum. Sie hatten *DAS* nicht mit ihm getan.

Alles, nur nicht *DAS*.

Aber sie hatten.

Simon starrte hinauf zu dem hohen, mit Stäben bewehrten Fenster.

Auf dieses kleine blaue Zelt
das Genfang'ne nennen Welt.

Das war von Oscar Wilde, oder nicht?

»Aaaaaarrrrrgggggghhhhh!!!!!« sagte Simon erneut.

Die häßliche kleine stählerne Klappe seiner Zellentür öffnete sich, und der Mund von Konstabler Derek sagte: »Halt deinen verdammten Mund, du da drin!«

»Lassen Sie mich raus!« kreischte Simon. »Ich muß mich duschen! Ich muß zu einem Arzt! Ich brauche wahrscheinlich eine Tollwutimpfung! Ich bin infiziert! Lassen Sie mich raus!«

»Halt den Mund, Kerl!« Die kleine häßliche stählerne Klappe schloß sich wieder.

Simon blickte sich mit wilden Augen in der Zelle um. Er war alleine. Der Wilddieb und sein Köter waren freigelassen worden. Wahrscheinlich hatte Inspektor T'Od Dick auch noch das Fahrgeld für den Bus nach Hause gegeben. Mein Gott, wahrscheinlich hatte der Polizeibeamte sogar noch zugesehen, während Dick und sein verdammter Hund ...

Simon brachte ein weiteres »Aaaaarrrrrggggghhhh!!!!!« zustande. Aber »Aaaaaarrrrrgggggghhhhh!!!!!« würde ihm hier nicht weiterhelfen. »Aaaaaarrrrrgggggghhhhh!!!!!« war das allgemeine Zahlungsmittel an einem Ort wie diesem.

Niemand würde ihm zu Hilfe kommen – außer ihm selbst. Er selbst mußte sehen, daß er hier rauskam. Jetzt gleich. Auf der Stelle. Sofort!

Er mußte fliehen. Fliehen und sehen, daß er alles wieder ins reine brachte.

Weil Simon schließlich eingesehen hatte, daß die Schwierigkeiten, in denen er steckte, ganz allein sein eigenes Verschulden waren.

Er hatte zugesehen, wie sein bester Freund von einem fliegenden Seestern aus einer anderen Welt in das All gesaugt worden war. Er hatte rein zufällig die Männer in Grau getroffen und in Erfahrung gebracht, daß regelmäßig menschliche Wesen von der Erde entführt wurden und als eine Art Handelsware galten. Und daß eine gewaltige Verschwörung existierte, um all das zu verbergen.

Er hatte dieses schreckliche Geheimnis erfahren, und dann war ihm ein Buch aus der Zukunft in die Hände gefallen. *Die größte Show jenseits der Welt*. Ein Buch, das, hätte er es weise genutzt, ihm sicher dabei geholfen hätte, diese schreckliche Geschichte aufzudecken und das Leben unschuldiger Opfer zu retten.

Und was hatte er statt dessen mit diesem Buch angefangen?

Was hatte er, Simon, der Bastard, statt dessen damit getan? Nun, er hatte es genutzt, um sich damit persönliche Vorteile zu verschaffen. Um sich zu bereichern. Und wohin hatte seine Gier ihn gebracht? Hierhin, in die Zelle. Genau hierhin hatte sie ihn gebracht.

Seine Gier hatte ihn zu der Begegnung mit Saat-Hahn gebracht, dem Sprößling aus dem bodenlosen Abgrund. Seine Gier hatte ihn in die Klauen des Langen Bob und seiner satanischen Anhänger geführt. Und jetzt hatte er alles verloren. Das Buch. Das Geld. Seine Freundin. Das andere!

Und hier war er nun. Lag auf dem Boden in einer Arrestzelle der Polizeiwache, in eine Zwangsjacke gehüllt, eine schwarze Ledermaske über den Kopf gestreift, zu einer falschen Aussage gezwungen, die aus ihm einen Massenmörder gemacht und ihn als den Schlachter von Bramfield gebrandmarkt hatte.

Ohne Freunde. Ohne Hoffnung. Verdammt.

Und alles seine eigene Schuld.

Er mußte *wirklich* sehen, daß er hier rauskam.

Ausbrechen. Alles wiedergutmachen.

Auf der Stelle.

Irgendwie.

Aber wie?

Simon erinnerte sich an ein Buch, das er einmal gelesen hatte. Es handelte von dem großen Houdini und wie dieser mittlerweile legendäre Bursche sich mit wenig mehr als dem Schnurrhaar einer Katze und einem Kristallstück aus einem verschlossenen Safe befreit hatte ...

Oder war das vielleicht etwas vollkommen anderes gewesen?

Und was war mit Zwangsjacken? Houdini gab einen Scheiß auf Zwangsjacken. Er schiß auf sie. Fand sie lächerlich.

Simon kämpfte mit seiner Zwangsjacke. Sie zwängte ihn wirklich sehr fest ein. Es würde nicht ausreichen, sie lächerlich zu machen – oder einen Scheiß auf sie zu geben. Nein, ich glaube nicht.

Simon stellte seine Bemühungen ein. Wahrscheinlich hatte sich das Design von Zwangsjacken seit den Tagen des großen Entfesselungskünstlers beträchtlich verbessert. Und wo sollte Simon schließlich auch zu dieser Tageszeit das Schnurrhaar einer Katze herholen?

Nein. Wenn er hier verschwinden wollte, dann brauchte er nur das eine einzige Ding.

Ein Wunder.

Was vielleicht nicht gerade einfach zu bekommen ist, meinen Sie?

Aber wir reden hier von Simon. Vergessen Sie das nicht.

Simon schloß die Augen. »Lieber Gott«, betete er. »Es tut mir wirklich schrecklich leid, daß ich dich belästigen muß. Ich hab's noch nie vorher getan, und ich weiß, daß ich mich jetzt vielleicht besser hinknien sollte. Aber wie du siehst, wenn du hinsiehst, bin ich im Augenblick bewegungsunfähig.

Der Grund, aus dem ich deine wertvolle Zeit in Anspruch nehm', ist, daß ich in der letzten Nacht dem Teufel höchstpersönlich ins Gesicht geschaut hab'. Und wenn er schon höchstpersönlich hier ist, dann stimmt vermutlich auch, was der Lange Bob über das Ende der Zeit gesagt hat.

Also würd' ich jetzt gerne meine Hilfe anbieten. Ich weiß, daß ich in der Vergangenheit ein Sünder gewesen bin. Aber ich würd' dir wirklich dankbar sein, wenn du einen Weg siehst, wie ich alles wiedergutmachen und endlich einmal das Richtige tun kann.

So. Mit deiner freundlichen Genehmigung möcht' ich mich freiwillig melden, um das Schwert der Gerechtigkeit gegen die Mächte der Finsternis zu erheben und hinauszugehen, um mit dem Bösen zu kämpfen.

Ich fürchte jedoch, daß ich ganz allein sein werde. Weil ich nicht weiß, wem ich in diesem Dorf sonst noch vertrauen könnte.

Na ja, egal. Ich hoffe, du hast mir zugehört, und wenn du zugehört hast und möchtest, daß ich helfe, dann sprich nur ein Wort, und ich bin dein Mann.

Für immer und ewig. Amen. Dein lieber Simon.«

Und nachdem er gesagt hatte, was er zu sagen gehabt hatte, legte Simon sich zurück und bereitete sich darauf vor zu warten. Man kann den Allmächtigen nicht herumscheuchen, das weiß doch jeder. Wenn Gott in Seiner unendlichen

Weisheit Sich dazu entschließt, dich für Seinen heiligen Zweck einzuspannen, dann benötigt Er dazu Seine eigene süße, allwissende Zeit. So erledigt Er Seine Geschäfte eben.

Die häßliche kleine stählerne Klappe seiner Zellentür öffnete sich beinahe augenblicklich.

»Du hast Besuch«, sagte Konstabler Derek.

»Lob sei Gott dem Herrn«, sagte Simon. »Lob sei Gott dem Herrn.«

»Das klingt ganz vernünftig, Freundchen. Es ist eine Nonne.«

»Die Schlag auf die Kopfe war nischt zu 'eftig«, sagte Monsieur LaRoche. »Diese verrückte 'und wird überleben, denke isch.«

»Eine Gallone kaltes Wasser ist genau das, was er jetzt braucht«, sagte Aquaphagus. »Soll ich sie auf seinen Kopf spucken?«

»Nein, nein! Ich bin schon in Ordnung!« Raymond kämpfte sich vom Fußboden des Ruderhauses auf die Beine. »Wo sind wir?«

Hinter den zerbrochenen Scheiben des Ruderhauses war der Himmel schwarz wie die Nacht. Noch schwärzer. Und er hatte mehr Sterne.

»Wir sind zurück im Weltraum«, sagte Professor Merlin und half Raymond auf die Füße. »Wir sind vom Planeten Saturn entkommen und auf dem Weg zur Erde.«

»Puh!« sagte Raymond. »Dann haben wir es also geschafft?«

»*Sie* haben es geschafft, mein Junge. Ein Held, das sind Sie!«

»*Wir* haben es geschafft. Tatsächlich hat Zephir das meiste alleine erledigt. Wo ist sie?«

Professor Merlin schüttelte den Kopf. Verstaubte, zerschundenen Artisten warfen sich gegenseitig Blicke zu und schwiegen betreten.

»Wo ist sie?« fragte Raymond erneut.

Professor Merlin drehte seine Handflächen nach außen. »Bedauerlicherweise ist sie von uns gegangen.«

»Sie meinen, wir haben sie auf dem Planeten zurückgelassen? Wir müssen auf der Stelle zurück und nach ihr suchen.«

»Wir werden sie nicht finden, Raymond. Sie ist gegangen.«

»Tot? Sie meinen, sie ist tot? Sie ist nicht tot. Sie hat mir gesagt, daß sie nicht sterben kann.«

»Wir haben sie verloren, Raymond. Behalten Sie sie in liebevoller Erinnerung.«

»Nein!« sagte Raymond. »Nein, nein, nein. Sie kann nicht einfach gegangen sein. Nein!«

»Raymond, es tut mir sehr leid.«

»Nein!« Raymond spürte, wie Tränen in seine Augen stiegen. »Sie kann nicht einfach aufgehört haben zu existieren.«

Professor Merlin nickte feierlich.

»Nein!« Raymond zerrte an seinem Lederanzug. »Sehen Sie das hier? Sie hat es für mich herbeigezaubert. *Sie* war das. Wenn sie nicht mehr existiert, dann müßte das hier ...« Er verstummte. Der Motorradanzug begann von seinen Schultern zu bröseln. Er verwandelte sich in große Staubflocken, die zu Boden schwebten und verschwanden. Einmal mehr stand er ohne alles da. Ein armer, nackter Schmuck.

»*Neeeeeeeeeeiiiiiiiiiiiiinnnnnnnnnnnn!*«

»Ich werde Ihnen etwas zum Anziehen besorgen.« Professor Merlin legte eine Hand auf Raymonds zitternde Schulter. Die Artisten wandten ihre Blicke von seiner Nacktheit ab und sich ihrem eigenen Kummer zu.

»Kommen Sie mit mir, und wir werden darüber sprechen.«

Professor Merlin führte Raymond zu einer prunkvoll eingerichteten Suite. Das Mobiliar war üppig verziert und wunderbar. Gepolsterte Sofas. Feine Perserteppiche. Kommoden aus Walnußholz. Goldüberzogene Wasauchimmer.

Ihr antiker Glanz bedeutete dem gebrochenen Mann nichts, der sich mit einer Paisleydecke über den hängenden

Schultern in eines der Sofas fallen ließ. Professor Merlin hielt ihm ein kristallenes Glas mit einer alkoholischen Flüssigkeit hin. »Sie war nicht real, wissen Sie«, sagte er.

»Für mich schon«, entgegnete Raymond und nippte an seinem Drink.

»Sie sah aus, wie Sie wollten, daß sie aussah. Sie fühlte, wie Sie sich vorstellten, daß sie fühlen sollte.«

»Von was sonst noch könnte ein Mann träumen?«

»Sie war nur ein Traum. Unser Traum.«

Raymond kippte seinen Drink hinunter und knallte das Glas auf den Tisch. »Dann lassen Sie uns weiterträumen. Wenn Sie Ihre Magie war, dann bringen Sie sie zurück zu mir!«

»Das kann ich nicht. Ich habe geholfen, sie ins Leben zu rufen, aber nun ist ihre Zeit abgelaufen.«

»Ich verstehe nichts davon. Wenn Sie sie geschaffen haben, wie haben Sie es gemacht? Zeigen Sie mir wie!«

»Wir haben für sie gebetet.«

»Was?«

»Damals, als der Zirkus entführt und zum Uranus geschafft wurde. Wir sollten in den Kochtopf. Meine wunderbaren Artisten. Dies ist kein gewöhnlicher Zirkus, Raymond, wie Sie ohne Zweifel schon lange bemerkt haben. Die Meisterwerke, die meine Artisten aufführen, sind Meisterwerke, die einfach nicht aufgeführt werden können. Sie haben von Monsieur LaRoche gelesen. Viele haben versucht, seine Nummer zu kopieren. Niemand hat es geschafft. Weil sie ohne Magie, ohne wirkliche Magie, nicht aufgeführt werden kann.«

»Dann sind Sie alle schwarze Magier, ist es das?«

»Schwarz kann man es wohl kaum nennen. Vielleicht ein wenig grau – an den Schläfen. Jeder meiner Artisten ist einzigartig. Die Gabe, die ein jeder von ihnen besitzt, ist einzigartig. Kostbar. Nicht wiederholbar. Wir haben unsere Talente in einer Zeit großer gemeinsamer Not zusammengeworfen, und Zephir kam zu uns. Sie befreite uns. Und nun ist sie wieder gegangen. Ihre Zeit war um. Jetzt hat *Ihre* Zeit begonnen.«

»Meine Zeit? Rechnen Sie nicht mit mir. Ich besitze keine magischen Kräfte. Ich besitze überhaupt nichts.« Raymond versank noch tiefer in seiner düsteren Stimmung.

»Aber natürlich tun sie das! Sie sind aus dem Jetzt. Meine Zeit und die Zeit meines Zirkus', die sind vorüber. Wir sind alle müde geworden. Unsere Welt ist unserer überdrüssig. Sie ist des Zirkus' überdrüssig. Sie ist der Magie überdrüssig.«

»Huch!« sagte Raymond.

»Aber es ist so. Sie selbst haben ein Motorrad und eine furchterregende Waffe verlangt, um den Feind zu besiegen. Ich hätte es mit einem schimmernden Schwert und einem schneeweißen Kavalleriepferd versucht ...«

»Dann hätte die Polizei Sie erschossen.«

»... und außerdem vielleicht noch einen magischen Schild«, sagte der Professor. »Aber Sie machen meinen Standpunkt nur deutlicher. *Wir* hatten unsere Zeit. Diese Zeit ist vorüber. Nun hat *Ihre* Zeit begonnen. Unser Magie entschwindet. Ich glaube nicht, daß mein Zirkus je wieder auftreten wird.«

Der traurige Ton in der Stimme des alten Mannes ließ Raymond den Blick heben. »Natürlich werden Sie wieder auftreten.«

»Es gibt keinen Planeten mehr, auf dem wir auftreten könnten. Keinen, außer der Erde. Und ich fürchte, selbst dort wird es nicht mehr möglich sein.«

»Sie werden wieder auftreten«, entgegnete Raymond. »Und zwar auf der Erde.«

»Die Erde wird untergehen, fürchte ich.«

»Sie ist schon im Eimer, das können Sie mir glauben.«

»Bitte?«

»In Ordnung.« Raymond klatschte auf seine nackten Knie. »Ihre Sorgen sind nicht weniger groß als meine. Aber wir können es uns nicht leisten, aufzugeben, oder? Es gibt Milliarden von Menschen auf der Erde, und unsere Sorgen sind um ein Beträchtliches kleiner, als die ihren sein werden, wenn die Edeniten erst die Löcher an den Polen zubetoniert haben und alle ersticken. Ich habe eine Familie dort unten. Ich würde sie Ihnen gerne vorstellen.«

»Es wäre mir eine große Ehre.« Der Professor verbeugte sich.

»Also müssen wir sie wohl retten, oder?«

»Also werden *Sie* sie wohl retten ...«

»Ich werde tun, was ich kann, aber ohne Zephir ...« Raymond zuckt traurig die Schultern.

»Ich wußte gleich, daß ich Sie richtig eingeschätzt habe.« Professor Merlin schenkte Raymond einen weiteren großen Drink ein. Und sich selbst ebenfalls. »Auf Ihre Gesundheit«, sagte er.

»Auf die Erde, auf die Magie und auf den Zirkus.« Raymond hielt einen Augenblick inne. »Und auf Zephir.«

»Darauf trinken wir.« Professor Merlin leerte sein Glas. »Und jetzt sagen Sie mir, Raymond, was ist ein Millwall-Fan?«

»Was?« Raymond spuckte in sein Glas, und etwas von der alkoholischen Flüssigkeit stieg ihm in die Nase. »Wie kommen Sie darauf, mir eine derartige Frage in einem derartigen Augenblick zu stellen?«

»Nun«, der Professor zwirbelte seinen Schnurrbart, »es scheint, als hätten wir zweihundert Millwall-Fans unten im Frachtraum, die langsam durchdrehen.«

»Gott sei meiner Seele gnädig«, sagte die Nonne in jenem irischen Akzent, den Nonnen in amerikanischen Filmen immer haben. Nein, eigentlich in allen Filmen, nicht nur amerikanischen.

»Wenn Sie so freundlich wären, die Tür hinter mir zu schließen, junger Mann?«

»Auf keinen Fall.« Konstabler Derek schüttelte entschieden den Kopf. »Ich kann Sie mit diesem Verrückten nicht allein lassen.«

»Aber sicher. Er erscheint mir vollkommen harmlos. Er ist ja eingewickelt wie ein Weihnachtstruthahn.«

»Er ist ein böser Mensch«, sagte der Konstabler.

»Ich werde rufen, wenn ich Sie brauche. Und jetzt gehen Sie in Gottes Namen.«

»Nun, wenn Sie darauf bestehen.« Konstabler Derek verließ die Zelle, aber nicht, ohne Simon im Vorbeigehen in die Rippen zu treten. Einfach so. »Rufen Sie laut, wenn Sie mich brauchen. Ich bin draußen auf dem Gang.«

Peng machte die Tür, und *klack* machte der Schlüssel im Schloß.

Die Nonne blickte auf Simon hinunter. »Wenn du dich sehen könntest«, sagte sie. »Du bist vielleicht ein Anblick!«

»Nehmen Sie mir diese Fesseln ab!« flüsterte der Bursche am Boden. »Lassen Sie mich frei.«

»Habe ich das richtig verstanden? Ich soll dich freilassen?« Die Nonne holte aus, und ihr Fuß landete zwischen Simons Beinen.

»Aaaaaaarrrrrrggghhh!« sagte Simon.

»Halt die Schnauze da drin!« kam die Stimme des Konstablers von da draußen.

Die Nonne trat Simon erneut. Sie hatte einen ganz guten Tritt für eine Nonne. Einen schönen kräftigen, jungen Tritt. Von einem hübschen jungen Fuß. Er saß genau dort, wo ein schlanker junger Fuß nach Simons Meinung sitzen sollte, wenn es sich um einen weiblichen Fuß handelte, nämlich in einem weißen Pumps mit steifer Spitze und einem Drei-Zoll-Pfennigabsatz.

»Lisa!« heulte Simon auf. »Du bist das. Hör auf, mich zu treten!«

»Du Bastard«, sagte Lisa und trat ihn erneut. »Mach, daß du auf die Beine kommst.«

»Damit du mich anschließend auf den Kopf schlagen kannst? Nein danke.«

»Damit ich dich befreien kann.«

»Ach ja. Ja bitte.«

Lisa half dem Mißhandelten auf die Beine und zerrte an den Schnallen der Zwangsjacke.

»So, du hast also das Licht gesehen, oder nicht?« fragte Simon.

»Wovon redest du?« Lisa wickelte die Fesseln ab.

»Das Licht des Herrn.«

»Haben Sie dir ins Gehirn geschissen oder was?«

»Warum bist du gekommen?« fragte Simon.

»Der Lange Bob hat mich geschickt, was denn sonst?«

»Der Lange Bob?« Simon schälte sich aus der Zwangsjacke und schleuderte sie zu Boden.

»Du siehst wie ein richtiger Trottel aus mit dieser Maske.«

Simon riß sich die Ledermaske vom Kopf und prüfte seine Zähne. Sie waren noch intakt. Aber sie konnten langsam eine Zahnbürste vertragen. »Also der Lange Bob hat dich geschickt.«

»Natürlich hat er mich geschickt. Dick ist um Drei in der Frühe auf der Farm aufgetaucht und hat uns berichtet, daß die Polizei dich verhaftet hat. Ich weiß nicht, was mit ihm los war, weil sein Gesicht so eigenartig zuckte. Und sein Köter schien fix und fertig zu sein.«

Simon zuckte zusammen. »Hast du eine Kanone oder so was mitgebracht?«

»Bist du verrückt? Der Lange Bob wird die Seitenwand der Polizeistation in die Luft jagen.«

»Wird er?« Simon rieb sich seine Weichteile. Die meisten seiner Teile waren weich.

»Was meinst du mit: 'wird er'? Du hast doch dieses Buch aus der Zukunft gelesen, oder nicht? Du mußt doch wissen, was als nächstes geschieht.«

»Ach ja.« Simon schaltete sein Gehirn wieder ein. »Natürlich weiß ich das.«

»Ja, gut. Aber den Langen Bob interessiert brennend, wie es kommt, daß die Polizei dich festnehmen konnte, wenn du wußtest, daß sie kommt.«

»Ich wette, das weiß er selbst.«

»Ja?«

»Ja.« Simon machte eine Pause. »Weil es das ist, was im Buch steht. Deswegen. Aber ich konnte dem Langen Bob nichts davon erzählen. Wie ich schon auf seinem Bauernhof gesagt habe, er soll es nicht wissen. Nur ich. So funktioniert es. Und nicht anders.«

»Das erscheint logisch«, sagte Lisa.

Dann bist du noch viel dümmer, als ich gedacht habe, dachte Simon. Aber er war jetzt ziemlich verwirrt. Wo befand sich das Buch? Wer hatte es? Der Konstabler, der geschickt worden war, es zu suchen, war mit der Meldung zurückgekehrt, daß es nicht mehr in seinem Buschversteck gewesen wäre, aber daß der Busch mit Federn übersät sei und schrecklich stinke. Also hatte Simon angenommen, daß Saat-Hahn und seine Gefolgsleute jetzt im Besitz des Buches wären. Was aber offensichtlich nicht den Tatsachen entsprach.

Also, wer zur Hölle besaß das Buch?

Simon strich seine Haare glatt und machte ein ratloses Gesicht.

»Du verhältst dich ziemlich eigenartig für einen Mann, der angeblich weiß, was in der Zukunft geschehen wird«, sagte Lisa.

Simon blickte sie von oben bis unten an. Sie war eine wirkliche Enttäuschung für ihn gewesen, diese Frau. Sich den satanischen Verrückten anzuschließen. Sich mit Military Dave einzulassen. Eine wirkliche Enttäuschung! Gott würde einen kleinen Akt der gerechten Rache sicher erlauben, oder?

»Tatsächlich«, sagte Simon. »Ich bin ein wenig desorientiert. Sieh mal, in diesem Buch, da heißt es – und ich zitiere wörtlich -: ›Simon und Lisa liebten sich gerade in der Polizeizelle, als der Lange Bob zu seiner Befreiung herbeikam‹. Und ich hab' keine Uhr an. Wann können wir denn mit seinem Eintreffen rechnen?«

»Etwa in fünf Minuten von jetzt an.«

»Dann zieh schnell all deine Kleider aus!«

»Man nennt es *Habit*«, sagte Lisa.

Worauf Simon nicht antwortete.

20. KAPITEL

»Zweihundert Millwall-Fans?« Raymond fiel zurück in seinen Sessel. »Und sie randalieren im Frachtraum?«

»Und singen«, sagte der Professor.

»Singen?«

»Oooohhhllléééé, olé olé olé, oohhhllééé , oohhhllééé.«

»O Mann«, sagte Raymond. »O Mannomannomannomann.«

»Krieger wahrscheinlich. Sehr martialisch.« Professor Merlin salutierte.

»Und sie sind noch immer alle nackt?« Raymond gefiel der Gedanke nicht besonders.

»Waren sie.«

»Haben Sie ihnen Kleider gegeben?«

»Sie haben sich welche genommen, sozusagen.«

»Wie?«

»Der große, funkelnagelneue Lastwagen vom Auktionshaus auf dem Saturn. Sie haben ihn in seine Einzelteile zerlegt und sich daraus Panzer gebastelt.«

»Ja, ich habe mir schon gedacht, daß sie so etwas tun würden.«

»Sehr unternehmungslustige junge Männer. Interessante Tätowierungen. Aber ein wenig zu ungestüm. Ich dachte, es wäre vernünftig, die Schotten verschlossen zu halten und zu verbarrikadieren.«

»Ich glaube, das war das Beste, ja.«

»Aber sie scheinen entschlossen zu sein, auszubrechen. Sie wechseln sich an den Türen ab und schlagen immer wieder dagegen. Ich habe mich bereits gefragt, ob Sie nicht vielleicht hinuntergehen und ein Wort mit ihnen reden sollten? Die Dinge erklären. Und den Grund, aus dem sie hier sind.«

»Haben Sie es versucht?«

»Natürlich habe ich es versucht.« Der Professor strich über sein lebhaftes Kinn. »Ich habe ihnen durch eines der kleinen Fenster zugewinkt, die in den Türen sind. Sie schienen nicht erfreut, meine Bekanntschaft zu machen.«

»Was haben sie gesagt?«

»Sie haben gesungen. Irgend etwas, das ich nicht verstanden habe. Also, werden Sie gehen und mit ihnen reden?«

»Werd' ich. Aber zuerst brauch' ich ein paar Klamotten zum Anziehen. Haben Sie etwas in Blau und Weiß da?«

»Ich habe einen ausgezeichneten Frack mit gestepptem Revers, geschlitzten Ärmeln und Spitzenbesatz. Und das ist genau, was Sie brauchen, denke ich.

»O Mann«, sagte Raymond einmal mehr. »O Mannomannomann.«

»Oh«, sagte Lisa. »Oh, oh, oh.«

»*Boom*«, sagte Simon. »*Boom Shanka boom*.«

»Oijoijoijoijoi!« sagte Konstabler Derek. »Was geht da drin vor?« Und dann, als er durch die kleine häßliche stählerne Klappe spähte: »O mein Gott! Jetzt vergewaltigt er eine Nonne, dieser Bastard!«

Konstabler Derek fummelte den Schlüssel in das Schloß und riß die Zellentür auf. »Hör sofort auf damit! Oh, du hast schon aufgehört. Wo steckst du?«

»Hier bin ich!«

Der Konstabler wandte sich um. Simon schlug die Zellentür heftig zu. *Klong* machte es, als sie den Konstabler an der Stirn traf.

»Oh«, sagte der Konstabler und sank ohnmächtig zu Boden.

»Das war nicht schlecht«, sagte Lisa und richtete ihr Habit. »Jetzt laß uns verschwinden.«

»Ah, nein.« Simon ergriff sie am Arm. »Du nicht.«

»Was machst du da?« Lisa wehrte sich. Simon bog ihr die Arme auf den Rücken und sicherte sie dort mit ihrem Rosenkranz (einem stabilen Modell).

»Hör auf jetzt! Du weißt, ich mag es nur mit den Lederfesseln und dem Ponygeschirr.«

»Tut mir leid.« Simon wich den tretenden Füßen aus und knebelte Lisa mit diesem latzähnlichen Ding, das Nonnen um den Hals tragen. »Ich muß jetzt gehn. Aber du bleibst schön hier.«

»Grmmpphh mmmppphh mmmm«, sagte Lisa.

»Das sagst du so leicht.« Simon nahm sich einen Augenblick Zeit, um sein Werk zu bewundern. Eine gefesselte Nonne. Es hatte einen gewissen Reiz. Vielleicht irgendwann in Zukunft. Mit dem Girl, das in dem Kostümverleih in Brighton arbeitete. Irgendwann in der Zukunft.

»Wenn es für mich eine Zukunft gibt.« Simon verließ die Zelle und schloß die Tür hinter sich. Dann schlich er durch den Korridor und eine Treppe hinauf.

Oben saß ein einzelner Konstabler und schob seinen Dienst. Er hatte die Füße hochgelegt und las im *Bramfielder Merkur*.

Es war keiner der Konstabler, die Simon schon einmal gesehen hatte.

Das bedeutete, daß ...

»Guten Morgen, Konstabler«, sagte Simon und marschierte zu dem Schreibtisch. »Ruhen Sie sich ein wenig aus? Oder was machen Sie da?«

Der Konstabler schmiß seine Zeitung hin und sprang auf die Füße. »Wer sind Sie?«

»Kennen Sie Inspektor T'Od?«

»Nein. Ich bin gerade erst hierher versetzt worden. Heute morgen. Ich habe keine Ahnung, wer er ist.«

»Nun, Sie sehen ihn jetzt vor sich. Also machen Sie diesen Knopf zu und reißen Sie sich zusammen.«

»Ja ... ich ... ich ...« Der Konstabler schloß seinen Knopf. »Sind Sie nicht ein wenig zu jung für einen Inspektor?«

»*Sir*«, sagte Simon. »Ein wenig jung für einen Inspektor, *Sir*.«

»*Sir*«, sagte der Konstabler.

»Nein«, entgegnete Simon. »Haben Sie die Schlüssel zu Safe?«

»Jawohl, *Sir*.«

»Dann machen Sie ihn auf, mein Freund.«

»Könnte ich bitte Ihren Dienstausweis sehen, *Sir*?«

»Da ist sehr umsichtig von Ihnen, mein Freund. Wir werden noch einen richtigen Polizeibeamten aus Ihnen machen.«

»Also, könnte ich den Ausweis bitte sehen, *Sir*?«

»Er befindet sich im Safe. Ich habe einen sehr gefährlichen Kriminellen verhört. All meine persönlichen Gegenstände befinden sich deswegen im Safe. Dienstausweis. *Geld*.«

»Ja, Sir, in Ordnung.«

»Dann setzen Sie sich in Bewegung, mein Freund. Ich habe eine rauhe Nacht hinter mir.«

»Jawohl, Sir.« Der Konstabler zog die Schlüssel aus der Tasche und stapfte hinüber zum Safe. Er steckte den Schlüssel ins Schloß.

Simon beobachtete auf der großen Uhr über dem Schreibtisch, wie die Sekunden vergingen. »Beeilen Sie sich ein wenig.«

»Jawohl, Sir. So.« Der Konstabler zog die schwere Safetür auf.

Der Safe war leer.

»Scheiße«, sagte Simon. »Scheiße, Scheiße, Scheiße.«

»Sir, bitte – ich verstehe das nicht. Nein, warten Sie mal.« Der Konstabler zwängte sich an Simon vorbei und schnappte sich seine Zeitung. Auf der Titelseite prangte eine fette Schlagzeile: Polizei verhaftet den Schlachter von Bramfield.

Und unter dieser Schlagzeile ein Foto von Simon. Ein wenig unscharf vielleicht, aber deutlich erkennbar Simon. Es war eine Vergrößerung aus einem Gruppenbild vom Dart-Team des *Fröhlichen Gärtners*, das den Pokal gewonnen hatte. Der Herausgeber des *Bramfielder Merkur* hatte Andy einhundert Pfund dafür gezahlt.

»Sie!« sagte der junge Konstabler. »Sie sind es!«

»O Scheiße«, sagte Simon und machte einen Satz über den Schreibtisch.

Der junge Polizeibeamte zog seinen Schlagstock.

Simon stürzte zur Tür.
Der junge Konstabler stürzte sich auf Simon.
Und dann gab es einen allmächtigen *Rumms*, und beide stürzten zu Boden.

Der schleimige Domestik fiel auf die Knie. »Eure Majestät«, schleimte er.

Seine Majestät, der Großherzog, blickte auf ihn hinunter (im wahrsten Sinne des Wortes). »Du bist nicht der gleiche schleimige Domestik, den ich ausgesandt habe. Was ist mit ihm geschehen?«

»Er wurde in die Luft gesprengt, Eure Majestät.«

»Von dem verrückten Professor?«

»Nein, Sire. Von einem Eurer Helikopter.«

»Dann bring mir die Köpfe der Besatzung.«

»Die Besatzung ist auch in die Luft geflogen, Eure Majestät. Das war der verrückte Professor.«

»Das ist eine Unverschämtheit! Und wo ist die Polizei?«

»Die meisten sind im Krankenhaus, Sire. Es gab eine Menge Rauch auf dem Dock, und in dem Durcheinander scheinen sie sich gegenseitig beschossen zu haben.«

»Gibt es sonst noch etwas, das du mir erzählen möchtest?«

»Nun, ein großer Teil der Stadt steht in Flammen. Das Feuer hat sich von den Dächern ausgebreitet, auf denen das Schiff des Professors gelandet ist und ihn aufgenommen hat.«

»Und was ist mit der Feuerwehr?«

»Sie hat heute frei, Sire. Sie haben den Tag als nationalen Feiertag deklariert.«

Der Großherzog rang seine fetten, juwelenbesetzten Finger. »Haben wir noch eine Luftwaffe?« erkundigte er sich.

»Wenn sie morgen wieder ihren Dienst antritt, dann ja. Heute hat sie frei.«

»Ihr Götter!« Der Großherzog schüttelte den schleimigen Domestiken am Hals. »Ich glaube es einfach nicht! Der Professor dezimiert meine Polizeimacht, brennt meine Stadt nieder, ...«

»Er hat all Euer ›George‹ gestohlen, Majestät.«

»*Was?*«

»Die zweihundert Blasen ›George‹. Die, auf die Ihr Euch wirklich die ganze Zeit gefreut habt.«

»*WAS?*«

»Aus dem Auktionshaus gestohlen und auf das Schiff geschafft.«

»Moment!« Der Großherzog kämpfte sich auf seine dikken, fetten Beine, und Colin fiel einmal mehr zu Boden. »Er wird dafür zahlen! Sein Zirkus wird dafür zahlen. All die verdammten Edeniten von Eden werden dafür zahlen. Mach, daß du ans Telefon kommst. Ruf *Hump*hrey Gogmagog an. Sag ihm, ich wünsche – nein, ich verlange! – eine königliche Ansprache an die Nation. An den gesamten Planeten. In einer halben Stunde. Hast du mich verstanden?«

»Jawohl, Sire«, schleimte der Schleimer.

»Nun, dann verpiß dich jetzt.«

»Aber ... da ist noch etwas, Sire.«

»Was denn?«

»Draußen wartet ein Elefant, Sire.«

»Ein Zirkuselefant? Jumbo, der Zirkuselefant?«

»Jawohl, Sire. Es scheint, daß die Zirkusleute ohne ihre Tiere geflohen sind. Sie sind noch immer alle im Palast. Mit Ausnahme des Elefanten. Er wartet draußen.«

»Nun, das ist wenigstens etwas. Mein Schlachtermeister soll alle Tiere für das Mittagessen fertig machen. Die Pudel als Vorspeise, denke ich.«

»Das ist genau der Punkt, über den der Elefant mit Euch reden möchte, Majestät.«

»*Mit mir reden? Was sagst du da?*«

»Er kann sprechen, Sire. Wirklich, ich habe es selbst gehört. Und er will, daß Ihr alle anderen Tiere freilaßt.«

»*Er will was?*«

»Daß Ihr sie freilaßt. Er sagt, sein Name sei nicht länger Jumbo. Er sagt, er heiße Moses. Und er läßt Euch ausrichten: ›Laß mein Volk ziehen!‹«

»Laß meine Leute ziehn! O laß meine Leu-heute zie-hin. Laß sie ziehn, laß sie zie-hiiiiin.«

Der Singsang schallte Raymond entgegen, als er die Stiege zum Frachtraum hinunterkletterte. Das kleine Fenster in der Tür, durch das die Millwall-Fans Professor Merlin ihre Meinung entgegengesungen hatten, war in der Zwischenzeit zerbrochen. Aber die Hände, die durch das zerbrochene Fenster hindurchgelangt hatten, waren nicht imstande gewesen, die Riegel an der Außenseite der Tür zu erreichen.

Raymond richtete seine seidene Krawatte und glättete die Knie seiner samtenen Pantalons. Das würde nicht einfach werden. Zum einen hatte er ein Image-Problem. Zum andern hatte er keinen Schimmer, was er diesen Leuten sagen sollte. »Hallo Freunde, ihr werdet nie darauf kommen, aber ihr seid von einem fliegenden Seestern entführt und auf den Saturn gebracht worden, um dort als Futter verkauft zu werden, und dann haben wir euch gerettet und auf ein viktorianisches Dampfschiff gebracht, das auf seinem Weg durch das Weltall ist, in den Kampf gegen die Bewohner einer anderen Erde, die die Erde umgibt, auf der ihr lebt.« Wie würden sie es wohl aufnehmen, fragte sich Raymond.

Wahrscheinlich nicht besonders gut.

An einer Schottenwand in der Nähe der Frachtraumluke hing eine Sprechanlage. Raymond schloß (ziemlich korrekt, wie das Glück es so will), daß sich hier eine Möglichkeit bot, mit den Kriegern im Frachtraum zu sprechen.

Er nahm das Sprachrohr in die Hand und blies hinein.

Ein durchdringendes Pfeifen schrillte durch den Frachtraum.

»Ahemmm«, sagte Raymond und überlegte, was er eigentlich sagen wollte.

Der Professor hatte ihm erzählt, daß sein ›Nachrichtendienst‹ Informationen zusammengetragen hatte, nach denen die Millwall-Anhänger mit drei Bussen unterwegs zu einem Auswärtsspiel bei Manchester United gewesen wären, als die Entführung durch die Aliens stattgefunden hatte.

Raymond war ein ganz offensichtlicher Fehler in dieser Geschichte aufgefallen, aber er hoffte, daß es außer ihm niemand bemerkt hatte.

»Ahem.« Raymond räusperte sich einmal mehr. Er mußte ihnen irgend etwas erzählen. Wie würde wohl Simon mit einer derartigen Situation umgehen?

Vielleicht auf diese Weise:

»Ahem. Guten Tag. Hier spricht Kapitän Raymond von der Seelink-Linie. Herzlich willkommen an Bord der Kanalfähre *SS Salamander.* Wir hoffen, Sie genießen Ihre Reise, und wir bedauern, daß wir wegen einer Schlechtwettervorhersage die Frachtraumtüren fest verschlossen halten müssen.

Möglicherweise haben Sie ein mulmiges Gefühl und fragen sich, wie Sie eigentlich hierher gekommen sind. Und warum Sie keinerlei Kleider tragen.« Raymond machte eine Pause auf der Suche nach einer zweifelhaften Erklärung, die den Umständen Rechnung trug. »Sie wurden unter Drogen gesetzt«, fuhr Raymond schließlich fort. »Genau. Das war es. Während Sie in den Bussen auf dem Weg nach Manchester waren, haben rivalisierende Fans von Manchester United Ihr Lager hier mit LSD versetzt. Oder Ihr Pils, wenn Sie kein Lager trinken. Oder Ihre Zigaretten.« Raymond bedachte die unwahrscheinliche Möglichkeit, daß einer der Millwall-Fans auf dem Weg zum Spiel weder getrunken noch geraucht hatte. »Oder es wurde durch die Klimanlage in die Busse geleitet.

Und so waren Sie alle auf diesem wirklich verdammt schlechten Trip, und der Manager von Millwall, Mr. ...« Raymond hatte keine Idee, wie der Manager von Millwall hieß. »Mr. ...«, er ahmte das Geräusch statischer Störungen nach, »... hat Sie alle zusammen auf Kosten des Klubs nach Frankreich geschickt, damit Sie sich dort erholen.

Ihre Kleidung, die aus Gründen der Dekontamination von Toxinen entfernt wurde, wird Ihnen in Kürze zurückgegeben werden. Der Arzt der Gesellschaft empfiehlt, das Anrennen mit dem Kopf gegen die Türen einzustellen, da dies Bewußtseinsstörungen, Schock oder Ohnmacht und permanente Hirnschäden verursachen könnte. In Kürze wird man Ihnen Essen und Trinken servieren, und wir hoffen, daß Sie ihren Gratisurlaub in Frankreich genießen. Ich danke Ihnen.«

Raymond hängte das Sprachrohr wieder an die Wand und legte sein Ohr gegen die Schotten.

Momentan herrschte Stille.

Wie immer, kurz bevor ein wirklich heftiger Sturm losbricht.

Die Explosion bei der Polizeistation erschütterte den größeren Teil von Bramfield. Der kleinere Teil von Bramfield hingegen, der auf der anderen Seite der Hauptstraße lag, wurde überhaupt nicht erschüttert.

Es gab eine Menge Rauch und Staub und zusammenfallendes Mauerwerk und losheulende Feueralarme und Chaos und Verwirrung.

Bewaffnete Männer in Strumpfmasken stürmten die Polizeistation. Einer von ihnen hatte einen Spürhund an seinem Bein.

Der junge Polizeikonstabler, der sich aus den Trümmern aufrappelte, wurde brutal mit einem Gewehrkolben niedergeschlagen. Die bewaffneten Männer traten Türen ein und stürzten durch Korridore, wobei sie Simons Namen riefen.

Aber Simon antwortete ihnen nicht. Er befand sich nicht länger in der Polizeistation, denn er war durch ein Seitenfenster ausgebrochen, das auf den Fahrzeughof hinausführte.

Hier stand ein beschlagnahmtes Fahrzeug. Es war einer dieser alten Jaguars, den die kriminellen Bruderschaften in Fernsehshows (wie zum Beispiel *Sweeneys*) so gerne benutzten. Und Simon hatte die Schlüssel.

Wie?

Nun, äh ... er hatte sie vom Schlüsselbrett der Polizeiwache geschnappt, unmittelbar bevor er aus dem Fenster gesprungen war. *So!*

Simon spähte in das Wageninnere. Nur um sicherzugehen, daß diesmal keine blinden Passagiere auf den Rücksitzen lauerten. Es lauerten keine. Also stieg er ein, drehte den Zündschlüssel um und floh aus dem Fahrzeughof.

Aber wohin sollte er sich wenden?

Simon hatte eine Idee. Ein Haus, das gut verborgen unten in der *Gasse-deren-Namen-man-nicht-auszusprechen-wagt* stand.

Das Haus des Schreibers.

Ein paar verblüffte Seelen regten sich, als Simon über die Hauptstraße fuhr, aber nicht viele. Er fuhr nicht zu schnell an den Läden und Shops vorbei, die nun böse Erinnerungen in ihm weckten.

Das *Wappen von Bramfield*, wo er zum erstenmal den Männern in Grau begegnet war. Der Buchmacherladen, wo er sein Vermögen gewonnen hatte. Die Bank, die sich dem Bunkern seines Vermögens verschlossen hatte, indem sie geschlossen hatte. Das Stück Bürgersteig, das er mit seinem Schatz entlanggerannt war. Der Eingang zum Supermarkt, wo er umgefahren und seines Schatzes beraubt worden war.

Simon erschauderte. Welch ein Alptraum! Aber er mußte all das jetzt hinter sich lassen. Es wäre schön gewesen, wenn sich das Geld im Tresor auf der Polizeistation befunden hätte, aber das war wohl ziemlich viel von Gott verlangt.

Und da er nun ein Kämpfer des Herrn war und unterwegs in einer heiligen Mission, mußte er über derartigen Dingen stehen.

Zumindest für den Augenblick.

Der Kämpfer des Herrn fuhr vorsichtig durch den Minikreisverkehr, über den jedermann einfach geradeaus hinwegfährt, bog an dem großen Haus, das immer geschmückt war, nach rechts in die *König-Neptun-Straße* und kurvte die Straße hinunter, vorbei am *Fröhlichen Gärtner*. Direkt auf der Kuppe des Hügels lenkte er den Wagen nach links.

Der Jaguar kämpfte sich durch die tiefen Schlaglöcher, für die niemand sich verantwortlich fühlte, und als Simon an Raymonds Haus vorbeikam, senkte er den Kopf. Nur für den Fall, daß Raymonds Mutter aus dem Fenster blicken und auf die Rückkehr ihres verlorenen Sohns warten könnte.

Unten am Ende der Gasse parkte Simon den Wagen neben der stillgelegten Eisenbahntrasse. Er steckte die Schlüssel in die Tasche und ließ die Fahrertür unverschlossen. Es konnte ja sein, daß eine schnelle Flucht notwendig wurde.

Dann schlich er an der hohen Hecke entlang, die das Haus des Schreibers vor den Blicken Neugieriger verbarg. Würde ein Polizeibeamter draußen Wache stehen? Simon konnte es sich nicht vorstellen. Und es stand auch niemand dort.

Durch das Tor hinein und den Gartenweg hinauf.

Der Milchmann und der Zeitungsjunge waren dagewesen. Simon entfernte den *Bramfielder Merkur* aus dem Briefkasten und warf ihn über die Hecke zurück auf die Straße. Und dann klopfte er kühn an die Tür.

Einen Augenblick herrschte Stille, dann schlurften Füße herbei.

»Wer ist da?« rief die Stimme des Schreibers.

»Der Postbote«, antwortete die Stimme des Postboten. »Eine Sendung, für die Sie unterschreiben müssen. Einschreiben. Ich glaube, es ist Geld.«

»Oh, ausgezeichnet!« Das Geräusch von Riegeln, die entriegelt wurden. Die Tür öffnete sich einen Spalt, von der Sicherheitskette gehalten. Der Schreiber spähte durch die Öffnung.

»O nein!« sagte der Schreiber.

»O doch.« Es entstand so etwas wie ein Handgemenge, aber Simon hatte seinen Fuß fest in der Tür.

»Ich habe ein Gewehr«, rief der Schreiber und wich zurück, um es zu holen.

Simon nahm drei Schritte Anlauf und warf sich mit der Schulter gegen die Eingangstür.

Die Tatsache, daß so etwas im wirklichen Leben niemals funktioniert, kümmerte ihn nicht. Die Sicherheitskette zersprang, und Simon platzte in den Flur, mit einer geprellten Schulter zusätzlich zu seinem bereits übervollen Katalog leichter Verwundungen.

»Zurück, oder ich erschieße dich!« Der Schreiber stand in Pyjama, Bademantel und Pantoffeln vor ihm. Und er hatte wirklich ein Gewehr.

Wie kommt es eigentlich, fragte sich Simon, daß jeder außer mir in diesem Dorf eine Waffe besitzt?

»Ich hab' keine Zeit für so was!« Simon trat dem Schreiber das Gewehr aus den Händen, hechtete hinterher und hob es vom Boden auf. Dann richtete er die Waffe auf den sich jetzt unbehaglich windenden Schreiber. »Hände hoch.«

»Nein«, erwiderte der Schreiber. »Ich will nicht.«

»Warum nicht?«

»Weil das Gewehr nicht geladen ist.«

»Na gut.« Simon packte das Gewehr beim Lauf wie eine Keule. »Hände hoch, sonst hau' ich dich.« Der Schreiber hob die Hände. »Ins Wohnzimmer.«

Simon folgte dem mit erhobenen Händen vorausgehenden Schreiber in das Wohnzimmer.

Es glich einem Schlachtfeld.

Tische waren umgekippt. Überall lag Papier. Die glänzenden Magazine mit den zueinander passenden Rücken waren nicht mehr in Stapeln nach dem Datum geordnet. Sie lagen überall verstreut herum. Die *Textverarmungsmaschine* lag verkehrt herum auf dem Teppich.

»Was ist denn hier passiert?«

»Ich hatte Besuch von der Polizei.«

»Ich auch. Warum hast du mich verraten? Ich habe dir doch gesagt, wenn jemand nach mir fragt, dann erzähl, daß ich nach Hause gegangen bin und mich ins Bett gelegt habe. Ich hab's sogar mehrmals gesagt. Und was machst du? Du erzählst ihnen, daß ich unterwegs bin zum Langen Bob. Warum?«

Der Schreiber blickte verwirrt drein. »Ich hab' ihnen erzählt, daß du nach Hause gehen und dich ins Bett legen wolltest. Aber dieser Inspektor Tod …«

»T'Od«, unterbrach ihn Simon. »Man hat sich entschieden, keinen Dauerwitz mit seinem Namen zu machen.«

»Das hat mir niemand verraten.«

»Macht nichts. Erzähl weiter.«

»Nun, dieser Inspektor T'Od hat mir nicht geglaubt, als ich erzählt habe, du wärst heimgegangen. Er wurde sehr unangenehm. Und da ich gerade niedergeschrieben hatte, daß du zum Hühnerhof vom Langen Bob unterwegs wärst, hab' ich ihm das erzählt. Und dann ist er gegangen. Aber was hast du eigentlich auf dem Bauernhof des Langen Bob gesucht?«

»Geht dich nichts an.« Simon setzte sich auf das Sofa mit der schrecklichen bunten Decke darauf. »Aber warum hat er dein Zimmer so verwüstet?«

»Das war er nicht. Es war die andere Polizei, die später eintraf. Die in Zivil.«

»Was meinst du mit ›Zivil‹?«

»Sie sagten, daß sie zu einer Spezialeinheit gehören. Ihr Aussehen gefiel mir kein Stück. Sie waren alle in Grau gekleidet. Verkniffene Gesichter. Selbst ihre Sonnenbrillen waren grau.«

»O nein!« Simon sank auf seinem Sofa zusammen.

»Du kennst sie? Kann ich jetzt bitte die Hände herunternehmen?«

»Ich kenne sie. Und du kannst natürlich die Hände herunternehmen. Warum hast du versucht, mich am Hereinkommen zu hindern?«

»Inspektor T'Od hat mir gesagt, du wärst ein Psychopath.«

»Das stimmt nicht.«

»Aber warum bist du dann hergekommen?«

»Ich muß einen Blick in das Manuskript werfen, an dem du arbeitest. Ich muß wissen, was als nächstes geschieht. Es ist sehr wichtig«, sagte Simon.

»Ich hab's nicht mehr«, entgegnete der Schreiber.

»Warum nicht?«

»Die Männer von der Spezialeinheit haben es mitgenommen.«

»Was? Du hast die Männer in Grau mit dem Manuskript gehen lassen? Wie konntest du das tun?«

»Sie sagten, sie brauchen es als Beweis.«

»Aber du weißt doch, wer sie in Wirklichkeit sind!«

»Ich weiß nicht, wovon du sprichst.«

»Das weißt du verdammt gut!« Simon erhob sich vom Sofa und machte drohende Bewegungen in Richtung des Schreibers. »Du hast in deinem verdammten Buch über sie geschrieben. Du weißt ganz genau, wer sie sind und was sie wollen.«

»In meinem Buch?« Der Schreiber wich zurück. »Komm, hör schon auf! Willst du mir etwa sagen, daß die Männer in Grau, die letzte Nacht bei mir gewesen sind, die gleichen sind wie die, über die ich in meinem Buch geschrieben habe? Mein Buch ist nur eine Geschichte. Fantasy. Science Fiction. Bist du verrückt?«

»Völlig.« Simon zeigte seine schönen Zähne und fauchte, als er sich dem Schreiber weiter näherte. »Du lügst mich an.«

»Nein, tu' ich nicht.« Der Schreiber wich einen Schritt zurück und wäre beinahe in den Kamin gefallen. »Laß mich in Ruhe.«

»Ich will dieses Manuskript sehn.« Simon schob die Ärmel seines Hemdes hoch und ballte die Fäuste. »Und ich will es jetzt sehn!«

»Ich hab' aber ... uuuurrrrggghhh!«

Simon hatte den Schreiber mit einer Hand an der Kehle gepackt und hob die andere, um zuzuschlagen. »Ich werd' dich jetzt verprügeln«, sagte er. »Wenn du dich schließlich bereit fühlst, mir die Wahrheit über deine Rolle in dieser Geschichte zu sagen, dann gib mir einfach Bescheid, und ich höre auf. Hab' ich mich verständlich genug ausgedrückt? Hast du das verstanden?«

Aber der Schreiber schien ihm gar nicht zugehört zu haben. Seine Augen waren auf einen Punkt irgendwo hinter Simons linker Schulter gerichtet. Und seine Augen schienen aus ihren Höhlen zu quellen.

»Hast du mich verstanden ...?« Simon unterbrach sich. Ein sehr unangenehmer Geruch breitete sich plötzlich im Wohnzimmer aus. Ein Geruch, den Simon bereits kannte.

Und mit dem Geruch war auch eine schreckliche Kälte in den Raum gekommen.

Simon lockerte den Griff um den Hals des Schreibers und drehte sich langsam um, um dem Blick der hervorquellenden Augen von Kilgore Sprout zu folgen.

Dort, halb im Schatten des Eingangs verborgen, stand etwas. Ein großes Etwas. Wirklich, ein sehr großes Etwas. Groß und breitschultrig und mit Federn bedeckt. Und es stank wie der Teufel persönlich.

Und dieses schreckliche gefiederte Etwas hob eine blutrünstige Klaue und enthüllte ein großes, glänzendes, mit Eselsohren verschandeltes Buch. »Ich glaube, du suchst das hier«, sagte das Etwas mit einer dunklen, saat-hahnischen Stimme.

21. KAPITEL

»Sie haben ihnen *was* erzählt?« fragte Professor Merlin.

»Nun, ich mußte schließlich irgend etwas erzählen.« Raymond ließ sich in einen Polstersessel fallen. »Sie werden großartig sein, wenn wir in die Schlacht ziehen müssen. Aber im Augenblick können wir nicht zulassen, daß sie das Schiff in Stücke reißen. Sie müssen ihnen Essen hinunterschicken. Und alles, was Sie an Getränken an Bord haben. Lassen Sie's an einem Seil oder so etwas hinunter.«

»Schnickedischnack.« Der alte Mann hob seine Perücke und wischte sich den Staub vom Schädel. »So soll es sein. Wir sind mit Volldampf unterwegs in Richtung Eden. Erzählen Sie mir jetzt von Ihrem Plan.«

»Von meinem Plan?« Raymond seufzte. »Ich vermute, Sie denken dabei an meinen Plan, wie wir die Edeniten daran hindern können, die Polarlöcher zur Erde zuzubetonieren, oder?«

»*Alethisch**, mein lieber Intelligenzbolzen. In bezug auf philosophische Konzepte wie Wahrheit, Notwendigkeit, Möglichkeit und Eventualität. Breiten Sie ihren Plan über mir aus, Bruder.«

»Ich hab' keinen Plan«, sagte Raymond. »Aber das wissen Sie doch selbst. Ich weiß nichts über Eden, und ich hab' nicht die leiseste Idee, wie wir die Edianer daran hindern könnten, mit ihrem schlimmen Vorhaben weiterzumachen.«

»Das ist eine höchst entmutigende Neuigkeit.« Der Professor machte ein höchst entmutigtes Gesicht. »Ich hatte gehofft, daß wir nur unsere Uhren synchronisieren müßten wie beim letzten Mal.«

»Ich glaube nicht.« Raymond schüttelte auf eine Weise den Kopf, die keinen Raum für Zweifel an seiner diesbezüglichen Meinung ließ. »Mein Vorschlag lautet, daß wir alle unsere einmaligen Artisten um einen Tisch versammeln und, da diese Situation einmal mehr eine große gemeinsame Krise darstellt, versuchen, einen Plan herbeizubeschwören, genau wie Sie Zephir herbeibeschworen haben.« Ihr Name machte Raymond traurig, aber ein Mann muß tun, was ein Mann tun muß und all dieser Machokram.

Professor Merlin mußte sich am Kinn kratzen. »In Ihren Worten liegt Weisheit, aber meine Artisten sind erschöpft.«

»*Ich* bin erschöpft«, sagte Raymond. »Und sterbenstraurig. Aber ich bin bereit, mein Bestes zu versuchen. Ich bin nur ein einfacher Installateur aus Bramfield, wissen Sie? Und hat man je davon gehört, daß ein Installateur die Welt gerettet hätte?«

»Mario«, entgegnete Professor Merlin. »Und sein Bruder Luigi.«

»Ich tu' so, als hätte ich das nicht gehört.«

»'tschuldigung.« Der Professor sprang auf die Füße und schaukelte auf weichen Knien. »In Ordnung. So soll es sein. Genau so und so. Wir werden einen Kriegsrat einberufen. Ich werde Essen nach unten zu den Kriegern schicken und

* von Alethia, der griechischen Göttin der Wahrhaftigkeit (Anm. d. Übers.)

eine britische Flagge quer durch den Großen Salon aufhängen lassen, und wir werden uns dort in einer halben Stunde versammeln. Wie klingt das in Ihren Ohren?«

»Klingt gut«, sagte Raymond. »Machen wir's so.«

»Ich zähle rückwärts«, sagte der Regisseur. Fünf vier drei zwei eins und los.«

»Guten Abend und hallo zusammen.« Der Schakalkopf in dem schicken Smoking grinste und entblößte dabei zwei Reihen von Zähnen. »Hier ist *Hump*hrey Gogmagog, live aus dem Palast des Himmlischen Vergnügens. Ich fühle mich äußerst geehrt, Ihnen Zuhause, verehrte Zuschauer, einen Mann vorzustellen, der keiner Vorstellung durch mich bedarf. Unser wohlwollender Herrscher, der Mann, den wir verehren und bewundern, Seine Magnifizenz, Seine Großzügigkeit, das Geburtstagskind persönlich, der Großherzog ...«

Klatsch klatsch klatsch, machte die Klatschmaschine. *Klatsch klatsch klatsch*. Und *Er lebe hoch!*

Die Bewohner von Fogerty, die nicht von dem rasenden Inferno aus ihren Wohnungen vertrieben worden waren, das durch die Stadt fegte, sondern es live auf ihren Mattscheiben verfolgten, erhoben sich, um den Fernseher abzuschalten und einen Tee aufzusetzen.

»Lassen Sie die Finger von diesem Schalter!« kreischte *Hump*hrey. »Dies ist eine Übertragung von weltweiter Bedeutung, und sie betrifft *Sie* persönlich. Jeden von Ihnen. Seine Königliche Hoheit ...«

»Vielen Dank, *Hump*hrey.« Der dicke, fette Kerl füllte mit seinem dicken, fetten Gesicht die Schirme aus. »Mein liebes Volk«, lächelte er. »Ich spreche an diesem speziellen Tag zu euch allen, an diesem Feiertag, den ich euch zu meinem Geburtstag geschenkt habe – nicht, um euch für die Tausende von Karten und Botschaften und guten Wünsche zu danken, die ihr mir gesandt habt ...«

»Weil dieser Bastard nämlich gar keine bekommen hat«, flüsterte *Hump*hrey seinem Kameramann zu.

»... sondern voller Trauer, um zu erklären, daß von jetzt an ein weltweiter Ausnahmezustand existiert. Am heutigen Tag wurde unsere Hauptstadt brutal angegriffen und in Flammen gesteckt. Sie alle werden es auf ihren Fernsehschirmen gesehen haben.

Unsere tapfere Feuerwehr war bisher nicht imstande, den Brand unter Kontrolle zu bringen ...«

»Weil du ihnen allen gleichzeitig freigegeben hast, du Trottel«, flüsterte *Hump*hrey.

»Tausende fliehen voller Entsetzen. Ihre Wohnungen sind zerstört, ihre Geschäfte ruiniert. Eine Tragödie.« Kleine Schläuche, geschickt zwischen den Fettwülsten an den Schläfen des Großherzogs verborgen, verströmten ›Tränentropfen‹, die an den Wangen des Monarchen hinabrannen. »*Schnüff schnüff*«, machte der Herzog. »Mir bricht das Herz ...«

»Bestimmt nicht«, sagte *Hump*hrey.

»... es ist der Alptraum, den wir alle insgeheim befürchtet haben. Ein unprovozierter Angriff durch die Edeniten. Diese kriegerische, tyrannische Rasse, unter deren Joch wir bereits viel zu lange gelitten haben ...«

»Das sagt ausgerechnet er!«

»... ich selbst«, fuhr der Großherzog fort, »stamme von Eden. Aber ich bin nicht wie sie. Ich bin einer von euch. Und ich habe unermüdlich darum gekämpft, dem Saturn seine Unabhängigkeit zurückzubringen. Aber die heimtückischen Edeniten haben hier auf dem Saturn genauso wie auf dem Uranus und dem Mars ihre Kultur, ihre Produkte und ihre Sprache verbreitet.«

Zu schade, daß Raymond nicht da war und *das* hören konnte! Es hätte ihm eine Menge Fragen beantwortet.

»Wir importieren ihre Waren, und sie beherrschen unsere Wirtschaft. Und jetzt versuchen sie, uns zu zerstören. Sollen wir untätig dabeistehen und ihnen zusehen? Wollen wir hilflos mit ansehn, wie unsere Städte brennen? Oder sollen wir zurückschlagen? Sollen wir die Waffen gegen die schlimmen Tyrannen erheben und sie vernichten?«

»Ist das vielleicht der Anlaß, auf den er seit langen Jahren wartet, um seinen verhaßten Bruder fertigzumachen?« flüsterte *Humph*rey. »Oder bin ich nur bissig?«

»Mein eigener Bruder!« Der Großherzog verströmte noch mehr Tränen. »Mein eigener Drillingsbruder! König Eddie von Eden. Ihr werdet euch fragen, wie ein friedliebender, barmherziger Teddybär von Mann, wie ich es bin, die Hand des Krieges gegen mein eigenes Fleisch und Blut heben kann? Nur unter allergrößtem Bedauern, so kann ich es. Aber er hat uns gebraucht und mißbraucht, und wir dulden es nicht länger. Ich ordne hiermit die Generalmobilmachung an. Ich will, daß die Armee in höchste Alarmbereitschaft versetzt wird und die Luftwaffe bereit zum Angriff ist. Wir ziehen gegen Eden. Wir befinden uns im Krieg.

Lang lebe Saturn!« Der Großherzog hob die Faust. »Ich danke euch.«

»Schnitt«, sagte der Regisseur. »Spielt die Nationalhymne.«

Der dicke, fette Großherzog wischte die Krokodilstränen von seinen Backen. »Ich glaube, das ist ganz gut gelaufen. Was denken Sie, *Humph*rey?«

Wenn man auf Ironie steht, dachte der Schakalkopf. »Sehr rührende Geschichte, Sire«, sagte er, während er zu seinem Monarchen hinübereilte und sich tief verbeugte. »Ich hoffe, Ihr werdet mir die Ehre zuteil werden lassen, Euer Exklusiv-Kriegsberichtserstatter zu sein, solange der Konflikt andauert?«

Der Großherzog strich über sein großes, fettes Kinn. »Ich glaube nicht, *Humph*rey.«

»Nein, Sire?«

»Nein, *Humph*rey. Sehen Sie mal, während meiner langen, langen Regentschaft als Monarch dieses Planeten habe ich ein ziemliches Geschick darin entwickelt, all die kleinen, abfälligen Bemerkungen meiner Untertanen mitzuhören, die sie von sich geben, wenn sie glauben, niemand könne sie hören. Deshalb glaube ich, daß ich Ihnen einfach den Kopf abschlagen lasse, Sie klugscheißerischer, hundegesichtiger Bastard.«

»Oh«, sagte *Hump*hrey. »So ein Mist.«
Der Kameramann kicherte hinter vorgehaltener Hand.
»Und Sie passen besser ebenfalls gut auf«, sagte der Großherzog. »Oder Sie sind tot, Sie Stinker.«

Der Gestank war so unerträglich, daß Simon sich die Nase zuhielt. Das Monstrum stand im Türrahmen und versperrte den einzigen Fluchtweg. Der Schreiber verdrehte die Augen und fiel neben dem Kamin in Ohnmacht.
Danke für deine Hilfe, dachte Simon. *Ach du heilige Scheiße!*
Das Ding machte einen weiten Schritt in das Zimmer und hob erneut seine schreckliche Kralle. »Das Buch!«
Simon versagte die Stimme. Seine Kehle war trocken. Sein Herz spielte Seilhüpfen, und obwohl seine Beine den dringenden Wunsch verspürten zu laufen, waren sie in den Knien weich. Das war eine ernste Geschichte. Man konnte ein Ding wie dieses nicht bekämpfen. Simon hatte keine Chance.
Noch einen Schritt.
Entsetzen.
Simon tat etwas so Erbärmliches, daß Gott, hätte er ihm zugesehen, zweifelsohne das Gesicht abgewandt und »O mein Gott!« gestöhnt hätte.
Simon legte seine beiden Zeigefinger über Kreuz und sagte: »Zurück! Im Namen des Herrn, ich befehle dir, weiche zurück!«
»Das Buch.« Das Ding taumelte noch einen Schritt auf Simon zu, stolperte und sackte vor seinen Füßen zu Boden.
»Mensch!« sagte Simon und betrachtete seine Finger. »Das funktioniert ja tatsächlich!«
Er starrte auf das Monster.
Das Ding.
Saat-Hahn.
Es war nicht Saat-Hahn.
Simon glotzte auf das tätowierte Pentagramm auf dem blutbesudelten Schädel. Es war nicht Saat-Hahn.
Es war Mr. Hilsavie!

Simon bückte sich und drehte den schweren Mann unter Schwierigkeiten auf den Rücken. Er war wirklich in einem ziemlich schlimmen Zustand. Voller V-förmiger Schnitte und bedeckt mit Federn und Unmengen von Blut. Dieser Mann kam aus einer Schlacht. Und so wie er aussah, hatte er die Schlacht verloren.

»Sind Sie in Ordnung?« Simon schüttelte den Kopf. Warum stellten die Leute bloß immer diese dämliche Frage an andere Leute, die ganz offensichtlich nicht in Ordnung waren? Simon hatte keine Ahnung. »'tschuldigung«, sagte er dann. »Sind Sie wenigstens noch lebendig?«

»Gerade so.« Mr. Hilsavie krallte die Hand in Simons Schulter, wobei er ihm die Blutzirkulation abschnitt und beinahe die Schulter auskugelte. »Bring mir einen Drink, ja?«

Mit dem größten Vergnügen. Und für mich gleich einen mit, dachte Simon. Er machte sich auf den Weg in die Küche des Schreibers. Es war eine stinkvornehm eingerichtete Küche. Simon öffnete den Kühlschrank. Champagner. Zwei Dutzend Flaschen Champagner.

»Bastard!« Simon zog eine Flasche hervor und kehrte ins Wohnzimmer zurück. Unterwegs entkorkte er die Flasche. Sozusagen.

»Hier, bitte.« Er hob die Flasche an die Lippen seines Arbeitgebers.

Mr. Hilsavie trank in großen Schlucken. »Danke, das reicht fürs erste.«

»Gut. Ich glaub', ich brauch' jetzt auch was.« Simon wischte mit dem Ärmel über den Flaschenhals (Dentalhygiene!) und trank selbst.

Danach war die Flasche leer.

»Hilf mir auf!« Simon half dem verletzten Mann auf. Auf das Sofa.

»Was ist mit Ihnen geschehen?« fragte Simon.

»Hühner. Verdammte Hühner. Verdammte stinkende Hühner. Sie sind auf mich losgegangen wie die Geier.«

»Sie haben das Buch.« Simon nahm es vom Teppich auf. »Ich versteh' das nicht.«

»Ich hab' dich beobachtet.« Mr. Hilsavie kam langsam wieder zu sich. »Ich war letzte Nacht mit meinem Hund unterwegs. Da hab' ich dich gesehen. Wie du auf dem Hügel oberhalb vom Hühnerhof des Langen Bob an den Busch gepinkelt hast.«

Simon erinnerte sich an den Wanderer im blauen Anorak. Oder war es eine Öljacke gewesen?

»Also bin ich losgegangen, um dir die Eier zu rösten, weil du Schuld bist, daß eine Parkkralle an meinem Lieferwagen sitzt. Und weil du dir meine Allen-Sense hast stehlen lassen Und weil du Feierabend gemacht hast, ohne mir Bescheid zu sagen.«

»Aha«, sagte Simon.

»Aber du warst nicht mehr da. Ich hörte den Hund knurren und dich heulen, und dann fand ich das Buch. Ich dachte, du würdest zurückkommen, um es abzuholen, also setzte ich mich und wartete. Und während ich wartete, las ich es.«

»Aha«, sagte Simon erneut.

»Und beobachtete die ganze Geschichte. Wie du dem Langen Bob die Luft aus den Reifen gelassen hast. Und wie du mit dem Benzinkanister zu den Hühnerställen gegangen bist. Und Dick Godolphin ...«

»Sie müssen nicht weitererzählen«, unterbrach ihn Simon. »Ich erinnere mich noch genau genug.«

»Habe ich bereits erwähnt, daß mir dein neuer Hut gefällt?« fragte Mr. Hilsavie.

»Wir haben diesen Neuer-Hut-Scherz fallenlassen«, entgegnete Simon. »Kein Schwein hat ihn verstanden, und er war nicht sehr lustig.«

»Oh? Na ja, gut. Also, später hab' ich dann gesehen, wie du in dem Jaguar weggefahren bist. Aber das eigenartige ist, daß ich es im Buch gelesen habe. Du bist weggefahren, genauso, wie es im Buch stand.«

»Dann bin ich also wieder drin.« Simon lächelte breit, und seine Kronen blitzten. »Es hat geklappt! Ich bin wieder im Buch!«

»Ich brauche noch 'nen Drink«, sagte Mr. Hilsavie. »Geh und hol 'ne neue Flasche, Simon. Ich bin vollkommen ausgedörrt.«

»O ja!« Simon holte noch mehr Champagner. Zwei Flaschen. Er kehrt zurück und ließ die Korken knallen. Das Geräusch weckte den Schreiber aus seiner Ohnmacht. Er blickte sich um, erkannte, was mit seinem Champagner geschah, und sank erneut in Ohnmacht.

»So.« Mr. Hilsavie nahm eine Flasche, und Simon trank aus der anderen. »Also, ich saß da und las in dem Buch. Und ich dachte nach. *Das kann nicht wahr sein,* dachte ich. Und dann blätterte ich vorwärts und rückwärts und kam zu der Stelle, wo stand: ›Mr. Hilsavie saß in dem Buschversteck und las in dem Buch, als die Hühner ihn witterten und zum Angriff übergingen.‹ Und ich sagte mir: ›Was?‹, und das nächste, an das ich mich erinnern kann, war ...«

»Ja, ja«, sagte Simon. »Ich kann's mir vorstellen. Aber ich möchte nichts davon hören.«

»Diese ... Biester hätten mich beinahe umgebracht. Ich hab' allerdings auch einigen die Köpfe abgebissen.«

»Das reicht«, sagte Simon. »Ich kann's mir wirklich vorstellen.«

»Das ist eine böse Geschichte, Simon. Eine wirklich böse Geschichte.«

»Ich weiß. Ich stecke bis zum Hals darin.«

»Nach dem Buch hast du den Lord gefunden.«

»Ja, stimmt.« Plötzlich wich Simon zurück. »Aber Sie, äh ... ich ... ich dachte, Sie ...?«

Mr. Hilsavie hob eine haarlose, blutbesprenkelte Augenbraue. »Du warst nie allzu helle, Simon.« Er deutete auf das Pentagramm auf seinem kahlen Schädel. »Es zeigt mit der Spitze nach oben. Ich bin kein Teufelsanbeter. Ich gehöre zu einer alten Religionsgemeinschaft. Ich bin eine *Weiße Hexe,* wenn du so willst. Obwohl ich den Ausdruck *Weißer Magier* bevorzuge.«

»Oh!« sagte Simon. »Haben Sie auch so was wie Hexensabbat?«

Der Magier nickte. »In Bramfield gibt es noch sehr viel von der alten Religion. Schließlich liegt Bramfield auf dem Land.«

»Und Sie ... wie soll ich sagen ...«, Simon machte eine Pause. »Sie tanzen mit nackten jungen Frauen herum? Im Mondlicht und so?«

»Meistens Mittwochs nachts, ja.«

»Und Sie haben mich nie gefragt, ob ich beitreten will!« Simon machte ein beleidigtes Gesicht.

»Würdest *du* dich fragen, ob du beitreten willst?«

»Hmmmph!« machte Simon. »Na gut. Immerhin stehen wir Gott sei Dank auf der gleichen Seite.«

»Aber ich werde dir trotzdem noch die Eier rösten, wenn du meine Allen-Sense nicht wieder zurückbringst.«

»Die hat der Lange Bob.«

»Ist das wahr?«

»Ich will auf der Stelle tot sein, wenn es nicht stimmt.« Simon hoffte, daß er jetzt nicht auf der Stelle tot war. »Geht es Ihnen jetzt besser?«

»Ziemlich mies. Ich brauch'n Bad. Aber ich glaube, ich kann genug Kraft zusammenkratzen, um zu tun, was getan werden muß.«

»Saat-Hahn bekämpfen. Und seine Anhänger!«

»Saat-Hahn vernichten und seine Anhänger vertreiben.«

»Bravo!« sagte Simon. »Selbstverständlich habe ich selbst bereits einen ziemlich guten Plan im Kopf, wie ich mit ihnen fertig werden kann, aber ...«, er machte eine Pause, um die Wirkung seiner Lüge zu vergrößern, »... aber ich wäre dankbar, wenn Sie mir sagen würden, was Sie vorhaben.«

»Da möcht' ich drauf wetten.« Mr. Hilsavie lächelte. Simon hatte ihn noch nie zuvor lächeln sehen! Es war sehr beunruhigend. »Wenn du den Teufel im Hühnerstall besiegen und die Menschheit retten willst«, sagte Mr. Hilsavie, »dann gibt es nur einen einzigen Weg.«

»Und der besteht darin, in einer schwarzen Ledermontur auf einer Harley zu fahren.«

»Nein«, widersprach Mr. Hilsavie. »Der besteht darin,

sich in der Nacht mit einer Menge anderer Dorfbewohner anzuschleichen, die alle brennende Fackeln tragen. Hast du denn keinerlei Phantasie?«

»Nicht die gleiche wie Sie, offensichtlich.«

»So. Ich werde einige Telefongespräche führen. Und du fesselst das dumme Arschloch da am Kamin und machst uns ein Frühstück.«

»Richtig«, sagte Simon. »Nein, falsch«, unterbrach er sich. »Ich meine, soll nicht das dumme Arschloch im Buch aufschreiben, was als nächstes geschieht?«

»Soweit ich es beurteilen kann, *hat er* es aufgeschrieben, bis die Männer in Grau kamen und ihm das Manuskript wegnahmen. Ich glaube, daß *du selbst* wahrscheinlich den Rest geschrieben hast.«

»Ja!« Simon stieß die Faust in die Luft. »Dann also werd' ich das dumme Arschloch am Kamin fesseln und uns ein Frühstück machen. Weil wir nämlich danach in den Krieg ziehen werden.«

»Aber bevor wir in den Krieg ziehen«, sagte Raymond, der am Kopf der Tafel saß, »frage ich mich, ob es nicht besser ist, wir ziehen in Frieden wieder ab?«

Die Künstler von Professor Merlins Zirkus hatten sich einmal mehr um den wundervollen Tisch im Großen Salon der *SS Salamander* versammelt. Er war mit Fahnen geschmückt und zurechtgemacht und schon wieder mit einem üppigen Bankett beladen. Aber niemand schien besonders hungrig zu sein. Die Künstler waren erschöpft. Ihre Schultern hingen herab, und ihre Schminke war verlaufen. Raymond blickte von einem zum anderen. Es war ernüchternd. »Irgend jemand für Frieden?« fragte er.

Niemand antwortete.

»Vielleicht können wir mit den Edeniten vernünftig verhandeln?«

»Verrgiß es, *mon ami*«, entgegnete Monsieur LaRoche. »Wirr bedeuten nischts fürr sie. George fürr ihre Tafel, das ist alles, was wirr sind.«

»Aber wenn wir ihnen sagen, daß das Spiel zu Ende ist? Wenn wir die Erdbewohner über das informieren, was vor sich geht, und den Edeniten erzählen, daß sie über ihre Pläne bescheid wissen?«

Professor Merlin schüttelte den Kopf. »Die edenitischen Gestaltwandler besitzen die Macht auf der inneren Erde. Sie würden dafür sorgen, daß niemand Ihnen glaubt. Und selbst wenn, dann würde das nichts ändern.«

»Erzählen Sie mir von diesen Gestaltwandlern. Haben die Edeniten magische Kräfte oder was?«

»Sie haben eine hochentwickelte Technologie, das ist alles. Der Technologie der inneren Erde um einiges voraus.«

»Hologramme oder was?«

»Ein weiter fortgeschrittener Apparat. Ich selbst besaß bis vor einiger Zeit ebenfalls einen, aber ich könnte mit dem Ellenbogen auf jemanden zeigen, der ihn zerstörte.« Der Professor zeigte mit dem Ellenbogen auf jemanden.

Jemand namens Raymond sagte: »Tut mir leid. Aber damit ich Sie richtig verstehe – die Premierminister und Präsidenten und so weiter auf der inneren Erde sind alle von diesen Hologrammen ersetzt worden, oder was wollen Sie damit sagen?«

»Kurz gesagt, ja. Sie werden sich erinnern, wie Präsident Reagan durch das Herz geschossen wurde und trotzdem überlebte. Oder daß niemand die Königin von England berühren darf. Und daß Staatsmänner nur mit anderen Staatsmännern die Hände schütteln.«

Raymond ignorierte die klaffenden Löcher in dieser Theorie. »Und wie wird das gemacht?«

»Projektionen von oben herab, mein lieber Freund. Ein Schauspieler, der die Rolle von, sagen wir dem Präsidenten spielt, wird in einem speziellen Studio auf Eden aufgenommen. Ein holographisches Bild von ihm, das durch Computermanipulation dem Präsidenten zum verwechseln ähnlich sieht, wird nach unten abgestrahlt. Die Bewegungen des Schauspielers werden zu den Bewegungen des Präsidenten unten auf der Erde.«

Raymond kratzte sich an der Nase. »Ich verstehe nicht, wie das funktionieren soll. Was, wenn der Präsident in einem fahrenden Auto sitzt oder in einem Flugzeug? Wie kann das denn funktionieren?«

»Ich weiß es auch nicht. Aber es funktioniert trotzdem.«

Raymond schüttelte den Kopf. »Und was würde geschehen, wenn es uns irgendwie gelänge, die Hologramme auf Eden abzuschalten?«

»Auf der Erde würde das Chaos ausbrechen.« Professor Merlin stieß die Hände in die Luft, fing sich wieder und schob sie zurück in die Taschen. »Alle Anführer der Welt würden in einem einzigen Augenblick verschwinden!«

»Der Gedanke gefällt mir verdammt gut. Aber das Chaos auf der Erde wird die Edeniten nicht am Zubetonieren hindern.«

»Es gibt nur einen Weg, das alles zu stoppen«, sagte Doktor Bakterius (drohend!) »Wir müssen den König töten. Das ist alles.«

»Klingt in meinen Ohren nach Krieg.«

»Ich könnte es mit einem Handschlag erledigen. Anthrax oder Cholera, was immer Sie wollen.«

»Nicht schlecht.« Raymond lehnte sich in seinem Stuhl zurück. »Aber wohin würde uns das führen? Selbst wenn wir den König umbringen könnten, würde wahrscheinlich ein anderer seinen Platz einnehmen. Und ich werde niemanden umbringen. Es löst unser Problem nicht. Nein. Oder warten Sie. Vielleicht doch.«

»Er hat eine Idee!« Professor Merlin klatschte in die Hände. »Ich hab's gewußt! Ich hab's euch gesagt! Ich wußte, daß er es schaffen würde! Sprechen Sie weiter, lieber Freund. Ich werde meine Uhr synchronisieren.«

»Es ist nur so ein Gedanke. Aber wenn diese Super-Duper-Hologramme die Menschen auf der Erde an der Nase herumführen, warum sollten sie denn dann die Leute auf Eden nicht auch an der Nase herumführen können? Was meinen Sie?«

»Ich vermute, daß sie jeden an der Nase herumführen. Solange man sie nicht berührt.«

»Und niemand berührt einen König?«
»Niemand berührt einen König.«
»Nun«, sagte Raymond.
»Nun?« fragte der Professor.
»Ach kommen Sie schon!«
»Wie?«
Raymond seufzte. »Angenommen, wir schaffen es, nach Eden zu gehen und unbemerkt diesen König auszuschalten oder zu entführen oder sonst was. Dann ersetzen wir ihn durch ein Hologramm. Und dieses Hologramm sagt dann seinem Volk: ›Wir wollen die polaren Löcher nicht zubetonieren. Wir wollen statt dessen mit unseren Brüdern von der inneren Erde in Frieden leben. Wir wollen ein neues Zeitalter von Liebe und Verständnis einleiten. Wir wollen unser Wissen mit ihnen teilen und ...‹«
»Entschuldigung, ich habe einen Schluckauf«, sagte Aquaphagus. »Mag jemand Sushi?«
Professor Merlin grinste von einem Ohr zum andern und von der Nase bis zum Bauchnabel. »Nein, bei Gottfried! Raymond hat recht! Sein Plan ist vollkommen genial.«
»Aber wir müssen erst einmal bis zu diesem König kommen!«
Professor Merlin dachte über den Einwand nach. »Sie könnten sich alleine in der Nacht anschleichen, Raymond«, schlug er vor.
»Nein«, erwiderte Raymond.
»Na, dann nehmen Sie Doktor Bakterius mit sich.«
»Nein«, erwiderte Doktor Bakterius.
»Dann die zweihundert Krieger aus dem Frachtraum.«
»Nein«, sagten nicht die zweihundert Krieger, denn sie hatten den Vorschlag nicht gehört, sondern erneut Raymond. »Aber ich glaube, ich weiß einen Weg«, fügte er hinzu.
»Das überrascht mich nicht eine winzige Kleinigkeit.«
»Sie könnten eine Vorstellung geben.«
»Ich könnte eine ... WAS?«
»Eine Vorstellung. Das, was ein Zirkus normalerweise

macht. *Auftreten*. Wie für den Großherzog auf dem Saturn, erinnern Sie sich? Sie könnten dem König eine Vorstellung anbieten.« Raymond lachte. »Ich vermute, daß der König rein zufällig Geburtstag hat, oder nicht?«

»Ah«, sagte der Professor traurig.

22. KAPITEL

In Bramfield herrschte emsige Geschäftigkeit. Es war zehn Uhr dreißig, und die Kneipen hatten geöffnet.

Der *Fröhliche Gärtner* war voll bis unter das Dach. Nicht mit den üblichen morgendlichen Nichtsnutzen, sondern mit den Pressevertretern der Nation. Andy hinter dem Tresen war in Hochstimmung, und der Ausruf: »Ausgezeichnet!« hatte keine Gelegenheit, sich weit von seinen Lippen zu entfernen. Die Tatsache, daß eine noch nicht identifizierte Gruppe von Terroristen den Schlachter von Bramfield befreit hatte, hatte die Dinge ins Rollen gebracht. Und die Journalisten (unsere moralischen Vertreter!) waren äußerst begierig, jeden zu interviewen, der eine Ahnung von der Psyche des Psychopathen haben könnte.

Ihre Zahl wurde noch übertroffen von den Dorfschönheiten, die bereits einmal das Wort ›Scheckbuchjournalismus‹ gehört hatten und nun eifrig ihre exklusiven Geschichten verkaufen wollten. ›*Der Simon, den ich kannte – von seiner ihn liebenden Verlobten*‹ war eine beliebte Überschrift.

Gläser wurden gefüllt und leerten sich, die Zapfhahngriffe gingen vor und zurück und die Registrierkasse auf und zu.

»Wir waren ganz allein in der Bar«, sagte Paul zu einem Reporter mit einem Notizbuch. »Nur der Schlachter und ich. Man hätte die Luft mit einem Rasiermesser schneiden können. Ich war es, der die Informationen über seinen Aufenthaltsort an die Polizei weitergegeben hat. Ich vermute, ich habe einen großen Anteil an seiner Gefangennahme. Ach, übrigens, kennen Sie eigentlich den Typen, der sich die Kreuzworträtsel ausdenkt?«

»O ja«, sagte ein bandagierter Konstabler Derek zu einem anderen Reporter mit einem Notizbuch. »Sechs bewaffnete Männer. Ich kämpfte gegen sie, so gut ich konnte, aber schließlich schlugen sie mich bewußtlos und befreiten den Schlachter. Belobigung für Tapferkeit im Dienst? Ja, es hat da so eine Andeutung gegeben, ja. Berichte von einer Nonne, die zusammen mit den Terroristen geflüchtet ist? *Nein*, ich habe ganz sicher *keine* Nonne gesehen.«

Im *Wappen von Bramfield* war die Atmosphäre ruhiger. Aber da es die Atmosphäre des *Wappen von Bramfield* war, schien es noch immer eine gute Idee, die Luft zuerst durch den Kanarienvogel eines Grubenarbeiters auf Atembarkeit prüfen zu lassen. Oder welches Äquivalent die Unterseebootflotte auch immer dafür benutzte.

Black Jack Wooler lehnte hinter seiner Theke, und in einer weit entfernten, stinkenden Ecke saßen zwei Männer in Grau über einem Stapel von Papier, der in Schreibmaschinenschrift beschrieben war.

»Ich hab's dir gleich gesagt«, meinte der Mann in Grau Nummer Zwei zu seinem Kumpanen, dem Mann in Grau Nummer drei. »Ich wußte, daß dieser Bastard gelogen hat. Spontaner Gedächtnisverlust! Es war richtig, ihn unter Beobachtung zu halten. So wie es aussieht, schreibt er seine verdammten Memoiren.«

Der Mann in Grau Nummer drei biß sich auf die Lippen. »Nach dem, was hier steht, war er in dem Schrebergarten, als Abdullah den anderen Schmuck geschnappt hat. Hier, diese Stelle gefällt mir, wo er dich aus seinem Haus wirft.«

»Er hat mich *nicht* aus seinem Haus geworfen! Das ist eine Lüge!«

»Ja. Aber was ist mit dem Rest? Was ist mit den Abenteuern von diesem Raymond? Das sind doch auch nur Geschichten, oder nicht?«

Der Mann in Grau Nummer zwei blickte zweifelnd drein. »Aber es steht alles da. Über Eden und so. Du kannst mir nicht erzählen, daß er sich *das alles* ausgedacht hat. Und was ist mit den Edeniten, die die polaren Löcher versiegeln wollen? Was, wenn das stimmt? Was geschieht dann mit *uns*?«

»Halt den Mund!« sagte der Mann in Grau Nummer drei. »Dieser fette Bastard hört zu.«

»Es gefällt mir jedenfalls nicht. Wir sind noch nicht bezahlt worden, und ich habe keine Lust, hier unten zurückgelassen zu werden.«

»Du sollst den Mund halten! Wir werden früh genug herausfinden, was los ist. Der Mann in Grau Nummer eins telephoniert mit dem Gouverneur von Eden. Er wird die Wahrheit herausfinden, bestimmt.«

»*Der Mann in Grau Nummer eins?* Hat er keinen Namen?«

Der Mann in Grau Nummer drei blätterte durch die Seiten des Manuskripts, das sie aus dem Haus des Schreibers mitgebracht hatten. »Anscheinend nicht. Aber sieh mal, da kommt er zurück.«

Der Mann in Grau Nummer eins kam durch die Dunkelheit an den Tisch und setzte sich zu seinen namenlosen Begleitern.

»Was sollen wir jetzt machen?« fragte der Mann in Grau Nummer zwei.

»Ich habe nicht die geringste Ahnung. Ich bin nicht bis zum Gouverneur durchgekommen. Der Anrufbeantworter war eingeschaltet. Also hab' ich ihm eine Nachricht hinterlassen, daß er uns hier zurückrufen soll.«

»Das gefällt mir nicht.« Dem Mann in Grau Nummer zwo gefiel das nicht. »Ich glaube, sie haben uns im Stich gelassen. Das glaube ich.«

»Nein.« Der Mann in Grau Nummer eins schüttelte seinen grauen Kopf. »Die Edeniten würden uns so etwas nicht antun. Sie respektieren uns. Wir sind loyale Arbeiter. Wir werden mit unserer Arbeit fortfahren. Kümmert euch um diesen Simon.«

»Und was ist mit diesem Kilgore Sprout?«

»Er ist nicht wichtig. Der Knabe mit den schicken Zähnen ist es, aus dessen Pistole der Rauch kommt. Löscht ihn aus, und unsere Arbeit hier ist erledigt.«

»Ja, aber ...«

»Vertraut mir«, sagte der Mann in Grau Nummer eins. »Die Edeniten werden sich um uns kümmern. Oder mein Name ist Mann in Grau Nummer zwei.«

»Mein Name ist Moses«, sagte der Elefant. »Und ich sage, laß mein Volk ziehen!«

»Sieh mal, ich habe Seiner Hoheit deinen Wunsch berichtet«, sagte der kriecherische Domestik. »Aber im Augenblick ist Seine Majestät sehr beschäftigt. Er muß einen Krieg organisieren. Warum kommst du nicht einfach später zurück?«

»Sag dem Pharao«, sprach Moses, »wenn er sich weigert, dann werden die Frösche über ihn kommen. Exodus 8, 2.«

»Frösche?« fragte der kriecherische Domestik.

»Frösche«, wiederholte Moses.

»Nun, also Frösche. Ich werde es Seiner Majestät ausrichten. Aber ich glaube nicht, daß er sich darüber freuen wird.«

Inspektor T'Od freute sich nicht. Er war letzte Nacht in dem Bewußtsein nach Hause gegangen, daß er nicht nur einen Serienmörder überführt und sich damit ein gutes Stück einer möglichen Beförderung genähert hatte, sondern daß er sich außerdem das Geld des Mörders unter den Nagel gerissen und damit die Gelegenheit verschafft hatte, irgendwo auf dem Land einen kleinen Gasthof zu kaufen, falls er früher in Pension gehen sollte. Das herbe Erwachen kam, als ihn die Nachricht erreichte, maskierte Männer hätten die Polizeiwache in die Luft gesprengt und Simon befreit. Seine Selbstzufriedenheit war wie weggeblasen.

Und mit einer Polizeiwache, die zur Hälfte in rauchenden

Trümmern lag, stellte sich als erstes die Frage, wo er das Hauptquartier für ein Sonderkommando aufschlagen sollte, das die massiven Operationen leiten könnte, die er in Bewegung setzen würde. Die Stadthalle wurde im Augenblick von der Frühlingsblumenausstellung belegt. Und der Jugendklub, wo Montags immer so laute Musik spielte, war wegen dringend notwendiger Reparaturen an den brüchig gewordenen Fundamenten geschlossen. Der einzige sonst noch angemessene Raum in ganz Bramfield war die ›Rezeptionssuite‹ über der Bar des *Fröhlichen Gärtners*.

Andy war höchst erfreut gewesen, den staubigen, spinnwebenverhangenen Raum zu vermieten. Inspektor T'Od befand sich nicht in einer Position, um mit Andy zu streiten, und er war gezwungen gewesen, die Suite auf Tagesbasis zu mieten, zu einem Preis, der doppelt so hoch war wie die durchschnittlichen wöchentlichen Einnahmen des *Fröhlichen Gärtners*.

Und so kam es, daß der Inspektor jetzt hinter einem Tapeziertisch saß und innerlich vor Wut schäumte, während seine Kollegen hin und her wieselten und Telefonleitungen verlegten, Computerterminals vernetzten, Bleistifte anspitzten und sich das Rauchen abgewöhnten. Das Gerücht ging um, daß ein Chefinspektor von Scotland Yard kommen und die Operation leiten würde. Das Gerücht ging um, daß dieser Chefinspektor außerdem eine Frau war. Und daß sie aussah wie Helen Mirren.

Inspektor T'Od trug eine Pistole in seinem Halfter.

Inspektor T'Od freute sich wirklich nicht darauf, die Chefinspektorin zu sehen.

»Bitte, Sire. Bitte, Sire. Da ist etwas, das Ihr sehen solltet.« Ein kriecherischer Diener (kein kriecherischer Domestik. Obwohl der Unterschied eher klein ist, ist er dennoch vorhanden und darf keinesfalls übersehen werden!) platzte unangemeldet in das Schlafgemach des Sultans vom Uranus.

Der Sultan feierte mit seinen Konkubinen Geburtstag, und eine von ihnen saß gerade in dem sich drehenden Sitz mit dem Loch in der Mitte und wurde auf den Sultan hinabgelassen.

Es war nicht der Augenblick, in dem man störte.

»Hinaus aus meinem Schlafzimmer!« kreischte der Sultan auch ganz folgerichtig.

Der kriecherische Diener warf sich mit dem Gesicht nach unten auf den Boden. »Es ist Euer Bruder, Sire. Der Großherzog vom Saturn.«

»Mein Bruder? Hier? Nun, dann hör auf, hier so dumm herumzuliegen! Sieh zu, daß man ihm den Kopf abschlägt. Schnell!«

»Nein, Sire. Er ist nicht hier. Er ist im Fernsehen. Im Satellitenfernsehen.«

»WAS?« Der Sultan erhob sich und schwang seine baumelnde Lieblichkeit zur Seite (was Sie verstehen können, wie Sie wollen). »Du platzt hier herein, um mir zu erzählen, daß mein nichtsnutziger Bruder im Fernsehen ist?«

»Er hat den Krieg erklärt, Sire.«

»Wem? Uns?«

»Nein, Sire. Eden. Eurem anderen Bruder. König Eddie.«

»Dieser Drecksack.«

»Ihr seid einander nicht sehr gewogen, jedenfalls für Drillinge, nicht wahr, Sire?«

»Die Pocken für deine Dreistigkeit. Küß meinen Zeh, auf der Stelle!«

Der kriecherische Diener küßte den Zeh des Sultans. *Ich würde viel lieber Eure baumelnde Lieblichkeit küssen*, dachte er bei sich.

»Das reicht jetzt, hör endlich auf. Warum hat der eine Drecksack dem anderen Drecksack den Krieg erklärt?«

»Es hat etwas mit Eurem Schiff zu tun, Sire. Das, wegen dem bereits Abdullah *nach Hause telephoniert* hat. Das Schiff hat den Saturn verlassen, und der Großherzog hat seine Armee ausgesandt, um es zu zerstören.«

»Mein Schiff zerstören?« Der Sultan trat seinen Diener gegen das Ohr.

»Und einen Krieg gegen Eden zu führen.« Der Diener rieb sich das Ohr.

»Scheiß Eden. Ich will mein Schiff zurück. Ruf die Spezial einheiten. Schick ein Kommando. Vernichte die Saturnier und bring mir mein Schiff!«

»Aber ...«

»*Aber?*« brüllte der Sultan.

»Aber Ihr habt heute allen freigegeben. Damit sie Euren Geburtstag feiern können.«

»Rrrrrrrrgggggghhhhhh!« sagte der Sultan. »Und wo steckt Abdullah?«

Ja wirklich. Wo steckte Abdullah?

»Und wo steckt Simon? Und wo ist all unser Geld geblieben?« Der Lange Bob starrte mit einem bitterbösen Gesicht über den Tisch hinweg.

»Ich weiß es doch nicht!« Lisa bäumte sich auf. Sie steckte noch immer in ihrem Nonnengewand und war noch immer gefesselt. Eine gefesselte Nonne. Das hatte was. Dem Langen Bob jedenfalls gefiel es.

»Bind mich los!« Lisa bäumte sich erneut auf. »Simon hat den Konstabler bewußtlos geschlagen, mich gefesselt und ist dann weggerannt.«

»Sie deckt ihn«, sagte der Feger. »Die beiden stecken unter einer Decke. Wahrscheinlich haben sie vor, das Geld zu teilen. Und er hat meinen Wagen mitgehen lassen.«

»Sieht schlecht aus für dich«, sagte der Lange Bob zu Lisa. »Seine Majestät mußte in der letzten Nacht auf Ihr Opfer verzichten. Er ist ein heranwachsender Junge. Er braucht sein Futter.«

»Was?« fragte Lisa. »WAS?«

»Ich fürchte, es muß so sein«, sagte der Lange Bob. »Außer ...«, er blickte sich im Zimmer um und musterte die anderen Mitglieder von B.A.S.T.E.I., »... außer, jemand von euch möchte für Lisa einspringen.«

Köpfe wurden geschüttelt. Heftig. Die ›Neins‹ waren entschieden.

»Nein!« kreischte Lisa. Auch entschieden. »Das kannst du nicht mit mir machen!«

»Du solltest es als eine Ehre betrachten.«

»Laß mich sofort frei, du schwachsinniger Irrer!«

»Ts, ts, ts.« Der Lange Bob schüttelte seinen langen Kopf. »Dick«, sagte er dann. »Kneble diese Frau und bring sie in den Geräteschuppen. Sperr sie dort ein.«

Der Spürhund begann mit dem Schwanz zu wedeln.

»Es wird uns ein Vergnügen sein«, sagte Dick.

»›*Es wird uns ein Vergnügen sein*‹, *sagte Dick!*« Simon knallte *Die größte Show jenseits der Welt* zu. »Diese Bastarde! Diese Irren wollen Lisa opfern! Jesses! O, Entschuldigung. Aber trotzdem! Diese Bastarde.«

»Wenn es nicht das eine ist, dann ist es das andere.« Mr. Hilsavie, nun frisch gebadet und in den besten Anzug des Schreibers gezwängt, knallte das Telephonbuch hin. »Ich kann niemanden erreichen! Die Post hat die Hälfte der Leitungen im Dorf abgeklemmt und mit der Einsatzkommandozentrale im *Fröhlichen Gärtner* verbunden!«

»Wir müssen etwas unternehmen«, sagte Simon. »Jetzt, auf der Stelle.«

»Nicht ohne die Dorfbewohner und die brennenden Fakkeln. Nicht ohne sie.«

»Scheiß auf die Dorfbewohner.« Simon hatte das Buch gepackt und schlug es wieder auf. »Ich blättere vorwärts und seh' nach, was als nächstes geschieht.«

»Ich glaube nicht, daß du das tun solltest, Simon.«

»Das ist mir egal.«

»Ich glaube *wirklich* nicht, daß du wissen solltest, was als nächstes geschieht.«

»Das ist mir *wirklich* egal. Ich werd' trotzdem nachsehen.«

»Tu's nicht, Simon.«

»Wer will mich daran hindern?«

Mr. Hilsavie seufzte. Dann schwang er eine Faust, die so groß war wie eine preisgekrönte Kohlrübe, nach Simons Kinn.

Der Sucher zukünftiger Weisheiten sackte auf dem Sofa mit diesem schrecklichen, wollenen, grellbunten deckenartigen Etwas zu einem schlaffen, bewußtlosen Haufen zusammen.

Der Magier warf einen Blick nach oben. »Es tut mir wirklich leid, Herr«, sagte er. »Aber wenn er gelesen hätte, was er als nächstes zu tun hat, dann kann niemand mehr garantieren, was er als nächstes tun wird. Wenn du weißt, was ich meine, und ich bin sicher, daß du es weißt. Also denke ich, das beste ist, ihn schlafen zu lassen und dieses Kapitel vorzeitig zu beenden, damit wir jetzt damit anfangen können, den Höhepunkt am Ende der Geschichte aufzubauen. Wenn du nichts dagegen hast, meine ich natürlich.«

Der Herr antwortete nicht darauf, wie er überhaupt selten auf derartige Dinge antwortet. Aber in diesem Moment kam das Kapitel zu einem unvermittelten Ende, und es erscheint deshalb vernünftig, anzunehmen, daß er einverstanden war.

23. KAPITEL

»Du heiliger Bimbam!« sagte Raymond. »Werfen Sie einmal einen Blick nach dort unten, ja?«

Das Zirkusvolk befand sich an Deck der *SS Salamander*, die jetzt in einen Orbit über der nördlichen Hemisphäre von Eden einschwenkte.

Ziemlich schnelle Reise vom Saturn hierher, was?

Und wer wohl das Schiff gesteuert hat?

Gute Fragen. Aber lassen wir das und fahren fort.

Eden sah aus wie die Erde, nur größer. Und es besaß ein dreckiges graues Loch, wo der Nordpol hätte sein sollen.

»Es ist sehr schön«, sagte Raymond und bewunderte die Aussicht. »Die Farben sind so lebendig.«

»Das ist Eden.« Der Professor klemmte sich einen dunkel getönten Kneifer auf seinen haifischflossenscharfen Zinken. »Die Wiege der Menschheit. Das irdische Paradies und solche Sachen. Oder zumindest war es das einmal. Sehen Sie den Mief?«

Raymond sah den Mief. Er quoll in dichten Schwaden aus dem dreckigen grauen Loch, wo der Nordpol sein sollte. »Was für eine Schande.«

»Und sehen Sie auch die Monde?«

Raymond suchte den schwarzen Himmel ab. »Ich sehe zwei.«

»Eine observatorische *Tour de force* Ihrerseits, mein alter Galileo. Zwei kleine Monde, erst vor kurzem eingefangen und in den Orbit geschleppt, und in Kürze wird man sie hinunterwerfen, um damit die Löcher zu verschließen.«

Raymond zuckte nur die Schultern. Er hatte bereits etwas ähnlich Unwahrscheinliches erwartet, als die Sprache darauf gekommen war, wie die Edeniten die Löcher verschließen wollten. Vielleicht nicht ganz so unwahrscheinlich wie das hier, aber etwas Ähnliches schon.

»So«, sagte der Professor ohne rechte Freude. »Ich denke, ich sollte an das Horn gehen und Eden eine Nachricht blasen.«

»Und was beabsichtigen Sie denen zu blasen?«

»Nun«, begann der Professor mit an die schicken Revers gelegten Händen. »Es ist so, daß *ich* diesmal *selbst* eine wirklich geniale Idee entwickelt habe.

»O ja?« fragte Raymond zweifelnd.

»O ja, *wirklich*, das habe ich. Wie Sie sicher wissen, ist heute auch der Geburtstag von König Eddie. Also werde ich verkünden, daß wir ein saturnischer Zirkus sind, der als spezielle Überraschung von seinem Bruder, dem Großherzog, gesandt worden ist.«

»Sie glauben nicht, daß sich der König vielleicht an das blöde interplanetarische Telefon hängt und seinen Bruder anruft, um unsere Referenzen zu überprüfen?«

»Warum zur Hölle sollte er je auf diesen Gedanken kommen?«

Raymond zuckte erneut die Schultern. »War nur so eine Idee von mir.«

»Nun, dann entlassen Sie sie aus ihrem wechselhaften Verstand, mein junger Freund.« Der Professor lächelte breit. »Sehen Sie, Raymond, nicht nur Sie landen manchmal einen Volltreffer.«

Wer hat mich getroffen?« Simon erwachte durch eine gewaltsame Applikation kalten Wassers. »*Sie* waren das! Warum?«

»Ich bin gestolpert«, sagte Mr. Hilsavie. »Es tut mir leid.«

Simon umklammerte sein verschrammtes Kinn. Er machte sich Sorgen wegen seiner Zähne. »Ich glaube, eine meiner Kronen hat sich gelockert.«

»Vergiß mal für einen Augenblick deine verdammten Zähne. Wir müssen los.«

»Gut. Ich hab' Ihnen ja gleich gesagt, daß wir keine Zeit verlieren dürfen.« Wacklig erhob sich Simon auf die Beine und streckte sich. Draußen hinter den Wohnzimmerfenstern war alles dunkel. »Es ist bereits Nacht! Wie lange war ich denn bewußtlos?«

»Ich dachte, ein wenig Schlaf würde dir guttun.«

»Aber Lisa ...«

»Ihr wird nichts geschehen. Wir müssen jetzt los.«

»Sind denn die Dorfbewohner mit den lodernden Fackeln schon da?«

»Ach die!« Mr. Hilsavie grinste verlegen.

»Was meinen Sie mit ›ach die‹?«

»Die Dinge gestalten sich ein wenig schwierig«, erklärte Mr. Hilsavie. »Sieh mal, seit du ... äh ... eingeschlafen bist, ist in Bramfield eine Ausgangssperre verhängt worden. Alle Straßen, die aus dem Dorf führen, sind gesperrt. Eine Spezialeinheit der Polizei durchkämmt die Gegend. F.U.R.Z.«

»Auf Kommando kann ich nicht.«

»Blödsinn. F.U.R.Z. Das **M**obile-**E**insatz-**K**ommando. Hochgeheime Sache das.«

»Aber **M**obiles-**E**insatz-**K**ommando kürzt man M.E.K. ab und nicht F.U.R.Z.!«

»Da siehst du, wie geheim diese Einheit ist. Sogar die Abkürzung ist Tarnung.«

»Typisch«, sagte Simon. »Alles, was man braucht, sind ein paar bewaffnete Terroristen, die eine Polizeistation in die Luft jagen, um einen Massenmörder zu befreien, und schon hat man diese Art von automatischer Reaktion.«

»Ziemlich. Und deshalb war ich nicht imstande, so viele Fackelträger zu organisieren, wie ich gerne gehabt hätte.«

»Aber ein paar Hundert haben Sie schon?«

»Nun, äh ...«

»Einhundert?«

»Nun ...«

»Fünfzig?«

Mr. Hilsavie kratzte sich an seinem rasierten Kopf. »Hast du dieses Kapitel in der *Größten Show jenseits der Welt* gelesen, wo Raymond den Professor fragt, wie viele Soldaten er bereits für den Kampf rekrutiert hat?«

»Ja. Natürlich«, entgegnete Simon, der nur die Teile des Buches gelesen hatte, in denen er selbst vorkam. «Wie viele sagte der Professor noch mal?«

Mr. Hilsavie reichte Simon einen Stock, um dessen Ende ein öliger Lappen gewickelt war. »*›Nur Sie‹, sagte der Professor. ›Sie sind meine Armee.‹*«

»Er sagt, daß wir runterkommen können.« Professor Merlin kehrte zurück auf das Deck. Raymond stand ganz alleine an der Reling. Er hatte dort etwas getan, was man nicht tat.

»Wer ist ›er‹?« fragte Raymond und knöpfte seinen Hosenlatz zu.

»Mein guter Freund König Eddie.«

»Ihr *guter Freund*?«

»Charmanter Bursche. Wir hatten eine ausgiebige Konversation. Er ist ein großer Bewunderer des Zirkus'. Lustige Geschichte. Beinahe, als hätte er uns erwartet. Liebenswerter Mann, das.«

»Das ist dann der gleiche liebenswerte Mann, der beabsichtigt, Monde in die polaren Öffnungen zu stopfen und alles Leben auf der Erde auszulöschen.«

»Schnickedischnack.«

»Selber schnick. Können Sie überhaupt genug für eine Vorstellung zusammenkriegen, Professor? Wir haben beinahe alles auf dem Saturn zurückgelassen.«

»Die Show muß weitergehn. Und wo sind, nebenbei bemerkt, meine Artisten abgeblieben?«

»Ich glaube, sie sind gegangen, sich umzuziehen. Sie sehen sehr geschlaucht aus. Vielleicht ist das alles ein großer Fehler.«

»Wir sind Komödianten. Wenn dies unser letzter Auftritt wird, dann werden wir alles geben.«

»Na gut. Nur eine Sache noch, Professor. Könnte ich Sie um einen Gefallen bitten?«

»Nicht nötig, diese Frage. Wenn es in meiner Macht liegt, ihn zu gewähren, dann betrachten Sie ihn als gewährt.«

»Herzlichen Dank«, sagte Raymond über die Schulter, während er zum Ruderhaus stapfte. »Ich möchte das Schiff furchtbar gerne selbst hinunter nach Eden steuern.«

»Ich möchte das selbst erledigen.« Inspektor T'Od trat der gut gekleideten Frau entgegen, die in der Zentrale der Einsatzgruppe über dem *Fröhlichen Gärtner* vor ihm stand.

Sie trug einen taillierten blauen Anzug aus Schurwolle, eine weiße Bluse, schwarze Strümpfe und Schuhe, deren Absätze eben hoch genug waren, damit Köpfe sich nach ihr umdrehten. Und sie besaß eine wirklich verblüffende Ähnlichkeit mit Helen Mirren.

»Mein Name ist Chefinspektorin Jenny Lestrade, aber nennen Sie mich Ma'am.«

»Darf ich auch Chefin zu Ihnen sagen, Ma'am?« fragte Konstabler Derek.

»Natürlich dürfen Sie das, Konstabler. So, Inspektor, was haben wir denn bis jetzt?«

Inspektor T'Od kaute auf seiner Lippe und ordnete ein paar Haarsträhnen neu, die an der Seite bis zur Höhe seines Kinns herabhingen. Mit einem wirklich breiten Lächeln zeigte er auf die große Landkarte der Umgebung, die mit Reißbrettstiften an die Wand neben dem Fenster geheftet worden war. »Wir haben Straßensperren hier, hier, hier, hier, hier, hier, und hier.«

»Dort?« fragte die Chefinspektorin.

»Dort«, sagte der Inspektor. »Und dort. Und dort, dort, dort, und dort.«

»Und dort?«

»*Und* dort.«

»Was ist mit dort?«

»Dort auch.«

»Und dort?«

Inspektor T'Od musterte die Karte. »Das ist der *Fröhliche Gärtner,* wo wir uns im Augenblick aufhalten.«

»War nur ein Test. Nun, es scheint, Sie haben so ziemlich überall Straßensperren errichtet.«

»Ja«, entgegnete der Inspektor stolz.

»Dann wollen wir nur hoffen, daß er nicht einfach über die Felder in die Freiheit wandert.«

»Das wird er bestimmt nicht tun.«

»Oh?« Die Chefinspektorin nahm eine Packung Zigaretten aus ihrer Handtasche, starrte sie wehmütig an und steckte sie wieder ein.

»Haben Sie es aufgegeben?« fragte Inspektor T'Od ohne das leiseste Anzeichen von Boshaftigkeit.

»Eben erst.« Die Chefinspektorin spähte auf die Karte. »Haben Sie vielleicht irgendeinen besonderen Grund zu der Annahme, daß der Serienmörder sich noch immer in dieser Gegend aufhält?«

»Ich habe sogar eine halbe Million von Gründen.«

Konstabler Derek hüstelte nervös.

»Erklären Sie mir das bitte«, sagte Chefinspektorin Lestrade.

»Ich kenne diesen Psychopathen, Ma'am. Ich kenne die Art und Weise, wie er denkt. Er steckt irgendwo in der Nähe, und ich werde ihn schnappen.«

Die Chefinspektorin deutete erneut auf die Karte. »Was ist das für ein großes Gebiet, auf dem keine Straßen und Häuserblocks und so weiter eingezeichnet sind?«

»Ach das.« Inspektor T'Od lächelte. »Das ist nur ein Hühnerhof. Er gehört einem bekannten Mitglied der lokalen Industrie- und Handelskammer. Stadtrat. Robert Hinternpo ist sein Name.«

»Haben Sie gerade Robert Hinternpo gesagt?«

»Ja, habe ich. Aber das soll nicht besonders witzig sein, behauptet jedenfalls der Autor.«

»Ich überlege.«

»Nein, wirklich. Ich finde es ebenfalls nicht witzig. Überhaupt nicht.«

»Ich schon. Mich bringt es zum Lachen«, sagte Konstabler Derek.

»Halten Sie den Mund, Konstabler.«

»Nein«, sagte die Chefinspektorin. »Ich überlege, ob es vielleicht der gleiche Robert Hinternpo sein könnte.«

Konstabler Derek kicherte und stieß den Inspektor in die Rippen. »Ein Hinternpo ist wie der andere. Außer, man hat einen ›indianischen‹, was, Chef?«

»Konstabler, halten Sie den Mund.«

»Jawohl, Sir. Chef.«

»Der gleiche Hinternpo wie wer, Ma'am?«

»Es gab da einen Doktor Robert Hinternpo. Ein Gentechniker. Hat für das Landwirtschaftsministerium gearbeitet. Er war ein brillanter Wissenschaftler. Aber er schlug über die Stränge und versuchte, eine neue Hühnerrasse zu züchten, indem er menschliche Hormone verwandte. Es gab einige Gerüchte, daß er *es* sogar mit den Hühnern *getan* hätte. Sie wissen, was ich meine.«

Inspektor T'Od stöhnte.
»Dann wurden im Ministerium Fragen gestellt und das Projekt aufgegeben. Robert Hinternpo tauchte unter.«
»Durch die Toilette?« Konstabler Derek konnte sich vor Lachen kaum noch halten.
»Ich warne Sie, Konstabler.«
»Entschuldigung, Sir.«
»Ich habe gehört, daß er eine Art Wildgehege oder so etwas Ähnliches eröffnet haben soll.« Die Chefinspektorin ignorierte den konvulsivisch zuckenden Konstabler. »Ich glaube, er nannte die Stiftung BOLLWERK. Oder BASTEI. Genau, so lautet der Name.«
Inspektor T'Od stöhnte erneut.
»Aber ich kann noch keinen Zusammenhang erkennen zwischen ihm und dem Mann, nach dem wir suchen. Geschweige denn zwischen ihm und den Terroristen, die diesen Mann befreit haben.«
»O Mann!« sagte Inspektor T'Od. »Ich glaube, ich kann Ihnen weiterhelfen. Er ist der gleiche Hinternpo, Ma'am. Und er ist das Hirn der gesamten Operation. Konstabler.«
Konstabler Derek umklammerte mit einer Hand seinen Bauch und wischte sich mit der anderen die Tränen aus dem Gesicht. »Ja, Sir?« brachte er mühsam hervor.
»Reißen Sie sich gefälligst zusammen, Sie dummer Kerl. Machen Sie, daß Sie ans Telephon kommen und rufen Sie die Spezialeinheit an, die in diese Gegend kommen soll.«
»Spezialeinheit, Sir?«
»Das Mobile Einsatzkommando. F.U.R.Z.«
»WAS?« Dem Konstabler fielen beinahe die Augen aus dem Kopf.
»F.U.R.Z., Sie Idiot! F.U.R.Z.! Wenn Robert Hinternpo das vorhat, was ich glaube, dann kann nur F.U.R.Z. ihn noch aufhalten.«
»Nur F.U.R.Z. kann Hinternpo aufhalten?« Der Konstabler brach zusammen und rollte sich auf dem Boden. Er strampelte mit den Beinen in der Luft.
Inspektor T'Od ließ den Konstabler liegen und erledigte den Anruf selbst.

»Sehen Sie, ich habe Ihnen gesagt, ich könnte es selbst.« Raymond stand am Steuer.

»Wir sind noch nicht unten. Seien Sie vorsichtig.« Professor Merlin versteckte sein Gesicht.

»Sahneschnitte«, entgegnete Raymond. »Ich hab' den Bogen jetzt raus. Was läßt dieses Schiff eigentlich in Wirklichkeit fliegen, Professor?«

»Seine Maschine, Raymond.«

»Ja, gut, aber wie arbeitet seine Maschine?«

»Woher soll ich das wissen?«

»Aber sie arbeitet! Egal. Halten Sie sich fest, wir gehen runter.«

Das große viktorianische Schiff fiel Eden entgegen. Ozeane zogen unter der *SS Salamander* vorbei, Kontinente nahmen Gestalt an, Berge begann sich in die Länge zu ziehen, und Flüsse mäanderten durch das Land. Wälder und Wüsten, Weiler und Seen.

»Hier jetzt links, Raymond.«

Raymond steuerte nach links.

»Nur einen Kick«, sagte der Professor.

»Das war ein Kick.«

»Es war eher ein Tick als ein Kick.«

»Aha«, sagte Raymond. »Langsam kapier' ich, was ich falsch gemacht hab'.«

Weit voraus erhob sich eine gewaltige Stadt an der Küste.

»Eutopia«, sagte der Professor.

»Eutopia?« fragte Raymond. »Sie nennen ihre Stadt Eutopia?«

»Sie sind ein sehr hehres Volk.«

»Sie sind eine lausige Clique von Bastarden, und ich hasse sie.«

Wenn Fogerty auf dem Saturn wie Memphis im alten Ägypten war, so galt das nicht für Eutopia. Es hatte ein wenig die Atmosphäre New Yorks. Aber eines New Yorks, das vom gleichen Architekten erbaut worden war, der auch den *Turm von Babel* entworfen hatte.

»Zikkurats«, sagte der Professor. »Stufenförmige Tempeltürme in der babylonischen Baukunst. Tausende von Jahren alt. Innen sind sie natürlich vollkommen auf dem Stand der neuesten Technik. Dort oben ...«, der alte Mann deutete auf einen Turm, der die Mutter aller Zikkurats zu sein schien, »... ist der Königspalast.«

»Soll ich in seinem Garten landen?«

»Nein, Raymond. Ich denke, wir sollten das Protokoll beachten. Lande im Hafen.«

»Okey-dokey.« Raymond legte das Ruder um. »Einen halben Tick runter, und los geht's.«

Nun ist ein Hafen ist ein Hafen ist ein Hafen (obwohl eine gute Zigarre bald nur noch Rauch ist), und der Hafen und die Docks von Eutopia sahen beinahe genauso aus wie die von Fogerty.

Einige herrlich anzusehende Schiffe lagen vor Anker. Sie erinnerten an die Galeeren des alten Rom, obwohl sie scheinbar noch neu waren. Kunstvoll bemalte Schiffe mit doppelten Reihen von Rudern auf jeder Seite.

»Sklavenschiffe?« fragte Raymond.

»Nicht jeder George landet im Kochtopf.«

»Was?« Raymond ballte die Fäuste.

»Lassen Sie bitte die Hände am Ruder, Steuermann.«

»Diese Bastarde«, sagte Raymond.

»Richtig. Und jetzt einen Kick nach rechts und zwei Ticks nach unten.«

Das Dock war gesäumt von Menschen in bunten Kleidern, die ihnen zuriefen. Menschen. Nun, zumindest von der gleichen Abstammung wie die Menschen. Während Raymond das große Schiff sanft nach unten steuerte, winkte der Professor den Leuten, die ihm zurückwinkten. »Ein Empfangskomitee!« summte der Professor leise vor sich hin. »Sehen Sie, Raymond? Wohin auch immer der Zirkus von Professor Merlin geht, tippen die Leute an ihre Hüte und grüßen uns voller Fröhlichkeit. Tralalalala tralalala trala.«

Raymond runzelte die Stirn. Der alte Mann schien urplötzlich seine Erschöpfung abgelegt zu haben. Es ist schon bemerkenswert, wie sehr eine jubelnde Menge ein sinkendes Ego wieder heben kann.

Lautlos flüsterte Raymond vor sich hin: »Kannibalische Bastarde.« Er steuerte das Schiff mit anderthalb heftigen Kicks herum und zog dann die Handbremse an. Die *SS Salamander* plumpste in den Hafen und erzeugte eine ziemlich hohe Welle, die gegen das Dock prallte und die Füße des Empfangskommittees durchnäßte.

»Tut mir leid«, log Raymond.

»Schnickedischnack«, entgegnete der Professor.

Raymond fand den Knopf, der den Anker fallen ließ, und drückte darauf. Am Dock begann die Band zu spielen.

»Sollen wir jetzt unsere Uhren synchronisieren?« fragte Professor Merlin.

An einem anderen Ort wurden in diesem Augenblick andere Uhren synchronisiert. Uhren, die sich an den stählernen Handgelenken des Mobilen Einsatzkommandos der Polizei (F.U.R.Z.) befanden. An einem halben Dutzend Handgelenken, um genau zu sein.

Das waren männliche Kerle! Einige von ihnen waren so männlich, daß sie sogar aus dem S.A.S. hinausgeworfen worden waren. Sie trugen kugelsichere Westen in Schwarz, enge schwarze Hosen und große schwarze Cowboystiefel. Ihre Gesichter waren mit Schuhcreme geschwärzt, und sie waren so hart und männlich und zäh, daß sie sogar ihre weißen Augäpfel geschwärzt hatten. Auch mit Schuhcreme.

Sie trugen große, großkalibrige Sturmgewehre mit infrarotverstärkenden Nachtsichtgeräten, und ihre Gürtel waren mit Verdienstabzeichen gespickt.

Das war nicht die Sorte von Männern, der man in einer dunklen Nacht gerne begegnen mochte. Oder überhaupt, egal zu welcher Tageszeit.

Die drei Männer in Grau synchronisierten ihre Uhren.

Sie befanden sich noch immer im Wappen von Bramfield, und obwohl der Mann in Grau Nummer eins (der sich irrtümlicherweise zuvor als Mann in Grau Nummer zwei bezeichnet hatte) inzwischen wiederholt versucht hatte, seinen Gouverneur auf Eden telephonisch zu erreichen, und immer dringender auf das Band des Anrufbeantworters gefleht hatte, waren seine Anrufe nicht beantwortet worden. Und jetzt waren die drei Männer in Grau auf dem Sprung.

»Was machen wir jetzt?« fragte der Mann in Grau Nummer zwei.

»Wir gehen zu Hinternpo«, entgegnete Mann in Grau Nummer eins.

»Oh, ich war eben schon auf dem Klo, bevor ich vom Telefonieren zurückkam.«

»Ich meine den Hühnerhof. Vertraut mir, ich weiß, was ich tue.«

Auf Hinternpos Hühnerhof synchronisierte der Lange Bob seine Küchenuhr. Er besaß kein Armbandchronometer.

»Sollen wir unsere Gewänder anziehen?« fragte er.

»Gewänder?« Military Dave, auf dessen Schoß jetzt der Feger saß, sagte: »Ich wußte gar nicht, daß wir so was wie Gewänder besitzen.«

»Ich hab' sie selbst genäht.« Der Lange Bob öffnete den Küchenschrank, zog die Gewänder hervor und verteilte sie an die anderen.

Der Feger schnüffelte angewidert an seinem Kleidungsstück. »Das sind ja nur alte Futtersäcke! Zusammengeflickt und schwarz gefärbt.«

Der Lange Bob zeigte auf die gefederten Pentagramm-Motive auf der Brust. »Ich hab' sie mit einer Leuchtfarbe eingesprüht. Ihr bekommt außerdem auch noch jeder einen geflügelten Helm.«

Die *Roman Candles* (nicht das Feuerwerk, sondern die Fallschirmspringergruppe) warfen sich Blicke zu. »Na fabelhaft«, sagten sie.

»Wo ist Dick?« fragte der Lange Bob. »Ich hab' ihm auch ein Gewand gemacht. Und ein kleines für seinen Hund.«

»Ich glaube, er ist immer noch im Werkzeugschuppen«, sagte einer der *Roman Candles* mit Namen Kevin.

»Nun, dann geh raus und hol ihn. Er soll die Bänke aufstellen, auf denen die Hühner während der Zeremonie sitzen werden. Heute nacht werden wir das Blutopfer bringen, und danach wird die neue Weltordnung beginnen. Heil Saat-Hahn!«

»Heil Saat-Hahn!« riefen die anderen alle.

Total verrückt, die meisten von ihnen.

Die meisten von ihnen jubelten noch immer. Sie hatten zwar nasse Füße, aber das tat ihrem Jubel keinen Abbruch. Aber sie würden keine große Parade zu sehen bekommen. Der scheppernde Lautsprecher knackste den *Marsch der Gladiatoren*, und die Künstler stapften vom Passagierdeck über die Gangway auf das Dock.

Raymond beobachtete sie traurig. Sie sahen so schwach und zerbrechlich aus. Als könnten sie bereits bei der geringsten Berührung in sich zusammenfallen. Vielleicht war das alles gar keine so gute Idee. Aber jetzt mußte es getan werden. Die Artisten stolzierten an Land. Sie waren Komödianten, und sie marschierten.

Aus seinem Horst im Ruderhaus konnte Raymond beobachten – und vor allem hören –, wie sich die Band auf dem Dock abmühte, den Rhythmus des *Gladiatorenmarsches* aufzunehmen. Und er beobachtete die jubelnde Menge, als das Zirkusvolk an Land ankam.

Und dann erblickte er die Soldaten.

Ein Dutzend. In roten und weißen Uniformen.

Sie schienen aus dem Nichts aufzutauchen, und plötzlich waren sie überall!

Und sie waren mit bösartig aussehenden Waffen ausgerüstet, und diese Waffen zeigten auf Professor Merlin und seine Artisten.

Das Jubeln verstummte, und die Band stellte ihr Spiel ein. Der Schiffslautsprecher stockte, als hätte er den Hinweis verstanden, und die Nadel hing in der Rille fest und wiederholte die letzten drei Takte Musik immer und immer wieder.

Und dann erstarb die Musik ganz.

»O mein Gott!« Raymond duckte sich im Ruderhaus auf den Boden. Einmal mehr völlig allein. Aber diesmal hatte er wenigstens Kleider an, auch wenn es nicht seine eigenen waren. Aber er war wieder mutterseelenallein. »O mein Gott! Was soll ich nur tun?«

Er kroch über den Boden nach Backbord und spähte durch das zerbrochene Fenster. Die Menge, die jubelnd auf dem Dock gestanden hatte, zerstreute sich. Soldaten hatten die Zirkusleute in die Mitte genommen und marschierten mit ihnen davon. Andere Soldaten hatten am Fuß der Gangway Wachposten bezogen.

»Was soll ich nur tun?«

Raymond kroch hinüber nach Steuerbord, öffnete die Tür des Ruderhauses und schlüpfte hinaus auf das Deck. Ob er ins Wasser springen und an Land schwimmen sollte? Raymond verwarf die Idee. Er konnte kaum schwimmen. Und zu ertrinken war für ihn ein ganz besonderer Alptraum. Sollte er vielleicht zum Heck klettern und versuchen, hinunter auf den Kai zu springen? Das Schiff war verdammt groß. Zu groß, um hinunterzuspringen.

Raymond duckte sich hinter einen der Liegestühle an Deck und spähte erneut auf die tragische Szenerie. Er hörte die Stimme eines Soldaten, der »Los, Beeilung!« rief, und er sah, wie der Soldat dem Professor den Kolben seiner Waffe unsanft in den Rücken stieß.

Raymond wandte das Gesicht ab und biß sich auf die Finger.

Er mußte etwas unternehmen.

Und zwar auf der Stelle.

Es gab keine andere Möglichkeit. Raymond nahm einen der alten Rettungsringe von der Wand und schlich zurück auf die Steuerbordseite der *SS Salamander*.

Es war ziemlich weit bis nach unten. Das Wasser war wahrscheinlich ziemlich kalt. Und außerdem tief. Und er konnte nicht so gut schwimmen. Und er war so besorgt, wie man nur besorgt sein kann.

Raymond schlang den Rettungsring um seine Hüften und holte tief Luft. Dann betete er ein Seemannsgebet und sprang in die Tiefe.

24. KAPITEL

Eine ganze Menge wirklich haarsträubender Dinge scheint in Zeitlupe abzulaufen. Zum Beispiel Autounfälle. Und erschossen zu werden, sagt man. Oder, wie in Raymonds Fall, vom Deck eines gewaltigen Ozeanriesen in den beinahe sicheren Tod zu springen.

Auf dem langen Weg nach unten zog viel aus Raymonds kurzem Leben vor seinem geistigen Auge vorbei. Es schien ihm wie ein Katalog *kleiner* Fehler, die in ihrer Summe unausweichlich zu diesem letzten, *sehr großen* Fehler hinführten. In dem Augenblick, bevor er auf das Wasser aufprallte, kam es Raymond in den Sinn, daß er vielleicht besser nicht gesprungen wäre. Daß es wahrscheinlich besser gewesen wäre, die zweihundert Schlachtenbummler aus Millwall freizulassen.

Aber dazu war es jetzt zu spät.

Mit einem dumpfen kleinen *Platsch,* das niemand bemerkte, empfing die See Raymonds Körper und bedeckte ihn mit Wasser. Der Rettungsring, den er um den Leib geschlungen hatte, wirklich schon sehr alt. Er hatte schon vor langer, langer Zeit den letzten Rest von Auftrieb verloren.

Die Wellen plätscherten gegen den Rumpf der *SS Salamander.*

Im Himmel drehten Möwen ihre Kreise.

Es schien, als würde sich das schöne Wetter halten.

Die Nacht in Bramfield war nun pechschwarz geworden. Die Luft roch, als würde bald ein Sturm aufziehen. Simon leuchtete mit der Taschenlampe des Schreibers an dem stillgelegten Bahngleis entlang. Er sparte sich den Stock mit dem ölgetränkten Lappen an einem Ende für einen Augenblick auf, der hoffentlich bald kommen würde.

»Wir brauchen die anderen Dorfbewohner«, sagte er zu Mr. Hilsavie. »Die Bande vom Langen Bob hat Kanonen.«

»Ich hab' gesehen, wie du die abgesägte Schrotflinte des Schreibers eingesteckt hast.«

»Aber sie ist nicht geladen.« Simon erschauderte. »Sie hätten mich einen Blick in das Buch werfen lassen sollen«, flüsterte er. »Dann hätte ich wenigstens gewußt, was zu tun ist.«

»Ich habe das Buch gelesen«, flüsterte Mr. Hilsavie zurück. »Und darin steht, du hast kein Buch bei dir, in dem du nachlesen kannst, was zu tun ist, wenn du tust, was zu tun ist. Wenn du verstehst, was ich meine.«

Simons Gesicht nahm in der Dunkelheit einen verständnislosen Ausdruck an. »Haben Sie nicht auch das Gefühl, beobachtet zu werden?«

Der Magier, dessen Nachtsichtigkeit zu den unheimlichen Kräften zählte, von denen Simon keine Ahnung hatte, erwiderte: »Nein. Das bildest du dir nur ein.« Aber er behielt die Gestalten scharf im Auge, die er ohne Schwierigkeiten sehen konnte. Die Gestalten, die oben an der Böschung der stillgelegten Eisenbahntrasse von einem Busch zum anderen huschten und ihn und Simon verfolgten. »Geh nur einfach immer weiter«, sagte er.

»Geht nur einfach immer weiter.« Professor Merlin und seine arg gebeutelte Zirkustruppe waren beim Palast von König Eddie angekommen.

Zikkurat. Gelber Sandstein. Sehr groß. Keine Zeit für weitere Einzelheiten.

Beim Haupteingang befand sich eine dieser sattsam

bekannten Schranken samt einer kleinen Wachhütte. Aus der kleinen Hütte trat einer der sattsam bekannten großen Wachposten. Er trug ein Klemmbrett bei sich. »Halt. Wer will hier rein?« fragte er.

»Die gleichen Soldaten, die vor einer halben Stunde rausgegangen sind, du blöder Hornochse«, erwiderte der befehlshabende Offizier.

»Ach ja. Das hab' ich nicht gesehen. Ich bin eben erst zum Dienst gekommen.«

»Wir bringen diese Gefangenen zum König. Und jetzt bewach dieses Tor und stell sicher, daß niemand mehr hindurchkommt.«

»Jawohl«, entgegnete der Posten und zog seine Pistole. »Zurück mit euch! Hier kommt niemand mehr durch!«

»Niemand außer uns!«

»Oh? Das tut mir leid. Ich führe nur meine Befehle aus. Und jetzt zurück mit euch!«

»Entschuldigung«, sagte der Professor und hob seine Hand, »aber wir sind nicht hierher gekommen, um Wachtpostenwitze zu reißen. Das ist wirklich Raymonds Angelegenheit.«

Der Wachtposten konsultierte sein Klemmbrett. »Ach ja. Ich habe hier einen Kommentar zu diesem Thema. Ihr müßt also das Zirkusvolk sein, das der König zu Tode foltern will, weil ihr einen Krieg zwischen dem Saturn und Eden ausgelöst habt. Die Ankündigung, die der König vor ein paar Stunden im Satellitenfernsehen aufgefangen hat.«

»Schnickedischnack«, sagte der Professor.

»Ihr könnt passieren, Freunde«, sagte der Wachposten. »Und einen schönen Tag noch.«

Am Dock war der Tag noch immer schön, und Raymond, der noch immer eine Menge Dinge vor sich hatte, selbstverständlich einschließlich einer Konfrontation mit einem großen Wachposten in einer kleinen Hütte, erwachte aus seiner ertrinkenden Bewußtlosigkeit, um festzustellen, daß er nicht länger ertrank und schon gar nicht mehr bewußtlos war, sondern in geringer Entfernung vom Schiff an das Ufer gespült worden war.

Rein zufällig war es ein schönes Ufer. Ein richtiger Strand. Wie Miami. Und sehr bevölkert. Na ja, schließlich war heute der Geburtstag des Königs, und Eddie hatte den Tag zu einem Nationalfeiertag erklärt.

Die Sonnenanbeter starrten das in einem Frack steckende menschliche Treibgut an. Das Treibgut erhob sich und wrang die See aus seinen triefenden Hosen.

»Auf was starrt ihr so?« fragte das Treibgut wütend.

Die Sonnenanbeter wandten sich ab und beteten wieder die Sonne an.

Raymond trottete den Strand entlang und die steinernen Treppen zur Promenade hinauf. Oben verschnaufte er einen Augenblick, bis er wieder zu Atem gekommen war. Er mußte irgendwie zum Palast gelangen, wo, wie er vollkommen richtig vermutete, das Zirkusvolk hingebracht worden war. Aber er fühlte sich nicht fit genug, um zu Fuß zu gehen.

Gutgekleidete Edeniten spazierten über die Promenade. Sie rümpften die Nase über Raymond, als sie an ihm vorbeikamen, aber Raymond ignorierte sie. Er benötigte eine Transportmöglichkeit, und seine Aufmerksamkeit wurde von einer Ansammlung junger Leute angezogen, die sich am Randstein um irgend etwas versammelt hatten.

Raymond näherte sich ihnen und reckte den Hals, um über ihre Schultern zu spähen. Ein verweichlicht aussehender junger Mann, der ungefähr Raymonds Statur besaß, hockte von Kopf bis Fuß in schwarzes Leder gekleidet, auf einem Motorrad und spielte gedankenverloren mit dem Gas.

Das Motorrad war eine Harley Davidson.

Raymond bahnte sich mit den Ellbogen einen Weg durch die Menge und kletterte auf den Beifahrersitz der Harley.

»Oje!« sagte der verweichlichte junge Mann. »Du bist ganz naß, du häßlicher Mensch. Geh bloß von meiner Maschine weg!«

Raymond steckte die rechte Hand in die Tasche seines nassen Fracks und stieß dem Schnösel seinen steifen Finger ins Kreuz.

»Das ist ja ein wirklich schönes Motorrad, weißt du?« sagte er in einem Ton wie ein Hollywoodschauspieler. »Und das in deinem Rücken, das ist eine Kanone. Und jetzt fahr los.«

Im Palast von König Eddie herrschte Hektik. Aber nicht viel davon kam vom König selbst.

Eddie war schon ein häßlicher Brocken, das war er. Noch weit häßlicher als seine beiden eineiigen Drillingsbrüder, wirklich. Er war groß und fett und alt und noch ziemlich munter, und er lümmelte sich auf einem großen Thron in einer großen Halle, die nach einer Beschreibung flehte – vergebens, weil sie unbeschrieben bleibt. Eddie streckte einen großen, fetten, juwelengeschmückten Finger aus und deutete mit ihm auf die entmutigte, jedoch weit von Selbstaufgabe entfernte Gruppe, die vor ihm stand. Er sagte: »Soso, ihr seid also der Zirkus vom Saturn, der gekommen ist, mich zu unterhalten. Hahahahahahahahahaha hohohoho hahaha.«

Der Klang seines Gelächters hatte diesen verrückten Ton, den *Verrückte* immer haben, wenn sie lachen. Ein echter Bettnässer. »Na los, unterhaltet mich! Hehehehe hohohoho hahaha.«

Der Professor verbeugte sich tief. »Wenn es Unterhaltung ist, nach der Ihr Euch sehnt, Eure Exzellenz, dann laßt Euch sagen, daß niemand Euch besser unterhalten wird als wir. Darf ich Euch die, ahemm, *Größte Show jenseits der Welt*, äh, des Saturn vorstellen?«

»O ja o ja o ja!« sagte der König. »Es dauert ein paar Minuten, bis mein kriecherischer Lakai (im Unterschied zu einem Diener oder einem Domestik!) die Folterwerkzeuge bereitgemacht hat, und anschließend werdet ihr mir und meinem Hof das allergrößte Vergnügen bereiten.«

»Eurem Hof?« Der Professor blickte sich in der großen Halle um, die so gerne beschrieben werden wollte, aber nicht beschrieben wurde.

Sie war leer.

»Was mag das wohl für ein Hof sein?«

»Eigentlich haben sie heute alle einen freien Tag. Obwohl ich glaube, daß im ersten Stock eine baumelnde Lieblichkeit wartet. Aber macht euch keine Gedanken, meine Soldaten werden jubeln, wenn ich ihnen dies befehle, und ich werde klatschen und applaudieren, zum Beispiel so.« Er klatschte. »Und ich werde lachen. Hahahahahahahahahahaha hohohoho hahaha. Ho.«

»Wenn es Eurer Majestät belieben«, begann Doktor Bakterius und machte einen Schritt nach vorn, »dürfte ich vielleicht die königliche Hand küssen?«

»Das darfst du vollkommen sicher nicht.«

»Ach, kommt schon, Majestät. Nur ein kleines Bussi. Keine Zunge.«

»Du bist ein äußerst widerlicher Kerl. Für dich brauchen wir etwas sehr Entsetzliches, glaube ich. Vielleicht die Autobatterie und die Überbrückungskabel. Hehehehe. Wo bleibt mein kriecherischer Lakai?«

»Hier, Majestät, ich bin hier.« Ein Lakai in königlicher Livree erschien und rollte ein mobiles Gestell vor sich her, auf dem Stapel von Peitschen, Ketten, Handschellen, Eiersprengringen, Fleischtunnels und arabischen Strapsen lagen.

»Oioioioioi«, sagte der Professor anerkennend. »Das erinnert mich an ein Wochenende, das ich vor langer Zeit in Lourdes verbracht habe.«

»Frösche!« quiekte der kriecherische Domestik des Großherzogs. (Frösche – Franzosen – Lourdes. Wohl kaum eine politisch korrekte Überleitung, aber so ist das eben.) »Überall im Palast sind Frösche!«

»Frösche?« heulte der Großherzog auf, der, nachdem er erst vor wenigen Minuten einer hastig zusammengerufenen, aber ziemlich großen Luftwaffe hinterhergewunken hatte, sich wie seine anderen Brüder auch (die wirklich wußten, wie man sich an seinem Geburtstag vergnügte) in seine Schlafgemächer zurückgezogen und seiner eigenen baumelnden Lieblichkeit zugewandt hatte. (Ja.) »Was ist mit Fröschen? Bist du vollkommen verrückt geworden, oder was?«

»Sie sind überall, Sire. Iiieeh!« Der kriecherische Domestik zog einen Frosch aus seiner Weste und schleuderte ihn zu Boden. »Es ist dieser Moses, dieser Elefant. Er hat Euch mit einer Froschplage verflucht.«

»Wie aufmerksam von ihm. Nein wirklich! Nun, sammle sie auf und bring sie hinunter in die Küche. Froschschenkel zum Tee! Mein Lieblingsessen!«

»Aber Sire! Frösche sind nur die erste Plage. Er sagt, daß noch schlimmere folgen werden, wenn Ihr seine Leute nicht gehen laßt. Läuse und Fliegen und Beulen und Schwären.«

»Was sind denn Schwären?«

»Ich glaube, das ist der große Kerl aus *Predator*. Der mit der General Electric Minikanone.«

»Nun gut. Ich werde diese Tiere jedenfalls nicht freilassen. Ich werde sie essen. Und lade den Elefanten in den Palast ein. Ich werde ihn ebenfalls essen.«

»O weh dem Haus des Pharao!« Der kriecherische Domestik verließ das Schlafgemach.

»Und wo war ich jetzt stehengeblieben?« fragte der Großherzog.

»Du wolltest deine baumelnde Lieblichkeit liebkosen«, sagte der Frosch.

Der Sultan vom Uranus ließ *seine* baumelnde Lieblichkeit zurück. Er war an Bord des viermastigen Flaggschiffes der uranusischen Navy gegangen und kreuzte im Augenblick durch den lufterfüllten Weltraum in Richtung Eden. Der Uranus besteht zum größten Teil aus Wasser, verstehen Sie? Das erklärt die Navy und das Flaggschiff und die *SS Salamander*. Und auch den fliegenden Seestern.

Wenn man die Einzelteile zusammensetzt, macht plötzlich alles einen Sinn, nicht wahr?

»Wie lange wird es dauern, bis wir Eden erreichen, du kriecherischer Diener?«

»Nicht lange.« Der Diener blickte auf seine unsynchronisierte Armbanduhr. »Ziemlich bald. Aber der Mob des Großherzogs hat einen Vorsprung.«

»Und wir haben größere Schiffe.«

»Aber nur, weil er überhaupt keine Schiffe besitzt. Er hat Flugzeuge geschickt.«

»Und du meinst, daß ihm das einen Vorteil verschafft?«

»Ich habe nicht die leiseste Ahnung, Sire. Ich schätze, wenn sie uns aus dem Himmel bombardieren, dann würde die Antwort ›ja‹ lauten.«

»Nun, sieh zu, daß sie es nicht tun. Und wo steckt der große Abdullah?«

Ja, wirklich. Einmal mehr muß man die Frage stellen. Wo war der große Abdullah? Wieso, weshalb, warum?

Und Raymond. Was war mit Raymond?

Raymond fuhr auf einer Harley Davidson. Nicht auf dem Rücksitz diesmal, sondern vorn. Und er trug eine schwarze Lederkluft.

Der verweichlichte junge Mann, der der Besitzer sowohl des Motorrads als auch der Kluft gewesen war, saß im Rinnstein. Um seine Schultern baumelte ein durchnäßter Gehrock.

Er weinte bitterlich.

Raymond kam ziemlich gut mit dem Motorrad zurecht. Er hatte keine Ahnung, wie er aus dem ersten Gang hochschalten sollte, aber mit einer Harley kann man auch im ersten Gang schon ziemlich schnell fahren, und das Röhren aus dem Doppelauspuff ist beeindruckend. Der Motor spielt allerdings nicht *sooo* lange mit.

Junge edenitische Frauen winkten Raymond zu, aber Raymond winkte nicht zurück. Schließlich kannte er ihre Eßgewohnheiten.

Nach sehr kurzer Zeit erreichte er den Palast.

Und den Wachposten in seiner kleinen Wachhütte.

»Halt, wer da?« fragte der Wachposten und hielt sein Klemmbrett hoch. »Egal wer Sie sind, Sie dürfen nicht herein.«

Raymond ließ die Maschine aufheulen und fuhr den Wachposten schnurstracks über den Haufen. Der Posten kippte aus den Schuhen und krachte gegen die Schranke ...

Ungeschickt? Unglaubwürdig? Nicht witzig, meinen Sie?

Raymond war es ziemlich egal. Er fuhr mit brüllendem Motor über die Auffahrt auf den Palast zu.

Und im Palast zeigte der König sein Equipment. (Hm!)

»Das hier ist wirklich sehr ausgefuchst«, sagte er mit lautem *Hahaha*. »Es streckt die Glieder ganz gewaltig, und dann sägt diese Kreissäge sie einfach durch. Alles voller Blut. Es ist einfach phantastisch. Wer meldet sich freiwillig?«

»Ich würde es gerne versuchen«, sagte Disecto.

Die Vordertür des Palastes stand offen. Raymond parkte die Maschine und rannte geduckt in das prächtige Gebäude.

Er stand im großen Vestibül. Mosaikfußboden, Marmorstatuen, freskenverzierte Decke, getäfelte Wände, dorische Säulen und dieses Ding, das man in der Eingangshalle jedes Palastes findet, den man heutzutage überhaupt betreten kann: ein Souvenirladen.

Raymond ging zum Schalter und fragte: »Hallo?«. Aber dann erblickte er ein Schild, auf dem ›GESCHLOSSEN‹ stand. Raymond griff über die Theke und bediente sich selbst mit einem offiziellen Führer und einer Karte. Er faltete die Karte auseinander.

»Wollen doch mal sehen«, sagte er und musterte die

Karte. »Große Halle, königliche Schlafgemächer, Küchen, Bäder, Solarium, Speisesaal, geheimer holographischer Senderaum. Ah, hier, die Verliese. Durch die Halle und die erste Treppe rechts. Dann den Schildern folgen. Gut.«

Raymond stapfte los. Das Paar schicker Motorradstiefel, das er von dem verweichlichten jungen Edeniten ausgeborgt hatte, klackerte phantastisch auf dem Marmorboden.

Die erste Treppe und den Schildern hinterher.

Raymond eilte die Treppe hinab. Hier mußte es sein, vermutete er (diesmal allerdings vollkommen falsch), wo Professor Merlin und sein Zirkus gefangengehalten wurden. In Ketten geschlossen und hocherfreut, ihn, Raymond, zu sehen.

Auf dem Schild an der Wand stand ZU DEN VERLIESEN, und Raymond folgte dem Pfeil, der darunter gemalt war. Noch immer niemand außer ihm unterwegs, was ihm recht gelegen kam.

Eine Reihe von Zellentüren. Raymond schob die kleine häßliche stählerne Klappe der ersten Tür zur Seite und spähte in die Zelle.

In einer Ecke der Zelle saß eine zusammengekauerte Gestalt. Der Mann sah abgerissen und elend aus. Mit langen Haaren und langem Bart und wilden Augen. Er unterhielt sich mit einer Kakerlake.

»Hallo«, unterbrach Raymond das Selbstgespräch. »Wer sind Sie?«

»Ich bin *der Graf von Monte Christo*«, antwortete der Gefangene.

»Aha«, sagte Raymond. »Ein Gefangenenwitz, nicht wahr? Ich vermute, in der nächsten Zelle finde ich *Patrick McGoohan*?«

»Nein. Der ist in Nummer sechs.« Der Graf kicherte.

»Auf Wiedersehen«, sagte Raymond.

»Auf Wiedersehen«, sagte der Graf.

Raymond kam am *Gefangenen von Zenda* vorbei, am *Mann mit der eisernen Maske*, an der *Prinzessin im Turm* und an ein paar *Frauen im Zellenblock H*. Er winkte zwei britischen Journalisten, die darauf warteten, daß ihre Agenten die Verträge aufsetzten, so daß sie nach Hause gehen und damit beginnen konnten, an ihren Bestsellern zu schreiben. Raymond überging Raum 101*.

Schließlich kam er zu einer großen schweren Zellentür am Ende des Korridors.

»Hier muß es sein.« Raymond schob die große häßliche stählerne Klappe der großen schweren Zellentür zur Seite und spähte hinein.

Eine große Gruppe von Leuten saß in einer Art Freizeitraum mit Dartbrett, Fernseher und Billardtisch. An den Wänden standen einige Videokonsolen. Aber die Gruppe saß in Sesseln und sah fern.

Im Fernsehen lief der *Gefangene von Alcatraz*. Schwarzweiß.

Raymond seufzte und rief: »Hallo! Haaaallllloooo!«

Gesichter wandten sich zu ihm um. Aber es waren nicht die Gesichter von Professor Merlin und seinen Artisten. Trotzdem waren es Gesichter, die Raymond kannte. Nun, zumindest einige von ihnen. Zum Beispiel das des Präsidenten der Vereinigten Staaten von Amerika. Oder das des englischen Premierministers. Und der große Vorsitzende aus China war auch da, obwohl Raymond sich nicht an seinen Namen erinnern konnte. Der russische Präsident und noch eine ganze Menge anderer Gesichter.

Alle sehr vertraut.

»Hallo«, sagte der Präsident (der der Vereinigten Staaten). «Falls Sie ein Tourist sind, dann macht es Ihnen doch hoffentlich nichts aus, wenn wir nicht darum betteln, daß man uns gehen läßt? Der König hat uns heute freigegeben, und jetzt sehen wir fern.«

Und wieder existieren keine exakten Aufzeichnungen über die Worte, die Raymond als nächstes von sich gab! Aber es muß etwas mit dem Langen Bob und seinen Hühnern zu tun gehabt haben.

* Jener Raum aus *1984*, in dem man unaussprechliche Dinge mit den Menschen anstellt.

Obwohl es diesmal vielleicht eher was mit seinem alten braunen Affen zu Hause zu tun hatte. Und auch einigen Läusen.

25. KAPITEL

Und was war mit dem Hühnerliebhaber selbst? Ja, was war in der Zwischenzeit aus dem Langen Bob geworden?

Dick, der Wildtöter, hatte die Sitzbänke aufgestellt und auf drei Seiten des Hofs so verteilt, daß sie zum Eingang des großen Hühnerstalls zeigten. Und er hatte diese weihnachtsähnlichen Lichterketten aufgehängt, Sie wissen schon, diese Dinger, die Ihre wirklich lästigen Nachbarn aufhängen, um ihre lauten abendlichen Grillfeste zu beleuchten, zu denen sie Sie nicht einladen, aber dafür all diese äußerst attraktiven ledigen Frauen, die gegen Ende des Abends all ihre Kleider ausziehen und im Swimmingpool herumtollen, für den der Nachbar nie eine Baugenehmigung erhalten hat, und Sie fallen beinahe aus Ihrem Schlafzimmerfenster bei dem Versuch, mit dem Fernglas einen Blick auf die Szene zu erhaschen, und irgend jemand ruft die Polizei, und Ihr Nachbar denkt, sie wären das gewesen, und kommt am nächsten Tag vorbei gibt Ihnen eins auf die Nase. Diese Art von Lichterketten. Genau. Und diese Lichterketten beleuchteten jetzt den Hof. Und der Grill des Langen Bob war bereits schön heiß.

Und was war das für ein lustiges Geräusch?

»Was ist das für ein lustiges Geräusch?« fragte Mann in Grau Nummer eins. Er und seine beiden grauen Begleiter kauerten sich in Simons Buschversteck auf der Kuppe des Hügels zusammen. »Singen die da unten vielleicht, oder was soll das?«

Mann in Grau Nummer zwei stellte sein hochentwickeltes Nachtsichtfernglas der Marke *ACME Optische Instrumente,*

Eden, scharf. »Die Tür des großen Hühnerstalls öffnet sich jetzt. Ach du lieber Gott! Seht euch das an!«

Mann in Grau Nummer eins setzte das Fernglas an seine schielenden grauen Augen und warf einen schielenden Blick hindurch. Und dann sagte auch er: »Ach du lieber Gott!«

Eine Prozession wand sich auf ihrem Weg aus dem Hühnerhaus. Zuerst kam der Lange Bob in voller Montur: ein Gewand aus Futtersäcken mit einem leuchtenden Pentagramm auf der Brust und einem geflügelten Helm auf dem Kopf. Er schwang einen Taktstock.

Er sang ein Lied vor sich hin, das *Om Mani Padme Hahn* hätte sein können. Oder vielleicht auch *Alle Hühner sind schon da*. Und hinter ihm kamen die Hühner.

In Viererreihen.

Im Gleichschritt.

Und sie sangen.

Sie hatten so niedliche sanfte Stimmen. Wie ein Chor von Cherubinen. Nein.

Der Lange Bob blieb in der Mitte des Hofs neben dem Grill stehen, und die Hühner marschierten an ihm vorbei und sangen sich ihre kleinen Herzen aus dem Leib. Sie marschierten in geordneter Weise zu den Sitzbänken und nahmen Platz. Kein Schubsen, kein Drängen. Alles sehr zivilisiert. Sehr organisiert.

»Mit ein wenig hiervon und ein wenig davon und ein wenig von …« Der Lange Bob wackelte mit dem Hintern und trommelte mit den Fingern in die Luft.

Verrückt. Total abgedreht. Und doch …

Aus dem Wohnhaus kamen der Feger und Military Dave und die drei *Roman Candles* (nicht das Feuerwerk, sondern die Fallschirmspringergruppe) und sangen und schwangen ihre Stöcke.

Und wo steckte der fürchterliche Dick Godolphin?

Aha, hier kam er schon.

Die Tür des Geräteschuppens flog auf, und Dick kam hervor. Er zog eine gefesselte Nonne in Stöckelschuhen hinter sich her.

»Eine gefesselte Nonne!« flüsterte Mann in Grau Nummer eins. »Das hat was!«

Ein Hund in einer Uniform folgte Dick. Ein wirklich sehr erschöpft aussehender Hund.

Die geknebelte Nonne trat um sich und kämpfte, aber Dick zog sie fluchend weiter und versetzte ihr einen feigen Schlag.

»Was machen die eigentlich da unten?« fragte Inspektor T'Od, der sich in das lange Gras duckte, das Simon beim Mähen mit Mr. Hilsavies Allen-Sense übersehen hatte. »Ich kann nichts erkennen.«

»Sie halten das Fernglas falsch herum«, erklärte Chefinspektorin Lestrade unter dem begleitenden Kichern von Konstabler Derek.

»Ah, ja. Jetzt sehe ich klar. Aber wann werden wir unseren Zug machen? Ich habe noch keinen Pieps von F.U.R.Z. gehört, wann sie planen, diesen Hinternpo aufzuscheuchen.«

Konstabler Derek schlug sich prustend die Hände vors Gesicht und strampelte hilflos im Gras.

»O meine Lieben!« rief der Lange Bob. »Wir haben uns heute nacht hier versammelt als geheiligte Brüder und Schwestern, um die Morgendämmerung der Neuen Zeit willkommen zu heißen. Um Ihn zu ehren und Ihm Opfer darzubringen, der uns erlösen wird, wenn Licht zu Dunkelheit wird und Dunkelheit das Antlitz der Erde bedeckt. Wie es prophezeit ist, wenn die Monde aus dem Orbit auf die Erde fallen und das Ende aller Zeiten vor uns liegt, so laßt uns den Einen anbeten, den Großen, und laßt uns vor ihm kriechen, weil wir wissen, was gut ist für uns. So soll es sein. Heil Saat-Hahn!«

»Heil Saat-Hahn!« stimmten die Taktstockschwinger ein. Und der Kerl, der von der Nonne laufend gegen die Beine getreten wurde.

»Heil Saat-Hahn!« sagte der Hund des Kerls. »He, Dick, alter Kumpel! Ich kann reden!«

»Wir werden singen«, fuhr der Lange Bob fort. »Und zwar Lied Nummer drei in der Sammlung der Endzeithymnen. *Bauer Ewald hat 'nen Hof.* Wir werden die Verse über Enten, Kühe, Schweine, Pferde und Düngersäcke aus Plastik auslassen. A-Dur.« Der Lange Bob blies in eine Stimmpfeife.

»Er ist total verrückt!« sagte Simon, der sich unter dem Landrover des Langen Bob versteckt hatte.

»Meine Meinung«, stimmte ihm Mr. Hilsavie zu. »Die Zeile mit den Düngersäcken aus Plastik ist die beste im ganzen Lied. 'Ein Stapel hier, ein Stapel dort ...'«

»Ich hab' 'ne Idee«, flüsterte Simon. »Wenn ich es nur schaffen würde, bis zum ...« Er unterbrach sich.

»Geräteschuppen«, sagte Mr. Hilsavie.

»Danke«, sagte Simon. »Ja, Geräteschuppen. Wenn ich es nur schaffen würde, bis zum Geräteschuppen zu kommen. So was.«

»Sind Sie gut ausgerüstet?« fragte der Präsident der Vereinigten Staaten. »Haben Sie Waffen für uns?«

»Nein, tut mir leid, Herr Präsident.« Raymond führte die Staatsmänner über den Korridor. »Der Schlüssel hat von außen gesteckt, das war alles«, sagte er, bevor jemand danach fragen konnte. »Wir müssen Professor Merlin finden.«

»Hat er Waffen für uns?«

»Nein, aber er hat ein großes Schiff, mit dem wir fliehen können.«

»*Ich will* mit dem großen Schiff fliehen«, sagte der britische Premierminister.

»Das werden Sie auch«, entgegnete Raymond. »Lassen Sie es uns hier versuchen. Ich glaube, ich kann etwas hören.«

»Oh, autsch, o Mann, Gnade!« Disecto gab wenig überzeugende Schmerzenslaute von sich. »O bitte! Haben Sie Gnade mit mir!«

»Halt den Mund!« brüllte der König. Er hatte sein verrücktes Lachen vergessen. »Ich hab' dir den Kopf abschneiden lassen. Du solltest nicht mehr imstande sein, ›oh, autsch, o Mann, Gnade!‹ zu sagen! Reiß dich zusammen und stirb wie ein Mann! Winde dich gefälligst in Agonie, um Himmels willen!«

»O schade«, sagte Disecto. »Ich bin tot!«

»O nein, bist du nicht!«

»O doch, bin ich wohl!«

»O nein, bist du nicht!«

»O doch, bin ich wohl!«

»O ja, ist er wohl!« sang der Zirkus.

»Haltet den Mund, ihr alle! Lakai, heiz den höllisch heißen Grillstuhl an! Und dann wollen wir mal sehen, wer darauf schmoren möchte.«

»Ich würde es gerne versuchen, wenn ich darf«, sagte Phoenix.

»Hehehe hahahaha hoahoahoa hihi«, machte der König. »Hihihihi«, kicherte er. »Also gut, auf den höllisch heißen Stuhl mit ihr.«

»Ja. Es kommt ganz definitiv von hier«, sagte Raymond und stieß die Tür auf.

»Könnten Sie vielleicht nächstes Mal vorher anklopfen?« fragte eine baumelnde Lieblichkeit.

»Oh! Entschuldigung.« Mit roten Ohren schloß Raymond die Tür wieder.

»*Ich will* auch da hineinsehen«, sagte der britische Premierminister.

»Besser nicht«, entgegnete Raymond. »Lassen Sie es uns woanders versuchen.«

»Röste! Hahahaha hähähähä.«

»Oooooooo«, sagte Phoenix in gespieltem Schmerz. »O kreisch! O wimmer!«

»Das ist nicht heiß genug!« Der dicke, fette König legte die Hand auf den Stuhl. »Ooooooo«, sagte der dicke, fette König in echtem Schmerz. »O kreisch! O wimmer!«

»Soll ich Ihnen die Hand küssen, damit es besser wird?« fragte Doktor Bakterius.

»Ja. Es kommt ganz definitiv von hier«, sagte Raymond und stieß eine weitere Tür auf.

Und so war es. Ein Dutzend gefährlich aussehender Feuerwaffen richteten sich auf Raymond.

»Die Hände hoch«, sagte der befehlshabende Offizier.

»Da«, sagte Raymond. »Ich habe ja gesagt, es ist hier.«

»Wir sind hier«, schrie der Lange Bob. »Kommt zu uns, o Wunderbarer. Kommt zu uns, Eure Majestät.«

Die Tür des großen Hühnerstalls schwang knarrend auf. Von innen fiel helles, weißes Licht auf den Hof.

Etwas Geheimnisvolles kam hervor, etwas, dessen Umrisse von grellem Licht überstrahlt wurden. Es war größer als Mr. Hilsavie. Und von sehr viel kräftigerer Gestalt. Es war ganz bestimmt seit dem letzten Abend gewachsen, und als es schwerfällig seinen Weg über den lichterkettenerleuchteten Hof suchte, wurde die ganze Monstrosität seiner ziemlich schrecklichen Erscheinung offensichtlich.

»Du meine Fresse!« sagte Mann in Grau Nummer eins. »Ist das der Yeti oder was?«

Es hatte große Füße, das stand jedenfalls fest. Große Hühnerfüße, um genau zu sein. Mit Velociraptorklauen. (Velociraptoren! Spielberg mußte sie entworfen haben!) Die Klauen krümmten sich und schnitten in den Boden, wobei sie kleine Staubwolken aufwirbelten.

Die Beine waren ziemlich muskulös, und dunkle Federn verbargen, welch baumelnde Unlieblichkeit sich auch immer zwischen ihnen verbarg. (Ahemm!)

Die mächtige Brust war von einem schuppenartigen

Geflecht silberblauen Flaums bedeckt, und die Schultern waren breit und muskulös. Ein großer, dunkler Hahnenkamm wuchs aus dem massiven Schädel mit den ekelhaften Augen und dem entsetzlichen Schnabel.

»Heil Dir, Saat-Hahn!« Der Lange Bob und seine Gefolgsleute fielen auf die Knie. Lisa erkannte eine Gelegenheit, wenn sie eine sah. Sie versuchte, abzuhauen.

»Bleib stehen!« Die Stimme aus dem widerwärtigen Schnabel echote über den Hof. Inspektor T'Od konnte nur mit Mühe seine versagende Blase unter Kontrolle halten, und Konstabler Derek blieb das Lachen im Hals stecken.

»Bleib stehen!«

Lisas Beine gaben unter ihr nach. Sie sank ohnmächtig zu Boden.

»Bringt mir mein Opfer«, sagte Saat-Hahn.

»Bringt mir den Schwachkopf in der schwarzen Ledermontur«, sagte König Eddie, und seine Soldaten gehorchten eifrig. Einer von ihnen schlug Raymond in den Rücken, und dieser fiel dem fetten, häßlichen alten Kerl vor die Füße.

»Das ist eine hübsche Montur, die du da trägst«, krächzte der König. »Ich hab' meinem Sohn eine zum Geburtstag geschenkt, die ganz genauso aussieht. Seine hat natürlich das königliche Wappen auf dem Kragen.« Der König starrte auf Raymond hinunter. »Genau wie deine übrigens.«

»Fährt Euer Sohn vielleicht eine Harley Davidson?« fragte Raymond.

»*Ich will* auch eine Harley Davidson«, sagte der britische Premierminister.

»Ruhe! Wo steckt mein Sohn Wilfried?«

Raymond rappelte sich auf die Beine und schaltete auf ›Simon‹-Modus. »Ich hab' euren Sohn als Geisel genommen«, erklärte er. »Im Augenblick befindet er sich in Sicherheit, aber wenn ich nicht bald mit dem Professor, seinem Zirkus und all diesen Staatsmännern hier zurückkehre, dann kann ich nicht dafür garantieren, daß mein verrückter stotternder Bruder nicht die Augäpfel Eures Sohnes mit Rasierklingen bearbeitet.«

»O Mann!« jammerte der König. »O Mannomann! O Gnade!«

»Also werden wir jetzt alle gehen«, sagte Raymond lächelnd. »Wenn Ihr bitte Eure Soldaten anweisen würdet, die Waffen niederzulegen?«

»O Mann«, entgegnete der König. »Ich weiß nicht, was ich machen soll.«

»Wenn Ihr mich fragt, ich würde dringend empfehlen, die Waffen niederlegen zu lassen«, riet Professor Merlin. »Selbstverständlich spreche ich als unparteiischer Beobachter.«

»Ja ja ja. Legt eure Waffen nieder.«

Die Soldaten legten ihre Waffen nieder.

»Laßt uns gehn«, sagte Raymond.

»Papi!« Ein verweichlichter junger Mann in einem durchnäßten Gehrock platzte durch eine Seitentür herein. »Ein böser Junge hat mir meine Montur und mein Motorrad gestohlen!«

»Hoch die Waffen«, brüllte der König. »Und eröffnet das Feuer! Ohne Unterschied! Aber ja nicht in meine Richtung!«

»Wir sollten das Feuer eröffnen«, sagte Inspektor T'Od. »Wo bleibt nur F.U.R ...«

»Bitte nicht!« Konstabler Derek hielt die Hände abwehrend vor sich. »Bitte sagen Sie nicht schon wieder diesen Namen!«

»Vielleicht sollten wir es erschießen?« sagte Mann in Grau Nummer drei. Die Männer in Grau hatten ein paar ziemlich schicke Eisenwaren. Aus der *ACME Handfeuerwaffenfabrik, Eden*. Versteht sich.

»Wir werden nicht bezahlt, um Riesenhühner abzuknallen«, sagte Mann in Grau Nummer zwei. »Ich bin dafür, wir rupfen es einfach.«

»He, seht euch das an!« sagte Mann in Grau Nummer eins, der die ganze Zeit durch sein Spezialfernglas gesehen hatte. »Wer sind diese beiden Typen in Schwarz, die am anderen Ende des Hofs herumkriechen?«

»Bringt sie zu mir«, brüllte Saat-Hahn, und seine Stimme war zu einem wirklich bedrohlichen Brüllen angewachsen. »Ich will mich an ihr laben. Bringt sie endlich her!«

»Erschießt sie! Auf der Stelle!« brüllte der König, und die Soldaten brachten ihre Waffen in Anschlag.

»Tut mir leid«, sagte Raymond zum Professor. »Ich glaube, ich hab's vermasselt.«

»Erschießt sie endlich!«

Die Soldaten krümmten ihre Finger um die Abzüge. Dann pfiff etwas aus dem Himmel herab, schlug in den Palast ein und explodierte unter ohrenbetäubendem Krachen.

»Das sind die verdammten Saturnianer!« Der König war hingefallen und erhob sich jetzt wieder. »Sie dürften noch gar nicht hier sein! Meine Luftwaffe hat noch frei, und niemand ist erreichbar!«

Eine neue Explosion erschütterte den Palast.

»Es ist an der Zeit, etwas Beeindruckendes zu unternehmen«, sagte Professor Merlin. »Sind Sie bereit, mein Raymondo?«

»Bereit wozu?«

Der Professor schoß einen seiner ausziehbaren Finger ab. Er peitschte durch die große Halle, stieß dem am nächsten stehenden Soldaten ins Auge, wand ihm die Waffe aus den Fingern und schleuderte sie in Raymonds Hände.

»Ich würde den König als Geisel nehmen, wenn ich Sie wäre«, sagte der Professor.

»Hände hoch«, sagte Raymond und richtete die Mündung auf den Kopf des dicken, fetten Königs. »Und sagt Euren Soldaten, daß sie die Waffen wieder hinlegen sollen.«

»Tut, was er sagt! Tut, was er sagt!«

Die Soldaten legten ihre Waffen wieder hin und standen murrend herum.

Dann erfolgte eine weitere Explosion, ganz in der Nähe, und sie standen nicht mehr, sondern rannten.

»Los, kommt«, sagte Raymond. »Wir haben noch immer eine ganze Menge zu erledigen.«

Männer in Schwarz nahmen ihre Positionen ein.

Dick Godolphin schubste Lisa in den Rücken. »Los, zu deinem Herrn!« sagte er.

Und im Geräteschuppen leuchtete Simon mit seiner Taschenlampe um sich und fragte sich laut: »Was mache ich eigentlich hier drin?«

»Hier hinein«, sagte Raymond und schubste den König.

»Warum dort hinein?« fragte Professor Merlin.

Raymond deutete auf das Schild an der Tür. *Geheimer holographischer Senderaum.*

»Aha«, ahate der Professor. »Also wenn *das* nicht bequem ist!«

»Sehr sogar«, entgegnete Raymond. »Und jetzt lassen Sie uns sehen, daß wir die Sache so schnell wie möglich hinter uns bringen.«

Wenn man auf der Suche nach einem schönen, einsamen Strand ist, wo man sich in Ruhe in die Sonne legen kann, dann würde der, an den Raymond nach seinem Sprung vom Schiff gespült worden war, jetzt genau der richtige sein.

Weil die Sonnenanbeter nämlich alle geflohen waren.

Weil nämlich dunkle saturnianische Luftfahrzeuge über ihm kreisten. Dunkle, geflügelte Sonnenscheiben (zum Stil des alten Ägypten passend), die Feuer auf Eutopia hinabregnen ließen.

Bomben krachten in die See, auf die Promenade, auf den Strand. Vielleicht war es ja doch nicht der richtige Strand, um sich jetzt in Ruhe in die Sonne zu legen.

Gelber Sandstein zerbröselte. Zikkurate erzikkerten … pardon, erzitterten.

Und nun kamen über den dunklen, kreisenden saturnianischen Luftfahrzeugen noch die Schiffe vom Uranus hinzu. Hinreißende Schiffe. Mit hohen Masten und langen Reihen von Kanonenpforten.

Der Sultan persönlich stand am Ruder seiner Kriegsgaleere. »Bombenschächte öffnen, Mr. Diener!«

»Bombenschächte sind geöffnet, Sire, Sir.«

»Dann werfen Sie die Ladung ab, Mr. Diener.«

»Ladung abgeworfen, Sire, Sir.«

Und noch mehr Bomben regneten hinab.

»Alles abschalten«, sagte Raymond zum König. Sie befanden sich im *Geheimen holographischen Senderaum*. »Schaltet auf der Stelle die Hologramme auf der Erde ab.«

»*Ich will* alles abschalten«, sagte der britische Premierminister.

»Der König kann das bestimmt besser«, entgegnete Raymond. »Nicht wahr, Eure Majestät?«

»Ihr wißt nicht, was ihr damit anrichtet!« Der dicke, häßliche König rang seine dicken, häßlichen Finger. »Dort unten wird das Chaos ausbrechen.«

»Nicht sehr lange. Ich plane, alle Staatsoberhäupter schon sehr bald nach Hause zu bringen.«

»Und wir werden Eure Existenz wohlbekannt machen«, fügte der Präsident hinzu. (Der amerikanische.)

»O Mann. O Mannomann. Was soll ich nur machen?«

»Geht zur Seite!« Raymond schob den dicken Mann zur Seite und hob seine Waffe. Dann drückte er ab und zerschoß die geheime holographische Sendeeinheit zu einer Million kleiner Bruchstücke.

»So«, sagte er. »Das wäre erledigt.«

»Ahemm«, bemerkte Professor Merlin. »Wirklich sehr gründliche Arbeit. Aber meinen Sie nicht, daß das Ihrem Plan zuwiderläuft, König Eddie durch ein Hologramm zu ersetzen? Sie haben das notwendige Equipment und alles zerstört.«

»Scheiße!« sagte Raymond.

»*Explodier!*« sagte eine Explosion und schickte einen großen Teil der Decke hinunter.

»Zurück zum Schiff«, rief Raymond. »Alle zurück zum Schiff.« Er wandte sich um und richtete seine Kanone auf den König.

»Erschießen Sie mich bitte nicht.«

Raymond setzte den Lauf an die dicke, häßliche und im Augenblick schweißnasse Stirn. »Gebt mir einen guten Grund, warum ich es nicht tun sollte!«

»*Ich will* schießen! *Ich will* schießen!« sagte der britische Premierminister.

»Weil ... weil ... weil«, wimmerte der König. »Weil ...«

»Weil er uns als Geisel weit bessere Dienste leistet«, vollendete Professor Merlin den Satz. »Und weil Sie, Raymond, ein guter Junge sind. Und gute Jungs schießen andere Leute nicht in den Kopf.«

Erleichtert nahm Raymond die Waffe zur Seite. »Das sind sogar zwei gute Gründe«, sagte er. »Ich wollte nur einen.«

26. KAPITEL

»Komm her zu mir!« dröhnte die Stimme von Saat-Hahn. Und weil der Hof der Hühnerfarm nicht allzu groß war, stand Lisa nun vor ihm, mit schlotternden Knien und Watte unter den Füßen. Saat-Hahn riß ihr den Knebel ab.

»Knie nieder, Frau! *Bete* zu mir!«

»Beten?« fragte Inspektor T'Od. »Ist das nicht ein Euphemismus für ...?«

»Ja, Sie haben recht.« Chefinspektorin Jenny Lestrade schnappte sich das Zweikanal-Funkgerät. »Feuer eröffnen«, ordnete sie an.

Und die Männer von F.U.R.Z. eröffneten das Feuer.

Auf jeden. Ohne Unterschied.

Schließlich waren sie männliche Männer, und ein weiches Ziel war ein weiches Ziel, gleichgültig, ob es das weiche Ziel war, auf das sie schießen sollten, oder nicht.

Die Hühner stoben in einer hektischen Federwolke hoch, als die Kugeln ringsherum einschlugen und über ihre Köpfe hinwegzischten. Einige zischten sogar bis hinauf zum Buschversteck auf dem Hügel.

»Wir werden angegriffen«, schrie der Mann in Grau Nummer eins und legte den Sicherungshebel seiner kleinen Howitzer um. »Erwidert das Feuer!«

»Alles, was ich sehen kann, sind verdammte Hühner!« schrie der Mann in Grau Nummer zwei zurück.

»Dann schieß auf die Hühner.«

»Das ist es, was ich an meiner Arbeit so mag«, sagte der Mann in Grau Nummer drei, und dann eröffneten alle Männer in Grau das Feuer auf die Hühner.

»Feindliches Feuer vom Hügel«, rief ein Mann mit geschwärzten Augäpfeln. »Schaltet sie mit Mörsern aus. Große Streuung.«

Die Männer und Frauen von B.A.S.T.E.I. kämpften sich den Weg durch die Hühner hindurch zum Bauernhaus zurück, wo sie ihr Waffenlager hatten.

»Ich denke, ich sollte helfen«, sagte Mr. Hilsavie unter dem Landrover. »Aber im Buche steht, daß ich hier bleibe und warte, bis ... ah, endlich.«

Sie kamen entlang des stillgelegten Eisenbahngeleises. Die Dorfbewohner. Und sie trugen flammende Fackeln.

»Betet zu mir!« rief Saat-Hahn, unbeeindruckt vom Gewehrfeuer und dem Rufen und all den Hühnern. »Das Ende der Zeit naht und ich mit ihm.«

Na? Wenn das nicht böse ist!

»Los, rennt!« brüllte Raymond. Sie hatten den Palast jetzt hinter sich gelassen, und hier draußen herrschte das Chaos. Über ihnen hatten die Kampfflugzeuge des Saturn eine gewaltige Schlacht mit der Flotte vom Uranus begonnen. Ununterbrochen regneten Dinge aus dem Himmel. Bomben. Stücke von Flugzeugen. Masten. Leute. Noch mehr Bomben.

»Ich kann nicht rennen«, sagte Professor Merlin. »Sie müssen mich zurücklassen.«

Herkules, der Kraftmeier, der bisher keine große Rolle in dieser Geschichte spielte, nahm den Professor auf die Arme.

»Wir werden reiten!« Die Lady Alostrael sprach mächtige Worte, und ein Wind erhob sich, und mit ihm nahmen Gestalten Form an. Pferde. Große weiße Pferde. (Schimmel.) Sie waren ein wenig verschwommen. »Los, steigt auf. Alle! Sie werden nicht lange halten. Los, Beeilung!«

»*Ich will* auf dem Motorrad fahren«, sagte der britische Premierminister.

»Sie kriegen gleich was hinter die Ohren«, entgegnete Raymond. »Machen Sie, daß Sie auf ein Pferd kommen. Augenblicklich!«

Nun gibt es nichts Geeigneteres als einen Angriff auf die Heimatstadt, um Soldaten davon zu überzeugen, daß man den freien Tag besser vorzeitig beendet und sich wieder bei seiner Einheit meldet, anstatt vor der Glotze zu sitzen und Tee zu trinken.

Soldaten in Rot und Weiß strömten zu ihren Kasernen.

Die seltsame, von einem Kerl in der schwarzen Ledermontur des Kronprinzen auf dem Motorrad des gleichen Prinzen angeführte Kavalkade halb durchsichtiger Pferde, von denen eines den König quer über dem Sattel trug, jagte dicht an den Soldaten vorbei. Die Soldaten blickten hinterher, zogen eine Bilanz der Situation, und gelangten schließlich zu einer gemeinsamen Entscheidung.

Sie jagten hinterher.

Simon schloß die Tür zum Geräteschuppen hinter sich. Er wußte, daß er jetzt etwas unternehmen mußte. Aber er hatte keine rechte Idee, was. Er leuchtete verzweifelt mit seiner Taschenlampe durch den Raum. Der Schuppen war vollgestopft mit gestohlenem Farmzubehör. Der Lange Bob mußte schon seit Jahren alles hier horten. Aber wenn nicht zufällig ein Sherman-Panzer unter dem Diebesgut war, würde es Simon nichts nutzen. Simons Scheinwerfer huschte über ein Ding in der Ecke des Schuppens. Es war halb unter Plastiksäcken verborgen, in denen einmal Dünger verpackt gewesen war.

Raymond zog die Säcke zur Seite.

Es war die gewaltige Allen-Sense von Mr. Hilsavie.

»*Boom Shanka!*« sagte Simon.

»Unser Auftrag lautet, Simon zu erschießen, und nicht diese Verrückten in Schwarz.« Der Mann in Grau Nummer eins verschoß eine weitere Salve.

»Ich hab' sowieso nur Hühner getroffen«, sagte der Mann in Grau Nummer zwei.

»Und ich hab' gerade den Hund des Wildtöters erschossen«, sagte Mann in Grau Nummer drei.

O Schande!

Simon riß an der Starterschnur, um die Allen-Sense anzuwerfen.

»O mein Gott!« rief Raymond. »Werfen Sie nur einen Blick zum Dock!«

»Soldaten!« kreischte Professor Merlin. »Wo kommen nur all die Soldaten her?«

»Wir kommen niemals an denen vorbei!«

»Wir müssen es jedenfalls versuchen! Attacke!«

Die Dorfbewohner mit den flammenden Fackeln hatten jetzt das Tor des Hühnerhofs erreicht. Aber all diese Schießerei und überhaupt. Und der Lange Bob und seine Brigade kamen ihnen aus dem Haupthaus entgegen und so. Und dann erst dieses Monster, das im Begriff stand, die Nonne ...!

Jedenfalls ...

Und überhaupt ...

Irgendwie hatten sie nicht das Bedürfnis, noch einen Schritt weiter zu gehen.

»Los, kommt schon!« rief ihnen Mr. Hilsavie zu. »Attacke!«

»In den Rachen des Todes.« Professor Merlin zog sein Schwert und gab seinem langsam verblassenden Kavalleriepferd die Sporen.

Die Soldaten hatten vor der *SS Salamander* in einer Reihe Position bezogen. Nein, in zwei Reihen. Rot und weiß. Es sah ein wenig nach *Rorke's Drift* aus, aber ohne Michael Caine. Die Soldaten hoben ihre Gewehre, und der befehlshabende Offizier bereitete sich darauf vor, den Feuerbefehl zu erteilen.

Raymonds Harley heulte auf, als er am Gasgriff drehte. Ihm fiel kein anderer Weg ein. »*B-b-b-b-bad to the bone*«, schrie er, als er die Kupplung kommen ließ.

»Attacke!« Professor Merlin attackierte.

»Erste Reihe, F ...«

Die Rakete schoß pfeifend hinunter, über die Köpfe der attackierenden Kavallerie, über Raymonds Kopf und ganz dicht über die der roten und weißen Gewehrschützen hinweg.

Und dann.

Dann schlug sie in die Flanke der *SS Salamander*.

Und dann.

Dann gab es eine verdammt große Explosion.

Raymond brachte das Motorrad schlingernd zum Halten. »O nein!« sagte er.

Der Professor zügelte sein sich auflösendes Roß. »Mein Schiff!«

Und inmitten einer gewaltigen Rauchwolke und eines großen Durcheinanders rappelten die Soldaten sich auf die Beine und griffen nach ihren Waffen.

»Feuer!« rief der befehlshabende Offizier. Und die Soldaten hoben ihre Waffen.

Und dann.

Und dann.

Und dann kamen die Millwall-Fans durch das große klaffende Loch in der Seite des Schiffs geströmt. Zweihundert Schlachtenbummler mit selbstgebastelten Waffen und verdammt schlechter Laune.

Und dann erblickten die Schlachtenbummler die Soldaten.

Und dann erblickten die Soldaten die Schlachtenbummler.

Und die Soldaten waren alle in Rot und Weiß gekleidet.

Die Farben von Manchester United.

Die Leute von F.U.R.Z. schossen auf die Männer (und die Frau) von B.A.S.T.E.I. Die Männer (und die Frau) von B.A.S.T.E.I. schossen auf die Männer von F.U.R.Z. Die Männer in Grau schossen auf die Männer von F.U.R.Z. und auf die Männer (und die Frau) von B.A.S.T.E.I. Und wenn die Männer von F.U.R.Z. und die Männer (und die Frau) von B.A.S.T.E.I. nicht gerade aufeinander schossen, dann schossen sie auf die Männer in Grau.

Es war eine Schande, daß sich keine der Gruppen entschließen konnte, auf Saat-Hahn zu schießen. Schließlich war er gerade dabei, mit Lisa das Unaussprechliche zu tun.

»Haltet euch bereit«, sagte Mr. Hilsavie zu den Dorfbewohnern mit den Fackeln. »Es ist jetzt jeden Augenblick soweit.«

Und es war soweit.

Als sich die entsetzlichen Klauen Saat-Hahns um Lisas

Kopf zu schließen begannen, ertönte ein lautes, splitterndes Krachen von Holz, und ein Motor heulte auf.

Die gewaltige Allen-Sense brach aus dem Geräteschuppen hervor, und Simon duckte sich dahinter. Ihre großen soliden Felgen mit den 1950er Rennreifen wühlten den Boden auf und zerstreuten alles an Hühnern, was an Hühnern noch zu zerstreuen übriggeblieben war; und die gewaltige haarschneidemaschinenähnliche Grasschneidevorrichtung ratterte mit ihren großen Zähnen hin und her. Ziemlich schnell.

Sie hackte sich durch die Bänke, die der Wildschütz aufgestellt hatte, als wären sie aus Balsaholz, und sie warf Späne und Sägemehl zusammen mit Hühnerfedern und mundgroßen Hühnerstücken in die Luft.

Und Simon fuhr weiter.

»Was zur Hölle ist das?« Das Monster schleuderte sein kniendes Opfer zur Seite und hob seine Klauen. Lisa kam stolpernd auf die Beine und floh. Und die besondere Chemikalie in Simons Kopf sagte: »Mach es kalt, Junge! Bring es um!«

»Dir werd' ich's zeigen!« schrie Simon, während die Allen-Sense an Geschwindigkeit gewann.

»Fackelträger vorwärts!« rief Mr. Hilsavie, und die Fackelträger stürmten vorwärts.

»Zurück!« Saat-Hahns Augen schleuderten Höllenfeuer, und aus seinem Schnabel kam schwefliger Gestank. Die überlebenden Hühner erhoben sich und gackerten: »Nein nein nein!« und flohen bei Simons Anblick.

Simon, der Gärtnerlehrling und Soldat des Herrn, hielt den Kopf gesenkt, als die Allen-Sense in Richtung Saat-Hahns pflügte.

Aber Saat-Hahn wich nicht zurück. »Götzendiener!« rief er.

Simon gab Vollgas und ließ die Sense laufen.

Die Allen-Sense erwischte Saat-Hahn an den Beinen. Die schweren Klingen schnitten und hackten. Entsetzlich. Das Monster kreischte und trat aus. Aus einem Beinstumpf spritzte Blut. Die schwere Maschine riß an dem Stumpf, zerschnitt ihn, fraß sich in ihn hinein.

Blut.

Noch mehr Blut.

Widerlich.

Und außerdem ganz recht.

»Zurück mit dir in das Loch, aus dem du gekommen bist!« Mr. Hilsavie hielt nun selbst eine Fackel. »Brenne im Feuer des Hades, wo du hingehörst!«

Und die Dorfbewohner schwangen ihre Fackeln.

Und die Kreatur ging in einen blauen Feuerball auf, noch immer schreiend und tretend. Flammen leckten um die Allen-Sense herum. Und an ihrem Benzintank.

»Lauft!« schrie Mr. Hilsavie. »Lauft um euer Leben! Ich habe dieses Kapitel gelesen!«

Und die Dorfbewohner rannten.

Und die Männer von F.U.R.Z. und die Männer (und die Frau) von B.A.S.T.E.I. und die grauen Männer oben auf dem Hügel, die alle das Feuer eingestellt hatten, um die Geschehnisse nicht noch komplizierter zu machen, zogen die Köpfe ein, als das Unausweichliche geschah.

Es war eine höllisch gewaltige Explosion.

»Alle zurück auf das Schiff!« rief Raymond, als es zu weiteren Explosionen entlang des Docks kam. »Los, Beeilung. Macht, daß ihr an Bord kommt!«

Die Millwall-Anhänger prügelten die sieben Glocken der Fußballkunst aus den Soldaten. Und wer wollte ihnen schon einen Vorwurf daraus machen? Sie hatten eine Menge Dampf abzulassen.

»Los, macht schon!« brüllte Raymond sie an. »Hier ist ein Krieg ausgebrochen. Kommt zurück ins Schiff, und laßt uns machen, daß wir nach Hause kommen!«

»Ist das nicht Arnie?« fragte ein Skinhead namens Vinny, der gerade seinen Stiefel in einen am Boden liegenden Soldaten versenkte.

»Arnie, Arnie, Ar-nie-Ar-nie-Ar-nie-Ar-nie-Ar-nie ...«
»Los, kommt schon. Laßt uns abhaun!«

Hoch oben am Himmel steckte der Sultan vom Uranus in der Klemme.

»Wir stehen unter Beschuß«, sagte der kriecherische Diener. »Ich denke, das beweist, daß Flugzeuge gegenüber Schiffen im Vorteil sind.«

»Ich habe die Nase voll von dir«, sagte der Sultan und packte den Diener am Hosenboden. Dann warf er ihn über die Reling.

»Aaaaaaaaaarrrrrrrgggggghhhh!« rief der Diener. Wie man das so macht, wenn man über Bord geht.

»Zum Glück bin ich ihn los.« Der Sultan schwang das Steuer herum, um Kurs nach Hause zu setzen. Das war das letzte, was der Sultan in seinem Leben tat. Eine saturnische Flugscheibe feuerte eine Salve von Raketen ab.

Waaaammmmmm. Bannnngggg.

Und der Sultan vom Uranus existierte nicht mehr.

»Laßt uns endlich abhaun! Ich mache keine Witze!«

Die Millwall-Schlachtenbummler erblickten das ziemlich große Kontingent an Rot-Weißen, das sich jetzt auf den Kai ergoß, zusammen mit gepanzerten Einsatzwagen und Halbkettenfahrzeugen und so weiter, und sie entschieden sich zu einem strategischen Rückzug auf das Deck der *SS Salamander,* von wo sie den heranrückenden Truppen Flüche und Beleidigungen entgegenschleuderten.

»Ist das Schiff noch flugtüchtig?« fragte Raymond im Ruderhaus.

»Aber sicher, mein verehrter Freund. Soll ich das Ruder übernehmen?«

»Sie machen wohl Witze, Professor Merlin!«

»*Ich will* das Ruder übernehmen!« sagte der britische Premierminister.

Raymond wandte sich um und tat das, wovon eine ganze Generation britischer Jugendlicher schon immer geträumt hatte. Mit einem einzigen, gezielten Schlag auf die Kinnspitze schlug er den Premierminister nieder. *Boing!*

»Und jetzt lassen Sie uns verschwinden.«

»Was ist mit den Flugzeugen und den anderen Schiffen?«

Inzwischen schossen Boden-Luft-Raketen in den Himmel. Die Flugzeuge und Schiffe, die den Schlag überstanden, flogen davon, um den Kampf später fortzusetzen.

»Auf zum Nordpol«, sagte Professor Merlin. »Und geben Sie ein wenig Gas, beim Jimini!«

Beim Hühnerhof des Langen Bob hatte das Schießen aufgehört. Männer mit schuhcreme-geschwärzten Augäpfeln durchsuchten die in einer Reihe stehenden, verstörten B.A.S.T.E.I.er. Die Terroristen standen mit dem Gesicht zur Wand des Haupthauses und hatten die Hände erhoben. Sie hatten ihren Kampfeswillen irgendwie eingebüßt.

»Ihr seid alle verhaftet!« sagte Inspektor T'Od. »Gegen euch liegen mehr Anklagen vor, als ich aufzählen kann. Und was denkst du, wohin *du* gehst, Simon?«

Simon, der sich mit Lisa im Arm leise davonmachen wollte, sagte: »Ja, wohin eigentlich?«

»Man sollte meinen, er will seine Freundin nach Hause bringen«, antwortete Chefinspektorin Lestrade für Simon.

»Er steht unter Arrest«, sagte T'Od. »Er ist ein Massenmörder, das ist er, jawohl.«

»Die Frau, die ich angeblich ermordet haben soll, steht mit erhobenen Händen dort drüben«, sagte Simon. »Und ich vermute, daß wir Raymond auch bald wieder zu Hause begrüßen können. Und Sie haben meinen Gewinn gestohlen, Sie Gauner!«

Inspektor T'Od lachte. »Ich? Deinen Gewinn? Du träumst, Freundchen.«

»Nein Sir, Sie haben seinen Gewinn gestohlen«, sagte Konstabler Derek. »Ich kann es nicht länger mit meinem

Gewissen vereinbaren, daß so etwas geschehen ist. Er war es, Ma'am Chefin. Er hat Simons Gewinn gestohlen. Fast eine halbe Million Pfund. Er hat das Geld in seinem Schuppen versteckt.«

Chefinspektorin Lestrade lächelte das knappe Lächeln, das Helen Mirren lächelte. »Man hat mich nicht nur hergeschickt, damit ich diese Sonderkommission leite, sondern auch, damit ich gewisse Vorwürfe wegen polizeilicher Korruption untersuche, die man gegen Sie erhoben hat, Inspektor. Ich denke, wir können feststellen, daß *Sie* verhaftet sind, nicht wahr?«

»Ich denke, wir können feststellen, daß wir's geschafft haben.« Raymond saß am Kopf der Tafel im Großen Salon. Das Schiff war auf Autopilot geschaltet, oder was auch immer es nun steuerte. Jedenfalls war niemand im Ruderhaus. Bis auf einen.

Das Zirkusvolk hatte sich um die Tafel versammelt und prostete sich zu. Die Staatsoberhäupter hatten sich um die Tafel versammelt und prosteten sich zu. Alle, bis auf einen. Der lag im Ruderhaus. Auf dem Boden. Bewußtlos.

Und noch einer fehlte. Ein König. Er war im Frachtraum angekettet worden. Umgeben von zweihundert Wachtposten.

»Wir haben gesiegt!« sagte Professor Merlin. »Nun wird jedermann auf der inneren Erde die Wahrheit erfahren über die, die oben leben. Und mit dem König als Geisel, den zerstörten Hologrammen und den echten Staatsoberhäuptern, die wieder an der Macht sind und wissen, was sie jetzt wissen, glaube ich, daß wir die Edeniten davon überzeugen können, ihr Verhalten zu ändern.

Und auf der Erde haben wir außerdem viel mehr Atomraketen als die da oben auf Eden. Und sollten sie trotzdem zögern, dann könnte die Drohung, ein paar davon durch die Pollöcher nach oben zu schicken, weitere entscheidende Überzeugungsarbeit leisten.«

»Keine Kriege mehr«, sagte Raymond. »Wir wollen Frieden. Nur Frieden.« Er hob sein Glas. »Auf den Frieden.«

»Ihr werdet den Tod bekommen. Nur den Tod«, meldete sich eine Stimme von oben.

Raymond hatte nicht über den starken Fischgestank nachgedacht, der ihm im Großen Salon der *SS Salamander* aufgefallen war. Vielleicht lag es daran, daß heute Bouillabaisse serviert wurde.

Die Augen aller Anwesenden richteten sich nach oben.

Und oben, in der hohen, frivolen Deckenkuppel, hing Abdullah, der fliegende Seestern vom Uranus.

»Schön, euch alle auf einem Fleck zusammen zu finden«, sagte Abdullah. »So kann ich euch alle in einem Aufwasch absaugen.«

Seine ekelhafte Mittelsektion wölbte sich vor, und etwas Unsichtbares, aber dennoch Hartes streckte sich heraus. Eine transparente Kuppel, die alle unter sich einschloß.

»Und nun«, begann der Riechende, »nun sauge ich einfach die Luft ab, bis ihr alle erstickt seid. Jawohl.«

»Nein nein nein!« Eine ganze Menge von Neins ertönte. In vielen verschiedenen Tonlagen. Und eine ganze Menge von Schlägen und Tritten gegen die transparente Kuppel fand statt. Und außerdem noch Schreien.

»Sagt dem alten Abdullah auf Wiedersehen«, sagte der alte Abdullah und holte tief Luft.

Die Luft, die er holte, holte er aus der transparenten Kuppel.

»Auf Wiedersehen.«

Raymond faßte sich an die Kehle. Die Häupter der Staatsoberhäupter sanken hustend und würgend zu Boden. Der Professor faßte sich an die Brust. Das Zirkusvolk wurde grau im Gesicht, taumelte und fiel ebenfalls.

Raymond kämpfte um Luft, aber es war keine Luft mehr da, um die er hätte kämpfen können.

Es war vorbei.

Und so schrecklich unfair.

»Sag auf Wiedersehen«, lachte Abdullah.

»Auf Wiedersehen, Abdullah.« Eine *sooo* süße Stimme. Raymond hörte sie nur noch mit dem letzten Rest von Bewußtsein und blickte nach oben. Und erkannte den Ausdruck von Entsetzen, der sich plötzlich auf dem Gesicht Abdullahs breitmachte.

Und die große Sägefischsäge, die aus seiner Mittelsektion hervorragte und sie von hinten aufschnitt. Leibessäfte platschten auf die Kuppel, und dann löste die Kuppel sich auf.

Und die Luft strömte hinein.

Und Abdullah schrumpelte zusammen und fiel auf den schöngedeckten Festtagstisch.

»Zephir?« fragte Raymond und lächelte schwach, bevor ihm die Sinne schwanden.

27. KAPITEL

Bei so einer Geschichte gibt es immer ein oder zwei lose Enden. Oder drei. Möglicherweise auch vier. Es ist schon beinahe eine Tradition, ein alter Brauch oder so was.

Manchmal fragt sich der Leser am Ende: »Was ist damit?« Oder er sagt: »Was ist mit dem und dem geschehen?« Oder: »Diese Szene ergibt überhaupt keinen Sinn!«

Kaum zu glauben. Aber der Leser fragt und sagt so etwas!

Er könnte zum Beispiel fragen: »Was ist aus den Männern in Grau geworden?« Nun ...

»Ich hab' keine Munition mehr«, sagte Mann in Grau Nummer eins.

»Ich auch nicht«, sagte Mann in Grau Nummer zwei.

»Ich hab' nur noch einen Schuß übrig«, sagte Mann in Grau Nummer drei. »Und ich hab' Simons Kopf genau im Fadenkreuz dieses Super-Duper-Zielfernrohrs.«

»Dann knall den Kerl ab und laß' uns machen, daß wir nach Hause kommen.«

Der Finger des Mannes in Grau Nummer drei legte sich auf den Abzug.

Aber dann legte sich eine schwere Hand auf seine Schulter.

»Das würde ich nicht tun, wenn ich du wäre, Blödmann.«

Es war eine tiefe, kräftige Stimme. Wirklich böse. Wir haben sie schon früher gehört. Ach ja.

»Leg die Kanone hin«, sagte Black Jack Wooler.

»Nein, sieh doch, ich hab' ihn gerade so schön ...«

»Leg sie hin.« Black Jack hob die Hand, und sein Pitbullterrier knurrte nichts Gutes Verheißendes. »Ich hab' gehört, wie ihr euch darüber unterhalten habt, daß ihr in diese Richtung gehen wolltet. Ich bin gekommen, um euch eine Botschaft zu bringen.«

»O ja?« Der Mann in Grau Nummer drei blickte auf den großen Mann mit dem großen Hund.

»Sie kommt von eurem Gouverneur. Sein Sekretär hat angerufen und mitgeteilt, daß er den Tag frei hat. Wegen irgend so 'nem Geburtstag von einem König oder so. Aber er hat noch gesagt, daß eure Dienste nicht mehr benötigt würden. Ihr seid gefeuert.«

Und dann zog Black Jack Wooler eine abgesägte Schrotflinte unter seinem Mantel hervor.

»Faß!« sagte er zu seinem Hund.

»Und was ist mit dem Großherzog?« mögen andere Leser fragen. Natürlich kriegt auch der sein Fett ab.

Folgendes ...

»Bimmel bammel«, sagte der Herzog zu seiner Lieblichkeit. »In Ordnung, wir haben vielleicht die Schlacht verloren, aber es sind noch immer ein paar Stunden Geburtstag übrig. Also laß uns noch ein Weilchen bleiben, süße Frau. Ich lade dich zu einem prächtigen Essen ein. Pudel und Froschschenkel und der Himmel weiß, was noch alles. Und was bedeutet dieser infernalische Krach?«

Die Tür zum Schlafgemach öffnete sich krachend, und der kriecherische Domestik rollte herein und blieb am Boden liegen. Hinter ihm erschien ein Haufen Tiere. Einschließlich Fröschen. Angeführt wurden sie von einem Elefanten.

»Ich kann nicht lange reden«, sagte Moses. »Weil nämlich das Ende der Zeit verschoben worden ist. Ich hab' nur noch eine Minute, dann bin ich wieder stumm. Aber *du* ...«, der Elefant wickelte seinen Rüssel um das Bein des Großherzogs, »... du bist tot, Jack.«

»Aber ich heiße gar nicht Jack. Ich heiße Binky. Laß mich los!«

Moses zog Binky aus dem Bett und hielt ihn aus dem Fenster.

Es waren etwa vierzehn Stockwerke bis nach unten.

»Sag ›Aaaaaaaaaaaaaaaaaaahhhhhh!‹«, sagte Moses.

»Aaaaaaaaaaaaaaaaaaahhhhhh!«

Aber was, und das ist ein wirklich großes WAS, was ist mit dem Buch aus der Zukunft?

Folgendes ...

Raymond und Zephir standen auf dem Deck an Bord der *SS Salamander.*

Unten, im Großen Salon, schlugen die Staatsmänner sich ungeachtet Abdullahs Überresten an der Festtafel des Professors die Bäuche voll und unterhielten sich wie gute Freunde, die sie in der langen Zeit auch tatsächlich geworden waren.

»Ich muß gehen«, sagte Zephir. »Jetzt ist nicht meine Zeit, und ich muß gehen.«

»O bitte!« sagte Raymond und hielt sie sehr fest. »Du kannst mich nicht wieder verlassen. Das kannst du einfach nicht!«

»Aber ich muß, Raymond. Als ich gesagt habe, daß jetzt nicht meine Zeit ist, da meinte ich das wörtlich. Weil ich nämlich aus der Zukunft stamme.«

Aha!

»Werde ich dich jemals wiedersehen?«

»Aber natürlich! In einem Jahr von heute an. Wenn das Buch herauskommt.«

»Was für ein Buch?«

»Das, das ich über dich schreibe. Es heißt *Die Größte Show jenseits der Welt*. Eine Art inoffizieller Biographie von dir.«

»Mensch!« sagte Raymond.

»Verstehst du? Ich betreibe in der Zukunft einen kleinen Verlag. Er heißt B.A.S.T.E.I. Es ist ein Akronym für **B**olo **A**tolo **S**olo **T**olo **E**tolo. **I**tolo.«

»Aber das ist nicht unsere Sprache.«

»Nein. Es stammt aus der neuen universellen Sprache, die du schaffen wirst, um Frieden und Harmonie zwischen den Planeten zu stiften. In der Zukunft. Grob übersetzt bedeutet es: *Der Verlag, der von Raymond und seiner Ehefrau Zephir betrieben wird*.«

»Wow!« sagte Raymond.

»In der Zukunft. Ach übrigens, welches Datum haben wir heute?«

»Den sechzehnten, glaube ich.«

»Dann muß ich jetzt gehen. Du wirst ein Exemplar des Buches erhalten, wenn du zu Hause angekommen bist. Halt Ausschau nach dem Postboten.«

»Zephir, bitte geh nicht! Ich liebe dich.«

»Und ich liebe dich.« Zephir küßte ihn. »In einem Jahr von heute an«, sagte sie. Und dann verschwand sie. Einfach so.

Und Raymond war wieder einmal ganz allein.

»Ein Jahr«, seufzte er. »Ein ganzes Jahr von heute an. Dem Sechzehnten. Nein, Moment mal ... Es ist nicht der Sechzehnte. Es war der Sechzehnte, als ich aus meinem Schrebergarten entführt worden bin!

Aber ich frage mich, ob das wirklich eine Rolle spielt.«

Nächste Woche gastiert auf der Bramfielder Allmende ein Zirkus. Er ist schon einen Besuch wert, dieser Zirkus. Sie haben so etwas vorher noch niemals gesehen. Bestimmt nicht.

Raymond wird hingehen. Und mit ihm sein bester Freund Simon. Und Simons Verlobte Lisa.

Sie haben Karten für die erste Reihe. Eigentlich haben sie *alle* Karten für die erste Vorstellung gekauft. Simon hat das ganze Dorf eingeladen.

Es ist eine Show, die ihr Geld wert ist.

Sie werden hingehen, oder?

Es ist die Größte Show jenseits der Welt.

ENDE

BASTEI
LÜBBE
Science Fiction
Bücher mit Zukunft
Die größten Erzähler der SF
holen Ihnen die Sterne vom Himmel
ISAAC ASIMOV
ROBOTER-TRÄUME
und 20 andere SF-Geschichten
ISBN 3-404-24144-4
DM 10,–
IAN McDONALD
REBELLIN DES GLÜCKS
Science Fiction Roman
ISBN 3-404-24147-9
DM 9,80
MARGARET WEIS
DIE STERNENHÜTER
DER LETZTE KÖNIG
Science Fiction Roman
ISBN 3-404-24156-8
DM 12,80
LARRY NIVEN
STEVEN BARNES
DIE WAHL DES ACHILL
Science Fiction Roman
ISBN 3-404-24157-6
DM 8,80
ORSON SCOTT CARD
XENOZID
Der Sprecher für die Toten kämpft um seinen Planeten
ISBN 3-404-24153-3
DM 12,80
ALLEN STEELE
MONDHUNDE
ISBN 3-404-23129-5
DM 9,80